U0113325

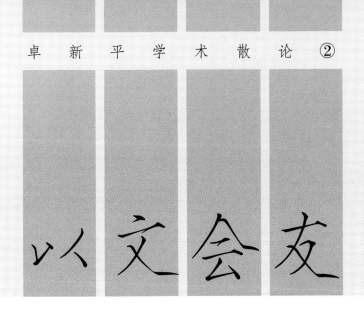

卓新平学术散论②

以文会友
——序文集

卓新平 ⊙ 著

中国社会科学出版社

图书在版编目（CIP）数据

以文会友：序文集／卓新平著．－北京：中国社会科学
出版社，2010.7
　（卓新平学术散论②）
　ISBN 978－7－5004－8735－7

　Ⅰ.①以…　　Ⅱ.①卓…　　Ⅲ.①哲学-著作-序言-中
国-文集②宗教-著作-序言-中国-文集　Ⅳ.①B－53

中国版本图书馆 CIP 数据核字（2010）第 079135 号

特约编辑　李登贵 等
责任编辑　陈　彪
责任校对　王雪梅
封面设计　张建军
技术编辑　王炳图

出版发行　中国社会科学出版社
社　　址　北京鼓楼西大街甲 158 号　　邮　编　100720
电　　话　010－84029450（邮购）
网　　址　http：//www.csspw.cn
经　　销　新华书店
印　　刷　北京金瀑印刷有限公司　　装　订　广增装订厂
版　　次　2010 年 7 月第 1 版　　印　次　2010 年 7 月第 1 次印刷
开　　本　710×1000　1/16
印　　张　21.75　　　　　　　　插　页　2
字　　数　336 千字
定　　价　45.00 元

凡购买中国社会科学出版社图书，如有质量问题请与本社发行部联系调换
版权所有　侵权必究

目　　录

二　文集前言

三　译著序言

四　丛书前言

五 导言导读

自　序

　　写序是"以文会友"的最佳方式之一。显然，"序"是给别人看的，起到一个阅读中的介绍、引导作用，在许多情况下也就是一种"导读"。从这种意义上说，"序"本身就是一种思想、观点的沟通和交流。在写序过程中，这种感觉是非常强烈的。

　　不过，这里收集的近八十篇序文并不是"自序"，不是编者要以此来介绍自己的著作，主动敞开自己的心扉来与他人对话、交流。从本书所选序文的特点就可以清楚看出，编者在这里更多的是在回应他人的著作，或在集体合作的著述中加以说明、引介，达到穿针引线、串连贯通的效果。这样，其"以文会友"的意义就更为突出，效果亦更加明显。总体而言，这里的序文可以归纳为两大类，一为给他人的著作或译著写序，其本身就是一个学习、领会、消化、融合的过程；序者所言要有针对性，更体现出回应、对话的意趣，由此则必须"走近"作者，深入著作中去窥其堂奥，有感而发，言其理解、领悟、启迪、联想，并对作者的思想、观点、性情、文风有相应的揣摩、把握，甚至争取能读出新意，有所发挥、引申和扩展。二为给自己编辑的著译写序，这种编辑工作无论是主编还是合编，都是一种与多人合作的工作，自然也免不了思想的沟通、观点的交流和见解的商榷。于是，序言之行文恰如会友，前者是两个朋友之间的开放性对话，后者则为众人同在的会谈或座谈。在这些奇妙、多元的对话中，可以说是方寸之间别有洞天。

　　为了阅读的方便，这里的序文大概被归类而分为五个方面：一为"友人书序"，即给朋友的新著所写的序言。最初自己是不愿为人写序的，但盛情难却，在朋友的反复催促、要求下最终没能挡住诱惑，一试则再也不能收住，不知不觉已写了几十篇，连自己都颇感惊讶。在写作过程中，编者经常会成为朋友新著的第一个读者，享受到先睹为快的欢愉。二为"文集前言"，其中既有自己汇编的文集，也包括给他人编辑的文集写序，内容则涵括课题文集、合作文稿以及会议文汇等。三为"译著序言"，多为给他人翻译的著作所写，旨在对这些译著有更清晰、深入的了解，或对原著及其作者加以必要介绍，为读者提供与阅读相关的背景知识。这些译者的翻译则或是由编者来组织，或是给朋友所译著作提供推介和说明。四为"丛书前言"，这些"丛书"主要由编者自己来负责组织、实施、其内容可分为会议论文、相关专著或译著、以及学术工具书等系列；这些"丛书"从策划到出版，其中的艰辛、曲折和不易，让编者感触颇深、感慨万千。尤其是为系列会议论文集所写的前言，乃记载了我国改革开放以来宗教研究发展变迁的一段历史；这种反映和写照在我们所经历的思想文化复兴之成就中或可比为"吉光片羽"，有着独特的意义和珍贵的价值。五为"导言导读"，即相关文集或著作的引言、导读。本来其中一些内容为编者的"读后感"，却在相关出版社的要求和引导下变成了"导读"，使自己也感到一些惭愧和不安。当然，如果这种"导读"的确为读者的阅读起到了某些积极作用，在一定程度上帮助了他们的认识和理解，那么自己的心情或许能够平静一点。这五个方面的序文有着一个共同特点，即是编者以此在"会友"、是向各学界相关朋友的请教、学习和汇报。在这一过程中，自己确实颇受启发、大有收获。

通过这些"序文"，编者真诚希望"会友"能扩大，希望有更多的朋友来阅读这些著作，参加我们的思想交流，推动当代中国的学术及文化发展。虽然这些著作不属于"畅销书"之类，不见于"流行榜"，但编者仍相信其"开卷有益"，能够增加我们的知识、获得更多的智慧。

2010 年 2 月 24 日　写于虎年之初

一

友人书序

1. 《论基督之大与小》序

基督教与中国知识分子的关系问题是近年来中国学术界讨论的热点之一。对这一热点展开的讨论关涉两个主体，一是讨论者本身作为中国人而构成其认知主体，二是被讨论的对象亦为中国人而构成其行为主体或实践主体，在此则被视为对象主体。这两个主体因其"中国人"之共性而可能有种种独特的体认、沟通、共鸣或共识，却也有其不可避免的"主观性"和局限性。因此，用一个外国人的眼光来审视、评说中国知识分子与基督教的关系，或许能超越主体、主观之限而达到某种"客观"的审视或另一种评说，从而使我们感到耳目一新，促成我们多视角的反省及反思。

《论基督之大与小》一书，就是从外国人的角度来看中国、从西方人的立场来看东方及东西文化交流的一种尝试。这部著作是奥地利青年学者雷立柏博士研究 20 世纪上半叶中国知识分子对待基督教之不同态度和选择的读书笔记、随感和评议。他阅读了大量的文献资料，对自 19 世纪末至 20 世纪 50 年代有关中国知识分子论述宗教尤其是基督教的著作和论文进行了梳理、分析，表达了自己的观点和评论。其涉及面包括对基督教有好感的知识分子、基督新教知识分子、天主教知识分子以及相关著作，故有一定的系统性和涵盖面。当然，这一研究对雷立柏博士来说仅仅是一个开端。在 20 世纪上半叶关于基督教与中国之浩如烟海的文献史料中，其涉猎亦自然有限。因此，雷立柏博士的论述及评说只是一种初步的感想或印象，不一定特别准确和周全。但其研究为我们提供了一种新的视域，一种迥异的感觉以及一种对话的可能。思想文化交流的深层次发展需要一种双向沟通和换位思维。可以说，雷博士的著作乃提出了这一话题，表达了这种意向，所以其意义也就远远超出了他在文中所陈述或表露的观点及看法。

基督教与中国文化的关系颇为复杂和敏感,中国知识分子眼中的基督教自然也大有区别。对其褒贬臧否各有不同,这在今天仍是事实。雷立柏博士长期受到西方文化,尤其是基督教文化的浸润、熏陶,其对中国问题的研究亦强烈地体现出这种西方主体性和基督教思想文化背景。因此,他提出的一些观点或推出的一些结论,我们可以进一步加以商榷、推敲,甚至可以展开对话和争论。而中国现代学术的不断扩大和延伸,亦可使雷博士获取更多的信息,了解更多的进展,从而也不断矫正、完善自己的看法,弥补其不足。不过,对于我们中国学者来说,他的研究的确给我们带来了启迪、提供了思路,也使我们在研究 20 世纪上半叶中国知识分子之宗教态度和中国基督教之文化人等方面获得了一些重要线索。由此而论,这一借鉴、比较和对照又是必要的、值得的。基于上述考虑,我们在《宗教与思想》丛书中收入了雷立柏博士这一独辟蹊径的研究专论,旨在一种参照、对比和反思。因此,这部著作的立论和分析并不代表我们的观点,却值得我们去分析、思考和探究。这也是中国学术界与国际学术研究"接轨"的应有姿态和必要方法。在"全球化"的当今发展中,我们鼓励学术研究上的这种全球意识和广远视域。而在放眼看世界、认清自我定位的过程中,我们的外国朋友亦会得到更多的机遇来更深入、更准确地认识中国、了解中国人、体会中国文化。这样,思想文化沟通和交流之路则会越走越宽,其参与者也会越来越多。

思想文化研究存有一个处境解释学的问题,客观而卓有成效的研究往往在于研究者本身处境和研究对象之存在处境的双向对应及契合。在此会存有"合理的偏见",亦展示着开放的态势。正确而可靠的"解释"往往依赖于对"处境"的真实体认和准确把握。这种"处境"既是历史的、又是现实的,既是主体的、又是客观的。我们应该以此立足来展开西方文化或中国文化解释学的研究,既尊重"主体"的首创,又克服"主体"的局限,以达到一种认知意义上的升华和超越。在宗教与思想的研究领域中,让我们努力克服那种"共在之独白",而推进双向理解和真诚对话。

1999 年 11 月 15 日于望京德君斋

2.《张衡，科学与宗教》序

《张衡，科学与宗教》是奥地利青年学者雷立柏在北京大学完成的哲学博士论文，其指导教师为中国哲学研究领域的著名学者汤一介先生和陈来先生。这部著作也是雷立柏用中文撰写的第一部学术专著。它揭示了一位西方当代学者对中国古代科学家和思想家张衡的独特研究，从古代科学与宗教的关系入手展开了颇有意义的中西思想对话及交流。

雷立柏博士对张衡的兴趣，在于他注意到张衡不仅是一位成功的科学家，而且亦表现出对古代神话的关注和钻研。因此，如何理解张衡的科学精神与其神话思想的关系，就成为雷立柏进行深入研究的基本问题。在这一探究中，雷立柏运用了出生于匈牙利的美国科学史家斯坦利·雅基所推行的方法论。雅基的一个最基本观点，即认为古希腊文明与许多古代文明一样不能向近代科学突破的重要原因，就在于其宗教和哲学不能提供超越精神、"自然法则"之概念、宇宙可理解性和事物的特殊性之观念、认识上的"惊奇"精神、乐观精神和严谨的认识态度等精神因素，而这正是科学发展及其突破所必需的。与之相对比，西欧中世纪的宗教文化则修正了古希腊文明中流行的先验论、有机论及物活论，从而逐渐克服了古代文明中的这些思想障碍，得以建立起一种符合近代与现代科学精神的人生观与世界观。受雅基上述观点及其方法论的启迪，雷立柏对张衡的科学生涯及其人生经历进行了系统研究和深入剖析。他认为，张衡的观察精神、外向精神、对自然法则的寻求、对事物特殊性的描写、对探寻自然奥秘的"好奇心"以及在认识自然上严肃认真的态度，都说明张衡的科学认知虽仍有古代思想的局限，却已显现出近代科学精神及相关概念与态度的萌芽。张衡的科学精神与其宗教神话理解是分不开的，其在"科学"与"准科学"、

"宗教"与"准宗教"之间的摇摆，为人们了解古代华夏学人向真正科学之探讨和摸索的曲折历程提供了重要启示和线索。雷立柏进而指出，张衡的神话思想很可能启发了他的一些科学观察，其在探索天地奥秘的过程中亦表现出一种"外在超越"，一种"好奇"和"惊讶"精神，而这种"惊奇"精神既是宗教情感的表露，也是科学追求的动因。由此可见，人的"惊奇感"或"惊奇精神"乃是联结人文精神和科学精神的一条重要纽带。古代宗教曾对科学思想有过深厚而复杂的影响，人的科学探究与向真正宗教的探索亦有着潜在而微妙的联系。尽管雷立柏博士的一些观点和看法仍值得商榷或进一步探讨，其提出的思路和论证却有益于我们的学术对话和思想沟通。

在宗教与思想关系的探讨中，宗教与科学的关系是一个重要话题，它涵盖人的世界观、认识论和方法论等方面的探讨，触及人们对思与行、信仰与实践的研究和反思。因此，我们在《宗教与思想》丛书中收入雷立柏博士的这部专著，以促进对东、西方古代宗教与科学发展这一重要领域的探究和讨论。雷立柏博士勤奋好学、兴趣广泛，学术思想极为活跃，已用德文、英文和中文发表了一批颇有见地的学术论文，在学术领域崭露头角。自 1999 年 9 月，他已成为中国社会科学院世界宗教研究所的访问学者，从事中西思想文化比较和中国近现代知识分子与基督教关系的研究。我们相信，雷立柏博士在未来的学术研究中会继续努力，取得更多更好的学术成果。

1999 年 11 月 20 日于望京德君斋

3. 《基督教在中古欧洲的贡献》序

对于欧洲中世纪的评价，在史学界一直存有两种截然不同的看法。在西方学术史上，15 世纪的一些人文主义者对中世纪的发展持蔑视态度，他们崇尚古代希腊罗马文化，提出"回到古代去"这一口号，认为自己乃真正继承和发扬了古代文明传统。与之相对比，他们把 5 世纪罗马文明的毁灭到 15 世纪其人文主义文明兴起之间的千年视为西方文明史上的"空白"，故称其为"黑暗时代"。由此，欧洲中世纪乃"黑暗的"、"野蛮的"和"文明倒退的"时期，"千年黑暗"之说得以流行。而随着 16 世纪欧洲宗教改革运动的发展，基督宗教内部又形成新教与天主教的对立，新教对天主教的过去尤其是中世纪的经历亦持否定态度，因此在基督宗教内部亦在一定程度上接受了中古欧洲乃"黑暗时代"之说。这种影响延续至今，并造成人们在认识中世纪欧洲发展上的种种错觉、误解和混乱。

20 世纪初，西方史学界对中世纪欧洲的研究出现突破。以美国哈佛大学教授、著名历史学家哈斯金斯（C. H. Haskins）为代表的一批学者开始深入研究以"12 世纪"为中心的中世纪种种文化复兴现象，推出了《中世纪科学史研究》（1924）、《12 世纪文化复兴》（1927）和《中世纪文化研究》（1929）等重新评价、充分肯定欧洲中世纪文化发展的著作。这些新发现和新观点为欧洲中世纪历史展示了与传统认知迥异的全新景观，而"12 世纪文化复兴"则不仅成为一种专门的史学术语，更成为 20 世纪史学研究上的一门显学。

与传统观点尤其是上述人文主义者否定中世纪历史的见解不同，20 世纪上半叶的这批史学家摒弃了中世纪乃"千年黑暗"之说，认为以基督宗教（天主教）占主导地位的欧洲中世纪历史乃西方发展史上的重要一环，它上承古希腊罗马文化，下启近代欧洲乃至整个西方文化，在世界历史进程中有不可磨灭的地位和举足轻重的影响。这些学者还从天主教对欧洲社会的重建、"加洛林文化复兴"、"12世纪文化复兴"、"欧洲大学的兴起"、"中世纪实验科学"、"13世纪经院哲学的鼎盛"等方面加以具体分析和论述。从此，对欧洲中世纪的评价峰回路转，呈现复杂、多元之势。

颇有意义的是，中国基督宗教的新教学者杨昌栋先生在这一时期亦独辟蹊径，针对当时在中国仍非常流行的中古欧洲乃天主教统治的"黑暗时代"之说而想问个究竟，一头钻进欧洲中世纪社会思想文化的研究之中，以便对中古欧洲及其教会"能下一个更广深、更精密、更公平的研究和判断"。他于1930年便完成了《基督教在中古欧洲的贡献》这部著作，对基督宗教在中古欧洲社会、经济、政治、思想、文化生活各方面的贡献进行了系统研究和全面阐述，因而乃代表中国学界对当时世界史学界研究中世纪欧洲的学术新潮流作了意味深长的回应。这部著作的完成在中国基督宗教界亦获得好评，几经补充、修改后被收入《燕京宗教学院丛书》，于1936年在上海博物园路广学书局出版。时隔60多年，我们看到中国史学界对中古欧洲的研究仍很滞后，罕有新著问世；而被世界史学界早已匡正的一些错误评价和过时之说似在中国学界和社会亦仍有影响、仍在坚持。为此，我们深感有必要再版杨昌栋先生的这部著作，期望人们能冷静地读读杨昌栋先生对中古欧洲的分析与评说，更盼能以此推动中国当代学界在欧洲中世纪研究上的发展和突破。为了保持历史原貌和杨昌栋先生的文风，我们除了对此书印刷上的一些错误加以修正之外，在行文、语气上未加任何改动。读者若有不习惯之处，尚请理解和谅解我们的处理。

杨昌栋先生为福建平潭县人，清光绪二十三年（1897）出生于梧井村（今苏沃镇），5岁起读私塾，14岁到福清融美学校就读，17岁入福州格致书院，后格致书院并入福建协和大学，于1925年初在该校毕业，获文学士学位。此后曾回平潭开宗中学任校长，同年秋入燕京大学攻读神学，以《基督教在中古欧洲的贡献》为题撰写论文，于1928年获神学硕士学位。杨昌栋先生毕业后在平潭基督教苏沃教堂任牧师，1930年应聘任福清龙田融美中学校长，1933年秋赴美国新泽西州耶鲁大学留学，一年后获社会学博士学位。杨昌栋先生于1934年学成回国，曾任福州协和农业职业学校校长，1938 年兼任福建协和道学院院长，1941 年任福建卫理联中校长，1942 年秋专任道学院院长，1945 年秋任福建协和神学院院长，1947 年夏出任福建协和大学代理校长，1949 年 5 月再次赴美进修，1950 年秋回国后担任卫理公会福州年议会主席、福州天安堂主任牧师，1954 年参加全国基督教代表会议，1956 年以来先后担任福州市基督教三自爱国运动委员会第一、二、三届副主席，福建省第一、二、三届基督教三自爱国委员会副主席，全国基督教协会委员，1981 年任福州市基督教教务委员会总干事。杨昌栋先生还曾当选为福州市政协委员、福州市人民代表，任福建省文史馆馆员。1983 年，杨昌栋先生病逝，享年 86 岁。

此书的出版得到社会科学文献出版社的大力支持，亦得到雷立柏博士的积极推荐和支持。杨昌栋先生的后人杨运安老师曾帮助询问版权情况，福建神学院的江雪芬老师亦热情帮助了解情况、提供资料。对于这一切帮助、关心和支持，我们在此致以最诚挚的感谢！

1999 年 11 月 24 日于望京德君斋

4. 《记忆与光照》序

在西方思想文化发展史上，奥古斯丁被誉为第一位"西方的思想家"。作为古代基督教著名思想家和教父学集大成者，奥古斯丁继承并发扬了早期基督教思想文化传统，梳理、总结了基督教教父们的理论学说，使古代教父学终臻完备，达到顶峰，从而为基督教思想的总体发展开辟了道路，为基督教教义神学体系的创建奠定了基础。作为欧洲古代、中世纪交接之际的哲学大师，奥古斯丁上承古希腊、罗马思想传统，下启西方中世纪和近现代精神发展。他综合利用古希腊哲学唯"理"求"知"、古罗马思想重"行"修身和古希伯来宗教守"信"敬神的文化遗产，从而完成了西方古代思想史上"知"、"行"、"信"三阶段的过渡及融通，给基督教哲学乃至整个西方哲学的发展体系和理论方法提供了重要模式。在某种意义上可以说，正是通过奥古斯丁的努力，古代地中海世界才得以成为中古以来西方思想文化发展的"摇篮"。

奥古斯丁通过对古代文化的分析综合、改造扬弃而创立了一种全新的基督教文化体系，为西方文明的有序发展提供了"灵魂"和精神。在奥古斯丁的理论体系中，神学与哲学乃浑然天成、珠联璧合。它既体现了二者的形而上学意义上的凝合、聚集，又展示了其在历史学意义上的伸延、发展。奥古斯丁为西方神学和哲学确立了一些基本原则和理论框架，其提出的科学观、时间观、物质观、存在观（或"是"论）、价值观、伦理观，以及相应的认识论和方法论等，对二者都有着启迪和指导作用。在神学上，奥古斯丁以诠释《圣经》及古代教父著作来通古，系统提出了基督教的三一神学、历史哲学、基督论、原罪论、教会论以及社会政治观；而其奠立的神学体系又通过阿奎那、波那文都拉、路德、加尔文和一批近现代基督教思想家而影响至今，成为整个基督教神学发展中的重要景观。在哲学上，奥古斯丁提炼并升华了柏拉图、亚里士多德、柏罗丁、西塞罗等人的思想认知，形成其独特的存在论和认识论，而其关于"是"、"时"、"思"之辩证统一的论说，其阐述"所是"、"记忆"、"时间"、"自知"、"内言"等问题上所闪现的思想火花，又通过笛卡儿、康德、费希特、黑格尔、海德格尔、胡塞尔、萨特、伽达默尔等人的讨论而走向现今和未来。由此可见，要研究和了解西方思想的理论体系和基本特征，离不开对奥古斯丁思想精神的研究和了解。

周伟驰博士的《记忆与光照——奥古斯丁神哲学研究》一书，正是我国系统研究奥古斯丁思想的一部新著。他对奥古斯丁的"三一神学"、"记忆"概念，"光照"学说、"时间"理论和"是"之论说等都有着深入而独到的见解。为了这一研究，周博士不仅查阅了大量第一手文献资料和研究论著，而且还专门翻译了奥古斯丁的一些重要著述，表现出严谨的学风和刻苦钻研的精神。可以说，周博士对奥古斯丁的这一探讨，是我们在宗教与思想研究领域中一个颇为重要的个案研究。我国学界从总体来看对奥古斯丁的研究仍很薄弱，而要真正摸清西方思想的精神源头，了解所思所言的理论特色和话语特征，我们不可能绕过奥古斯丁博大精深的思想体系及其风格独特的语言表述。因此，走近奥古斯丁绝非纯形而上意趣的"发思古之幽情"，而有着认识西方、与西方对话的重要历史意义和现实意义。

2000 年 1 月 24 日于望京德君斋

5.《圣经的语言和思想》编者序

《圣经》作为基督教的经典已成为世界上广为流传、影响深远的书籍，而对《圣经》的介绍、解释、研究亦已成为宗教学术界的一个热门话题。在对《圣经》的探究中，人们有着不同的兴趣和视域，立意和观点亦多种多样。正是这种百花齐放、百家争鸣的讨论和研究繁荣了《圣经》学界，促进了圣经学经久不衰的发展。

雷立柏博士撰写的《圣经的语言和思想》一书从语言和思想这两个层面再次论及到《圣经》理解这一古老却常新的话题。在语言层面，雷博士基于《圣经》原文而谈到《圣经》的语言学意义及其流传过程中不同版本和译本的比较对照，由此展示《圣经》语言的基本概念、原初之意及其在翻译和解释过程中的嬗变或增减。在思想层面，雷博士讨论了《圣经》的基本思想和宗教精神，其对基督教神学之构成和发展的影响以及《圣经》思想在不同语言之翻译过程中的流变和引申。此外，雷博士还探讨了《圣经》的语言和思想对世界社会文化所产生的影响及意义。《圣经的语言和思想》立意新颖，独辟蹊径，反映出雷博士在研究《圣经》中的心得、随感和所思所获。

雷立柏博士是一位年轻的奥地利学者，长期受到西方思想文化、尤其是基督教思想文化的熏陶，曾经系统研习过哲学、神学和宗教学，后又来华进修学习汉学、中国古代宗教和哲学，并在北京大学哲学系完成其博士论文。这一独特经历和学术背景使雷立柏博士既对《圣经》有过深入研究，亦使他对宗教思想和中西思想文化的比较研究有着浓厚的兴趣。其对《圣经》的研究反映出他所受到的基督教思想文化教育及其影响，亦表现出他尝试对东西思想文化进行比较、对照的意趣。因此，《圣经的语言和思想》一书体现出雷立柏博士的一些基本观点和独到看法，并不代表我们的立场和观点。我们在《基督教文化》丛书中收入雷立柏博士的这部著作，乃希望使中国学者接触到一种研究《圣经》的新视域、新路向，从而能获得更多的比较、对照、参考和反思。我们不一定同意雷博士的某些观点或看法，却可由此熟知西方学者在《圣经》研究上的基本立意和思路，了解其对《圣经》所持立场及其相关的宗教、人生态度。这里，我们乃旨在一种跨文化对话和不同思想认知的比较，希望使对话双方能通过分析、鉴别、商榷和争鸣而达到其双向认知和彼此沟通，以繁荣学术气氛、增进相互了解。

在世界走向全球化的进程中，人类生活、思想和文化的多元化亦日趋明显。学术研究既应促进学术发展和进步，也要鼓励和提倡在多元中求共存的时代精神。我们在此开展的基督教文化研究及其《圣经》研究，正是身体力行这一精神。所以，我们不仅会争取求同存异，而且也应该做到和而不同。

2000 年 10 月 6 日于望京德君斋

6. 《古希腊罗马与基督宗教》序

基督宗教就其思想文化渊源而言，通常被视为"两希文明"即希伯来文明和希腊文明的结晶。按照这一思路，人们除关注基督宗教对希伯来信仰即犹太教的直接继承和突破之外，亦特别注重古希腊罗马的宗教、神话、哲学、思想、法律、政治、道德、精神等对基督宗教的深远影响或相关启迪。基督宗教对古希腊罗马思想文化的继承、改造、重构和发扬，曾被看作承上启下的壮举，由此亦形成不少人对西方世界两千年来文化传统和特色的基本认知和理解。然而，在这种"求同"的认识进路中，人们大多注意到基督宗教对古希腊罗马的精神继承与弘扬，却忽略了"存异"的必要和必需，没有去系统分析研究基督宗教与古希腊罗马思想文化的区别和差异，以及基督宗教对古希腊罗马传统的批判、扬弃和超越。因此，究竟应如何评价古希腊罗马与基督宗教的关系问题，尚未得到根本而全面的解决。

在中西思想文化的相互交流和比较中，奥地利学者雷立柏博士以另一种视域和观点参与了对基督宗教与古希腊罗马传统之关系问题的讨论。其新作《古希腊罗马与基督宗教》一书，即侧重于基督宗教与古希腊罗马之"异"，强调二者之间的不同和歧义，并进而展示基督宗教对古希腊罗马精神传统的某种"否定"或突破。在他看来，基督宗教与古希腊罗马对比鲜明，二者关系与其说是一种继承发扬，还不如说乃分道扬镳，由此方显出基督宗教的创新和独特。这种解释无疑为我们认识西方宗教文化提供了一种新的思路和参照。

在其论述中，雷立柏博士认为基督信仰对西方思想文化中"现代性"的奠立起着关键作用。由于这种与"现代性"的密切关联，他断定基督宗教代表着现代，为许多现代观念的萌生及发展提供了保障和依据，故而与代表西方古代的古希腊罗马本质有别。因此，他提出在全面认识西方思想文化传统时既要理解古人，又要走出古代，这样才能看清西方发展的能动、鲜活之态。在他看来，现代性主要体现在精神上的更新，有着其精神上的来源与动机，而基督宗教信仰则是西方现代化过程中一种不容忽视的力量。为此，他指出"基督宗教信仰和《圣经》的世界观在欧洲历史上是推进现代化的最大因素之一"，这一信仰深远地改变了欧洲古代，也改变了欧洲古代的"人"，使之走向现代化。他因而将基督宗教的价值视为"古代"和"现代"的分水岭，宣称这些价值乃"现代性的开头"。这种看法与认为西方现代化乃走出、超越基督宗教信仰时代的欧洲"中古"之结果的观点截然不同，形成鲜明对照和强烈反差。不难看出，雷立柏博士的立论和审视乃基于基督宗教的信仰立场，其观点和表述可能会给人一种外在批判有余、内在批判不足的印象，即缺少对基督宗教在西方思想文化历史发展过程中自我反省、自我扬弃和自我提高的回顾及反思。不过，作为一种对话，雷立柏博士的著述为我们提供了从另一角度来考虑、研究问题的可能，而这对于我们客观、准确、全面地认识西方思想文化传统以及宗教在其中的意义与作用也是重要的、必要的。

为此，我们在《宗教与思想》丛书中收入了雷立柏博士的这部著作，旨在以一种开放性姿态展开对西方思想文化多层次、全方位的讨论和研究。一方面，我们可以对其基本观点进一步商榷和讨论；另一方面，我们亦可弥补自己在某些认识上的不足。这种双向性的交流和沟通，势必促进我们的相互理解，亦可以一种更高的境界和更广远的视域来求同存异。雷立柏博士在书中每章之后都附有一些需要进一步思考的问题，这些问题既是他自己尚未彻底弄清或解答的问题，亦值得我们认真思考和研究。雷立柏博士在其著述和问题中亦提到了与华夏思想文化的比较以及中国人对西方思想文化应深入、全面地研究的期待。这亦涉及文化研究和思想交流中的主、客体关系问题，要求中西双方的研究者在知己知彼上都应该更加全面、更加深入和更加准确。为克服双方认知之途上的困难和障碍，仍需要大家诚心相待，共同努力。

2001 年 3 月 21 日于北京西郊

7.《早期基督教的演变及多元传统》序

　　早期基督教的形成是相关宗教与思想文化多元汇聚及交融的结果。人们通常将基督教视为"两希文明"即希伯来文明和希腊文明的结晶，这反映出古代犹太传统和希腊思想在基督教早期构建上的重要地位。基督教诞生于古代犹太教社会环境和希腊化文化氛围之中，它对犹太传统和希腊思想既有吸纳、继承，又有扬弃、革新。因此，要弄清基督教的本真和原初面貌，回溯其源头的探幽析微就显得极为重要。

　　在古代地中海世界之思想文化格局中，基督教的产生本身即体现出古代犹太、希腊罗马等宗教、文化传统的多重交织和复杂融合。就古代犹太传统对基督教的兴起所起的作用而言，除了其民族、地域、宗教及相关教派的直接关联之外，犹太教的一些基本思想观念亦对早期基督教之"自我意识"的构成产生了深刻的影响。例如，犹太教中"至高一神的观念"、"救世主（弥赛亚）的观念"以及"先知"、"圣启"等观念均被基督教所继承和发扬。犹太教的古代经典文献被基督教接收和沿用，成为其《圣经》中的重要组成部分。犹太教关于上帝与其民族"立约"之说，亦被基督教采纳和重构，形成其"旧约"、"新约"之说。

　　如果说基督教在古代犹太传统中继承了其信仰精神和灵性追求，那么则可以说它在古希腊传统中继承了其理性精神和思辨追求。古代希腊主义促成了基督教自身信仰与理性的共构，使其得以用希腊哲学中对智慧的爱慕和追求来开展其神性逻各斯之探、构筑其神学形上学体系。在古希腊罗马传统之沿袭和嬗变中，基督教之早期发展曾受到希腊思想精神的直接熏陶和启迪。因此，早期基督教与古希腊思想文化乃有着双重关联，一是在古罗马帝国时期的继承、追索，二是通过希腊化犹太教的媒介。

由此而言，古代犹太传统本身已有了与希腊思想的接触和共融，其对早期基督教的影响亦已包含了希腊因素。在古代希腊化时期，犹太人的散居和与希腊文明的相遇促进了当时希腊化犹太教的发展，形成了独特的"犹太希腊哲学"。正如西方哲学家梯利所言，犹太宗教在当时氛围中很容易同希腊思想体系相糅杂，成为"混合思想"。

对这一复杂而充满意义的历史演变和宗教转型，我国学者以往多限于宏观把握而缺乏个案探究，对之微观深入的著作犹如凤毛麟角。因此，当我读到章雪富、石敏敏这两位年轻学者合作完成的专著《早期基督教的演变及多元传统》，高兴和激动之情油然而生。这部著作以要"知其所以然"的精神深入早期基督教这一研究领域，对基督教的思想文化渊源、其早期形成和发展演变加以条分缕析、诠释论说，既推出了我国学术界在早期基督教历史研究上的新见解、新成果，又展示了其作者的学术敏锐和探索精神。在此，我们将这部著作收入《宗教与思想》丛书，以促进宗教思想文化研究上的寻根溯源、古今关联之探。

2002 年 10 月 26 日于望京德君斋

8. 《中国教会大学史研究反思》序

中国教会大学历史的研究，在过去二十多年来乃是中国基督宗教研究的重点之一，为许多领域的人士所关注。宗教自身的发展，其信仰者文化修养和精神境界的提高，与其教育特别是高等教育有着密切的关联。对此，基督宗教展示出其敏锐和洞见，在办教育上投入很大、奉献很多，从而形成其广远影响，并推动了中国教育理念的革新和发展。就其高等教育而言，中国教会大学有两个方面的意义颇值一提：其一是以适应现代社会需求为原则的办学指导思想和使学生在文理各科得到综合发展的教育方针，它客观上促进了中国现代教育观念的根本革新和教育体制的全新发展，加速了中国教育史上废除科举、兴办现代学校的进程，从而为中国现代教育体系的创立奠定了基础、提供了条件。其二是走开放式办学道路，教会大学不是仅为基督徒所专设，而乃向整个社会所敞开，这样就使教会大学本身成为既为教会、更为整个社会培养人才的重要摇篮之一。由此可见，中国教会大学史研究在中国基督宗教历史和中国教育历史研究中都有着极为独特的地位。

在中国近代史上，基督宗教先后在华创办了近 20 所各种类型的大学，其中基督教（新教）至少办有 13 所较为正规的大学，天主教亦创办了 3 所重要大学。自 1901 年东吴大学在苏州创立，至 1952 年教会大学因高等院校调整合并而在中国大陆不复存在，教会大学在华经历了极不寻常的五十余年历史。而自 1952 年香港中文大学崇基学院的创办，加之此后台湾东吴大学、东海大学、中原大学、辅仁大学等的成立，教会大学在整个中国迄今已跨过其百年历程。而对这百年历史的研究，遂成海内外学者们的一个热门话题。

总体来看，这一领域的研究大致可分为三个阶段：1949 年之前，中国教会大学史的研究开始起步。其研究学者以"零距离"的接触虽有一种动感的把握，却难以领略其全貌。这一阶段先后有一些成果问世，包括岭南大学秘书处编"二十五年来之岭南大学"（1927），缪秋笙的"基督教大学最近概况"（1933），黄溥的"最近十年之基督教学校"（1936），顾琢人的"基督教大学学生的宗教背景与兴趣"（1947）等，但其研究状况整体而言颇显薄弱。20 世纪 50 年代至 80 年代之前为第二个阶段，其特点是海峡两岸三地的中国学者均有相关研究，西方学者亦积极参与，并取得相应成果。其中大陆学者的研究包括韦卓民的"四十年来我国基督教的高等教育"（1950），陶存等的"七十年来的圣约翰大学"（1951）；港台学者的成果包括 1953 年台湾出版的《中华民国大学志》，其中收有方豪的《私立震旦大学小史》和《私立津沽大学小史》，以及翁甪雨的《私立燕京大学》等；相关论文则有方豪的"辅大创办人英敛之先生"（1957），范兴国的"燕京大学与中美文化关系"（1979）等。西方学者的代表成果则为美国学者鲁珍晞的著作《中国教会大学史（1850—1950）》（1971）；此外，中国基督教高等教育联合董事会（今称亚联董）亦主持编写了一套《中国基督教大学史》丛书，论及 10 所基督教教会大学。20 世纪 80 年代以来，中国教会大学史研究进入了一个黄金时代。这一较大规模的专题研究虽然姗姗来迟，却因其历史推移而产生出一种研究意趣及效果上的"距离美"，使其探究显得更为系统和完备。

从 1980 年开始，中国学者对中国教会大学史的研究不仅有量的增加，更有质的突破。1980 年至 1989 年，中国大陆的学术期刊陆续发表有这一研究方向的论文，如滕亚屏的"旧中国的教会大学"（1980），傅惇冬的"燕京大学社会学系三十年"（1982），陈景磐的"旧中国的教会学校述略"（1983），吴竟的"略论东吴大学建校经过"（1983），苏渭昌的"二十一所教会大学始末简介"（1984），沙兰芳的"金陵大学创办始末"（1985），徐以骅的"基督教在华高等教育初探"（1986），沙兰芳的"著名女教育家吴贻芳与金陵女子大学"（1987），何迪的"燕京大学与司徒雷登"（1987），景钟等人的"'教会大学'在中西文化交流中的作用"（1988），蓝芸夫的"燕京大学是什么样的学校？"（1989），边峰的"罗马天主教会在大学的活动"（1989）和史静寰的"近代西方传教士在华教育活动的专业化"（1989）等。这些论文从不同角度、以不同观点对中国教会大学历史进行了小心谨慎却意义深远的探究，在当时颇有筚路蓝缕之功。此外，鲁珍晞的名著《中国教会大学史》亦由曾钜生译成中文在中国大陆出版（1987）。随着对中国教会大学史研究的"聚焦"，首届中国教会大学史国际学术研讨会于1989年在武汉华中师大召开，会后出版了章开沅、林蔚主编的论文集《中西文化与教会大学》（1991）。此后，中国学者又在南京、台湾、武汉、香港、成都等地举行多次中国教会大学史研究的专题讨论会，出版了大量会议论文集和研究专著及译著，使这一研究开始从"险学"转向"显学"。1992年，武汉华中师大成立中国教会大学史研究中心。北京师大和上海复旦大学此后亦逐渐形成这一方向的研究重点。为此，马敏曾写有专文"近年来大陆中国教会大学史研究综述"（1996），对上述研究发展加以回顾总结。

在自20世纪80年代以来的中国教会大学史研究中，香港中文大学的吴梓明教授发挥了独特的作用。吴教授是参加1989年首届中国教会大学史国际学术研讨会的唯一一位香港代表。从此，他与这一研究结下了不解之缘，并与大陆学者及海内外学者有着密切的合作。例如，吴教授具体策划并编辑出版了香港中文大学崇基学院与武汉华中师大中国教会大学史研究中心联合创办的《中国教会大学历史研究通讯》，于1993年年底在香港中文大学崇基学院主办了"中国教会大学历史文献国际研讨会"，并主编出版了《中国教会大学历史文献研讨会论文集》（1995）；此后，吴教授自1994年主编出版"基督教教育与中国社会丛书"，促成大陆与香港学者的再次合作，他本人亦在丛书中撰写了专著《基督教大学华人校长研究》（2001），与陶飞亚合著《基督教大学与国学研究》（1998）等。在这一研究中，吴梓明教授还特别注重第一手档案文献的搜集和整理，强调基于史料、基于原始文献的研究。为此，他与马敏合作出版了《美国收藏之中国教会大学历史文献简介》（1993），并与梁元生合作编辑出版了五辑《中国教会大学文献目录》（1996—1998），对海内外有关大学、研究机构和档案馆等收藏的中国教会大学史档案文献加以介绍、分析，以供研究之用。

通过十多年来对中国教会大学史的潜心研究，吴梓明教授在这一领域成果颇丰、深有心得。这里呈献给读者的《中国教会大学史研究反思》，正是吴教授对其十多年来这一专题研究的回顾和反思，其中既有丰富的历史知识，亦有深刻的思想洞见。阅读其收入"历史篇"、"师生篇"、"现代篇"的众多论文，对我们深入了解中国近现代基督宗教史、教育史以及宗教学术史，都极有帮助和启迪。这一阅读不仅使我们对中国教会大学历史发展获得一种"鲜活"、生动之感，而且还启发我们对之有更深层次的反思和反省，并给我们带来对中西文化交流更广远的联想和遐思。我与吴梓明教授结识于一次在美国举行的关涉中国基督宗教的国际学术会议上，从此有了约十年的学术联系和友谊。我一直关注吴教授的这一研究，从其著述中亦获益匪浅。虽然我本人不能全力投入中国教会大学史的研究，却深知这一研究对我们的意义极其重要和必要。因此，我相信吴梓明教授这部著作的出版，会在其历史反思的基础上给这一研究带来新的展望、新的突破。

是为序。

2003 年春节前于北京望京德君斋

9. 雷立柏著《圣经思想漫画集》序

谈起哲学、宗教、神学，人们会很自然地想起亚里士多德的形而上学和黑格尔的思辨体系，感到玄而又玄、深不可测。然而，用简单的线条和点睛之笔，使这些深奥神秘的"玄学"变得通俗易懂、一目了然，则可谓是这一探寻之路上的通幽曲径，别有洞天。在此，摆在读者面前的这些漫画和中英文简短说明，就是奥地利学者雷立柏博士尝试将上述"玄"学变为"显"学之匠心独到的探索和创举。

雷立柏博士受过西方哲学、神学和古典语言的系统训练，又在北京留学和研习多年，读完中国哲学和宗教的博士学位，因而视野开阔、兴趣广泛，对于中国和西方思想文化的比较研究尤为专心。在其创作的漫画中，我们可以看到关涉上述比较的多种题材，既有宏观叙述、又有微观切入，如"屈原、科学与宗教"，"天问——漫画哲学史"，"《圣经》的启迪与人的希望"，"上主的家"，"书法神学入门"，"猫人·罪人"，"英雄的信仰"，"哲人的信仰"，"殉节与殉道"，"天下皇帝一般灰"等。这些题材涉及中西思想文化史的方方面面，论及众多人物，触及各种问题，并引述了不少历史故事、文化典故和民间传说。对此，雷立柏博士有自己的提问、解答和立意。他没有太多的论证和系统的分析，而是以漫画这种形式对之加以图解，用简练的笔触勾勒出其关键之处，同时附以少量文字对之作出画龙点睛的说明。这样，一种图解哲学、艺化宗教和美术神学就跃然纸上，栩栩如生。

中国与西方有着截然不同的思想文化传统，其宗教神学亦各有特色、风格迥异。中国文化有着深厚的儒、佛、道思想积淀，反映出相应的宗教信仰传承。西方文化则基于古希腊罗马文明和古希伯来文明，后在基督宗教中达其继承和整合以及扬弃和超越，由此为西方思想文化的发展奠定了基础，指出了方向。虽然近现代西方文化之旅起伏跌宕、复杂多变，这一思想轨迹却依然清晰可辨。对这两种思想文化的渊源、发展和影响，雷立柏博士以其独特的大写意式漫画之笔加以涵摄和解读。

从这些漫画和文字说明上，我们可以看出其内容包括三个层面、两种比较和一个维度。这三个层面即中国思想文化、古希腊罗马思想文化传统和西方基督宗教思想文化。两种比较即中西比较和古今比较，它形成一种交叉之势，既有中国思想文化与古希腊罗马思想和整个西方思想文化的比较，亦有西方自身思想文化的古代与现代比较，或者说古希腊罗马思想传统与基督宗教思想文化的比较。而其比较、论说所依据的标准或维度则只有一个，即基督宗教的信仰维度，一种对《圣经》界说的回溯和依凭。因此，其立意、行文之基督宗教信仰立场乃是显而易见的。基于这一出发点，雷立柏博士对中国思想文化传统既有欣赏亦有批评，对古希腊罗马传统乃批评与肯定交织，而对《圣经》及基督宗教传统则基本上是肯定和推崇，罕见自我批评。当然，对其在中国思想文化理解上的批评和提问，我们中国人应持"海纳百川、有容乃大"的态度，并进而加以自我反省和反思，有着开放性的吸取和借鉴，以便使中国思想文化能够走出历史中的失误和迷茫，达到现今的清新和澄明。而针对基督宗教在中西思想文化中的经历，西方人士是否亦应对这一信仰之维加以更深刻的反省和反思？是否也应对其宗教之旅中遇到的难题和挑战加以展示和说明，而不是轻描淡写、一笔带过？就这一意义而言，我们还可从这些漫画及其说明上悟出思想文化比较上更深刻的蕴涵，感受到对话之途的不易和艰辛。

在漫长的历史发展中，人的思想和行为总是相对的、有限的；个人如此，民族依然，难有超越时空的"英雄"。因此，文化比较似应虚怀若谷，持一种开明、开放、相互学习的心态。而在中西思想文化交流史上，我们曾走过许多弯路，虽有对话与沟通的善果，亦有碰撞与冲突的痛苦，留下了许多经验教训。这一相遇之路仍在延伸，在旅途之中的中西人士则应吸取历史上的经验教训，珍惜并把握好今日相遇的机会，以使中西文化交流史写出富有启迪、充满希望的现实篇章。

图解思想、图解文化，可达一种雅俗共赏、灵犀相通之效。画是一种空间的艺术,即以相应空间来表达思想、历史或相关事件,使抽象和意象得以形象化。在宗教理解上,这乃一种抽象思维与形象思维的有机结合,其尝试意味深长,促人遐想。当然,这种精神传统的图解和形象化,亦是对复杂人生的图解和形象化;在此,图画化并不意味着简单化、更不能是其本质的变形或曲解。其洗炼之笔,仍应表达人生精神追求、哲学思索和信仰探究的真实、凝重和悠远。

　　是为序。

2003 年 5 月 27 日

10. 《"好消息"里的"更新"》序

自 20 世纪以来，世界基督教进入了多元、复杂的发展。面对社会和教会世俗化、政治及经济全球化、宗教与信仰本土化的挑战，基督教会及其神学思想有着各种回应，形成其不同发展趋势和思想走向。现代基督教福音派的兴起及其神学思想特色的展现，则正是这一社会、时代背景的重要反映。

与 19 世纪基督教宣教风靡世界的景观相比，20 世纪的基督教经历了在其西方大本营的衰退。随着主流教会人数的不断减少，基督教在西方社会中传统作用及功能的退隐，以及持守其他宗教信仰的移民大量涌入西方各国，不少人惊呼西方进入了"非基督教化"的时代。针对西方社会基督教人数的衰减和这种"非基督教化"趋势，有人指责教会未能适应变化中的当代西方文化，没有真正融入其社会主流，因而失去了其应有的发展机遇，丢掉了其本来已经具有的社会功能。但另有人则批评教会过于向现代世俗文化的发展妥协，与其时代潮流结合得太好、融入得过多，以致失去了其信仰本真和教会身份。在此，无论哪种批评，都不否认教会在当代西方社会中的作用及影响明显衰弱这一事实。

然而，20 世纪西方教会对于西方社会本身的"非基督教化"趋势亦是极为敏感、警觉的，并有着种种抵制和反抗。基督教在 20 世纪的发展趋势显然有着从西方到东方、从北方到南方这一转变，甚至世界南半球的信教人数亦开始超过北半球的基督教人数。为此，西方教会在 20 世纪 40 年代开始提出"回到西方"即"向西方宣教"的口号，认为西方社会本身乃有着"重新基督教化"的当务之急。从西方天主教来看，两位法国天主教神父达尼尔（Yvan Daniel）和戈丹（Henri Godin）于 1943 年出版了其引起轰动的著作《法国，对之宣教的国度？》（1946 年英译本题为《法国，异教徒?》)。他们指出，传统上绝大多数人信奉天主教的法国在当时仅有百分之十的人保持其天主教信仰实践，而城市劳动阶层中约有 900 万人已脱离教会成为"异教徒"或无宗教信仰者。面对西方社会这种"非基督教化"的走势，他们呼吁基督教宣教应回返西方，以使西方"重新基督教化"。从西方新教来看，这种对世俗化和"非基督教化"最强烈的回应，则是以现代基督教福音派为代表的灵性复兴运动在 20 世纪 40 年代的兴起。它最初是西方国家、尤其是现代英语国家的宗教复兴运动。不言而喻，其对圣经权威、个人灵性皈依和积极在社会传福音以达其精神变革等基本原则的强调，乃表现出鲜明的"重新基督教化"之旨趣和意向。

应该指出，现代基督教福音派的兴起，是 20 世纪以来西方基督教会及其神学最重要的发展之一。由于基督教会及其思想在西方社会中的久远传统和强大积淀，其在当代社会对"非基督教化"的抵抗和"重新基督教化"的努力乃有着全球性影响。而且，福音派宣教及其思想对海内外华人的影响也是显而易见的。因此，深入而系统地研究现代基督教福音派思想，对我们关注和了解当代教会概貌及其发展走向具有重要的理论和现实意义。1995 年，笔者利用赴北美学术访问的机会，曾对新福音派神学加以初步探讨。但此后限于时间和精力，笔者无法进而全面、系统、深入地展开这一研究。所以，当董江阳博士与笔者商量其博士论文题目时，笔者鼓励他将现代基督教福音派作为专题来深入研究。尽管这一领域的研究有很大难度和现实敏感性，董江阳博士仍同意了这一选题，并作了充分准备。在许志伟教授的支持下，董江阳博士得以在加拿大维真学院进修一学年，搜集到大量第一手资料和学术信息，因而为其博士论文的撰写奠定了重要基础。毕业后，董江阳博士利用到美国耶鲁大学进修一年的机会，对其博士论文又进行了认真修改和补充，最终完成了这部摆在我们面前的学术专著。

董江阳博士的《"好消息"里的"更新"》一书，是中国内地学术界出版的第一部较为系统研究现代基督教福音派思想的专著。此书共分六章，全面、深入地阐述了现代基督教福音派的兴起及其思想渊源、基本性质与特征，其在历史中的发展及其三个重要阶段，其对"圣经权威"之理解从"绝对无误论"到"一贯正确论"的过渡，其对基督中心论的强调和对个体灵性皈依的重视等问题，并提出了自己的独到见解。在这种研究中，董江阳博士以其扎实的资料功底和逻辑分析能力，指出现代西方基督教福音派运动及其神学思想是在基要派和自由派这两种极端发展之外对第三条路径的找寻，其结果是对西方社会世俗化、"非基督教化"趋势以及西方现代性形式与价值给基督教带来的挑战作出了创造性回应。回顾20世纪基督教发展的历史，我们可以看到两种较为明显却彼此矛盾的倾向：一是社会多元化发展带来的基督教存在形式的多元化，它表现为"分"的倾向。这种多元分殊使人们常常谈起多种基督教会、甚至多种基督宗教，人们很难找到一种统一的基督教存在模式。二是现代基督教在返本归真、找回其独特身份和基本标准时在精神追求上的共构努力，它表现为"合"的倾向。这种万流合一、求得共识的特点在现代基督教力争世界、尤其是西方"重新基督教化"上尤为明显。对此，董江阳博士认为，现代基督教福音派在其精神意向上的三个特征，正表现出这种求"合"、求"同"之走向：其一，现代基督教福音派有其超宗派性，它试图以回归基督教福音传统的努力来克服基督教历史演进中形成的宗派性；其二，它乃存在于各主流宗派中的一种主要神学运动或趋势，这就是要以其思想、精神之共构来淡化其教会存在形式之区别；其三，它本身即代表着一种普世性运动倾向，由此给现代基督徒带来了一种超越其传统宗教界限的自然亲和力与归属感，这对于现代基督教的共存和重新复兴极为重要。笔者认为，董江阳博士的这些见解和分析既独特又深刻，它们提醒我们应对现代基督教福音派的崛起和发展加以全面观察和深入研究，由此较为准确地把握现当代整个基督教发展的脉络神髓。

董江阳博士指出，现代基督教福音派乃20世纪后期以来在当代新教中发展最快、信众最多、宗教热情最高、宗教活动最为活跃的流派。此乃在全球化处境中在我们身边、我们当下可以感触到的现代基督教之生动存在与发展，它理应成为我们对当代基督教研究的重点之一。董江阳博士亦表示了其继续探究当代基督教灵性奋兴、灵恩运动的学术兴趣。我们衷心希望董江阳博士在今后的研究中有更大的进展、取得更多的成就。

是为序。

2004 年中国春节临近之际写于英国伯明翰

11.《陶行知——一位基督徒教育家的再发现》序

结识何荣汉博士并拜读到其博士论文的部分内容，是 2002 年 12 月在香港中文大学崇基学院宗教与中国社会研究中心举办的首届"基督教与中国社会文化国际年青学者研讨会"上，[①] 何博士于当年年中完成博士论文，他整理了关于陶行知先生学生时代的部分，在会上作报告，而我是该研讨的评论学者。研讨会后，何博士与我提及出版博士论文的愿望，并即席对我提出邀请：当论文正式出版之前，为他写一篇序言。月前收到何博士的电邮，知道香港基督教文艺出版社已决定出版他的博士论文，他将论文全文寄来，希望我能为这部著作写一短序，所以我有幸阅读到这一整本论文。

其实，我对陶行知先生虽然非常敬重，却未曾系统、深入研究过其生平及思想，故而本无资格在此对之评说。不过，在阅读何博士这篇搜微寻幽、匠心独运的论文时，也引发了自己对基督教教育、基督徒身份、中国基督教知识分子以及基督教与中国近现代政治关系的联想和思绪。因此，从对陶行知先生作为基督徒教育家的研究，我们可以对基督教与中国社会及其思想文化的关系进行反思并加以展望。我想，这一认知也正是何博士此篇论文的新意所在。

首先，对基督教教育在近代中国的影响和作用之评价，在过去几十年

---

① 当时何博士报告题目是"陶行知：一位基督徒学生的再发现"，该研讨会论文已经出版。参见吴梓明编《基督教与中国社会文化：第一届国际年青学者研讨会论文集》。香港：香港中文大学崇基学院宗教与中国社会研究中心 2003 年版。

来一直是一个敏感且颇有争议的问题。由于列强侵华和殖民过程，这一背景中的基督教在华教育之意义蒙上了阴影。尽管近二十年的研究在中国教会教育、尤其是教会大学历史的评价上有所突破，对其整体认知却无根本改观。因此，在对像陶行知这样在基督教教育中培养出来的杰出人物之评述上，人们对这种关系或是语焉不详，或是陷入悖论。其实，若还原历史真实，则不难看出，基督教在华教育在这种不可更改的历史框架中仍有其独特性和进步性，不能简单将之戴上"文化侵略"、"奴化教育"之帽而打入另类。应该承认，基督教教育对中国近代教育、尤其是高等教育的发展有着重要贡献。而且，基督教教育在中国当时的社会文化氛围中乃表现出一种开明性和开放性，其教育内容并不限于宗教知识，其教育对象亦不只是基督徒。正因为如此，基督教教育得以在中国近代教育发展中引入公民教育、大众教育和现代教育，开一代新风，并培养出一大批像陶行知先生那样为中国近现代发展作出了重要贡献的人才。所以，在正视和承认基督教在政治上曾卷入西方列强侵华进程的同时，我们也不应否认基督教教育对近代中国有过的"文化贡献"。

其次，基督徒身份在中国社会中亦有其微妙性。何博士在研究陶行知先生时突出对其"基督徒教育家"身份的"再发现"，并用许多原始资料和大量篇幅来论证，肯定这种"基督徒身份"。这一爬梳、辨析本身就说明"基督徒身份"在中国并非如西方社会那样一目了然、清楚可见，而有其复杂性、多样性、甚至隐晦性。这种"身份"辨认之难，寓意深刻地说明基督教在中国尚未达其"澄明"之境。由于上述政治阴影以及基督教过去在华所表现的"西方形象"，有一些中国人不敢或不愿公开表示自己的基督徒身份，以免"多一个基督徒、少一个中国人"之嫌。有些中国人虽公开承认其为基督徒，却对教会的传统尤其教会过去在中国的历史有着更多的否定，从而使其信仰的宣称在中国社会处境中并不显得非常理直气壮。有些中国人虽已受洗入教，却并不愿意参加宗教礼仪和任何组织活动。因此，像陶行知先生"只崇敬或景从完美人格，追求理想的社会，而不需要任何组织，不需要任何礼仪，只需要心灵深处的体验和终身不辍的躬行"的"典型人物"，结果其子女都不能确认其基督徒身份。还有些中国人尤其是中国知识分子则虽然承认基督教的信仰价值，却不曾有过"决志"、"受洗"之举。对他们而言,这是一种对基督教精神的"认信",但不是教会组织意义上的"皈依"。在前些年香港和大陆之间关于"文化基督徒"的讨论中,其根本观点是这些"文化基督徒"首先必须是基督徒,而这一基督徒身份则以"受洗"为标志。但实际上,从教会"礼仪"、"体制"之意义上对基督徒身份的界定和强调,并不能涵盖或说明这种精神、思想及文化上"认信"或"认同"的取向。由于这种基督徒身份在中国当代尚有着同样的复杂和微妙,在今后一段时间内可能仍需要对之进行"发现"或"甄别"性质的研究。

再次,对中国基督教和知识分子的再认识和再评价,也是一种颇有意义的探讨。记得有一次在美国开会期间,曾与一位香港教会的朋友讨论过谁能真正代表中国的基督教这一敏感问题。当时这位朋友对中国知识分子的认信及持守基督教问题上有着尖锐的批评,认为知识分子在此曾表现出的动摇性、退缩性和易变性使之不能代表基督教在中国的命运,而真正保留住福音的"火种"、让其得以持久延续的人,乃是那些不识字或文化教育程度不高、在偏远农村或较为落后、封闭地区的信徒。我当时则提出了一个问题,即这些人的"信仰"对中国社会的发展和中国文化的命运起何作用、有何意义?从基督教的视域及历史来看,基督教不可能只是满足于"灵恩"运动或民间传播所带来的"认信"人数上的发展,而也必须认真考虑"信什么"、"怎样信"的问题。基督教传入中国后有着两种取向,一为强调基督教与中国思想文化的对话、认同,谋求一种"本土化"或"本色化"的发展趋向;二为强调基督教的单向性传播和中国民众无条件的皈依,认为基督教在华命运乃是"标新立异",而不是"求同融合",其对中国思想文化的态度故乃"对话却不妥协"、"共在却不认同"。这两种取向所构成的张力,即中国基督教知识分子的信仰及生存氛围。对大多数中国基督教知识分子而言,他们在走向基督教以达其"宗教认信"的同时,亦希望能保持其对中国传统的"文化认信"。回顾历史,当前一种基督教发展趋向占上风时,中国基督教知识分子乃大有作为且在社会凸显其作用。而一旦出现张力,让其作出非此即彼的两难选择,中国基督教知识分子则会受到精神和生存上的双重压力。虽然我们从对不少中国基督教知识分子的研究中或许会感到其在这种张力或压力下可能出现的犹豫、退缩、躲避或隐晦，但对基督教在中国的文化命运和精神及实际生存而言，我仍认为中国基督教知识分子乃起着关键作用。从何博士对陶行知先生的深入研究中，应该会给我们带来这一启迪和联想。

最后，基督教与中国政治的关系是人们经常想要回避却又根本回避不了的问题。其实，基督教对政治的态度在《圣经》尤其是《新约》中已有清楚的阐述。不少基督徒也是按这些教诲在身体力行。基督教在中国的生存与发展，亦必须解决好与政治的关系问题。从对陶行知先生生平及其政治态度的研究中，我们对之会获得更多的了解和理解。基督教在谈起其在社会实践中的基本精神时往往强调两点，一为"仆人"即"服务精神"，二为"先知"即"批判精神"。二者之间虽有张力，却有机共构。在中国社会背景和对基督教的认知氛围中，我个人认为"服务精神"应是其首选，它乃为"批判精神"提供前提和可能，因而是基督教在华面世的一种"实践智慧"。陶行知先生一生的身体力行，正是这种"服务精神"之体现，由此使他在当时中国变幻莫测、复杂诡谲的社会政治中仍能立足、发展，并受到各方面之认可。而"批判精神"则不仅是对中国政治的反思和批评，亦应包括对在华教会本身的自我反思和自我批评。今日中国基督教仍不可能脱离或回避中国的政治，但这同时也意味着一个走出过去政治阴影、在中国社会获得新的认可或认同的现实机遇。基督教按其超越之观念必会与中国现实处境形成某种张力，但在现代多元社会中，其更重要的使命和意义则是在中国达成一种"和谐"、"共融"。

研究陶行知先生，使我们对基督教在中国的处境、对中国基督徒的身份有了鲜活及深刻的认识。这种探讨会促使我们对基督教在华命运及意义"再体认"、"再发现"，也会引发我们对基督教在华之未来的感想或感悟。从何荣汉博士这一历史研究中，我们乃看出了其历史哲学的蕴涵及意趣。

是为序。

2004 年 3 月 25 日于英国伯明翰

12. 《耶儒对话与融合》序

　　基督教在中国的存在与传播，无法回避其与中国文化的关系问题。对此，许多来华传教士曾有过一些文化"对话"意义上的试探，亦与中国知识分子展开过一定程度上的交流。而这种对话和交流则集中体现在"耶儒对话"上面，其主旨及目的或是为了达到二者之间的"融合"，或是为了明确二者之间的"分殊"。基督教与中国文化的不同"对话态度"，事实上亦多少影响到其在中国历史上不同的"社会存在"。

　　回溯这段历史，可以说以利玛窦为代表的耶稣会士在明末清初曾展开了在深度和广度上均前所未有的第一次"耶儒对话"。这种体现出天主教信仰特色的对话所具有的积极或消极的影响，至今仍可让人体会和感受。19世纪新教传入中国后，由于"鸦片战争"带来的中西政治、文化冲突的加剧和尖锐化，不少来华传教士亦感到与中国文化对话乃是其在华真正立足的必要前提。由此，在基督教来华传播史上的第二次"耶儒对话"得以出现，而基督新教在这一对话中亦扮演了重要角色。由来华新教传教士创办的《教会新报》及《万国公报》，正是这一背景下的产物。

　　《教会新报》（*Church News*）是新教传教士林乐知（Young John Allen）在上海创办和主编的中文周刊，为清末最有影响的报刊《万国公报》（*Chinese Globe Magazine*）之前身。《教会新报》初名《中国教会新报》，1868年9月5日创刊，六年中总共出版发行300期，其中自1872年8月31日第201期起改称《教会新报》，尔后自1874年9月5日第301期起更名《万国公报》出版。这一教会报刊的出版在当时不只是希望能够"俾中国十八省教会中人同气连枝，共同亲爱"，而且实际上也为中西思想文化对话尤其是耶儒对话提供了重要场所。从这一文化对话意义上来考虑，姚兴富博士推出了这部研究专著《耶儒对话与融合——〈教会新报〉(1868—1874) 研究》。他试图把《教会新报》作为一个独立的整体来考察，并重点发掘其中所蕴涵的耶儒对话思想观念及相关资料。在这部著作中，他指出，利玛窦等耶稣会士在第一次耶儒对话中采取了"容古儒、斥近儒"的文化适应方略，以回避天主教上帝信仰与中国传统祖先崇拜之间不可调和的矛盾；而《教会新报》所反映的新教与儒家的对话则"不仅求助于古儒，而且也尝试与近儒调和"；新教传教士在承认并坚持其上帝崇拜与中国人祖先崇拜之间存有矛盾和对立的同时，进而利用宋儒的资源来用周、朱的"太极说"去解释上帝的属性，用陆、王的心性之学去阐明基督的品性，因此比明末清初耶稣会士的对话之探大有进展。此外，姚博士亦对来华传教士沟通耶儒关系的"索隐法"与"考证法"进行了较为系统的分析比较。他以《教会新报》为个案，通过对其耶儒对话入乎其内、出乎其外的探讨，而尝试为解决中西思想文化在相遇及对话中存在的一些现实问题或信仰障碍提供某种思路。

近年来，中国文化与基督教的关系问题再次成为学术界讨论的一个热门话题。但总体来看，在这一关注中似乎思辨之探仍要多于史料发掘。因此，我们应该鼓励学者去发现潜藏于近代教会刊物中的大量学术资源和思想库存，从回顾历史中找到展望未来的有效视角。在这一意义上，姚兴富博士这部基于文本、悟出新意的著作颇值一读。

是为序。

2004 年 10 月 15 日于北京

13.《希腊哲学的 Being 和早期
基督教的上帝观》序

　　源自"两希文明"的基督教,一方面从希伯来文明接受了其宗教传统,另一方面则从希腊文明承袭了其"智慧"、"思辨"传统。这种以"爱智慧"为表述和特色的希腊哲学对基督教思想体系究竟有多大影响,是思想界、学术界乃至整个文化界都非常关心的。在西方思想文化传统中,对"在"或"存在"的认知与辨识有着非常重要的地位,此乃西方文化的本质特征之一,并构成了其博大精深、源远流长的形而上学或本体论思想构建,对西方文化及整个人类文化产生了深远的影响。这种"思辨"特色和对"在"的究诘与华夏文化的"实践"特色和对"行"的持守形成了鲜明对照,亦给双方带来了深深的灵性触动和不尽的精神思索。

　　就基督教信仰原则和神学本真而言,其置于首位和核心的即"三位一体"教义及其理论表述。这种"三位一体"神学的正统及权威表达,经历了漫长的过程;它既反映了基督教思想的复杂发展,亦揭示了希腊思想对这一观念之熔铸构建所起到的关键作用。在此,基督教信仰中"上帝"观念的体认与希腊思想中对"在"之本真或本质的体悟,通过受希腊思想文化熏染的教父们尤其是东方教父们的不懈努力,而达到一种有机共构、天衣无缝的"化"境。

　　众所周知,渊源于希腊哲学的"在"(Being)之探究,在当今西方哲学体系中仍占据着极为重要的地位,其衍化的现代存在主义思潮甚至对东方各国都产生了深远的影响,而"三位一体"的上帝观亦作为基督教的正统信仰及神学理论保持至今,仍体现出其不可动摇的权威。二者如西方精神史上的双子星座，持久不断地放射出其耀眼而神秘的光芒。一般而言，人们对二者各自的原初性和原创性均有一些基本认识，但对二者的本质相融、共构及其理论观念的融会过程却知之甚微，颇为模糊。在此，章雪富博士的专著《希腊哲学的 Being 和早期基督教的上帝观》揭开了这一奥秘，为我们作出了精彩解答。

在这部寻根溯源、追问究竟的研究著作中，章雪富博士搜集了大量资料，阅读了众多著述，其历史钩沉、探幽析微的努力获取了可喜的成果。章博士对希腊哲学的 Being 观念进行了深入考究，对早期基督教三位一体理论的发展演变有着极为细致的勾勒，对关涉希腊哲学与基督教思想文化如何连接的许多问题加以了辨析。这部著作系统探讨了 Being 观念从古希腊哲学到早期基督教神学思想的发展，阐述了基督教三位一体神学理论的内在构建及其蕴涵的希腊哲学因素，再现了古代教父思想家们对这一上帝观的发展完善，并剖析了他们围绕基督教上帝论核心观念及其"三一"模式之基本架构所产生的分歧与争论。在此，章博士对许多涉及基督教思想基础和理论根源的重要问题都有澄清、阐释和说明。这样，我们从章博士的研究中看到了早期基督教上帝观形成、发展和演变这一复杂历史过程的再现，并由此对希腊思想中的"存在"观念及其与基督教三位一体理论的内在关联有了新的体认，得到了新的解读。

章雪富博士专攻古希腊哲学和早期基督教思想，在这一方面著述颇丰。仅我拜读到的著作就有《基督教的柏拉图主义》、《圣经和希腊主义的双重视野》、《早期基督教的演变及多元传统》等，自己从中获益匪浅。我非常高兴，我国能有像章雪富博士这样的一群年轻学者对基督教思想进行寻根溯源、从头开始的研究，并衷心祝愿他们能不断取得新的学术成果。

章雪富博士这部新著《希腊哲学的 Being 和早期基督教的上帝观》，是其对西方精神和宗教之源的新探，亦是其以往研究的进一步深化。阅读这部研究专著，随着其思路进入西方早期的理论潮流，感到颇有启迪和收获。我是在 4 月底从北京到洛杉矶开会的旅程中读完这部著作的。因此，这种环境中的上述阅读使我不仅在时空上、而且在精神上亦经历了一次跨越东西方之旅，再次意识到西方智慧那持久、不断的延续和扩散，并体悟到思想交流的独特魅力和意义。

是为序。

2005 年 5 月 15 日于北京望京德君斋

14. 《文化正当性的冲突》序

李向平教授的新著《文化正当性的冲突》给我带来了意外的惊喜，因为这让我首次近距离地、较为系统地接触到他的学术兴趣、研究方法和思想脉络。读到其对相关问题的理论阐发和个案分析，亦引起我的种种联想和思索。向平教授希望我能在较短时间内为此书写一篇序，这对我而言的确是一门虽不好推辞却不易完成的功课。限于时间，阅读这部著作已是跑马观花、囫囵吞枣了，而"写序"则更有下围棋进入读秒阶段之紧迫，故而已没有细细品味、认真琢磨的工夫，很难深入并把握其博大精深、纵横捭阖的妙笔宏论。因此，这里所写的文字自然不是本来应有之"序"了，而仅为自己这种"闪电式"接触所碰撞出的一些感想或断想。

阅其简历，从向平教授的学术生涯中看出一种有趣且有意义的发展，使我联想到一位科学家曾对我谈起的"树积数"概念和人们叙说家谱时所习用的"树"之比喻。若将向平教授的学术经历及发展喻作一棵"树"，那么他的"树干"及"树根"竟然是中国的古代历史研究。其硕士和博士学问都是专攻作为中国文化思想之源的先秦史，可他却不是一位"食古不化"、钻在古史中不再或不愿变动的学究！从这一"树干"或"树根"上，我们看到了他枝叶繁茂的发展：从中国古代走向世界和现代，从史学走向哲学、文化学、社会学、宗教学、政治学、和平学……

以一种充满历史积淀的深沉感和责任心，向平教授谈起了文化正当性和文化价值观问题。他从文化、精神所寓的人类社会之多元性和复杂性，对其意义及价值加以现代阐释和解读。文化因其不同来源和发展而有不同的"文化主体"及"文化自觉"，这种不同之间的"冲突"与"和谐"乃是人类共存所不能回避的问题。如何化解"冲突"，实现"和谐"，则为对人类智慧的考验。在此，人们对人类的"智商"有着种种叹息、怀疑或期盼。正是人本身的"有限性"，决定了人类文化、社会的有限或局限。因此，任何文化价值观及其"正当性"诉求都是相对的，对其"排他性"应有冷静的分析，作出"相对论"意义上的评价。然而，由于人们大多基于"守土有责"的意识，强调"留住自己的根"、"守住自己的魂"的"文化自知"及"文化自觉"，这种不同文化交往、接触中的"相对论"罕有市场，而种种"冲突"也正映入我们的眼帘。

从人之存在及其文化相对性，人们想到了一种"超越"或"升华"。在这一意义上，向平教授从文化学、政治学而转向到宗教学，对相关宗教进行了一番"价值"审视和"社会"评估。我非常佩服他运用社会学、人类学方法对宗教展开的个案研究，这种基于田野调查和社会统计而作出的分析颇令人信服。当代中国宗教学正出现从"文本"研究到"田野"调查的转型，向平教授对这一转型有着积极的参与，并做了不少试验性、开拓性探讨。当然，宗教研究颇为复杂，需要各种研究方法及类型的整合、共构。但向平教授以其特有的学术背景和学识积累给我们当下的宗教学研究带来了新的参照、参考和思索，的确难能可贵。

在文化学层面上，向平教授谈到了宗教文化及其意义。宗教的文化定位及其涵盖在中国学术界有其特殊意蕴，认识到宗教的文化价值是宗教学在当代中国获得突破的关键因素之一。不过，宗教文化与民族文化究竟是什么关系，宗教文化基于其价值向度是否具有超民族或跨民族性，以及传统宗教文化与当代先进文化有无吻合、能否协调等问题，仍然值得人们深入探究。对此，向平教授表达了自己的看法，提出了自己的构设。他的许多想法都值得我们展开更为广泛的讨论。

在社会学层面上，向平教授对宗教的阐述更加精彩，闪出不少思想火花和亮点。他强调了中国宗教学的社会学研究取向，从宏观上谈到了宗教的社会性、其社会参与和社会意识、其社会合法性和宗教社会权利表述的合适方式、以及宗教和谐与社会和谐的关联，从微观上则对佛教、基督教等进行了个案剖析，论述了相关宗教都市化、科层化、民间化、地域化等趋势，以及一些新的发展动向。这里，向平教授慧眼独到地指出了当代中国宗教向社团宗教和个我宗教两个不同方向发展的现象，注意到其精神体验与社会参与的相同与相异，认为一些宗教正游离在"世俗化"与"去世俗化"之间。他还敏锐地察觉到宗教作为"社会中的社会"而与社会既可能"和合"亦会有"张力"。实际上，宗教因具有社会组织和价值体系这双重身份而很难避免其内在的异化或分化：有些人持有信仰但不归属任何宗教组织，有些人虽具有某种宗教组织之归属却并无真正的信仰或不清楚其究竟信仰什么。宗教是一种外在的社会存在方式（即"集体意识"或"集体无意识"）还是一种内在的认信依属（即"深蕴心理"或"绝对依赖感"），二者有时候并不完全统一。这些询问虽然一时无法找到令人满意的回答或解答，却可深化我们在宗教社会学和宗教哲学（精神科学）意义上的研究，鼓励对宗教"形态"与"心境"之间的奥秘及奥妙作更认真的考辨。

在政治学层面上，向平教授也论及政教关系，提出其对政教分离的认识，并对宗教与政党关系这一敏感问题阐述了自己的看法。尽管对这些问题会有不同视角、立场和观点，其探索本身却无疑是意味深长的，而其预见或前瞻也会给当代学术界带来一些必要的兴奋点或焦点、热点，从而活跃我们的学术生存，营造良好的交流氛围。应该承认，宗教与政党能否达成某种价值整合或社会整合，这种整合会出现哪方面的"强化"或"弱化"，政治认识与信仰追求能否形成真正共识或达到求同存异，这在我国都是非常复杂的问题，而其真正答案则势必与宗教在中国的定性及前途有着内在关联。从双方来看，参与政治而放弃信仰、或追求信仰而虚化政治，都不可能提供其真正的解决之途。"党"、"教"之间的"参与"权衡必须考虑到二者既都是社会组织，又都有信仰理念，其和谐共构需要双向适应及双向吻合。在对二者的"虚"、"实"、"取"、"舍"上，达其"平衡"亦需超常的政治睿哲或信仰智慧。

面对"政"与"教"之间、甚至在不同宗教之间的差异和分殊，向平教授则大力提倡一种争取"和谐"、追求"和合"的"和平学"。"和谐"与"冲突"是当代人类面临的艰难选择，宗教对于构建和谐社会至关重要，而各宗教之间的"和谐"、"和平"或"和合"更是世界和谐及和平的前提。正因为如此，西方宗教思想家孔汉思"没有宗教和平就没有世界和平"这一看似简单的名言才引起了当今世界的普遍共鸣。基于这种考虑，向平教授对佛教的"因缘和合"多有阐释，并进而引导人们对中国思想文化的儒释道之"和"作一番独特的研究，由此启发人们体悟国际政治、人类共存的奥秘或许就正好反映在"和而不同"的真谛之中。从这一意义来看，我们所言的和平学已不仅是政治学、社会学，而更是文化学、宗教学。

在向平教授的这部著作中，其闪光的思想和精辟的分析俯拾即是，给人目不暇接之感。对于关心文化、宗教、社会、政治及世界和平问题的朋友而言，此书确为一份别致、精巧的学术礼品，值得我们来欣赏、评议，以便能从中悟出其妙语之潜思，并读出我们自己的新意，挖掘出更深层次的学术及精神价值。

2005 年 6 月 26 日于北京寓所

15.《池田大作的佛学思想》序

池田大作先生以其佛教思想和智慧来推动各宗教、各文化之间的对话，争取世界持久和平，有着很高的国际知名度和声誉。在这些年的宗教研究中，我们身边的不少科研人员都与池田大作先生有过接触和交往，我们研究所亦与池田大作先生创办的东洋哲学研究所等机构合作，成功召开了多次有关中日佛教研究的学术研讨会。这些交往与合作自然也加深了我们对池田大作先生及创价学会的了解，增进了双方的友谊。因此，我很高兴看到何劲松博士的新著《池田大作的佛学思想》得以顺利完成，衷心希望中日双方的学术交流和理解能够不断取得新的进展，有着新的收获。

在池田大作先生的宗教生涯和社会生涯中，他不仅"文以载道"，而且"业以载道"，既用学术研究和理论著述来表达其宗教理念及追求，也在其社会实践、公众生活中来体现、实施其信仰本真。他在博大精深的佛学思想体系及其文化传承中"求道"、"悟道"，达到了学有专攻、蹊径独辟之境。而在现实生活中，他则有着"续佛慧命"的使命感，身体力行去"弘道"，发展出其从事政治活动的"中道政治"思想和推行宗教革新的"人学思想"，并在世界各地推行"和平之道、文化之道、教育之道"，将之视为能够实现社会和谐、世间平安的"世界之道"。为此，他曾获得联合国和平奖，其理念亦被许多人所接受、推崇和研习，成为当今国际政治、社会交往和宗教文化交流中的一种重要思潮。池田大作先生"闻道"、"求道"和"弘道"之旅，正使其孜孜以求之道成为其信众所随的康庄大道。

何劲松博士是我们研究所从事佛学研究的年轻学者，尤其在中、日、韩佛教研究上颇有造诣，而且已成为我国潜心研究创价学会的少数专家之一。《池田大作的佛学思想》一书的问世，乃其多年专题探究之结晶。这不仅是他本人研究佛学的一部力作，也是我国学术界对池田大作的研究所取得的最新成果。中日两国"一衣带水"，有着悠久的社会文化关联。两国之间友谊的发展和延续，需要打破彼此之间仍存有的种种隔膜，而在思想精神上的互不了解则是其中最大的隔膜。学术研究乃是消除这种思想精神隔膜的有效之途，是不同文化之间相互沟通的重要桥梁。所以，希望能有越来越多的学者来从事这种铺路、筑桥的工作，共建思想文化沟通的大道。只有以这种真诚和努力，中日两国人民才能从地理意义上的"近邻"发展为社会、政治、文化意义上代代友好的"亲邻"，从而为亚洲和整个世界的和平作出贡献。

是为序。

2006 年元旦于北京

16. 《赵紫宸神学思想研究》序言

赵紫宸先生在现代中国基督教思想发展史上是一位有着重要地位、非常值得研究的人物，是 20 世纪中国基督教会最有影响的神学理论家和社会活动家之一。他在探究基督教思想与中国文化的结合上作出了富有意义的成果，其思想和见解迄今仍给我们带来启迪、引发我们深思。为了这种中西思想文化的对话，他在西学和国学上都有着很高的造诣，达到了学贯中西、博古通今之境。

在中国现代社会转型过程中，赵紫宸先生赤诚的爱国之心得到了突出体现。他不仅自己热情支持和积极参与中国基督教的"三自"爱国运动，而且还在新中国成立之际马上写信给在国外求学或工作的子女、学生，强烈要求他们回国为新中国的建设效力，遂使其子女、学生很快回到了祖国。赵紫宸先生及其家人和学生们坎坷、传奇般的经历，更使他们的崇高人品、富有魅力的人格精神得以彰显。

对赵紫宸先生神学思想的研究，海外学人和中国香港学者已颇具规模、卓有成就，如德国学者古爱华所著《赵紫宸的神学思想》（*Winfried Glüer：Christliche Theologie in China. T. C. Chao 1918—1956*，Gütersloh，1979），香港学者林荣洪撰写的《曲高和寡：赵紫宸的生平及神学》（1994）、邢福增撰写的《寻索基督教的独特性——赵紫宸神学论集》（2003），在中国基督教研究学术界都有一定影响。进入 21 世纪以来，中国内地学者亦开始对赵紫宸先生的神学思想展开系统研究。2004 年 4 月 21 日至 22 日，燕京研究院和清华大学哲学系在清华校园内联合召开了"赵紫宸宗教思想国际学术研讨会"，并于 2005 年出版了会议论文集《赵紫宸先生纪念文集》。此外，商务印书馆亦先后出版了《赵紫宸文集》各卷。

2006 年 4 月 29 日，"赵紫宸、赵萝蕤父女纪念馆"在浙江省湖州师范学院隆重开馆。

在这种研究赵紫宸先生的生平及思想之积极氛围中，青年学者唐晓峰博士在修改、补充、完善其博士论文的基础上推出了其专著《赵紫宸神学思想研究》。这部著作侧重于对赵紫宸神学之伦理化特征的研讨，由此展开其相应解读和诠释。唐博士在搜集相关资料上下了很大工夫，掌握了非常翔实的第一手文献资料和相关研究材料。通过梳理、分析和研究这些文献资料，唐博士认为，赵紫宸神学体系的核心以及整个现代中国基督教神学的特色，即重伦理而不去细究"论"理，重实践而不强调思辨，重应用而不刻意构建体系。因此，他的这部著作在研讨、阐述赵紫宸神学思想发展演变、其对西方神学的运用及其自身中国思想文化底蕴之体现上均颇有新意。唐博士在从社会关注、传统影响及现实处境等方面分析赵紫宸思想时指出，赵紫宸伦理化神学主题来源于对中国社会道德人格问题的深思，其神学的伦理化面貌乃由中国儒家文化传统的伦理特征所塑造，而其神学的伦理化倾向及偏重也在某种程度上受到西方一些神学派别伦理特征的影响。从这一意义上而言，赵紫宸神学的伦理化特征亦是一种中西对话及合璧。

唐晓峰博士在撰写这部著作时有着大量的阅读和广泛的涉猎，本书内容不仅反映了作者对赵紫宸本人思想的把握、理解和描述，而且还展示了其对研究赵紫宸思想之众多学者观点的分析、比较和参考，由此形成他自己的学术见解和个性。尤其值得一提的是，唐晓峰博士为"赵紫宸、赵萝蕤父女纪念馆"的筹办投入了很大精力，做了许多前期工作，受到赵紫宸亲友及学界同行的好评。我们衷心希望唐博士百尺竿头更进一步，在中国基督教的研究上取得更多的收获和成果。

是为序。

2006 年 9 月 15 日于北京

17. 《谢扶雅的宗教思想》序

　　谢扶雅先生著译甚丰，涉猎广博，在中国现代基督教神学思想和宗教研究领域都颇有影响。在我们今天讨论中国基督教"神学建设"，基督教在华的"本色化"、"中国化"时，很有必要重温谢扶雅的论述，体悟其思想睿智，从而为当今中国的神学构建提供某些启迪、思路和经验。

　　理解宗教，既是一种内在心灵的体悟，又需要对不同人群的灵性经验加以比较，由此方得宗教的精髓和真谛。作为一个基督教思想家，谢扶雅在持守其信仰本真的同时，亦对其西方传统有着批判性审视。而作为一位中国宗教思想家，他更注重东方宗教思想及其可能与基督教发生的碰撞或沟通。因此，研习并透彻理解其自我"在场"的东方思想文化、尤其是中国本土文化，对于一名中国基督教学者而言乃是义不容辞的责任。于是，谢扶雅自觉地"浸润于""儒、佛、道"三教之中，对这些与中国文化传统密切关联的宗教思想有着冷静的分析和客观的褒贬。在这"三教"之中，他对"儒教"有较高的评价，并强调"儒教"的"宗教性"，从而驳斥了"中国乃伦理的民族，非宗教的民族"之说。在他看来，"儒家之宗教，略于表而坚于里，信仰祭拜之形式愈淡，而灵的经验愈深"，而这恰恰反映了"宗教精神之最深奥处"。对于"道教"，他认为"道"这一表述则最能体现西文中 religion 之真义，而道教的特点也正是"能以包罗磅礴的'道'弥蒙一切，上通高级知识分子的心灵，而下复适切广大庶众祈生避死、'长命富贵'的需求"。这种"标名大道而教甚于俗，举号太平而法穷下愚"之表述实乃一语道破了现实宗教存在及其功能和意义的奥秘。至于佛教，它虽源自印度文化却在华发扬光大，得成正果。谢扶雅认为，佛教在华的成功恰在于其对中国文化采取了圆融之态，积极与中国传统儒、道体系相结合，从而顺利完成了其"由模仿而创造"的更新过程。从对"儒、佛、道"的领悟，谢扶雅进而思考基督教在中国的生存命运及文化发展。有感于使文化交流和沟通得以顺利进行的"圆融"精神，谢扶雅也在思考基督教在华构建一种"中和神学"之可能。这样，我们当然也可以将谢扶雅视为当今中国神学建设的先驱。

中国大陆学界虽对谢扶雅的思想有过评介，但专论不多，缺乏系统、深入的研究。因此，当看到唐晓峰博士的新著《谢扶雅的宗教思想》时，我们有着格外的惊喜。这部著作既有对谢扶雅本人的宗教哲学思想和神学思想之系统阐述，也有唐博士自己的评论及反思，从而深化了对基督教与中国文化关系的讨论。在20世纪中国基督教思想的发展中，赵紫宸、吴雷川、王治心、谢扶雅等人的神学思想尤其值得我们特别关注。继对赵紫宸神学思想的研究之后，唐晓峰博士进而投入了对谢扶雅宗教思想的研究，这正是我们当前所需要探讨的重要课题。因此，我非常欣赏唐博士的上述努力，并希望他在这一领域不断有新的开拓与发展。

2007 年 9 月 12 日于北京

18. 《从"神圣"到"努秘"》序

　　鲁道夫·奥托是 20 世纪上半叶德国著名的基督教神学家和宗教学家。他于 1869 年 9 月 25 日出生在德国下萨克森的派纳（汉诺威）。1888 年 5 月就读于埃尔兰根大学新教神学系，在该系保守派神学家的指导下开始其神学生涯，但不久就转学到格廷根大学自由派神学风行的新教神学系，并于 1898 年以路德论圣灵的论文获得博士学位，随之因成功试讲康德的宗教概念而获得教学系统神学史和相关联的宗教史及宗教哲学的职位。1906 年，奥托在格廷根大学由讲师升为副教授。1915 年，他获得布雷斯劳大学系统神学教授席位，随后自 1917 年任教于有"德国宗教学的麦加"之称的马尔堡大学。在任教期间，奥托先后游历了印度、中国、日本、斯里兰卡，以及北非和近东地区。这些经历使他获得认知世界宗教的广远视域，并深受印度教等东方宗教的影响。而且，他还基于其搜集到的各种宗教制品而在马尔堡建立了一个宗教博物馆。1924 年，他曾出访美国，在奥伯林学院讲授东西方神秘主义。1926 年，他又在瑞典乌普萨拉大学教授印度宗教和基督教课程。奥托于 1929 年 3 月退休，1937 年 3 月 6 日在马尔堡去世。其主要著作包括《自然主义世界观与宗教世界观》（1904）、《康德—福瑞士派宗教哲学及其神学运用》（1909）、《神圣：论神圣观念中的非理性现象及其与理性的关系》（1917）、《东西方神秘主义》（1926）、《印度的神恩宗教与基督宗教》（1930）、《罪与原罪》（1932）、《超越世界的情感》（1932）、《上帝之国与人子》（1934）等。后人还编辑出版了其《伦理学文集》（1981）。

　　从上述简介中，我们可以看到，奥托的学术生涯及其研究著述乃反映了基督教神学与早期宗教学的密切关联和交织，以及宗教学的学科转型和独立发展。其实，西方宗教学的发展正表明了其从基督教神学的派生、嬗变和完全脱离之过程。宗教学的先驱施莱尔马赫本人也是近代著名的基督教神学家，他开创的"体验神学"或"情感神学"使近代西方基督教神学形成突出人之主体和心理因素的发展，并被奥托所继承和深化。这种神学强调人的"体验"和"情感"，且进而从"神圣的体验"来理解宗教的本质，以人的"情感"作为宗教存在的起点和信仰出现的场景，由此亦开始了从"神学"到"宗教学"的转型。奥托最具代表性的著作是其1917年首次出版的《神圣》，这本书对于宗教学的发展亦具有里程碑意义。因此，它已数十次再版，并被译成多种文字发行，成为宗教学的必读之书和经典著作。

奥托在《神圣》中专门讨论了作为宗教核心范畴的"神圣"。他虽然承认这种"神圣"乃宗教信仰所特有的心理状态，将之描述为"对神既敬畏又向往的感情交织"，却与施莱尔马赫强调人之"绝对依赖感"的"主体情感论"或"心理主义"论明显不同。在奥托看来，"神圣"乃主、客体的共构，超然与内在的同存，因为"神圣"既涵括人"对神圣的体验"，亦表明"超自然的神圣"本体。这样，奥托就独辟蹊径，开创了对"神圣"的宗教学、尤其是宗教现象学和宗教哲学意义上的研究。

奥托这部代表著作的中译本由成穷、周邦宪译成，题为《论"神圣"——对神圣观念中的非理性因素及其与理性之关系的研究》，于1995年由四川人民出版社出版。必须承认，我国学术界近年来虽对奥托的思想有所评介，对其深入、系统的专题研究却颇为罕见。因此，朱东华博士的专著《从"神圣"到"努秘"》在当代中国学术界就显得格外醒目，引起了人们的关注。这部著作的独特之处，乃在于强调、突出奥托思想的核心观念"努秘"，由此而形成其对"努秘学"的研究。在研究胡塞尔、海德格尔、舍勒等人对奥托论"神圣"之评论的基础上，朱东华博士着重于其对"努秘学"的现象学解读，从而与传统的神学——形而上学理解形成区别。其研究展示了对奥托"神圣"观之发展、变化的捕捉和分析，并特别关注《神圣》一书早期版本与1936年修订版的异同，以勾勒出奥托本人在认知上的深化，由此使奥托"努秘学"的现象学特征获得解析和说明。此外，朱东华博士亦指出，奥托的宗教现象学因其基督教思想理论的传承而仍具有神学——形而上学意义上的局限。

　　朱东华博士这部研究著作因其分析之深入和见解之独特而颇受中国宗教学术界的好评，其问世亦表明当代中国学界对奥托思想的研究取得了实质性进展。鉴于奥托的理论学说反映出宗教学在其早期发展阶段与基督教神学的内在联系以及其相互促进和影响，我们仍可以对奥托及其思想加以基督教文化意义上的审视和评说。因此，衷心希望朱东华博士在这一比较研究领域能有更多的心得，取得更大的成就。

2007 年 9 月 12 日于北京

19.《公共神学与全球化:斯塔克豪思的基督教伦理研究》序

在基督宗教的文化传统中,"神学"乃关涉"神"与"人"之关系的学问。其一端是作为终极实在的"神",另一端则是在现实存在中的"人"。对信仰之"人"的理解,传统上多从个人私密性或作为信众社团的体制性教会来出发。前者具有宗教心理的意义,后者则揭示宗教社会之蕴涵。至于"公众"社会,则属于"世俗"的领域,不在神学视域所应考虑的范围之内。然而,自近代以来,具有自由人"共在"特点的"公民社会"悄然诞生,宗教亦因与"世俗化"或"世俗性"的互动、回应而越来越多地进入"公众"社会,卷入"公共"事务。这样,与"公共性"相关联的宗教形态遂脱颖而出,宗教已不再是"个人的私事"或"教会群体的私事"。与此相呼应,随之亦涌现出"公民宗教"(civil religion)、"公共宗教"(public religion)和"共和宗教"(religion of the republic)等表述。1967年,罗伯特·贝拉(Robert Bellah)发表了"美国的公民宗教"一文,从追溯西塞罗的《法律篇》和卢梭的《社会契约论》到引证杜尔凯姆的"公民宗教"观,揭示出宗教本应反映的集体意识、普遍意志和公共价值之维。所以,宗教按此理解则不应囿于个人私密或教会群体,而要进入"公众社团",参与"公共社会",表达一种全新的"公共话语"。

当今社会"全球化"和"世俗化"的发展,使基督教会以往曾有的"普世性"或"大公性"概念获得了新的意义或诠释。其结果,"神学"也不再是个人信仰的"私语"或体制性教会的"信条",而必须以一种更普遍的方式,对具有更为广阔的公共性、共同性的生活发表意见。因此,

"神学"同样也成为一种公共话语，以其"批判性和建构性"来解释人类当今的共同生活，为其社会共在提供道德及价值层面的指引。可以说，在现代社会背景和文化语境中，"公共神学"乃应运而生。

"公共神学"的基本观念，就是认为神学所论及的并不仅仅是"私人"（包括个我或教会自我）的，其追求的终极而普遍的真理和正义乃超出私人信念之界，甚至超越国家和民族文化，在更广远的范围对人的公共行为和人际关系产生影响，并能够在这一"开放社会"之"开放"和"自由"的哲学、宗教、伦理讨论中达其认知。由此而论，"公共神学"乃一种"广阔的神学"，它可以在"公共论坛"上展开讨论、得以证实，并能够为"社会事务"提供睿智和远见。可以说，"公共神学"乃基督宗教思想传统对"全球化"境域中的"开放社会"及其"多元文化"的积极回应，是以"多中的一"或"共同生活中的普世原则"、也就是其"神圣的法则"来理解人类共同生活的内涵，引导、指点、调整并整合其共在所必需的"人类秩序"。

将"神学"与"公共"联系起来乃现代欧美神学家们的"创新"之探。"公共神学"之英文术语最早出现于 1974 年 10 月马丁·马蒂（Martin Marty）在其主编的美国《宗教学刊》（*The Journal of Religion*, 54/4）上所发表的题为"莱因霍尔德·尼希尔：公共神学与美国经验"之论文。自 20世纪 70 年代以来，"公共神学"已成为当代美国最重要的神学运动。其特点是重视宗教在文化中的运作方式，以一种对传统教会立场和教义形式及其民族身份的"超越性"来关注其对"公众"界说的"普遍性"，作为"公共知识分子"来利用《圣经》等神学资源，呼唤并维护社会的正义。这样，为"民权运动"而献身的美国新教牧师马丁·路德·金（Martin Luther King）遂成为"公共神学的世界性范例"，借此强调神学在"为公共生活承担精神和道德建设的责任"上的意义及使命。

"公共神学"的发展在马克斯·斯塔克豪思（Max Stackhouse, 1935— ）的思想体系中获得重要突破。其特点是超越美国社会认知之限而将公共神学的论题与当前"全球化"的背景相关联，从而完成了从美国等地域性视角的公共神学到一种"全球视野"的公共神学之转型。斯塔克豪思坚持神学的任务"在于阐发源于神圣法则的一些普遍主题在道德和灵性上与公共生活的关联性和有效性，并以之引导现在已是全球性的共同生活的内在结构"；在他看来，上帝赋予人参与世界的能力和职责就"根植于人类整体生活和文明深刻的道德和灵性要素中"，"上帝之道承认在神圣法则下生活各种领域的确立和发展"。这样，斯塔克豪思就为神学的言述及作用提供了更广阔的天地，并捍卫了其在公共论坛上的重要权利与地位。目前，斯塔克豪思已成为当代西方公共神学的主要倡导者和推动者之一。

自改革开放以来，我国学术界开始对西方"公民宗教"和"公共神学"的关注与研究，而且这一研究在步入 21 世纪以来得以加强和深化。2004 年，中国人民大学基督教文化研究所主编的《基督教文化学刊》出版了"神学的公共性"专辑，并与香港浸会大学合作展开了"神学的公共性"研究课题。2006 年 6 月，香港浸会大学举办了题为"宗教价值与公共领域：公共宗教的中西文化对话"国际学术会议，并邀请到斯塔克豪思与会发表演讲。在此期间，斯塔克豪思的来华访问及其论著被译为中文，也明显增加了中国学术界对研究公共神学的兴趣。

在对公共神学的研究中，谢志斌博士有着独特的贡献。他自 1999 年赴美进行"宗教与社会"研究项目，在普林斯顿神学院师从斯塔克豪思研习公共神学。此后，他先后在香港大学完成哲学博士的学习，在美国阿克顿宗教与自由研究所从事公共宗教研究，在香港汉语基督教文化研究所开展合作研究，并于 2006 年再次应邀访问美国普林斯顿神学院从事"公共宗教与全球化"的研究课题。从 2004 年 8 月至 2007 年 5 月，谢志斌博士在中国社会科学院世界宗教研究所作博士后研究，其选定的研究课题就是"道与世界：马克斯·斯塔克豪思全球视野里的公共神学"。而摆在读者面前的这部专著，正是他上述研究的学术成果。

谢志斌博士治学非常严谨、认真，注重第一手材料的搜集和与相关神学家面对面的接触。其对斯塔克豪思的研究投入了巨大的精力，也得到斯塔克豪思的热情支持和帮助。在这部研究专著中，谢博士梳理了以亚伯拉罕·凯珀、恩斯特·特洛尔奇为代表的欧洲公共神学传统和以约拿单·爱德华兹、沃尔特·饶申布士和莱因霍尔德·尼布尔为代表的美国公共神学传统，对斯塔克豪思的公共神学体系有非常系统、深入的研究，并分析、展示了斯塔克豪思公共神学的突破、贡献和特点。可以说，谢志斌博士的这部专著乃代表着中国大陆学术界研究公共神学和斯塔克豪思的最新成果。在此，我们将谢博士的这部专著收入"基督教文化丛书"，旨在对当代基督教思想文化展开更深入、全面的研究，也衷心希望谢博士在这一研究领域继续努力，有更多、更好的贡献。

2007 年 10 月 5 日于北京

20. 《汉语学术神学》序

基督教作为一种"普世宗教"在全球范围的传播、影响，带来了基督教思想文化的普及，同时亦引起了对这一思想文化体系之本真的开放性、对话性和探索性研究。因此，对于理解基督教思想体系及其精神传统和文化关联，就有了多种可能性和多样解释，"普世神学"在这一意义上显然就比传统"教会神学"及其"教义神学"有了更多的内容，更加丰富多彩。可以说，随着基督教的开放性发展，基督教"神学"也势必成为越来越开放的体系，会越来越多地关注来自各种文化传统及其相关语境的精神资源、思想理论、认知视域和研究方法。

"神学"（theology）这一术语自柏拉图率先使用，就具有"关于神的言论"之意。不少人基于对希腊语"逻各斯"（logos）的理解，把"神学"更加明确为"关于神的理性言说"。由于创造了"神学"这一术语的柏拉图又创办了"学院"（Academy），故此人们就会非常自然地将"神学"、"理性"、"学院"相关联。这样，对"神学"的理解首先乃是关于"神"的"理性"、"科学"和"学术"研究。应该说，对于"神"的学术性、科学性研究这种"神学理解"更要早于对"信仰神的论证"这种"教义神学"传统。我们对"神学"术语的这一认知溯源，可以加深对"神学"发展之开放性的理解，亦能为我们在当今神学之探中归真返璞、开拓创新增添勇气和信心。

随着基督教的兴起与发展，"神学"理解亦出现了从"学术神学"到"认信神学"的重大转变。从此，广义的、"开放性"的"神学"被特定的、"基督教"的"神学"所取代，而这种"基督教神学"则是"以神圣启示为基础的神学"，它从"认信神学"的基本定调而影响到上千年来基督教神学思想的发展。所谓"认信神学"，就是说"神学家"即从事神学研究者本人需要有一个"信仰表白"；对于研究基督教神学者而言，"基督教信仰"是必须具备的条件。于是，"神学家"必须是"基督徒"，而神学的目的也只是对其信仰本身的知识性、唯理性或精神性解释与论证。由此以来，"神学"乃为基督教所专属，而早期曾用"基督教义"来与不确定的"神学"保持距离的基督教思想家则发展为中世纪将"神学"名正言顺地定为基督教"教义神学"或其"经院哲学"的基督教神学家。这种转变既然使"神学"从泛指改为专指"基督教神学"，那么也自然使"神学"有了基督教的"教会"和"教义"归属，即成为"教会神学"和"教义神学"。

作为"教会神学"，神学是"教会在思考"，是其"信仰团契"的理论构建，有其独特的问题意识和内在关注，因而基本上为一种"内涵式"神学。"教会神学"有一些基本原则，构成其重要"传统"，如作为其"神圣联盟"的"教会"传统，作为教会建构之传承的"使徒"传统，作为"神圣启示"之记载的"圣经"传统，以及作为"教会信仰"原则的"信经"传统等。这样，"教会神学"表达了对"教会"及其传统的爱戴、维护，有着明确的"教会性"立场。

作为"教义神学"，神学则是对基督教"教义"的梳理、诠释、研究、论证和系统化。从"教义神学"则开始了基督教神学的学科化、体系化，发展出相应的"基本神学"或"系统神学"。在此，"教义神学"有着关涉"上帝论"（"三一论"）、"基督论"、"圣灵论"、"圣经论"、"救赎论"、"创世论"、"人性论"（"原罪论"）、"末世论"、"恩宠论"、"圣事论"、"教会论"等基本命题，对基督教信仰进行了详尽的、积极的、充满意义的"教义"解释。当然，这种"教义"解释要求解释者即神学家本人相信其解释的"教义"乃基督教信仰真理，既真实又富有意义。而且，由于基督教信仰基于"神圣启示"，这种"启示"又记载在《圣经》之中，所以，以这种"神圣启示"为基础的基督教神学必然首先是"圣经神学"，"圣经神学"乃是一切基督教神学构建的基础和开端。"圣经神学"包括"内涵式"的"解经学"和"外延式"的"圣经诠释学"。以此为基础，形成了基督教神学的学科构建，其"圣经神学"领域包括"旧约神学"、

"新约神学"以及与之相关的"次经"、"伪经"、"死海古卷"、"圣经考古学"等研究;其"教会史学"领域包括整个"教会历史"的纵向梳理,涵盖早期教会及其文献研究,中世纪教会及其相关的教父学、经院哲学、教会法学等研究,宗教改革研究和近现代教会研究;其"系统神学"领域包括基本神学或教义神学、伦理学和宗教哲学等研究,尤其是对其"三位一体"神论作出理性的、令人信服的解释;而其"实践神学"领域则包括传教学、教牧学、灵修学、宗教教育、基督教社会学说以及有更广远涵括的"普世神学"等研究。在教会发展的漫长岁月中,"教会神学"和"教义神学"已体态完备、学科齐全。

"神学"在基督教范围内既然是一种"信仰"的言述,那么其探讨就是在具有信仰的前提下对其信仰本真加以知识性、意义性解释,即一种"内在"的"信仰寻求理解"的努力。不过,这种"信者"之"信"并非绝对的;由于人的"相对性"、"有限性",其在从事神学研究时具有"主体性"、"主动性",故而很难说清其"神学"之探究竟是来自"神启"还是"人思"。谁能判断其关于"上帝"的"言说"或"认识"乃为"上帝的自我启示"而不是"人类的想象"?其实,一切"神学"之探都是"人言"而不是"神言",只不过是"人"关于"神"的"言述"、"解说"。这里,"信仰"的确定性就有所动摇。谁敢断定自己之"言"乃"神圣启示",又有谁能赋予你这种"断言"的权力?鉴于人的有限存在以及神学家之"思"仍为世人的认知,所以绝对"上帝"作为"神圣的存在"对于人而言并非"不言自明",其超越性和超然性显然已超出"人言"的能力及把握,有其神秘性和不可穷尽性。自称"替神代言"或其"神学之言"乃"神言"本身,仍是一种僭越或"渎神"之举。正是这种原因,才出现"神学"由"关于神的言说"到"信仰神的论证",也才使基督教思想史上自中古以来一直不断有关于"上帝"存在的"证明",从安瑟伦到阿奎那、从笛卡儿到康德,人们为这种"确信"寻找"确证"的努力仍在延续,迄今也并没有达到令人完全满意、满足的程度。既然"神学"是"关于上帝的理性言说",所以它才没有停留在加给德尔图良的"因为荒谬、我才相信"之误解上,而是呈现出"信仰寻求理解"或"理解寻求信仰"的种种探索。除了"信仰而理解"、"我信故我知"的进路外,仍然有着"理解而信仰"、"我知故我信"的反证。"神学"本身这种问"神"之难不仅为其提供了神秘性、灵修性"捷径",也保留着唯理性、科学性探究的"艰难之旅",为其有志者标示出了一条摸索、探险之路。因此,基督教思想界在其"教义神学"的理性之探中,又为其"学术神学"的存在敞开了大门,保留了空间。在某种意义上,其"系统神学"的视域和立意在这种信仰前提下主要体现为"学术神学",而且与纯"学术"有着相似的问题意识。

由于基督教信仰源自"两希"("古希腊"、"古希伯来")文明,在古罗马帝国时期得以成型,因而与西方文化的发展有着不解之缘。实际上,基督教神学乃与西方思想文化精神有着极为密切和复杂的交织,二者这种难解难分、共融一体一方面使基督教神学的"学术"之探成为了"西方的学术神学",另一方面则使基督教在面对"汉语世界"时乃是以一种"西方"姿态和身影来出现。在当代中西思想文化的交锋与交流中,中国学术界对基督教思想文化开始了一种新的体认,对基督教神学亦有了一种新的探讨。根据"汉语世界"的问题意识和文化资源,一种"汉语神学"已应运而生,其特点则是突出神学的"学术性"而淡化其"教会性",并以一种"广义"理解而表明了"汉语神学"的开放姿态和开明意向,从而给神学在中国带来了"海纳百川"的气象。而且,其对"学术性"的关注也使人们重新对"西方的学术神学"产生兴趣,将之纳入研究视域。

在这种当代学术氛围中,黄保罗博士完成了其研究专著《汉语学术神学——作为学科体系的基督教研究》。这里,黄博士将"汉语"与"学术"糅在一起,表明了其"神学"整合的意向。黄博士在北欧潜心研究十余年,既有着西方学术神学的系统训练,又一直保留着华人学者中西比较的学术传统,尤其对中国儒学与基督教神学的比较研究情有独钟,在这一领域成果颇丰,受到业内人士的好评。当然,黄博士这一"汉语学术神学"主要乃是用"汉语"来介绍、描述和解释西方学术神学的研究及其教学,为人们展示出西方基督教神学"学科体系"的基本景观。这种用"汉语"撰写的基督教研究论文当然可以被视为"广义"的"汉语神学",而其对"学术性"的突出和对"教会性"的淡化也应该被理解为"学术神学"的表述。不过,正如"汉语神学"介乎"认信基督"和"信仰中至"

两种态度之间的模糊地位那样，其所论述的"汉语学术神学"仍在一定程度上体现出传统理解的"认信神学"的特点，即反映出"西方学术神学"的基本立场和认知痕迹，从而与中国大陆人文学术界目前所追寻的"不需要个人对基督教信仰的认同和委身"、"基于宗教学的立场、观点、方法和研究成果"而对基督教进行"科学研究"的"学术神学"有着明显区别。但应该特别强调的是，既然这种方兴未艾、正在摸索之中的"学术神学"有着与"西方学术神学"相似的问题意识和研究范围，既然其呈现与发展有着明显的"汉语"语境和归属，那么黄博士的这部著作就有着独特的学术价值和现实意义，亦会为我们人文社会科学领域"学术神学"的价值独立、信仰中立之研究提供重要的参考和借鉴。"学术神学"作为中国当代基督教研究的一种新进路，并不是要"超越"基督徒的信仰来"科学地验证"其信仰的真伪，而是旨在对基督教神学所思考的基本问题尝试加以客观、理性、科学的探讨。

2008 年 4 月 26 日于北京

21.《皈信·同化·叠合身份认同》序

华人、美国和基督徒，这是杨凤岗博士本部著作标题中的三个关键词。也正是这些耳熟能详的词汇，反映了一个与我们息息相关、但远远超出我们驾驭能力的时代的来临，由此亦触动了我们关于中国与世界、宗教与灵性以及中华民族文化寻根与拓展等问题的种种思绪。

在"全球化"政治、经济、文化大潮的冲击下，"中国人"的身份认同日趋复杂和多元化。一方面，"全球化"大变革实际上已造成了许多民族国家传统意义上"国界"的"淡化"及"主权"的"弱化"，当今中国在不少领域同样也不可能避免这种变化；而另一方面，至少有百余年历史的中国人出国留学、探亲、经商、打工、移民和与"外国人"通婚之流变自中国大陆改革开放以来再次掀起高潮，其规模之大更是远远超过以往历史中的任何时代。这些中国人已走出国门、正融入世界，因此，其对自我"身份"的重新认识和定位，就必须看到由此所经历的民族交融"你中有我"、"我中有你"之社会生存处境的变动，但在其内心又必然会有更为复杂的心灵、精神"家园"之寻觅和安居。这里，杨凤岗博士对这些海外同胞的身份有三种划分：一为从"政治身份"上而言的"中国人"，其在政治立场上、意识形态上和社会利益上形成了"身份"认知和认同上的不同理解、侧重及倾向；二为从"文化身份"上来看的"华人"，这些"华人"即超越了各自在政治态度上的分歧而有着文化寻根、精神求源的期盼和努力，尽管大家在海外可能走上了彼此迥异的生活道路，却共有着一种"华夏"情结使之魂牵梦萦；三为从"血缘或种族身份"上相关联的"华裔"，体现出一种"血浓于水"的情感和魂灵。从这三种身份认同中，杨凤岗博士突出了从"文化"身份及意义上认同的"华人"身份,此乃其撰写这本书的立足点和出发点。当然,他所理解的"华人"已是具有开放、开拓、闯荡精神的行者,并已走入其世界之旅。因此,杨凤岗博士在他们的"身份认同"上所强调的是"具有世界性的华人文化身份认同",而且认为"全球化时代的华人也就意味着是不断超越既定界限的世界主义者(cosmopolitan)"。

美国是一个年轻却非常强大的多民族国家,在当代世界发展中正起着不可否认的某种"引领"作用,其政治、经济、社会、文化等领域都具有巨大的影响力和吸引力。美国历史正是由移民来谱写,尤其是自近代以来,美国已成为不少移民所向往、追求的"乐园"和"天堂";去美国"淘金"、"冒险"和"寻梦"乃是他们的一种"理想"或"时尚"。本来,中国人有着强烈的乡土及文化恋情,在某种意义上这一文化"自恋"曾使不少中国人希望守住故乡的"热土"、"家园"而不"远游",甚至在一定程度上曾形成其相关的"保守性"和"封闭性"。然而,在近代、尤其是现代发展中,正如杨凤岗博士所言,"许多当代中国人,在战争、社会动荡、政治运动、自然灾害中经历了不只一次深重的灾难。许多中国人被迫加入无论是身体上还是精神上都不情愿的移民行列。"因此,在这种"脱离苦难"和"追求幸福"的矛盾心态中,这些中国人逐渐远离其"特殊的政治依恋"和强烈的乡土或"祖国"意识,以各种方式走向了大洋彼岸。从其"不情愿"中,我们可以看出这些远行的华人之踌躇、犹豫、矛盾、迷惘、困惑、自责和"违心"。而他们在新大陆的成功、满足或挫败、失望,则既有"美国梦"中的惊喜和"醒后"的失落,亦有与故土的对比和思乡的眷恋。这就形成了他们作为"美国人"却仍有"中国心"的复杂交织,显示出其"与众不同"。其"创业"的艰难使这些他乡的"旅居者"往往会产生"一种深深的无家可归之感",因而会有对其往日的"暖巢"和亲情的回忆及思念。马思聪先生在海外谱写的《思乡曲》,正是生动地表达了这种凄婉、悲凉的心境,让人动容、催人泪下,给人留下刻骨铭心的印象。海外华人浪迹天涯,在寻找其新生活中与其"祖国"渐行渐远,"中国人"的身份亦慢慢淡化,但"中国心"仍然留存,"故乡梦"亦不能彻底忘怀。实际上,对许多华人而言,其美国之旅也并不就是人们理想中真正寻得的那方"净土"、那块"乐园"。在美国的复杂经历显然会强化这些华人的"精神需求"，促使他们更多地寻找"精神慰藉"。

在很大程度上，精神之旅与文化之旅有着密切关联。这种灵性"苦旅"又往往会与"宗教"联系起来，从而使人能"苦"中求"乐"、达到解脱或超脱。一般而言，这种精神求索对华人来说会有内涵式或外延式两种走向，前者指回归其传统文化、寻找其故乡孕育的灵性资源，而后者则是设法跳出其华人传统文化之圈，在新的处境中发现并把握新的精神源泉，以新的灵性境界来超越自我传统身份之限。在美国华人的寻觅选择中，杨凤岗博士有着如下非常精辟、却令人震颤的分析：本来，"面对社会戏剧性变化带来的种种困难"，这些华人可以靠"保持其传统的宗教信仰以发现生活的意义、获取生存的力量"。然而，杨凤岗博士笔锋一转，写下了值得仍在寻找文化身份认同的当代中国人反思的评语："在狂风暴雨式的中国现代化进程中，中国的文化传统一直受到无情地攻击、毁坏，直至被撕成碎片！"这样，"没有文化传统作为屏障，现在的中国人在选择意义系统方面既是自由的，也是必然的"。顺着这一思维逻辑，他进而指出，"作为选择之一，基督教充分满足了许多这些经历了太多的危及生命的伤害的华人的精神需求"，因此，越来越多的海外华人会"到基督教所允诺的天国世界中去寻求永恒或终极关怀"。不仅在美国的华人中如此，甚至在当代中国本土，基督教亦得到了迅猛发展。分析其原因，一方面可能就在于这种传统中国文化及其宗教生态遭到了严重破坏，其造成的"荒地"或"真空"自然会有新的灵性生命来填补、滋蔓；而另一方面，则或许是以往身心受到深重创伤的中国人会在灵性渴求上有"另一种选择"，期待着"柳暗花明"?！

由此，我们进入了杨凤岗博士所谈论的核心主题"华人基督徒"。从近现代中国人对基督教的认知来谈，一般中国人会视基督教为"西方文化"的"产物"和"代表"，因而是"异质"文化或"洋教"，对中国文化及宗教形成一定张力或对峙。过去曾有"多一个基督徒，少一个中国人"之说，当基督教被视为"洋教"之际，"中国的皈信者"亦可能会被当作"叛国者"。自中国改革开放以来，这种"排外"、"斥洋"情绪已有了明显好转，中国人的心境显得更为开阔、有着更大的包容性。这为基督教与中国的重新对话提供了社会环境。此外，来自"西方"的"马克思主义"理论体系成为中国大陆的指导思想，虽然给强调"国粹"的文化保守主义者在发现、体认中国文化身份认同上带来了惆怅和茫然，但这种意想不到的"西化"或某些"本本主义者"实质上主张的"全盘西化"却使"外国性"已不再是一个问题，达成了当代中国人在意识形态上的开放和开明。这样，伴随着"马克思主义的中国化"，"基督徒"亦可以是"中国人"，并不一定会是非此即彼的或"多"或"少"。至于对已移居美国或其他西方国家的华人而言，则可以体会、体悟或体验到基督教与西方社会的内在关联和精神凝聚，其"皈信"则是非常自然之事，故而并无灵性、情感和意志上的压力。成为"基督徒"使他们更容易融入美国或西方社会文化，更能适应其社会及社团生活。对其而言，信仰基督教乃是极为自然的社会文化生活，而基督教会亦是其不可或缺的社会细胞结构，所以其"皈信"在这种氛围中就显得平常、自然和普通。当然，除了社会团契之必需以外，仍有不少华人会有意无意、或多或少地触及"基督徒"与"中国人"的关系问题。虽然这些海外华人基督徒在"国籍"上、即政治社会身份上已成为"美国人"，从而出现实际上的"多"与"少"之比；但在其文化上、血缘意义上，这些"华人"不可能丢掉或忘掉其"中国"或"华夏"情结及情感。从这一意义上，"美国的华人基督徒"遂成为极有意义、颇值研究的"文化"、"宗教"现象。在某种程度上，华人基督教会使这些在美国的华人虽然意识到其"美国人"和"基督徒"身份，却仍在保持着、维护着其"华人"身份，延续着其与"中国"的"文化"或更多层面之关联。

从其"原初"和"当代"意义来看，基督教不只是一种"西方"宗教，而更为强调自身乃"普世"宗教，有着鲜明的"世界性"。这样，对于基督教的"宣教"，则不能仅有"政治上"的"警惕"，而也必须有"文化上"的"分析"和客观认识及评价。尤其是在全球化发展的态势中，海外华人"皈信"基督教，表面上看似乎是"少"了"中国人"，但实际上也可从积极意义上发现有更多的中国人成为"世界主义者"或"世界公民"，有着"普世"意识和"世界性"参与。而这种"意识"和"参与"乃充满"现代性"，并有其必然性和必要性。此即当代发展的呼唤和要求，它可能会让"更多"的中国人投身于其中。而这也是使其"从地域化向普世性变化的过程",当然,这些基督徒如何在世上"作盐作光",会决定其"参与"的性质与意义。对此,我们也需要用"平常心"来看待和对待。

杨凤岗博士以其平实、质朴、生动的语言描述了其对美国华人教会的个案调查,分析了华人基督徒由此而出现的"皈信、同化与叠合身份"。其丰富的文献资料,扎实的田野调查经验,缜密的实证研究及其宗教社会科学方法,使我们亦得以与他一道走入美国社会,走进其华人教会、接触到华人基督徒的灵性生命。这种经历让我们观察到人生百态,进而洞见人之社会处境与宗教心境的密切交织、复杂共构,而我们由此所获得的感悟和启迪同样也非常真实、充满意义。从其观察和研究中,我们可以看出宗教乃是人类非常普遍和自然的精神及文化生活,它在以其独特的灵性方式来"神化"或"圣化"人之衣、食、住、行,宗教组织机构亦是人类社会的有机构成和基层支撑。可以说,宗教体现出普通百姓的生活情趣和灵性意义,它与人们的社会文化活动密切交织、不可分离。宗教中的喜怒哀乐乃是人们生活音符的起伏跳跃。这在美国如此,在中国亦然。在现实生活中忙碌、奔波的人们往往需要一个让心灵不时能得以憩息的宁静港湾,希望能平静、安然地跨越生与死的鸿沟,他们很难把握自己的命运,也无法准确预测未来,从而只有将自己的期盼和信心托付给信仰,在宗教这一"神圣团契"中寻找和感受温馨,获得直面人生困难和超越死亡恐惧的勇气。因此,哪里有期盼,那里就会有宗教;哪里有理想,那里就会有信仰。所以,我们不必过于言重其政治上的"异化"或社会上的"卷入",而应该平静地、客观地体会宗教在平常生活中的返璞归真,对其"神秘性"和"神圣性"有一种"生活"及"生命"性解读,对其"神性"之思多有些"人性"理解,这样也就可以使我们逐渐悟出并进而细细品味其作为"人类学常数"的本质蕴涵和独特意义。

2008 年 5 月 27 日于北京

22.《宗教与哲学》序

　　张禹东、杨楹等教授撰写的《宗教与哲学》一书，使我们近距离领略到华侨大学哲学社会科学研究上的可喜进展和最新成果。这一学术群体的形成，标志着中国南方在宗教与哲学研究领域一支朝气蓬勃的新军之崛起，给我们正精心培育和扩展的学苑带来了清新与活力。在阅读和欣赏这部书稿时，我们感触到其作者广泛的学术视域、明确的问题意识、敏锐的观察眼光、清晰的研究思路以及深刻的理论分析。其关涉古今中外的学理涵括，亦引发并启迪了我们对宗教与哲学发展之旅的追寻与思索。

　　"宗教是什么"，这是人们众说纷纭、答案各异的一个典型问题。从认识论的角度来看，宗教反映了对人生意义的询问，对终极关切的表述，以及对神秘存在的敬仰。而从存在论的意义来说，宗教一方面在人与自然及"超自然"的存在关系上表达了一种"究天人之际"的意向，对于"异己"存在及其力量，宗教是人之主体性的表现，或为人之自我"对终极（实在）的关切"，或为人之内心充满神秘意味的"绝对的依赖感"；宗教在另一方面则是人对"个我"及其"社会"存在关系之探，其中即反映出对"人"及其"社会"存在的"神化"、即"神话化"或"神圣化"；在此，既有人的"成圣"、"成神"，亦有"社会"的"神化"或"象征化"，成为个我赖以依存的"神秘团契"或"神圣联盟"。由此而言，宗教展示了人在认识"存在"上的"诧异"、"不解"或"神秘"把握。正如本书论及西方宗教学创始人之一麦克斯·缪勒时所引述的，"宗教学起源于对宗教存在的诧异"，其"起点"是"对自己无法解释"的现象的"惊讶"。从这些考虑中，我们可以注意到人类"宗教"及研究这一现象的"宗教学"所展示的侧重和独特之处。

　　"宗教"在西文中的表述源自拉丁文 religio，其在西塞罗的理解中一为 relegere，指"关注"、"集中"或"反复"，亦引申为"选择"及"重新选择"；二为 religere，即"重视"、"小心翼翼"和"认真考虑"；二者都与敬神崇拜的态度相关。而在拉克汤提乌斯和奥古斯丁那儿则用 religare 来表示"联系"、"连接"、"结合"或"合并"，主要用于表达神人之间、神灵之间的联系和重新结合。这是西方"宗教"术语的渊源及基本意蕴，它既表述了神人关系，亦说明了人的敬神态度。

　　在中国文化氛围中，对"宗教"的理解则有着与西方不同的发展脉络。尽管当代中国理论话语对"宗教"的理解探索经历了从"政治"认知、经"文化"解释到回归"宗教"的曲折过程，其概念本源及其演进却更为复杂。中国学术界自 20 世纪以来对于"宗教"的定义、中国有无"宗教"以及"宗教"在华的存在价值和作用等一直处于意见分歧之中，甚至不时发生激烈争论。从其文字渊源而论，中国古代对"宗"与"教"乃分开表述，"宗"的本意乃"尊祖庙"，从而有着"禋于六宗"之说，侧重于对祖先、神祇的敬崇等礼仪活动及相关场所；而"教"则基于"教化"的原意而引申为对"神道的信仰"，由此衍生出"神道设教"、"合鬼与神，教之至也"以及"修道之谓教"等意涵。"宗教"二字一体共表乃为佛教的发明，至少在 6 世纪左右就已有其合用的记载，如梁朝袁昂在为佛教信仰辩论时曾论"仰寻圣典，既显言不无，但应宗教，归依其有"；而隋朝释法经在谈到其修撰佛经的目的时亦强调"昆赞正经，发明宗教，光辉前绪，开进后学"。随之佛教文献《景德传灯录》、《续传灯录》等也多有"宗教"之表述的出现。不过，佛教在此对"宗"与"教"的词义理解仍有区别，即多以"教"表述佛陀之言，以"宗"说明佛陀弟子之传，"宗教"共构乃为崇拜佛陀及其弟子的教诲之专门蕴涵。在此基础上，"宗教"才提炼出"人生宗旨、社会教化"的普泛意义。这种作为佛教术语的"宗教"后来因佛教典籍的翻译而传入日本，但其意义却出现微妙转换，因为日本佛教界最初将"宗"理解为语言难以表达的真理，而"教"则是有关这种真理的系统教义及其诠释。

　　"宗教"这一汉语表述与西文 religion 的意义关联始于 19 世纪下半叶。其现代意义的应用在学术界也有"假道日本而入中国"之说。这是因为自

1868 年起，日本明治政府的文书用语中一般会将西文 religion 译为汉语的
"宗教"，此后其通商航海条约、介绍西方情况的著作（如邨田枢文夫的
《西洋闻见录》）等也多用"宗教"对应、翻译 religion 一词。中国学者的
这种运用则以黄遵宪的《日本国志》一书影响较大。是书 1887 年完稿，
1895 年出版，书中频频出现"宗教"之词。不过，黄遵宪以"宗教"对
应西文 religion 之义的做法当时并未获得中国学术界的共识。相关争论不仅
成为语义上的分歧，而且更深化为"宗教"意义理解上的不同。在 19 世
纪末，不少中国学者反对将 religion 译为"宗教"，甚至干脆否定其"教"
之译。一些人宁愿使用非常别扭的 religion 之汉语音译"尔厘利景"，也不
同意其"教"之译。这样，religion 从此在消极意义上会被理解为与中国术
语中的"巫"相同，"于华文当称为谶纬之学"；但其在积极意义上也被对
应于中国常用之词"道"，即表达其神秘莫测却真实存在、超然、超越却
"兼涵体用两面"之意。

从佛教对"宗教"的释义到现代意义上"宗教"与西文 religion 的对
应，不仅反映出中西方在语言意义理解上的不同，更乃折射出二者对"宗
教"的本质、意义和价值等观念上的分歧。除了对"教"与"学"、"教"
与"政"的关联和区分有不同看法之外，中国学术界对于"教化之教"与
"宗教之教"、社会规范之"礼教"与敬神崇拜之"宗教"以及突出组织
机构的"制度性宗教"与强调文化信仰的"非制度宗教"等，都有着严重
的分歧和激烈的争议。其中的困惑与难题甚至已作为"学术存疑"或"文
化遗产"而得以流传和积淀。例如，严复虽然坚持"西学"与"西教"
乃"绝不相合"，认为"'教者'，所以事天神，致民以不可知者也"，而
"'学者'，所以务民义，明民以所可知者也"，却也承认欧洲历史上二者实
际上曾相混合，况且"形而上学"本身就是让人很难"确知"的"玄
学"。此外，中国关于"儒教"究竟是否为"宗教"之争，亦反映出中国
学术界对"宗教"的复杂体悟和心理感受。梁启超曾特别强调孔子是"哲
学家、经世家、教育家"，但不是"宗教家"；陈独秀亦坚持"孔教"是
"教化之教，非宗教之教"，"绝无宗教之实质"。这里，"宗教"仅被理解
为"一神或多神之崇祀"，他们担心宗教信仰会因其"仰"望而有着盲
"信"，却忽略了宗教本身也可为"哲思"、"教化"和"经世"之"学"，

也有着"超越"和"升华"的维度。

在中国历史上，儒、佛、道曾有"三教"之称，其并列同称自南北朝以来就已定局，形成"三教譬如鼎足，缺一不可"之状。尤其是"儒教"在"三教"之中曾地位显赫，上下畅通；既可位尊"国教"、宗主正本，亦能"礼失求诸野"，扎根民间。但今天佛教、道教的"宗教"地位保持如往，而"儒教"之"宗教"性却颇受争议。"儒教"之"文以载道"的文化功能得以承认，但其"神道设教"的宗教意义却已失共识。在此乃出现了类似"绝地天通"的嬗变，儒者探究"人际关系"之"人文性"得以承认和肯定，而其询问"天人关系"之"宗教性"则被否认或悬置。肯定"儒教"是"教"的正方，可从"儒教"并用追溯到以"究天人之际"为使命的司马迁所写《史记》，其中有"鲁人皆以儒教"之论，由此被解释为"鲁人"对"儒"有着如"教"那样的崇敬。而否认"儒教"为"教"的反方，也会以元朝佚名氏所作《道书援神契》为依据，强调"儒不可谓之教，天下常道也"。这些关于"教"之意义和区分的争论，归根结底乃反映出人们对"宗教"本质、意义、价值和作用的不同看法和评价。

纵览本书对"宗教"的描述和分析，不仅有着对儒、佛、道的历史追寻和理论探讨，以及对西方思想史上宗教理论的系统勾勒和透彻辨析，而且更有对马克思主义宗教观的研究概括。这样，马克思主义经典作家"对宗教本质的透析、价值功能的定位、及其未来性的理性判断"等，亦得到系统的展示和精辟的论述，使人由此可以获得一种对宗教高屋建瓴的洞观。

"哲学"作为涉及世界观的学问，与宗教有着密切的内在关联。在一定意义上说，宗教曾是哲学的温床，而现在也仍可被视为哲学的继续。对于二者这种交融互渗、彼此共构的关系，马克思曾生动地指出，"哲学最初在意识的宗教形式中形成，从而一方面它消灭宗教本身，另一方面从它的积极内容说来，它自己还只在这个理想化的、化为思想的宗教领域内活动"①。哲学作为一种理性思维和推断，反映出人类的认知达到了一定的高

---

① 《马克思恩格斯全集》第26卷I，第26页。

度，正如黑格尔所言，"一个民族的精神文明必须达到某种阶段，一般地才会有哲学"①。宗教反映了人类认识之端，其产生说明人类思维开始具有认识自我及其外在自然的能力，尽管这种认识最初是以虚幻的想象、以神话形式来进行，但"神话"恰是远古人类的"哲学"，宗教的想象为哲学的理性认知打下了基础、提供了条件。因此可以说，宗教就是人类源自远古并不断发展演变的一种世界观和人生观，它既是古代人类哲学的雏形，也仍然是当今人类哲学认知的一种特殊形态。

西方"哲学"一词源自古希腊思想家毕达哥拉斯，他以 Philosophia 这种表述来说明人类的"智慧之爱"或"趋向智慧的努力"。因此，"哲学"在西方的原初意义即"爱智慧"，而"哲学家"则是"爱智者"。毕达哥拉斯在创建其哲学时引入了远古宗教的神秘主义，从而使古希腊哲学从一开始就具有神性思维及思辨的特色，这一特色后来又贯穿了整个西方哲学的发展。从一开始，毕达哥拉斯就将神性思维与理性思维相结合，由此达致宗教与哲学在一定程度上的共构。毕达哥拉斯自称是"一个哲学家"即"爱智者"，但同时又进而将这种"爱智"与"爱神"相关联，认为"只有神是智慧的"，因此"人最多只能爱好智慧，也就是爱神"。当然，通过"爱智"与"爱神"，在此已反映出人对世界的沉思、对真理的寻求，即通过追问、究诘现象世界、物质实存而探询隐匿在感官世界背后的永恒世界，从研究物体之形的"物理学"升华为尝试解说其"形"之"上"的"形而上学"。这样，宗教与哲学就共同形成了西方思想史上形上、思辨和抽象探究的传统。

在西方哲学发展中，宗教起着非常重要的作用。尤其是通过结合古希腊文明和古希伯来文明，基督宗教在西方哲学的构建中举足轻重。早期基督宗教的思想家克里索斯托、奥古斯丁等人最初曾把基督宗教的思想理论体系称为"基督宗教哲学"，这种宗教哲学体系在欧洲中世纪达到鼎盛，形成"经院哲学"一统天下的局面。由于"经院哲学"实质上即基督宗教哲学，因此，可以说，这种宗教哲学乃是整个中世纪欧洲哲学的主体和基本构成。本书研究西方宗教与哲学的一个重点，就是对中世纪经院哲学泰

---

① 《哲学史讲演录》第 1 卷，第 53 页。

斗托马斯·阿奎那思想体系的研究。这一研究重点突出，思路清晰，对阿奎那的理论特色有着条分缕析和多层面展示。此外，本书内容还延伸到对这种经院哲学及其托马斯主义在现代发展的追踪，专门探讨了以马里坦等人为代表的"新经院哲学"和"新托马斯主义"的问题意识和现代视域。尽管西方近现代哲学经历了"世俗化"的过程，传统意义上的"神学"与近现代"哲学"基本上已分道扬镳，但基督宗教的思想体系仍作为宗教哲学而与整个西方近现代哲学的发展同步，并伴随着这种"世俗"哲学而"与时俱进"，体现出其"跟上时代"的各种努力。而且，在天主教的文化视域中，经院哲学和新经院哲学被作为"永恒哲学"而得到推崇和推广。因此，各种形态的宗教哲学体系在当今西方哲学中仍占有较大比重。

中国古代并无"哲学"这种具体表述，与之相接近的术语则有"理学"、"道学"、"玄学"等，而后来人们常用的"形而上学"或"形上之道"主要源自《易·系辞》所言"形而上者谓之道，形而下者谓之器"。不过，中国古代文化传统中对"哲"一字的理解也具有"睿智"、"聪明才智"之意，表示一种敏锐的观察力和深邃的认识水平，而才识卓绝之人亦被称为"哲人"；如"知人则哲"、"或哲或谋"、"维此哲人，谓我劬劳"、"并建圣哲"等意蕴，实与西方的"爱智"或"爱智者"颇为接近。

当16世纪西方耶稣会传教士来东方传教时，西方的"哲学"概念随之传入。当时 philosophy 一词曾被来华传教士音译为"斐禄所费亚"，或有"学文"、"理学"、"理科"、"性学"和"爱知学"等意译。近代以来日本学术界在引进西学、确立西方重要概念的译名上颇为努力，亦有不少进展和成果。例如，日本学者自德川幕府时期以来对西方"哲学"概念多有揣摩和意译，相关汉字译名包括"鸿儒"、"硕学的学修"、"究理"、"学文"、"穷理科"、"物理学"、"格智"、"学师"、"理学"、"性理论"、"天道之说"、"玄学"、"知识学"、"熟考知察学"、"考察学"、"性理学"等表述。在这种摸索、探究的基础上，日本学者西周在19世纪下半叶开始以"希哲学"来对译 philosophy，以表达其"希求哲智之学"的蕴涵。他看到了西方"斐卤苏比"所表述的"明天道"、"立人极"的核心意义，并运用其对汉字及相关经典文献的把握、理解来求东西哲理之通识。西周于明治三年（1870）在其东京讲学中正式使用"哲学"一词，而在明治七年

（1874）他出版的《百一新论》中则进而表明，"把论明天道人道、兼之教法的斐卤苏比译名哲学"①。在西周看来，西方的 philosophy 术语乃有"爱贤、希贤"之义，故可直译为"希贤学"或"希哲学"，而这种"哲学"独具"万事统辖之理"，体现出"百教一致之义"，因此是"诸学的统辖"。此后，新成立的东京大学于 1877 年在其文学部内正式设立"哲学科"；1887 年日本文部大臣森有礼在其发表的《伦理教科书凡例案》亦正式使用"哲学"一词。这样，"哲学"一词率先在日本作为规范术语而得以通用，不久又随黄遵宪所著《日本国志》一书与"宗教"术语一并"假道日本而入中国"，从而在中国学术界逐渐流行开来。

中国学者关注西方"哲学"，大体始于 16 世纪以来的"西学东渐"。受来华传教士的译名影响，中国学术界亦多用"理学"、"心理学"或"心智之学"等表示来说明 philosophy。从介绍、理解西方的"哲学"涵盖，中国学界不仅逐渐弄清了"哲学"在西方思想文化传统中的本真含义，而且受其启迪而开始思考、构建中国自己的"哲学"体系。于是，中国哲学由其源自儒家传统、以"人"为基础的"仁学"这一内涵式发展，结合中国本土道家外延式"道学"及受西方天主教影响而出现的外观式"天学"，逐步扩大到对宇宙人生之存在的根本"原理"之探，形成了体现"哲学"核心观念的"原理之学"。1903 年在日本东京创刊的《浙江潮》杂志于其第 4 期曾刊登《希腊古代哲学史概论》一文，对当时中国学者的"哲学"理解有如下概括："哲学二字，译西语之 philosophy 而成，自语学上言之则爱贤智之义也。毕达哥拉士所下之定义，以为哲者因爱智而求智识之学也；亚里士多德亦以为求智识之学；而斯多噶派以为穷道德之学；伊壁鸠鲁学派以为求幸福之学。哲学之定义如此纷纷不一，虽然，希腊人哲学之定义，则以相当之法研究包举宇宙与根本智识之原理之学也，约言之，哲学可称原理之学。"对此，冯天瑜曾评价说，"'原理之学'，即探求事物一般规律之学。此说颇能切中'哲学'的本质"②。显然，"哲学"正是反映了人类对存在意义的追本溯源及其正确表达。

---

① 《西周全集》第 1 卷，第 289 页。
② 冯天瑜：《新语探源》，中华书局 2004 年版，第 419 页。

中国的"哲学"理解及其特色,"哲学"与中国传统思维方式的关系,以及"哲学"与"宗教"在中国思想文化处境中究竟处于何种状况,这些都是值得我们深入研究的问题。尤其当涉及世界本源、终极实在这类"形上"问题时,我们就会发现"哲学"与"宗教"意识的复杂交织。所以,华侨大学的老师们专著研讨"宗教与哲学"这一主题,在其具有关键性和根本性的意义中探寻和究诘,自然也会将我们引入其意义之旅,在这种探赜索隐中有所感触和感慨,激起断想与遐思。阅读这些当代"智者"们的精彩文笔,领略其闪光思想,我们也会与之一道在这种追根究底的"智慧之爱"中超越自我,共享升华。

是为序。

2008 年 6 月 20 日于北京

23.《诗人的神学——柯勒律治的浪漫主义思想》序

近代欧洲兴起的浪漫主义思潮曾形成奇特的景观，它以其亮丽的光彩而达致天、地、人视域的汇聚和交融，在西方思想发展的漫长历史中上演了一幕引人注目的精彩戏剧。其表现得淋漓尽致的灵动和神韵迄今仍让人感情激荡和遐思不尽。反观这段历史，我们可以体悟、欣赏欧洲精神在走过其近代短暂的"理性"冷静之途后迸发出来的宗教激情，它达到了当时神学、哲学和文学共聚的最高境界，虽带有悲情和伤感，却充分表露出智者睿哲的沉思和诗人尽兴的酣畅。而这一切都被基督宗教神学所贯穿，其信仰构成了这一精神运动的核心。

"浪漫主义"是一个普泛概念，而"欧洲浪漫主义思潮"却有其独特的历史、信仰和知识蕴涵。它为近代欧洲基督宗教文化社会的时代产物，其风骨乃体现出基督教的信仰精髓和生活灵性，并以其"超脱古范，直抒所信"的执著而冲破了欧洲中古与近代的隔膜，其浪漫涌动的燃烧激情跨越时空，从而使基督信仰之"道"能"一以贯之"，在其经久不衰的传承中获得重要接力。

大体而言，以基督宗教信仰精神为背景的欧洲浪漫主义思潮主要在哲学、神学和文学这三大领域中展开，其中三者虽有区别却相互关联，从而构成这一思潮的有机整体，并在英、法、德等欧洲国家蔚为大观。在哲学领域，欧洲浪漫主义思想始于18世纪下半叶的法国，以卢梭及其名著《新爱洛绮丝》和《爱弥儿》等为代表。随之德国形成了以康德、费希特和谢林等为代表的德国浪漫主义哲学的强大阵容。而在英国，则有巴特勒、休谟等人的浪漫主义哲学探索之努力。在神学领域，欧洲浪漫主义思想则更为活跃，它在反省"理性"的沉寂后迅速燃起精神激情的火花、荡开灵性涌动的浪花，有着夜幕焰火的壮观。在法国，早在帕斯卡尔那儿就开始高扬一种"优雅精神"，推崇与"脑之理性"迥异的"心之理性"，从而形成法国神学走向浪漫主义特色发展的肇端。在英国，神学以诗学的方式而获得了浪漫主义的色彩，并在柯勒律治那儿达致二者的有机共构和交相辉映。在德国，施莱尔马赫完成了浪漫主义神学的体系构建。施莱尔马赫作为神学、哲学等集大成的人物，起了西方近代、现代思想学术发展的分水岭作用，他也为西方神学与宗教学的分殊树立了第一块里程碑。

虽然欧洲浪漫主义思潮看到了"理性"的不足，却并不是要"放弃"、而乃积极"扬弃"理性。因此，这一思潮体现出西方思想"整合"的特色，旨在"兼收并蓄"。所以，巴尔松在评价这一"浪漫世纪"时曾指出："浪漫主义不是仅仅反对或推翻启蒙时代的新古典主义的'理性'，而是力求扩大它的视野，并凭借返回一种更为宽广的传统——既是民族的、大众的、中古的和原始的传统，也是现代的、文明的和理性的传统，来弥补它的缺陷。就其整体而言，浪漫主义既珍视理性，珍视希腊罗马的遗产，也珍视中世纪的遗产；既珍视宗教，也珍视科学；既珍视形式的严谨，也珍视内容的要求；既珍视现实，也珍视理想；既珍视个人，也珍视集体；既珍视秩序，也珍视自由；既珍视人，也珍视自然。"① 上述描述并不十分准确，却也是对推动浪漫主义思想运动之代表人物的心境、追求的整体捕捉和领悟。

这一浪漫主义思潮的最精彩表演乃在文学领域，尤其是它以诗的语言、思想和意境所表达的"浪漫"情怀。欧洲近代浪漫主义文学在中国当代认知语境或理论分析中曾被加以"积极浪漫主义"和"消极浪漫主义"之分，这种区分承认二者都有着深厚的基督宗教信仰底蕴。不过，就其神学特色和对人生认识的深度而言，"消极浪漫主义"思潮的宗教韵味却更足，对西方信仰领域的影响亦更大。在此，德国的积极浪漫主义受"狂飙突进"运动的影响，出现了歌德、荷尔德林和海涅等风云人物。德国消极浪漫主义思潮则以其深沉和深刻而异军突起，独领风骚，对基督宗教信仰

---

① 转引自利文斯顿《现代基督教思想》上卷，四川人民出版社 1992 年版，第 154 页。

中"痛苦的极乐"有着最为透彻的诠释。在诺伐里斯、史雷格尔兄弟、蒂克、瓦肯罗德、格林兄弟、霍夫曼等人的作品中，我们可以深深感受到这一"苦难之花"（其消极浪漫主义乃以"蓝花"为其标志）的巨大魅力。法国在涌现出雨果、缪塞、梅里美、乔治桑、大仲马等积极浪漫主义作家的同时，亦有夏多布里益、拉马丁和维尼等消极浪漫主义者在追寻"基督宗教的真谛"，抒发其信仰讴歌。而更值得一提的则是英国浪漫主义文学的发展。积极浪漫主义文学代表拜伦、雪莱、济慈等人以其诗歌、散文而享誉天下，其脍炙人口的警句今天仍能给人带来精神的乐观和思想的清新。而英国消极浪漫主义文学则以"湖畔"夜空的群星灿烂使人叹为观止。华兹华斯、柯勒律治、骚塞等人在"诗"中找寻真理、探求信仰、思考宗教，由此使基督宗教思想与诗人、诗学在近代英国达到最为理想的结合。

在这种神学与诗学的共构中，柯勒律治成为其领军人物。这位乡村牧师之子在其人生悲剧中认信、体悟基督宗教的真谛，以其信仰之魂来完成思与诗的交织。他既是诗人，亦是哲学家，但更是神学家。他以其诗歌来理解、诠释神学，从而以"诗化哲学"、"诗化神学"来构建其"诗人的神学"。正是在这一意义上，李枫博士以《诗人的神学》为题而对"柯勒律治的浪漫主义思想"进行了颇为深入和系统的探讨，完成了这部摆在读者面前的探究英国近代浪漫主义神学的全新之作。

中国学术界以往对柯勒律治的文学、诗歌曾有所翻译和研究，但基本上没有从宗教、神学这一角度来切入，因而对其研究的广度和深度都尚显不足，亦未抓住其思想的深邃及关键之处。李枫博士这项专门研究的特点，则正是从柯勒律治的宗教思想、神学理论之探上寻求突破和开拓，以便达到对其思想理论和认知特征的全面、准确把握。出于对诗歌及诗人的特别兴趣，李枫博士在研究柯勒律治的诗歌上下了很大工夫，对之有着颇为独到、细心的翻译和解读，从而尝试揭示其"诗言志"、"诗传神"的本真。在这种探讨中，李枫博士还梳理、体悟出柯勒律治一些重要诗歌在语境上和意义上与积极浪漫主义诗歌作品的内在关联，从而提醒我们对以往曾影响我国学术界评价定论其思想特征的这一"消极"之表述加以重新诠释及理解，得出更为客观、准确的评论和评说。当然，柯勒律治的思想颇为复杂，其思绪亦给人飘散之感，不易完全归纳和透彻解读。因此，我国学术界在结合对西方神学与文学的研究时才真正注意到柯勒律治的思想全貌，开始了一种新视域、新角度的探讨。显然，对欧洲浪漫主义神学还有许多朦胧需要澄清，亦有不少奥秘等待揭示，希望李枫博士继续努力，在这一领域的研究中不断有新的发掘和收获。

2008 年 7 月 20 日于北京东郊

24. 《徐梵澄传》序

　　《徐梵澄传》经孙波先生的执著坚持、多年努力，终于在徐梵澄先生诞辰一百周年纪念之际得以问世。孙波先生书写这一传记，是一种充满敬意、情感和责任心的投入。顺着其思绪、激情和优美生动的文笔，我们终于可以"走近徐梵澄先生"，鲜活地认识一位"大隐于市"的学术大师，深刻体会他毕其一生来追求"超越与会通"的学术意义和人生境界。

　　自中国改革开放以来，学术研究获得了新生，学界名流亦层出不穷。然而，透过学术讲坛的喧闹和现代媒体的渲染，我们仍然感到当代中国学术在哲学社会科学及其人文学科领域的薄弱，真正影响一代学风、带来学问开创和转型发展的学术大家、思想巨人恰如凤毛麟角，颇难寻觅。正是在当代中国学术方兴未艾、任重道远的重新起步时期，这部传记带着我们近距离地接触到一位默默耕耘、大音希声的智者，让我们感受到学术研究的真谛和学界大师的风范，使我们对当今中国学术的深化和拓展亦有着欣喜、充满了希望。

　　在现实社会充满动感、流动不居的学术舞台上，一批批学者开始映入人们的眼帘，其中一些德高望重的学界前辈和学坛精英在人们的瞩目中被称为"大家"、"大师"，而徐梵澄先生的公众亮相却极为稀少，长期被看似在积极发现"新星"、"新秀"的学术舆论界和评论界所忽视、埋没和遗忘。对于当代学人而言，徐梵澄先生奇特的求学经历、曲折的人生历程似乎颇具"神秘"色彩，其学问和知识对常人而言也有高不可攀、深不可测之感。这样"走近"徐先生、"了解"徐先生的人的确很少，一些涉猎其相关领域的一般研究者也往往因其古奥、深邃的论著、译文望而却步，不敢深入。或许可以说，徐先生的学术生涯经历了不同异常的"孤寂"，但与此同时他亦曾享有极为奇特的"宁静"。徐先生的这种超凡脱俗、特立独行，赢得不少挚爱学术、品味人生者的敬重和敬佩。而介绍这位优杰的学者，挖掘其精神财富，在我们描绘并展示当今中国学术画卷时是不可或缺的重要之笔。

约三十年前，我在世界宗教研究所的一次会议上首次见到了徐梵澄先生，当时的第一印象是先生身高人瘦，目光有神，白色着装，气度不凡。任继愈先生向大家介绍，这是一位客居印度三十多年、学术造诣高深的归国学者，并且已经成为我们研究所的研究人员。这一简短的介绍如点睛之笔，使我一下子从精神上捕捉到徐梵澄先生的生动形象，体悟了其超逸洒脱、仙骨梵风的学者气质。在随后的远距离观察和出于好奇的间接打探中，我知道徐先生是湖南同乡，而且有着在德国海德堡大学的留学经历，从而对先生产生了一种亲近感；进而听说徐先生乃鲁迅的弟子，后又在印度专治精神哲学，是熟谙中、西、印三大文化的通才，我更是对先生无比钦佩和敬仰。由于年龄、学识等方面的"代沟"，我不敢"走近"徐先生，而只是保持了一种对先生"敬而远之"的态度；现在想来真感遗憾和懊悔。也正是因为这种不敢"走近"和由此而所缺失的"亲近"，我也不敢像孙波先生如同对待朋友、亲人那样直呼"梵澄先生"，而不由自主地用上了"徐先生"这一显得疏远、却也表达了我对先生敬重甚至敬畏的称呼。

在担任研究所所长工作后，我跟徐梵澄先生有过几次短时间的接触。他曾给我写过短信，谈起他对研究所科研工作的一些想法和建议；我们也在一起商讨、沟通过某些问题。在徐先生因病住院期间，我曾和孙波一起去医院探望过先生。但总体来看，这种接触仍是太少、太短。因此，徐先生的学问、人品、性格、气质，对我仍具有神秘感；而在阅读中所了解的先生，以及在远距离观察中所注意到先生那种睿智、安宁、孤峭、高雅和超拔，也使我对先生油然而生有一种神圣感。

相比之下，我佩服并感谢孙波先生，而且也非常羡慕他真正"走近"了徐梵澄先生。以充分的勇气、充足的时间和充实的知识准备，孙波进入了徐先生原本"清寂"的个人世界，成为他的朋友、亲人和学生。在工作、生活上关心、照顾、帮助徐先生的同时，孙波亦被先生的学术修养和人格魅力所深深吸引。徐先生回国后没有正式招收过学生，孤身一人，长期以来身边并无亲人照顾，更谈不上桃李满园，故而其学问几乎成为"绝学"。就在徐先生的"满腹经纶"快要"绝传"之际，孙波先生"闯入"了徐先生看似封闭的"一人世界"，得以近距离地观察、学习乃至参与徐先生的"读书、写作，散步、吟诗"之生活，并从最初的照顾、观察先生而发展到研习、体悟先生，最终也像徐先生那些"譬如开矿，每日孜孜矻矻，进掘不休"，全方位地接近、研究、了解、领会徐先生其身心及其思想、学问；这样，就为孙波今天得以写出颇具广度和深度、颇有学术色彩和意义的《徐梵澄传》打下了坚实的基础，做好了重要的准备。

徐梵澄先生逝世后，孙波全力搜集、整理他的文稿、资料，并申请了专门的研究课题探索徐先生的人生发展，追寻其学术踪迹，发掘其精神思想。这样，在孙波的努力和坚持下，16 卷的《徐梵澄文集》得以出版，其出版座谈会也在我院成功举行。此后，孙波锲而不舍，从整理徐先生的文稿进而深入研究先生的生年及思想。在广泛搜索、远道寻踪、潜心思考、认真写作的艰辛之后，孙波又推出了自己研习徐先生的这部传记著作。以这种深厚的感情、友谊，以其特有的敬佩和向往，孙波"沉迷"在徐梵澄先生的人生之途中几乎达致"忘返"之境，生动而精彩地勾勒出了徐先生"高山闻道"、"欧西求学"、"鞭译'超人'"、"试笔文坛"、"取经天竺"、"拜师'圣母'"、"阐幽奥义"、"重返桑梓"、"定居北京"、"扬微儒道"、"深谙佛梵"、"回眸湘学"等的曲折人生、丰富学历，对徐先生的所行、所思有着独特的敏感。这样，孙波乃成为当代中国学界最"接近"、"亲近"徐梵澄先生的学者。特别值得指出的是，在倾注其大量心血、塑造出徐先生音容再现、栩栩如生的学者、智者形象时，孙波不只是一个"孤独的远征者"、一个"在远道上"追赶"先生"的人，而且还像一个"先行者"、一个"先知"那样大声疾呼、热情号召我们"走近"并"发现"徐梵澄先生，认识并珍视徐先生在当代中国学界深刻而深远的学术价值及意义，从而能够更加鲜明、准确地给徐先生在当代中国学术发展中定位，也更加清楚地了解当代中国学问的真正涵盖和底蕴。

研究徐梵澄先生，也是我们世界宗教研究之学术史中的一个重要内容。体认这些研究世界宗教的大家，有助于我们深刻、透彻地认识并理解世界宗教。为此，我们特意将孙波先生的这部《徐梵澄传》纳入我们的研究丛书。其实，我深知以自己的简浅了解和学术功力不可以来评价徐梵澄先生的学术、人格，故此也没有资格给孙波先生的《徐梵澄传》写序。之所以鼓足勇气写下这些文字，乃是出于对我们世界宗教研究所的徐梵澄、朱谦之、任继愈等学界前辈、学术大家的敬仰、缅怀和学习。对这些高山景行、止于至善的前辈学者的敬慕和追忆，旨在重视并弘扬世界宗教研究所已经积累的学术遗产，更希望以此形成我们这代学人继往开来的学术风气、学者灵魂。

2009 年 8 月 18 日凌晨写于湖南调研途中

25.《美国传教士与 19 世纪的中美外交关系（1830—1899）》序

中美关系是国际关系中令世人瞩目的重大关系之一，而中美外交关系的肇端则主要体现为美国传教士的来华活动。对于这种关联的思考，使我的视线一下子就集中到了陈才俊博士的新作《美国传教士与 19 世纪的中美外交关系（1830—1899）》上来。

1830 年，美国传教士裨治文（Elijah C. Bridgeman）和雅裨理（David Abeel）来到广州，拉开了近代中美关系的序幕。此后伯驾（Peter Parker）来华，成为美国传教士兼外交官的第一人。这种宗教身份与政治身份的奇特结合，成为美国来华使者的一个重要特征。而且，其双重身份在美国对华政教关系中形成了传统，从伯驾到司徒雷登（John Leighton Stuart），我们可以清楚地看到这一传统的延续及其巨大影响。因此，了解美国来华传教士兼外交官这一双重身份在美国对华关系中的地位及影响，研究美国基督教对华传教在中美外交中的作用及意义，是我们打开中美对峙、彼此封闭之门极为关键的钥匙。撇开美国对华传教历史而想梳理错综复杂的中美外交关系，则会看不透、理不清、说不明。时至今日，中美外交关系上的一些深层次分歧、一些文化观念和意识上的矛盾，仍然受到这段历史的制约和影响。未来中美关系的根本改善，也离不开彼此对近代以来中美政教关系、美国对华传教的反省、总结和达成一定共识。而中国社会对基督教的真正认可、吸纳，以及能用一种正常、平常的心态来看待和对待，则因为这段复杂的近代历史而有待于中西关系、尤其是中美关系是否可能根本改善。从这一意义上来看，陈才俊博士的这一著作对我们回顾与反思、前瞻与期盼，就有着其独特的历史意义和现实作用。

陈才俊博士师从著名学者章开沅先生专攻中美关系中的近代历史，故而势必涉及对美国早期来华传教士的研究。章先生熟谙这段历史，在中国近现代史和美国对华关系史研究上都造诣颇深。以专家的独到眼光，章先生关注并强调对"中美关系中的传教士因素"的研究；在这一因素上，中美关系发展之政治史、外交史、宗教史、文化史均得以凸显。在名师的指点下，陈才俊博士的这部著作既体现出其研究上的深度，亦有在历史叙述上的流畅，可读性极强。我不是这一专门领域的学者，在拜读此书之后却也产生了如下一些想法，在此不妨简略说说，以供作者与读者批评参考：

首先，这部著作基于历史史料来"还原"这一段历史，其"创新"则在于作者对于该历史的分析、评说。陈才俊博士查阅了与之相关的大量中英文档案、美国传教士创办的报纸、期刊，以及有关人士当时撰写的书信、日记和此后追述的回忆、传记。这样，作者的使命在历史层面上主要是"分析真实可靠的第一手材料，让事实说话"。在"还原"历史上，作者梳理、勾勒了1830年以来整个19世纪美国传教士在华活动的历史，对其传教布道、政治外交、文化交流等活动都加以历史地叙述，描绘出其发展的曲线，从而较好地体现出作者"系统还原和真实重构"的立意。

其次，这部著作强调尊重历史而不回避历史敏感问题的立场、态度。作者明确指出，美国传教士"在整个19世纪的中美关系之中始终充当着主角。特别是中美外交关系的开端、发展乃至走向成熟，都留存着他们的深深印迹"。既然如此，作者遂以一种尊重历史客观性的直率来叙说美国传教士对美国武力侵华、强迫中国签订不平等条约、干涉中国内政以及在经济和文化上对华渗透及扩张的参与，指明在这些方面"美国在华传教士所发挥的作用都是至关重要的"。对于这些"无可掩盖的历史真实"，现代一些美国政界人士乃至少数教会人士在指责中国的所谓"人权"、"民生"、"民主"、"宗教自由"等问题时，总是故意加以遗忘和尽量对之回避。其实，历史是一面镜子。如果对自己的历史过失避而不谈或轻描淡写，而对被自己伤害者却横加指责或吹毛求疵，实际上则只是在继承、延续以往的霸道，毫无历史的忏悔。中国人作为受害方之所以提起这段历史，就是想让美国相关人士能正视自己的历史，对中国有忏悔之心、谢罪之意。如果不能反躬自问、反省自责，那就无从谈起真正的"正义"、"公平"和

"爱心"，也就没有资格跟中国人讲"民主"、论"人权"。在这一层面上，这部著作显然有着警示、告诫作用。中美关系有着较深的积怨，也保留着历史的破碎，双方都应小心翼翼地修补，而不该再捅出一些新的伤口。这里，正视上述历史，尊重中国人的情感，乃至关重要。

再次，这部著作在历史叙述上的"求实存真"并非仅是指责性、警示性的，而更着重于中美关系积极的建构性、创造性发展。为此，在力求历史客观的同时，作者亦以"理解的同情"来洞幽独微、"设身处地"来理解美国传教士的内心世界，及其因为深深处于信仰追求与世俗利益的矛盾之中而所表现的无奈和尴尬。这样，本书在一定程度上也点出了一些美国传教士因美国武力侵华与其信仰真谛相悖而感到的"蒙羞"，产生的"痛苦"，从而终于能以一种忏悔心态来主张其传教与不平等条约相分割、鼓励中国教会走"三自"道路。作者在此坚持"考察具体的时代背景"、由此"分析其深层的社会动因与造成的历史影响"，冷静地、谨慎地对传教士在华活动既不"简单地肯定"、也不"简单地否定"，力求"对人物和事件得出适当的结论"。其实，这种在现实政治处境和社会文化环境中的"还原历史"和"超越历史"，是中美双方都需要的睿智和勇气。

最后，这部著作是从更大的社会、文化及信仰、思想背景中来考察这段历史，思量其经验教训。在人们对宗教的理解上，往往会出现在超世俗的信仰教义与趋世俗的利益权衡之间的巨大差异和区别。一旦宗教与世俗利益相关联，形成交织、互动的关系，宗教的"神圣"会在这些利益诉求面前黯然失色或荡然无存。于是，人们觉得在神圣与世俗之间似乎有着一条不可逾越的鸿沟。而在各种宗教信仰者中间有无真正的"神圣"，在面对各种利益冲突时有无真正的"公平"，这些问题在卷入政治、经济风波的传教实践中往往只能得到否定的回答。然而，若从人类的信仰追求和超越精神上来审视，则不能对宗教仅作世俗、功利之解答；在此，作者不是把美国传教士与西方列强、殖民奴化完全简单地等同，而是在历史批判的同时也发掘出中美文化交流、信仰沟通、思想共鸣等方面的诸多积极因素，从而为中美关系的良性发展、积极互动提供了必要的历史资源，总结出宝贵的共存经验，带来了可能的希望。与对美国基督教与中国传统文化之间的冲突、民教对立和政教异化之描述上的浓墨重彩相比，中美之间的文化交流仍闪烁过令人珍视的火花，留下过友好的记忆，美国传教士在中美语言文化、思想精神的沟通上也多有善举，留下善报；这些精彩点滴在比较二者之间大的文明冲突、政治纷争时，虽然好似微不足道，其星星点点之光亮也多被历史的刀光剑影、恩怨恨仇所掩盖或淹没，它们却正是我们彼此示好、重建信任和友情的烛光晨曦，故而弥足珍贵。在构建和谐社会、促进世界和谐的今天，我们一方面应以历史之镜来洞若观火，以其教训来警示、告诫；另一方面也应对中美关系及其交流中曾涌现出的友情、曾建立过的友谊"有更细致更深入的研究"。中华民族是海纳百川、有容乃大的民族，我们在以历史的警示来提醒、来呼吁时，绝不会因陷入沉重的历史而难以自拔；相反，通过回顾这段历史则将使我们体现出更大的宽容、宽宏和以诚相待、以善为本。我们应相信人类是美好的、世界是进步的、历史是发展的。反思历史，只会更加坚定我们前进的信心，更为积极地向世界伸出诚挚、友谊之手，从而在争取世界和谐上取得更多的共鸣，获得更大的成就。

　　陈才俊博士诚心相邀，我不知深浅地写了上述读后的感想，妥当与否，不敢细究，尚请作者和读者谅解！

己丑盛夏于赴湘途中

26. 《圣经文化导论》序言

摆在读者面前的，是由任东升、张德禄、马月兰等来自高校英语系的教授们所编写的一部如何阅读、研习《圣经》的著作。读到这样的"圣经文化导论"，自有一种振奋和欣喜，因为本书所传递的直接信息是，圣经文化研究在我国当代学术界和教育界有了其深度和广度上的新拓展、新成就。中国学术走向世界，圣经文化研究乃是其不应缺少的重要内容。

圣经文化是世界文化的一大组成部分，它与犹太教文化和基督教文化形成相关叠合，亦涵括了东方和西方文化的许多重要因素。《圣经》迄今仍是世界上各种文字译本最多、印刷量最大、影响最广的著作，其形成的影响已经辐射到世界广大地区和诸多领域，引起了各方持久的反响及回应。千百年来，人们对《圣经》有着各种理解、领会、诠释和评说。作为宗教经典，它始终保持为犹太教、基督教的最重要的读物，为其教义、神学、思想和精神之源。但这部宗教名著并不仅仅为其宗教内容所局限，相反，它所蕴涵的资源、信息揭示出一个更广远的世界、一段更悠久的历史，一种更复杂的图景。正是因为《圣经》起着古代文明百科和现代思想智库的作用，才能够形成其源远流长、绵延不绝的圣经文化现象。我们今天在政治、经济、历史、体制、律法、民俗、哲学、伦理、神话、文学、艺术、语言等领域，仍然能够感受到圣经文化的博大精深和久远魅力。

在对《圣经》本身的研究上，其传统大致可分为两种趋向：一为"内涵式"研究，即《圣经》研究中的"解经学"传统，强调对《圣经》本身章节及其内容和寓意的疏理、解释，以章句考证、训诂和批注为特色，形成对《圣经》内在结构、经文意义的分析、研究和阐释。二为"外延式"研究，即超出《圣经》本身结构而从其产生、演变的大文化背景来辨析、研讨，不再满足于对其经文的章句之考，而更关注其经卷作者、成书年代、书卷真伪、历史背景和其内容的引申、演化、蕴涵和预表；由此而形成对不同抄本、版本的考证，对经文意义的回溯和对其发展沿革的追踪，以及对其原初教义的确认和对其神学发展的探索。这后一种开放性、拓展性的研究也被称为"解经原理"，即尝试确立一些基本"原则"来对《圣经》加以正确解释，并以这些"原则"来扩大观察、解读《圣经》的视域。这两种基本研究方法，构成《圣经》之探的主要思路和解经体系，亦为西方学术界更宽范围的语言文化及哲学思辨的解释学提供了启迪，奠立了基础。

与《圣经》本身研究所不同的，则是更大范围的圣经文化研究。这种研究的视野更为开阔，涉及面亦更为广泛。如果说《圣经》研究有其专业性、特殊性的话，那么圣经文化研究则更体现出其普遍性、普及性，其研究兴趣、研究成果可以雅俗共赏，因而和者甚广，运用颇多。而我们眼前所阅读到的这部《圣经文化导论》，则正是从圣经文化研究这一进路来展开的"外延式"、普及性研究。显然，它作为视角颇新、涉猎较广的"通识课"教材，有着其涵括大、易理解等特点，一定能够吸引众多的读者来分享其中的知识，体悟编者的立意。但在这种轻松、惬意的阅读中，人们也能获得一种认知上的提高，甚至精神上的升华。

中国许多著名的思想家、文学家和翻译家都曾强调，学习和研究语言文学、尤其是西方语言文学的中国人应该读读《圣经》，了解其基本内容和蕴涵。这在英美语言文学的学习和研究中尤为突出。对于大学英语专业学生而言，熟悉《圣经》应该是一种"基本功"；因为在英美作品中《圣经》格言乃耳熟能详，《圣经》典故则俯拾即是，有了对《圣经》的了解会非常有助于对这些作品的阅读、理解，增加自己的领悟、想象。而对于大学其他专业的学生，读点《圣经》书中的内容也是有用的"杂学"知识，是对西方文化之"通识"的必要接触和把握，故而会给自己带来意外的收获或扩大自己的为学眼界。从这一角度来看，这部《圣经文化导论》的价值和意义也就不言而喻了。

仅仅快速浏览了一下这部著作，就发现了它有着不少亮点，屡见珠玑。首先，这部著作中英文并举，选有"钦定本"英文《圣经》来让读者直接阅读、鉴赏，感受其文字之美和经典表述。其次，这部著作重在文学、文字，对与《圣经》相关的古代神话、典故、传说、谚语等都有精彩的解读和恰当的点评，使读者能对《圣经》原文有更深层次的理解，克服其"语焉不详"之疑。第三，这部著作揭示了《圣经》传统对西方文化发展演变的影响，尤其是对美国政治文化理念得以形成的《圣经》根源进行了具体剖析，如"上帝造人神话与美国人权观"的对比、"摩西十诫"与美国第一个政治契约文件"五月花号公约"的关联等均为点睛之笔，颇为精彩。第四，这部著作列举了《圣经》内容在西方文化名著中的普遍运用和理想效果，有助于中国青年学者欣赏、解读这些名著名篇。第五，这部著作亦搜集了中国学者、文人、翻译家对《圣经》的采用、评说和理解，让人们得以学会如何在中国语言文化"语境"和中国社会思想"处境"中"洋为中用"，且能恰到好处。最后，这部著作还以众多的讨论题、思考题、注释、分析、点评和背景知识介绍来丰富其内容，使之成为一本实用、方便的工具书和多用途的教材。其构思、体例、编排乃匠心独到，颇具特色。

综上所述，这部著作适应了在"全球化"信息时代扩大知识内容、改善知识结构的需要，体现了我国大学通识教育中"阅读中外经典、通识人类文化"的指导思想和基本精神。它有利于我们在外语教学中从文字性到文化性的深化、从语言性到社会性的深入，可为我们提供"走向世界"的必要语言文化知识和应该掌握的社会人文学科之基本功。因此，我们应该感谢任东升等老师们的辛勤努力，也衷心感谢出版界的全力支持！

是为序。

2009 年 8 月于北京

27.《信仰但不认同——当代中国信仰的社会学诠释》序

在系统、深入地探究了当代中国的宗教社会学之后，李向平教授为自己立了一个新的课题，即对当代中国的信仰加以社会学的诠释，并尝试勾画出一种"信仰社会学"的基本建构。这是一项颇为艰难的任务，因此我也非常钦佩李向平教授迎难而上的勇气。其实，李向平教授思考这一问题已有较长的时间，我们之间对之亦有过简单的交流，因而对其思路略有了解。但现在拜读这些经过系统梳理的文章，大概悟出其言中深意之后，我仍有眼中一亮、耳目一新的震动。

当前中国人所经历的"信仰危机"是不言而喻的。人们在讨论宗教问题时的巨大分歧、鲜明对比，实质上也触及对信仰的理解。20世纪初中国新潮知识分子对"中国无宗教"的断言迄今在中国社会仍有颇大影响，不少人在心中也同意他们所说的理由。有人甚至为之更进一步，宣称正确的思想、科学的观念应该是"信念"而不是"信仰"，认为信念关涉价值观，从而与关联世界观的信仰本质不同，主流意识形态所追求的政治主张及其科学理论体系因而只能是信念而不是信仰。与在价值观上对"宗教"较为普遍的贬低相呼应，已有人开始对"信仰"的积极评价产生动摇。因此，不能说我们当今社会没有或已摆脱正在影响着中国精神、文化命运的"信仰危机"。

不过，对于中国"无宗教"的认可尚没有扩展到对中国"无信仰"的承认。值得庆幸的是，许多人在不自觉地接受上述20世纪初新潮思想家的观点、感到中国人或许不属于有作为"人类学常数"之"宗教性"的"另类"之际，内心仍在挣扎、翻腾、反抗。其无可奈何、却仍要守住底线的说法是：可以说中国人没有"宗教"，但绝对不能说中国人没有"信仰"！对此，李向平教授说，"信仰"本身不是问题，但问题在于"信仰什么"、"如何信仰"。从社会学的角度，李教授所关心的乃是信仰的"公共价值"、"公共空间"，并在此看到了其问题的复杂性。此即其在本书中的"点题"、当然亦为"点睛"之笔："信仰但不认同。"

中国思想文化在经历漫长岁月的涤荡后仍保持住其"大一统"的存在态势，但这种"一统"目前已经是"多元一体"之状，而要真正维系这种"一体"也必须有"多元"、"开放"之态。所谓"信仰自由"不可能仅为信仰思想的自由，也要保障信仰言行的自由。因此，李向平教授不仅基于对这种"一统"、"一体"之中国"国情"、"特色"的认知而分析了信仰认同的合法性、抗拒性和规划性，也在争取达到对信仰同享、信仰共识的理解时寻求对信仰多层、多元、多样这种现状的承认。顺其思路，信仰"包容"但不必"认同"，这或许是走出当前"信仰危机"的一条出路。

信仰的多层性指信仰的不同层面，人们论及的信仰层面包括政治信仰、文化信仰、传统信仰、社会信仰、国家信仰、民族信仰、家族信仰、民间信仰、个人信仰、官方信仰、草根信仰、精神信仰、现实信仰、宗教信仰、哲学信仰、科学信仰等。不同层面的信仰有时应该是可以并行不悖的。而信仰的多元、多样性则指在同一信仰层面人们仍有不同的追求、不同的目标、不同的取舍，如政治信仰的不同、宗教信仰的多样等等。所谓"信"是对某种尚未实现、并非真实存在的观念、理想、预设的追求、持守和忠诚；"信"是一种前瞻、一种托付、一种投身、一种冒险，故此才有"信仰博弈"、甚至"信仰之赌"的说法。在这一意义上，信仰涉及未来学、预测学的问题。为此，印度诗人泰戈尔曾用诗性语言来描述"信仰"乃是在黎明前"黝黑时""触着曙光而讴歌"的"鸟儿"。由于能否达到其目的的不确定性，"信仰"的意义则更是在其选择、行动的过程本身，如哲学家克尔恺郭尔就谈到过这种"投入"之意义的"信仰的跳跃"。"信仰"表达了一种寄托、信赖和信任，而且还有着"任性"的特点。若从价值层面以旁观身份来观察、判断，则可说这种"信"有"理信"、"迷信"，有"真信"、"假信"，有"确信"、"盲信"，甚至还有"误信"、"痴信"等。在西方社会处境中，康德曾从"功能"意义上分出"实用的信仰"、"教会的信仰"和"道德的信仰"之不同。

在"信仰什么"这一问题上，人的追求其实是很复杂的。"信仰危机"首先就在这一方面反映出来，它深刻说明了人在追求上的"意义危机"。为此，李向平教授反复借用林毓生老师的书名来探讨"中国意义的危机"问题。当我们说中国人今天在"文化自知"、"文化自我"的意识上出现迷失、找不到自己的"身份认同"时，就是指我们的"文化意义"出了问题，有了危机。同理，"信仰什么"关键也在于这个"什么"的意义。人类历史在"信仰什么"上不断出现"信仰的循环"，这一"什么"乃流变于神人、灵物、外内、彼此、有无、官民之间，使人的信仰有千差万别！其"志在道"还是"志在生"亦有巨大反差。"志在道"表明信仰的对象有着超越性，而信者在其追求中也是"忠于一种理想"，体现出彼岸价值。这里，李向平教授向我们指出了中国儒家曾有的"天道"追求，即"替天行道"、"以道事天"、"从道不从君"。显然，这种对"天道"权威的维护乃是一种"纯粹理性"，它挑战了"王道"的权威，势必会冒很大的政治风险。如果把这种"信仰"理解为"宗教"，其"政教关系"在判断上可表述为"天下有道，即政教合一；天下无道，即政教分离"；而对其选择而言就很可能是"天下有道，则政教合一；天下无道，则政教分离"，此即信仰的胆识和勇气。然而，李向平教授也坦言中国信仰多为后者，即"志尽于有生"，更多表现为一种"实践理性"；由于其不求彼岸价值，在现实此岸中则可能将"天道"遮蔽而凸显"王道"，"敬天"则悄然劣变为"忠君"。当然，历史的辩证法并不完全以人的意志为转移，在人类政治风云中"大道"虽"险"却仍"存"，政治权势也不一定能做到"人定胜天"，信仰的超越性在人间仍会"复魅"，而政治的"迷信"却终究会"祛魅"。例如，"法国大革命"曾以革命者的意志而造出了一种"革命宗教"，最后却没能挡住天主教的复辟。同样，"文化大革命"曾以革命的名义大搞"个人崇拜"，但是其在今天传统宗教的复兴中已经黯然失色。

至于"怎样信仰"，人们的选择方式同样复杂多元。其信仰方式大致可分为私人信仰和公共信仰。不过，人作为一种"社会动物"并不可能将二者完全区分开，因此人的信仰往往是"私己"与"公己"的有机共构。从信仰作为"私人领域"来看，信仰乃是个人的"隐私"。在此，信仰在个人身上可以表现为韦伯所言之"哲学与人生智能"。信仰可以为个人提供其"内在"和"外在"超越的精神动力,促其达成"内在神圣性"和"外在超越性",使之有一个理想的"内在自我"(私己)和"外在自我"(公己)。不可否认,信仰在此是可以让人"灵魂深处闹革命"的。然而,人的灵魂深处"另一景"是深不可测、密不可传的,或许只有"自我"才能真正"知己"。人的有限本性使人在信仰中也很难真正达到超脱和超越。每个人都可以在内心反躬自问:人能做到"上品上生、洁来洁去"吗?"神圣"乃信仰的理想,似近在咫尺却又遥不可及。正因为如此,有限之人才会在信仰中找寻其心灵平静的港湾。这里,李向平教授所列举的"隐士"和"学者"的信仰颇值得玩味。生活中并没有旁观者,享有生命即会参与生活,因此,"空谷幽兰"、"红尘远隔"的"隐士"只能是一种"境界",而难以成为真正的"实践"。人类历史从来就是政治主宰的时代,尤其在现代信息化、网络化的时代对人的掌控乃"天网恢恢、疏而不漏"。"隐士"的"信仰"可以使之在"隐居"与"参政"、"清高"与"随俗"、"天命"与"使命"、"看透"与"看破"之间有更好的把握、更佳的选择,从而在"告别"或"参与""生活"、"退出"或"身在""江湖"中找到一种相对心安理得的"终南捷径"。所谓"小隐隐于野,中隐隐于市,大隐隐于朝"的"禅语",实际上也说明"隐"或"显"乃在"一念之间";"在野"可以"参政","在朝"亦能"隐退"。而"学者"的信仰也多体现为一种独立精神,其思想可以天马行空,跳出社会体制之外来我行我素。这种信仰的自由、独立,使之个性张扬、无拘无束,可以"信仰而不归属","委身"但不献身,故而被称为信仰上的"思想游弋"者、"精神走私"犯。

但"信仰"毕竟不全是个人"私密"之事,而更多体现为人际之"间"性关系。"信仰"的更大意义在于其"公共价值",旨在更适当地处理好"公共关系",故而体现出"关系"的意义,尽管这种关系可能有"神人关系"或"人际关系"之不同。信仰在个人"内在"所达成的"内圣"素质,本应该以其"外在"身份彰显出来,以实现"内圣"与"外王"的统一。所以,我们关注信仰的视线应该更多地集中在公共空间,此即"信仰社会学"的意义。多元的信仰在社会上应争取和而不同、有机共构,不要因信仰在公共空间的"区隔"而造成人与人之间的隔阂、隔膜。

信仰的多元也应避免信仰的冲突，而要实现信仰的和谐；虽"不认同"，却能"大同"。在公共社会之公共空间，李向平教授也洞察到一些信仰的"误读"和"臝沉"。在权力政治中，"信仰权力"被滥用，被强迫的"信仰"只能是"空洞的信仰"；在消费社会里，亦产生了"信仰消费"之错觉，"信仰"成为赚钱、谋利的道具，"拜金教"、"拜物教"悄然登场；一旦信仰被"世俗化"，俗世的欲望则会成为"信仰"。如果信仰领域成为商品市场，那么其精神理念也就嬗变为"经济神学"。当宗教界以"信仰"为资本而"参政"时，"信仰"因被俗界"忽悠"而不再"神圣"。与之相错位的，则是执政党中出现了"不信马列信鬼神"的现象。如果仅是信仰的"转换"倒不必大惊小怪，因为至少在生死关上人们对今生与来世的关系毕竟没有想得太清楚，对"彼岸"之有无看得也不是很透彻，故而在面对这一"关"时稍一犹豫就会出现信仰的嬗变。为此，列宁的解决办法就颇为聪明，他不仅愿意吸引信教群众加入无产阶级政党，甚至还要允许信教群众的"牧者"即宗教司祭在保留其信仰的情况下成为无产阶级先锋队的一员。这种不凡气度让我想起毛泽东在谈"统战"的精髓时之名言，即设法让我们的朋友越来越多，使我们的敌人越来越少。现在一些人已不再把马列主义作为科学方法来运用，反将其作为教条来对待，而将"马列"当"鬼神"来"敬拜"的"娱神"、"渎神"行为则更为可怕，后果亦不堪设想。人们过去曾纠缠于姓"资"、姓"社"，为"公"、为"私"等假问题，今天又快要把"有神"、"无神"之争变成假问题，而对"神圣"所指究竟为何却并不真感兴趣。以此观之，如何处理好"多元"的公共信仰与"一体"的社会结构问题，这也应是"信仰社会学"的重要任务之一。面对当前体制内"信仰"被思想僵化所管死，体制外的信仰却被人随心所欲大开"方便法门"的现象，李向平教授有着全面的分析、深刻的反思，体现出其社会敏感和责任心。为了解读并"解除"中国社会所面对的"信仰危机"，李向平教授注重现实问题，凸显当下意识，而且"不以物喜、不以己悲"，表现出一种"择善固执"的严肃认真。的确，若在理论上能弄清公共领域中"信仰的意义"，那么在实践上则可实现当今社会"信仰的和谐"。李向平教授侧重从"实践关系"中来找其"实践逻辑"，正是一种恰到好处的理论与实践之结合。

自己这些年来缠于俗务，已经很难有机会博览群书，潜心创作；少有的阅读、写作也时常被打断，只能留下一些思想的碎片和不连贯的话语。所以，当朋友让我为其新著写序时，我是一种既害怕、又想写的矛盾心态。想写的冲动在于能够要求自己去认真读书，害怕的心境是担心自己在阅读时浮光掠影，在写作中可能是班门弄斧，写不好、也说不到点子上。既然自己研究宗教，曾探讨过"宗教理解"，所以愿在此以一介"凡夫"、普通"读者"的身份来领略李向平教授的"信仰理解"，谈点自己意识流般的"印象"和感悟，但也只能点到为止。我非常喜欢李向平教授犀利的学术眼光、直白的研究风格和谈吐诙谐的写作技巧，在这本书中学到了不少知识，也增长了许多实践智慧。李向平教授在其"信仰社会学"的构建中既有一针见血的现实剖析，亦有进退有余的理论阐述；他虽以"散论"的方式来切入主题，却条理清晰，前后关联，而且通篇字字珠玑、处处妙语，给我带来了一种阅读的愉快、精神的享受。在此，我衷心祝愿李向平教授在当代中国社会信仰的重建中，充分发挥其"信仰社会学"的积极作用。

是为序。

2010 年 1 月 4 日写于北京大雪之冬

二

文集前言

1. 《中国基督教基础知识》前言

基督教作为基督宗教三大教派（天主教、东正教、基督教）之一和中国现存五大宗教（佛教、道教、伊斯兰教、天主教、基督教）之一，在中西思想文化发展和交流中占有重要的地位。基督教产生于16世纪欧洲宗教改革运动时期，但它作为基督宗教的重要一支而一方面上承希伯来文明和希腊文明，继承了基督宗教一千五百多年的思想文化传统和精神遗产；另一方面又下导西方近现代发展，对西方工业社会的兴起和现代思潮的涌现有着巨大影响，并在基督宗教文化在全世界的传播和发展中起着非常关键的作用。基督教于19世纪初真正传入中国各地，在华历史不足两百年，但其传播迅速，影响广远，在中国近代教育、医疗、卫生、新闻、出版等文化事业的发展中作出过历史性贡献，而且其"本色化"、"中国化"运动使中国基督教展现出全新的面貌，并在全球化的现代形势下正成为中外思想文化对话交流与会通的一个重要渠道。

对于中国基督教的研究，宗教界和学术界虽早已起步，却由于种种历史原因而不够深入、不够系统，留有许多空白。因此，如何正确认识、全面把握中国基督教的历史与现状，弄清并了解其与中西思想文化的关联及关系，仍是我们所面临的一项极为艰巨、很有必要的任务。为了回顾历史进程，洞观世界变化，理解中国国情，积极引导宗教与我国当代社会相适应，我们组织编写了这本小书，尝试对中国基督教加以客观介绍和研究。希望读者能通过这部著作对中国基督教各个方面有一粗略认识和宏观了解，更希望我们的这一初探能作为引玉之砖，带来这一领域更多、更完美的研究成果。

本书共分为四大部分，对中国基督教的"历史、教义"、"经典、人物"、"圣礼、教制"、"文化、艺术"展开分析、梳理和研究。中国社会科学院世界宗教研究所基督教研究室的王美秀、周伟驰、卓新平、段琦以及北京外国语大学的文庸先生参加了本书的编写工作，其中由段琦负责撰写本书第一部分"历史、教义"中第1章"基督教产生的历史背景"，卓新平负责撰写本书第一部分中第2章"中国基督教的历史"和第四部分"文化、艺术"，周伟驰负责撰写本书第一部分中第3章"基督教基本教义"，文庸负责撰写本书第二部分"经典、人物"中第1章"基督教经典的产生与影响"和第三部分"圣礼、教制"，王美秀负责撰写本书第二部分中第2章"来华基督教传教士"和第3章"中国基督教人物"，由卓新平担任主编，负责全书框架设计和统理全稿。

本书是多人执笔写成，虽经通读和修改，仍存有一些构思、文笔和篇幅上的差异，失当和错误之处在所难免，欢迎读者批评指正。全书在编写中亦参考和引用了国内外许多著作，因篇幅和体裁之限可能没有在书中一一注出，借此机会谨向这些著作的作者们表示歉意和感谢。此外，全书组稿、编写、审阅和出版工作得到世界宗教研究所吴云贵、戴康生、黄夏年以及宗教文化出版社王作安、陈红星、戴晨京等人的有力支持和帮助，特此致以最诚挚的谢意！

1998 年 9 月 30 日于北京

2. 《现阶段我国民族与宗教问题研究》前言

　　民族与宗教问题的研究，在当今世界乃是令人瞩目的重大研究。在全球化背景下，我国现阶段的民族与宗教亦出现了新局面、新发展，受到普遍关注。自 1990 年全国宗教工作会议以来，以江泽民总书记为核心的党中央第三代领导集体高度重视新形势下的民族、宗教问题，对我国民族、宗教工作作出了一系列重要决策和部署。2001 年 12 月 10 日至 12 日，中共中央、国务院在北京又召开了规模空前的全国宗教工作会议，江总书记发表了重要讲话。这次会议进一步强调了民族、宗教问题的特殊敏感性和重要性，提出了我国新世纪初宗教工作的方向和任务。由此可见，深入开展民族与宗教问题研究有着其独特的现实必要和深远的历史意义。

　　按照中共中央党校教学改革提出的研究式办学要求，第 17 期中青班组织了"现阶段我国民族与宗教问题研究"课题组，自 2001 年 3 月以来开展了这一课题研究。课题组由卓新平、郭廷栋、温兰子、格桑顿珠、卞晋平、何勤华、雷涛等人所组成，卓新平担任组长，郭廷栋担任副组长。参加这一课题的还有中央党校民族与宗教理论教研室的教师龚学增、胡岩、张建新、靳薇等，由龚学增担任教师组长。课题组将理论研究与社会实践相结合，经过约一年的努力，终于顺利完成了这一课题，其研究成果即反映在这部著作之中。

　　这一课题由 12 篇研究论文所组成，论及民族与宗教问题的相关研究和思考。由于民族与宗教问题涵盖面大，涉及的领域较多，我们的课题研究因而只是从某些层面进行的尝试性、前瞻性探讨，有待进一步补充、改进和完善。其中提出的有关想法反映了课题组研究相关问题的成员个人的认识和理解，仅供参考和商榷。课题组的认知思路，旨在为我国在民族、宗教领域的进一步研究提供启迪和参考。全书组稿、统稿和编辑工作由卓新平执行。本书出版得到宗教文化出版社的大力支持，特此表示衷心的感谢。

3. 《相遇与对话》前言

2001 年在人类历史上乃是意义深远之年，它不仅代表着 21 世纪的来临，而且也是人类新千纪的开端。

在这一年金秋送爽的十月，来自海内外的众多专家学者聚集北京，参加由中国社会科学院世界宗教研究所和美国旧金山大学利玛窦中西文化历史研究所联合主办的"相遇与对话——明末清初中西文化交流国际学术研讨会"。这次会议从 10 月 14 日至 17 日在北京理工大学国际教育交流中心召开，由北京语言文化中心、北京外国语大学海外汉学研究中心、澳门特别行政区政府文化局、澳门利氏学社、巴黎利氏学社、葡萄牙驻华使馆、意大利驻华使馆文化处、法国驻华使馆文化科技合作处等单位协办。会议期间与会代表亦参加了《葡汉辞典》首发式和《虽逝犹存》一书中文版首发式，参观了"利氏地图学传统：明清两幅世界地图展览"和相关的小型艺术展览等。在 21 世纪之初我们举行这一主题的学术研讨会，有着极为独特的学术蕴涵和历史意义。它是超越时空的回顾与展望，理应成为我们在新的时代氛围中重新相遇、深入对话、沟通且超越东西方的一个学术乃至精神象征。2001 年是利玛窦等耶稣会传教士来到北京 400 周年纪念，其来华传教的经验教训、其促使中西交流的尝试和努力，迄今仍有独特意义和广泛影响。实际上，中西对话一直在延续，中西交流也一直没有停止。经过数百年的历史风雨之后，在"全球化"氛围中"与时俱进"的今日中国，这种对话正走向深入，并有望获得富有建设性、具有实质性的进展或突破。

这次会议的顺利召开，得到了海内外有关机构及学术团体的大力支持，亦获得各界朋友们的深切关注和热情关心。为我们会议提供资助和帮助的单位包括美国旧金山大学（特别是其文理学院、亚太中心和中西文化史讲座 EDS-Stewart Chair）、美国亚洲基督教高等教育联合董事会、意大利驻华使馆文化处、法国驻华使馆文化科技合作处、澳门特别行政区政府文化局、台北利氏学社和北京外国语大学海外汉学研究中心等。亦有不少海内外朋友以个人身份对我们的会议表示了各种支持与帮助，包括北京语言文化中心主任让·安东（Ron Anton）、葡萄牙驻华使馆文化专员高云霄（João Barroso）和文化参赞林达（Ermelinda Galamba de Oliveira）、法国驻华使馆文化科技合作处文化专员戴鹤白（Roger Darrobers）、东方葡萄牙学会主席林宝娜（Ana Paula Laborinho）、美国旧金山大学利玛窦研究所学术顾问委员会全体成员和加州大学伯克利分校博士生梅欧金（Eugenio Menegon）、西班牙驻华使馆文化专员易玛（Inma Gonzalez Puy）、意大利驻华使馆文化处参赞马里奥·萨巴蒂尼（Mario Sabattini）、澳门特别行政区文化局研究调查暨刊物处处长李淑仪（Stella Lee Shuk Yee）、中国美术出版总社首席摄影师石松、北京外国语大学副研究员文庸、北京外国语大学海外汉学研究中心教授张西平和北京行政学院研究员余三乐等。我们向支持和帮助我们组织召开这一会议的有关机构及人士表示衷心的感谢！并向我们的合作单位、即共同筹办这次会议的美国旧金山大学利玛窦中西文化历史研究所及其奉献的智慧和付出的努力表示崇高的敬意！

这次国际学术研讨会由中国社会科学院世界宗教研究所所长卓新平博士担任中方主席，美国乔治敦大学教授魏若望（John Witek）博士担任外方主席，美国旧金山大学利玛窦中西文化历史研究所所长吴小新博士担任研讨会秘书长。研讨会共有来自20多个国家和地区的上百名学者与会或听会。其中有36位学者宣读了论文，大家围绕明末清初中西文化历史交流的有关问题展开了讨论，其大会发言共分为7个议题，涉及明末清初中西贸易、外交、传教与文化交流，不同地域的文化交往和沟通，语言文学的比较与对照，宗教与科学的对话，艺术的构思—实践，中西关系之档案文献的搜集发掘以及历史研究方法的探讨等。还另设有两个分组发言，讨论内容包括历史、文学、语言、艺术、科学、宗教、神学、外交关系、经济交往、古籍版本比较等方面。此次研讨会的学术目的，在于推动对中西文化历史交流方面原始材料的开发与研究，由此亦旨在促进对历史文物及古迹的保护、研究。当然，历史研究的目的不只是为历史而历史，也应该以史为鉴，通过回顾、反思历史上中西文化之间的相遇与对话，而为我们今天的文化相遇和思想对话提供借鉴及启迪意义。这样，我们的历史研究就能成为活生生的、开放性的和具有现实意义的历史研究，就能通古博今，继往开来，走出历史的迷茫，达到现今之澄明。就此而言，我们在历史学意义上所展开的这一研讨又不仅仅是原始史料的发掘，而亦蕴涵着历史哲理的找寻。

明末清初出现的中西文化之相遇与对话，在中外关系史上留下了极为重要的一页。这一页既让人以"好古"之态去追随，亦使人因"疑古"之虑而却步。实际上，中西文化的相遇与对话，正是其文化主体之人的相遇与对话，是其特有甚至信守的精神理念的相遇与对话。这种对话的艰辛和不易常使其筚路蓝缕的有识之士或有志之士"出师未捷身先亡"，留下千古的遗憾和惊叹。总结历史的经验教训，我们今后的相遇与对话则值得珍视和应该小心。为此我们在中西文化的沟通和对话上，不仅要找寻其同一性和互补性，也必须清楚认识其个殊性和差异性，既应有求同存异的努力，亦需要和而不同的冷静。我们应以历史学家的执著和姿态，在历史资料的发掘和梳理中获得解决历史疑难的思路和睿智，从而使我们的历史学有新的收获，并可能促进我们的历史有新的突破。

在上述 36 篇发言中，涉及的题目包括"早期的耶稣会士与中国明末的疆界"，"澳门海上贸易与早期世界市场的形成"，"神父或贵族？葡萄牙关于 18 世纪遣华外交使节性质的官方讨论"，"黄嘉略与孟德斯鸠"，"李九功及其《慎思录》"，"16—18 世纪湖北天主教特点分析"，"明末、清初北京天主教团体之萌芽"，"明清时期东南宗族社会与天主教的传播"，"清代玻璃制造业：位于蚕池口的耶稣会作坊"，"中国国家图书馆所藏的《利玛窦佛教语言的天主教经文》初探"，"从葡萄牙史学看澳门自治"，"传教士与中国科学的时段关联和特征影响"，"西学东渐与清代浙东学派"，"耶稣会士纪理安的《北京文件》"，"从 1637 年 Nicolas Fiva 的中国来信看：人文主义或是反改革态度"，"明清之际方济各会在中国的传教"，"以诗纪事，以诗证史——从《闽中诸公赠诗》看明末耶稣会士在福建活动的历史"，"西方语言学传统在中国：对早期汉语语法和词汇描述的分析

（1682—1898）"，"误读的艺术——论晚明耶稣会士所用的欧洲古典寓言"，"17、18 世纪西方传教士所编辑的几本汉语辞典"，"中法殿军张雍敬：《定历玉衡》初探"，"奉教天文学家与'礼仪之争'（1700—1702）"，"笛卡儿式科学在康熙宫廷"，"通过科学宣传上帝：康熙时期耶稣会士的策略（1662—1722）"，"是民间仙女，还是圣母玛丽亚？早期传教士与观音形象的接触"，"早期北京天主教教堂壁画初探"，"透视学在清朝宫廷：中国画家、西洋技巧和'视学'的科学"，"利玛窦所贡'西琴'研究"，"俄国档案馆中保存的北京耶稣会士的作品"，"徐家汇藏书楼与明清天主教研究"，"一部介绍耶稣会罗马档案馆中的中文图书与文件的摘要目录"，"明末清初的澳门是中西文化交往的桥梁"，"18 世纪中国文献西译探讨"，"从西方学者的辩论看中西文化的同一性、差异性和互补性"，"勾画中国的基督教史"，"双城记：耶稣会士在北京与上海的科学与教育"。这些论文乃海内外学者研究明末清初中西文化交流史的最新成果，其中不少作者亦为这一研究领域的著名专家。为了使他们的重要成果得以保存，并能为今后的研究提供信息参考和资料借鉴，我们从中选出了 26 篇论文汇编为中文版的会议论文集出版。其英文版会议论文集则将由吴小新博士负责在欧美编辑出版。这部中文版会议论文集的翻译组织工作得到了吴小新博士的大力支持。此外，美国旧金山大学利玛窦中西文化历史研究所、利玛窦之友和澳门特别行政区政府文化局亦为本论文集的出版提供了资助。对于这些友好支持和帮助，谨表示我们最诚挚的谢意！

4. 《基督宗教与当代社会》前言

　　基督宗教与当代社会的关系问题已引起人们的普遍关注。这一关系尤其涉及基督教会在当代社会中的地位、作用和意义。而且，二者的关系亦经历了历史的发展和变迁，是一种双向互动的结果。在处理二者的关系上，世界各国特别是西方许多国家有着曲折复杂的历史进程，由此而形成了种种经验教训。

　　为了对基督宗教与当代社会的关系极其复杂多样的社会、国度、文化和历史背景有较系统的了解和更深入的研究，中国社会科学院基督教研究中心与德国米索尔友爱团结基金会于 2001 年 10 月 1 日至 4 日在北京温特莱酒店联合召开了"基督宗教与当代社会"国际学术研讨会。会议邀请了来自中国、德国、瑞士、拉美和非洲等国的学者参加讨论，对基督宗教在相关地区的当代状况和最新发展加以报道。这次会议语言以中文和德文为主，与会者提交的论文亦分别以这两种语言撰写。从这些论文中，我们挑选了一批汇编成册，以会议论文集形式出版。其中德文论文已译成中文，包含在整个文集之中，但其德文论文本身亦作为附录在文集中得以保留，以供能阅读德文的读者参考。

　　由于与会代表来自不同国度，有着不同的社会和信仰背景，因此其论文中的一些说法或观点乃反映出这种多元景观。这些观点和行文表述并不代表我们的见解或态度，我们在会上亦对之展开了讨论和评议。但考虑到了解第一手资料和最新信息的需要，我们对上述论文也加以编辑出版，以供研究之用。实际上，一些欧洲学者的论文讨论了欧洲教会在当代社会参与及适应中的处境、问题和出路，其教会与国家关系的多种模式及其发展变迁，以及基督教会相关机构对中国的态度和在中国的合作，这些问题对我们了解西方教会现状及其社会合作都颇有参考和研究价值，亦可为我们提供一种全球化的关联和思考。总结其经验教训、发现其问题和困难、了解其社会基本态度和发展走向，这对于我们在当代中国社会、政治、经济及文化氛围中积极引导基督教会与中国国情相适应和相结合，亦颇有启迪和参考意义。

研究当代宗教与社会问题，对我们来说乃初次尝试，因而经验不多，不足之处亦在所难免，尚请广大读者谅解、宽容。这次会议的顺利召开得到各方学者和专家的大力支持，会议论文的出版发行亦得到宗教文化出版社的热情关心和帮助，谨此表示我们最诚挚的谢意！

5.《宗教研究四十年》代前言：
20 世纪的中国宗教学发展

　　中国宗教学在 20 世纪的形成，是中国现代学术史上的一件大事。而世界宗教研究所的建立与发展，则在一定程度上反映了 20 世纪中国宗教学研究的系统化和机构化，因而与 20 世纪的中国宗教学密切相关。这种研究在中国的真正建构化及其成体系的发展，始于 1964 年世界宗教研究所在中国科学院范围内的成立。从此，世界宗教研究所在中国大陆学术界起着宗教研究的牵头及引领作用，这在其 1977 年归属中国社会科学院以来尤为明显。可以说，世界宗教研究所的 40 年发展乃是 20 世纪中国宗教学演进历史的一个重要缩影。因此，在纪念世界宗教研究所建所 40 周年之际，有必要对 20 世纪的中国宗教学发展作一个简要的回顾。

　　宗教学在世界学术史上为一门新兴学科，始于 19 世纪下半叶，通常以西方学者缪勒 1873 年发表《宗教学导论》、首先使用"宗教学"术语为开端。宗教学于 20 世纪初传入中国，逐渐发展成为一门独立学科，它作为中国社会科学、人文科学的重要构成而在 20 世纪中国学术发展中发挥着越来越大的作用。

　　中国宗教界的宗教研究古已有之，但多为各宗教本身的经典整理、教理探讨和教义诠释，在 20 世纪之前未能形成一门独立学科。随着现代宗教学理论观点、学说体系的引入，中国宗教研究开始其专业化、系统化的进程，由此在 20 世纪真正产生出把宗教研究作为一门不依属各宗教本身信仰和神学范畴的新兴学科。宗教学现已成为中国社会科学的重要组成部分，它既扩大了文、史、哲等传统人文学科的研究领域，同时亦具有跨学科研究的独特意义。

20 世纪初，中国宗教学的一些基本关注及其理论观点开始出现。这一领域的学术开拓者们突破了以往把宗教信仰作为学术前提的传统思路及其相关范围，提出了宗教的本质及其在中国存在的意义和特征等问题。此即 20 世纪初中国学界关心和争论的"宗教是什么"、"中国有无宗教"诸议题。在中国文化传统和学术理解中，"宗教"这一表述乃由"宗"和"教"二字组合而成，各与现代意义上的"宗教"相关。其中"宗"字可见《书经尧典》中"禋于六宗"之说，而"教"字则可依《易经》中"圣人以神道设教"之论。中国传统宗教儒、释、道等故而有"教"之专称。"宗教"二字合并之用本为佛教术语，指崇奉佛陀及其弟子的教诲，以获人生宗旨、达社会教化。故此，一些中国学者认为中国古代并无现代意义上所用的"宗教"概念，宗教学所表述的"宗教"专称被认为最初乃根据日语意译西文"religion"而成，从此使传统意义上的佛教术语"宗教"获得了现代宗教学意义上的新意，因而有"惟此译名假道日本而入中国"的说法。于此，20 世纪初的中国学术界形成了中国古代"有宗教"和"无宗教"这两种截然对立的观点，并引发了最初的中国宗教学研究分为两大方向：一为宗教思想理论探究，二为宗教史料的发掘整理。二者被视为 20 世纪中国宗教原理研究和宗教史学研究的开创。前者的理论先驱包括梁启超、夏曾佑、蔡元培、胡适、陈独秀等人，后者的奠基人则有陈垣、陈寅恪、汤用彤等。他们在 20 世纪中国宗教学发展史上有着筚路蓝缕之功。

理论和史料的并重，强调研究方法和考证功底，是中国宗教学形成以来一直凸显并得以保持的一大特色。这不仅反映了传统学术上哲学与史学的两大进路，而且更多地体现在二者的交织互渗、有机共构，由此使宗教学自奠立起就具有跨学科意义，构成其开放体系。中国宗教学的开放性还体现在其学术构建上。在 20 世纪上半叶，中国宗教学的萌芽乃蕴于文史哲诸学科之中，其学术进路从一开始就是比较研究和边缘研究，各学术机构以学术研究的开放性、包容性和开拓性来鼓励学者将视域扩大到宗教学领域，由此促成了中国宗教学研究队伍的形成和发展，并在很大程度上影响到今日中国宗教学研究机构的学术特色和多元共构。20 世纪下半叶的 70 年代末和 80 年代初，中国实行体制改革和对外开放，学术研究获得新生并重新繁荣，西方宗教学的体系和成果得以引进，其学术方法和思路亦被人们接受和广泛应用。这客观上促成了中国宗教学作为一门独立学科的奠立，使中国宗教研究进入专业化、系统化的良性发展，由此实现了中国这一研究领域与国际学术界的真正接轨。

一　对"宗教"的基本认知和理论学说

中国学术界对于"宗教"的基本认知在 20 世纪初乃始于"中国有无宗教"和"宗教是什么"之争。当时的著名历史学家夏曾佑在《中国古代史》一书中将中国古代的各种有神论观念、原始信仰、民间崇拜和宗教存在统称为"中国古代的宗教"，认为宗教在中国乃古已有之。而著名的改革派思想家梁启超在其《中国古代学术思想变迁史》中则提出"中国无宗教"的观点，认为中国思想文化传统乃依赖于"贵疑"的哲学，而"贵信"的宗教在中国之存在并不典型。按其观点，佛教乃来自印度的外来宗教，在中国并无文化根基；道教以神灵崇拜和方术实践为主，以民俗为特色，其宗教性却不太突出；而儒家以"人"为本，属"世间法"，其传统中"子不语怪力乱神"和"敬鬼神而远之"的态度与宗教格格不入，差之远矣。这种"中国无宗教"的论点在西方宗教学理论系统引进中国之前颇为盛行，并在中国学术界有着长期的影响。例如，蔡元培的"以美育代宗教"之说亦流露出了"中国历来在历史上便与宗教没有甚么深切的关系，也未尝感到非有宗教不可的必要"之观点。陈独秀亦有中国乃"非宗教国"之论。五四时期的中国学界中有不少人都把宗教视为外来之物，其对之贬低、排斥的态度在当时的"非宗教运动"、"非基督教运动"中得到了典型表述。此后认为"中国无宗教"的学者亦大有人在，如梁漱溟亦曾坚持中国人乃是世界上唯一对宗教兴趣不大的民族，是一个"非宗教的民族"，认为佛教等宗教乃是外域思潮，与中国文化本质所体现的哲学精神是格格不入的。这种观点在当代中国学界关于"儒教"是不是"宗教"的争论中仍时隐时现，并未全然消退。明末西方耶稣会士利玛窦来华传教，因认同中国文化"儒服入京"而取得成功。他提出"儒教非教"说而避免天主教与儒教之间的矛盾，防止其在宗教层面及意义上发生冲突和纷争。

此后西方传教士中有人反对此说，认为儒教亦是宗教，要天主教信徒必须作出弃儒奉耶之抉择，由此导致"中国礼仪之争"和中西文化冲突，儒教是否为"教"亦成悬案。现代以来，梁启超曾率先坚持"儒教非教说"，从而揭开了"儒教非教"和"儒教是教"这一现代中国学界理论之争的序幕。在20世纪70年代末之前，多数中国学者持"儒教非教"论，认为"儒教是教化之教，不是宗教之教"，以此将儒教置于宗教之外。1978年，任继愈首次公开提出"儒教是教"的论断，从而促成了"儒教是教说"的迅猛发展，响应者、论证者越来越多，持"是"与"否"对立观点者的学术论争亦越来越激烈。1998年，李申撰文指出"教化之教就是宗教之教"，认为"教化"在中国文化中最初的基本含义，就是指宗教的教育，从而强调"儒教之教就是宗教之教"。这场尚未结束的争论无疑深化了中国当代学界对"宗教"的基本认知。

20世纪上半叶，中国学术界在宗教基本理论、宗教学体系和各大宗教研究上取得了初步成果，中国宗教研究既结合文史哲等社会科学研究，又逐渐显现其独立性，开始其系统化、专业化的发展。一方面，各大宗教本身涌现出一批具有现代学术意识、运用新式学术方法的学者。他们尝试以客观的态度观察宗教、以理性的方法研究宗教，迈向其传统神学与现代宗教学相结合的创新之路。一般而言，这些学者在对宗教的价值评断上基本上持温和、肯定的态度。另一方面，宗教界之外的学者则不再持守或维系以往研究中的传统信仰立场，其中宗教史研究者多潜心于历史考据方法之运用或西方实证方法之引入，而在宗教思想价值研究上则出现了"脱离宗教"、怀疑或批判宗教之倾向。这种倾向在20年代前后的"非宗教运动"和"非基督教运动"中达到首次高峰，出现了对中西宗教一概排斥的现象。在50年代之后，这一倾向亦在政治层面和意识形态领域得以延续，故一度使学术意义上的宗教研究明显退隐。20世纪50年代末至60年代，中国大陆学术界和理论界围绕宗教政策、宗教信仰自由、宗教与迷信之关系等展开了激烈讨论。牙含章、游骧、刘俊望等人先后撰文进行论辩，在社会上颇有影响。1964年，牙含章将其相关论文结集出版，题为《无神论和宗教问题》。这一论争是"文革"前中国大陆关涉宗教基本理论问题最为活跃的一次学术交锋，反映了当时中国学术界和政治界对宗教的基本认识和评价。

20 世纪 80 年代以来，宗教理论研究重趋活跃。在对"宗教"的基本认识上，首先出现了如何理解马克思关于"宗教是人民的鸦片"这一表述的争论。由于南方与北方学者所表达的不同观点形成鲜明对照，故有"南北论争"之称。这一学术论争的一方认为，不能将马克思这句话理解为其关于宗教的定义，更不能将之视为马克思对宗教的简单否定，因为根据其上下文来看，马克思乃基于对信教群众的同情和理解，其对宗教产生之根源的深刻剖析绝非要从根本上否定宗教。而且，当时欧洲在马克思之前已有许多宗教人士用鸦片来比喻宗教，表述了对鸦片镇痛治病功能的肯定，故不同于中国人因经历"鸦片战争"而对鸦片的深恶痛绝。其论争的另一方则认为，马克思这段名言确实指出了宗教起到精神麻醉作用，正视了宗教具有的负面影响；但精神鸦片在本质上不可与物质鸦片相提并论，宗教的镇痛和麻醉作用乃人民的社会需求，在社会问题不能根本解决的情况下，应该承认宗教存在的必要和必然性。这一争论在中国对"宗教"的基本认知上带来了分析、认识马克思相关论述的积极结果。根据中国学术界的重新认识和理解，马克思主义的核心和灵魂乃在于其对具体问题的具体分析，在于其关于一切都随时间、地点而变化的辩证思想。因此，对宗教的发展演变，应以能动、辩证的观点来看待。

在研究马克思主义的宗教理论中，中国学术界注意到宗教社会功能的重要性，此即中国宗教社会学研究的开端。这种引进社会学研究方式、从社会视域来对宗教进行的分析和评断，乃是中国在 20 世纪 80 年代以来的重要发展。人们从科学、客观、经验实证的角度来研究宗教的社会象征、意义及功能，采用了社会调查、地区抽样、问卷分析、实地观察、历史分析和跨文化比较等方法。在论及宗教的社会意义上，一些学者提出应注意到宗教对社会的正负功能这两个方面，指出宗教具有心理调适、社会整合、社会控制、个体社会化、群体认同、文化沟通、对外交往等功能，其特性并不能被政治理论和意识形态所涵盖。在认识到宗教之社会特性的基础上，中国学者在实践层面上亦强调要积极引导宗教与中国的社会主义社会相适应。

最后，中国学术界在宗教研究上进入了从"文化"之综合意义上来分析宗教、研究宗教和评价宗教的阶段。在 20 世纪末，"宗教是文化"的观点、"宗教文化"论在中国学术界形成热潮。一些学者指出，强调宗教是文化，并不是要用"文化"概念来使宗教认识普遍化、一般化，而是旨在对仅限于意识形态之层面的宗教认知补偏救弊，使社会学意义上的宗教认识再往前迈进。在对宗教的文化诠释及理解上，学者们并不仅仅横向分析宗教社会存在的静态结构，而还对宗教在历史中的动态发展加以纵向把握，从宏观整体上阐明宗教与文化、宗教与文明的关系问题。"宗教是文化"的思想和对宗教作为文化现象的研究，在中国现代社会处境和思想氛围中乃标志着中国学者在全面评价、研究宗教上迈出了关键之步，亦意味着中国学术界的宗教探讨已从政治学、社会学领域扩大到整个文化学范围。这种理解加深了对人类宗教及其灵性存在的认识，发现了宗教思维之形象化、象征化、情感化、意象化和哲学或神学抽象化等特点，从而也在当代中国发展史中促进了对宗教的科学及系统研究。对"宗教"的上述基本认知和对其理论学说的基础研究，标志着"宗教学"这一对宗教展开科学研究之学科的奠立，它在 20 世纪中国人文科学和社会科学中成为最年轻的学科之一。

二　佛教研究与佛教学

佛教自传入中国以来，在中国学界影响广远，中国学者对佛教的研究亦成为中国学术史中的重要组成部分。佛教研究涉及的范围很广，包括研究佛教的历史、宗派、经典、教义、修行、仪轨、组织、习俗，以及佛教与经济、政治、社会、文化等方面的关系。在 20 世纪，中国的佛教研究与现代人文精神及宗教学学科规范相结合，发展成为现代意义上的"佛学"或"佛教学"。由于佛教研究在中国源远流长、基础雄厚，因此它在 20 世纪中国宗教研究中很快成为一门显学，有许多学者参与其中，其学术成果亦蔚为大观。概而论之，20 世纪的中国佛教研究可分为上半叶和下半叶这两个阶段，20 世纪上半叶为现代佛学的开创阶段，其下半叶后期则为其体系成熟、学科趋于完备的发展繁荣阶段。在 20 世纪中国宗教研究中，佛教研究乃最为活跃、成果最多的研究之一，而且形成了佛教研究在 20 世纪首末两端都引人注目的景观。

佛教研究分类较细，人才众多，包括佛教僧伽界、居士界和教内外学术界这三大群体的专家学者。其研究范围大体包括中国佛教和外国佛教研究，中国佛教史研究可分为佛教通史、断代史、地区史、思想史和宗派史研究诸方面。佛教宗派研究则以禅宗、天台宗、华严宗、净土宗、云南上座部佛教、藏传佛教及密教研究等较为突出。一般而论，"佛学"之说过去通常侧重于佛教思想史领域的研究，涉及佛教思想、佛教哲学、因明学、禅学、唯识学研究等方面。在佛教两千多年的发展中，留下了卷帙浩繁的经书文献。因此，佛教经典的整理研究是 20 世纪中国佛教学的重要内容，它包括汉文、藏文佛教大藏经研究和藏外佛教文献研究等。此外，20世纪中国学术界在佛教传播史，佛教文化史、佛教考古、美术、音乐、文学、民俗等研究上亦颇有成就。外国佛教研究以亚洲佛教研究为主，重点在印度佛教、南亚佛教、日本佛教和韩国佛教的研究，而对欧美佛教的研究则在 20 世纪末出现重要进展和突破。

在 20 世纪上半叶中国现代佛教研究的开创阶段，许多学者如陈寅恪、陈垣、胡适、梁启超、汤用彤、太虚、印顺、圆瑛、巨赞、杨仁山、欧阳竟无、唐大圆、王恩洋、吕澂等都起了筚路蓝缕的作用。这一阶段的佛学研究以佛教史为重点，从断代史研究起步，逐渐发展为系统、详尽的佛教通史研究。在 20 世纪上半叶中国佛教史研究领域中，汤用彤的名著《汉魏两晋南北朝佛教史》为其重要的开创性著作。此书本为汤用彤在大学的授课讲义，初版后于 1938 年在长沙正式印行。20 世纪 70 年代末，中国佛教研究随着中国大陆的学术复苏而重新崛起，形成繁盛发展的局面。纵观20 世纪下半叶佛教研究从传统的佛教史、唯识学、禅宗（此即台湾学者张曼涛所指现代中国佛学研究之路向）研究深入到佛教宗派、哲学、逻辑、因明、文献、考古、艺术、文学、仪轨、社团、经济、人物等方面的系统研究，涌现出任继愈、朱谦之、郭朋、韩清净、黄心川、巫白慧、苏晋仁、杜继文、方立天、楼宇烈、杨曾文等知名学者。这一时期中国佛学研究有了方法论和研究视域上的突破。在 60 年代佛教研究仍处低迷状态时，任继愈以其《汉唐佛教思想论集》一书而给人耳目一新之感。其在宗教研究领域带来的开拓和创新，在当时被视为"凤毛麟角"。

20 世纪的中国佛教研究形成了百舸争流、起伏跌宕之局面。其学术讨论和争鸣亦不同凡响、特色鲜明。在20世纪初，佛学界围绕《大乘起信论》是否为马鸣所撰而起争论，章太炎对之持肯定态度，而梁启超则著文反对，认为是中国的产物。此后，欧阳竟无、王恩洋、吕澂等人进而指出此书乃小乘论书，并对之作出"外道论，非佛法"的判断。这些说法引起了太虚、陈维东、常惺、唐大圆等人的激烈反对和批驳。直至20世纪90年代，《大乘起信论》之真伪、早晚、出乎印度人还是中国人之手等问题的讨论仍在延续。20世纪上半叶，胡适曾为"鼓动禅宗研究的""一时俊彦"。他以其标新立异的研究方法提出"南宗的急先锋，北宗的毁灭者，新禅学的创立者，《坛经》的作者，——这是我们的神会。在中国佛教史上，没有第二个人有这样大的功勋"等奇特观点，在佛教学术界推起一场风暴，使禅宗成为某时佛学研究的显学。此外，唯识宗研究在中国佛学界亦颇引人注目，学者们对唯识学的传入、法相唯识教义的阐发等多有讨论和商榷，在唯识经典的整理、注疏和研究上更是卓有成就。而在佛教史研究上，除了上述汤用彤的盖世之作以外，陈寅恪的佛学论文匠心独到，别具一格，陈垣的佛教历史考证著作则充分体现出其"搜罗之勤，闻见之博"的学术功力。20世纪80年代以来，体系完备、资料翔实的多卷本佛教史相继问世，其中任继愈主编的多卷本《中国佛教史》展示了其博大精深的学养，而郭朋的佛教史研究系列则使之成为"当代我国佛学学者中著述最丰的一人"。

20世纪中国佛教研究以汉地佛教研究最为深入、系统，其成果亦最多，并有着上乘质量。藏传佛教研究在20世纪下半叶有了较大突破，出现了累累硕果。而印度佛教研究、云南上座部佛教研究亦逐渐被学界所重视，其研究正初显成效。对国外佛教研究从整体来看则刚刚兴起，主要为描述介绍和客观把握，尚不能系统和深入，尤其缺少微观研究和个案研究。在学术发展的横向关联上，佛教学与敦煌学、藏学研究的关系也越来越密切。

三 道教研究与道教学

道教研究在中国亦有较长的历史，中国学者普遍关注在中国土生土长、作为中国传统文化重要组成部分的道教。因此，在 20 世纪中国学术发展中，随着 20 世纪初"国学"之称的兴起，道教研究遂成为国学研究的重要组成部分和不可或缺的内容。1977 年以来，道教研究形成热潮，并步入其学术规范、系统的进程。在中国宗教学体系的构建中，道教研究自然被纳入其内。这样，道教研究逐渐被人称为"学"，并有了"道教学"之表述。这一学问即以道教为其研究对象，系统描述和分析道教作为社会现象、人类文化和信仰意识而体现的内涵和外延，并对其价值、本质、发展、特性和规律加以揭示和阐释。道教学的研究领域及其分支则包括道藏及道经整理研究，道教的历史、思想、哲学和神学研究，道教的斋醮、科仪和符咒研究，道教外丹术和内丹术研究，道教的医药和养生研究，道教文学艺术研究，道教宫观山志研究，道教金石研究，道教文化比较研究，道教人物研究，道教神仙及民间信仰研究，以及儒释道三教关系研究等。

20 世纪上半叶为中国道教研究的开创阶段。1900 年，敦煌莫高窟藏经洞发现了大量道经抄本，这为道教研究作为一门专门学问的重新起步提供了重要资料和必要准备。晚清学者贺龙骧、彭翰然等于 1906 年重新刻印《道藏辑要》，线装涵芬楼本《道藏》亦于 20 年代出版，丁福保也编辑出版了《道藏精华录》。清末至民国初年有一批道教丛书问世，均为现代道教学的开展奠定了基础。这一时期的著名道教研究学者包括陈垣、汤用彤、陈撄宁、陈国符、刘师培、翁独健、许地山、蒙文通、王明、傅勤家等人，他们的道教著述成为这一研究领域的奠基之作。20 世纪中国道教研究的第二阶段为 50 年代至 70 年代后期，大陆学者的道教研究较为沉闷，著述极少，而港台学者的研究则较为活跃，成果颇丰。台湾学者萧天石在此间整理出版了《道藏精华》，香港学者饶宗颐在 50 年代出版的《老子想尔注校笺》亦乃开拓性的道教学名著。南怀瑾、钱穆以及海外华裔学者柳存仁的道教研究也取得了令人瞩目的成就。

20 世纪中国道教研究的繁荣发展始于 70 年代末，由此出现道教学研究机构，形成其专业队伍。这一阶段在学术研究上较为活跃，多有成果的学者包括任继愈、汤一介、王利器、卿希泰、李养正等人，陈耀庭、朱越利、胡孚琛、葛兆光、刘仲宇、王卡、卢国龙、李刚、詹石窗等中青年学者亦脱颖而出，使道教研究的发展有了后劲。这些学者的研究成果包括道教典籍整理和道教词典的编纂，道教通史和专史的研究，道教思想、理论及哲学的研究，道教文化、文艺、音乐、宫观、方术、炼丹、养生、金石、科仪等研究。学者们将道教视为中国传统文化的重要组成部分，因此在其研究中亦特别注重道教在中国社会文化中的地位与作用、道教与儒佛之关系以及道教的文化交流和国外道教研究状况等问题。

四　基督教研究

基督宗教研究作为中国宗教学的研究领域之一乃是 20 世纪以来的发展。这一研究包括对其三大教派：天主教、东正教和新教（新教在中国社会亦习称基督教、耶稣教或更正教）的全面研究。在 20 世纪上半叶，基督宗教研究基本上属于其神学研究之范畴，其基础研究和理论探讨大多在中国基督教会及其神学院内展开，只有陈垣等少数学者在史学领域做了一些中国教会历史的考证研究。此外，胡适、陈独秀和蔡元培等著名学者在"五四"运动前后亦撰文对基督宗教有所评论。

从 20 世纪初至 1949 年，基督宗教作为一种外来信仰体系和文化代表受到了各种挑战和冲击。其在中国的发展经历了"五四"运动、"非基督教运动"、中国教会"中国化"或"本色化"运动、"三自爱国运动"等历史事件和政治风潮。由于思想和文化上的交锋与碰撞较为激烈，在中国现代史和现代学术发展上形成过许多热点和聚焦问题，故使其学术研究和理论争鸣亦非常活跃。20 世纪初，基督宗教研究以编译工具书、翻译西文著作和中国学者的专题研究为主，涉及的范围包括基督宗教在本世纪的传播发展和在中国的历史，尤其以基督宗教与中国思想文化的比较对话为重点。教会学者王治心、吴雷川、吴耀宗、李荣芳、徐宝谦、赵紫宸、诚静怡、诚质怡、刘廷芳、谢扶雅、谢洪赉、马相伯、英敛之、徐宗泽、方豪等人对之有着深入、多层面的研究，构成了中国基督宗教研究的主要阵容。学术界陈垣、朱维之等人的专题研究，亦形成了 20 世纪上半叶中国基督宗教研究的重要内容。

1949—1977 年，中国学术界开始围绕文、史、哲等方面来开展对基督宗教相关内容的研究。这一阶段中国大陆教会内部体现其神学特色的研究趋于消沉，而港澳台地区则保持了其神学探究的发展势态。由于"文化大革命"及其他政治运动的影响，中国大陆的基督宗教研究在此间建树不多，专著和译著屈指可数，其研讨也大多为政治层面和意识形态领域的定调，其他领域则成为禁区。

1977 年以后，中国大陆的基督宗教研究迎来了其全新发展。自此以来，中国大陆人文社会科学领域的学者成为基督宗教研究的主要力量，其著、译等研究在中国社会产生了前所未有的重要影响。这一阶段的特点，一是中国大陆高等院校和研究机构中有一大批从事文、史、哲研究的学者转向专心致力于基督宗教研究，这一现象无论在中国历史上还是在世界范围内都是极为独特、引人注目的；二是中国学界组织了系统的翻译工作，从而使基督宗教学术著作的汉译远远超过了其他宗教学术著作的汉译，翻开了中国翻译历史上的重要一页。与之相呼应，中国基督宗教的学者亦在教会神学教育领域推出了一些研究著作和译作。但这些著译主要是面向教会和信徒，在中国社会及其学术界影响不大。

20 世纪 70 年代末期以来的中国基督宗教研究包括世界基督教史、圣经、基督教神学与哲学、基督宗教在华发展史、基督宗教文化等领域，其中以思想史和中国教会史为重点，体现出当代中国基督宗教研究的两大特色或两种路向。二者各有侧重，但亦相互联系和沟通。在这一时期，教内外的著名专家学者赵复三、江文汉、郑建业、朱谦之、徐怀启、丁光训、陈泽民、陈增辉、傅乐安等人起了承上启下的重要作用。自 20 世纪 80 年代以来，一批学术新秀也崭露头角，推出大量学术研究成果。这些研究一方面对世界基督宗教的历史与现状、精神传统与当代思潮等有着宏观把握和纵横阐述，另一方面则回溯、反思了基督宗教在华发展的复杂历史，其与中国思想文化的碰撞和交融，以及其适应中国社会的经验教训等。这种比较和对照对中外文化关系、"全球化"与"本土化"、世界文明与中华文明的关系等多视角审视和深层次思考亦提供了启迪和借鉴。

五　伊斯兰教研究

20 世纪中国的伊斯兰教研究始于民国初年伊斯兰文化的复兴，由此使

20世纪上半叶的中国伊斯兰教研究空前活跃，著述甚丰，形成前所未有的局面。这一时期不仅在中国穆斯林当中造就了一大批精通教理、学识渊博的知识文化人，而且在中国学术界亦出现了许多潜心钻研伊斯兰教的专家学者，如陈垣、金吉堂、白寿彝、达浦生、王静斋、哈德成、马以愚、傅统先、马坚、陈汉章等人。自20世纪以来，伊斯兰教研究已成为中国宗教学的重要组成部分，其研究领域包括世界伊斯兰教、伊斯兰教史、教义学和教法学、当代伊斯兰教、中国伊斯兰教、古兰学和伊斯兰文化艺术等。

20世纪上半叶为中国伊斯兰教研究的开创阶段，其学术活动包括《古兰经》及其他伊斯兰教典籍的翻译研究、伊斯兰教研究学术刊物的创立，以及中国伊斯兰教历史和概貌的系统研究等。20世纪20年代，《古兰经》在中国的全译本问世，随着各种汉译《古兰经》的出版，中国的"古兰学"得以奠立。在学术刊物方面，学术品位较高的伊斯兰教刊物《月华》于1929年创办，而顾颉刚主编的《禹贡》通过白寿彝的参与于30年代后期出版了两期"伊斯兰教研究"专号，曾在当时中国学术界引起轰动。关于中国伊斯兰教历史和概貌的研究在这一时期亦有众多著、译力作推出。

1949—1977年间，中国大陆的伊斯兰教研究成果不多，少量著述一般被归入文、史、哲研究范围而不明显。1977年以来，中国伊斯兰教研究迎来了其繁荣兴盛的最佳发展机遇，其在古兰学、伊斯兰教工具书、历史、教派、哲学思想、伊斯兰教与国际政治和民族文化、人物、文学艺术等研究领域都获得了巨大进展，其研究的广度和深度远远超出了以往任何一个时期。在这一阶段，伊斯兰教学术讨论极为活跃，从1980—1986年，中国学者相继在银川、兰州、西宁、西安、乌鲁木齐召开全国性伊斯兰教学术研讨会。这五次会议被视为中国当代开展伊斯兰教研究的"里程碑"，对奠定、促进全国伊斯兰教学术研究的开展起了极为关键的作用。从此，中国伊斯兰教研究的学术出版如雨后春笋般呈现生机，无论是史料整理、还是研究论著的发表都达到了空前之状。

在20世纪最后二十余年的伊斯兰教研究中，中国学者从多层面分析、阐述了伊斯兰教的历史、现状及特点。例如，在《古兰经》的翻译和伊斯兰教工具书的编纂方面，出版了权威性《古兰经》汉译本和维吾尔语译本，推出了一系列介绍、研究《古兰经》的著作，从而使"古兰学"获得重大发展，而伊斯兰教辞典、百科全书的出版也为人们认识伊斯兰教提供了丰富知识。在伊斯兰教综述和世界伊斯兰教研究方面，学者们比较关注阿拉伯世界和伊斯兰教现状问题，其重要研究涉及当代伊斯兰复兴运动、伊斯兰教原教旨主义倾向、伊斯兰教与国际政治的关系等问题。在伊斯兰教历史研究方面，其重点乃中国伊斯兰教，所涉及的领域包括中国伊斯兰教历史和教派门宦史、伊斯兰教与中国传统文化、伊斯兰教史料整理等方面。此外，在伊斯兰教史学、教法学、哲学思想、人物评传以及伊斯兰文化、文学、教育、科学、艺术等研究方面亦成绩斐然，令人瞩目。这些研究不仅提高了中国宗教学的研究水平，而且有较好的社会影响，对民族文化的继承与弘扬、民族团结与合作的提倡产生了积极作用。

六　其他宗教研究

20 世纪的中国学者还开展了对其他宗教的研究，其范围大体包括中国和世界古代宗教神话、世界各民族宗教和中国少数民族宗教、儒教或中国宗法性传统宗教、犹太教、印度宗教（如婆罗门教、印度教、耆那教、锡克教和印度佛教等）、摩尼教和琐罗亚斯德教、新兴宗教等方面的探讨。但与上述各大宗教的研究相比较，这一领域的研究则显得相对零散和薄弱，尚有许多空白需填补，有很大潜力可发掘。

在中国和世界古代宗教、民族宗教及儒教的研究上，自然以中国宗教思想文化渊源及其特征的研究为主。中国学者在如何界定中国古代宗教及其信仰传承上分歧颇大，形成鲜明对立的两种看法：一种看法即认为在佛、道之外还存有一种可称为中国传统"宗法性宗教"的"正宗大教"，这一"大教"对中国社会上层和民间都有深远影响，体现出中国传统宗教的典型特色。另一种看法则认为中国人的所谓"正宗大教"即儒教，儒教源自殷周时期的天命神学和祖宗崇拜思想，以及孔子所创立的儒家学说，其发展则经历了秦汉之前的前儒教时期、南宋的儒教体系完成时期、明清的儒教发展凝固时期、清末和民国初年儒教在中国本土走向衰落时期；儒教的宗教特性虽然在当代中国大陆已不复存在，但其影响却潜移默化，已深入人心，在中国港澳台地区和东南亚国家及海外华人社团中，儒教的宗教形态仍以不同方式得以保留和延续。争论的双方各持己见,迄今仍未达到统一共识。

犹太教研究在 20 世纪中国亦得以展开,在 20 世纪初已有少量论著出版,引起学界注意。这一研究在 80 年代以来取得了突破性进展,形成了中国当代犹太学的基本框架。不过,中国学者对犹太教的界定和理解存有认识上和观点上的分歧。有些学者对犹太教的理解限于其作为《旧约》的宗教即所谓"《圣经》犹太教"或古代犹太教,从其与基督教相关联的视域来研究之。而不少当代学者则强调犹太教并不是《旧约》的宗教,以超出基督宗教认知范围的眼光来对"《旧约》"之说质疑,称《圣经》犹太教为以色列宗教,并指出犹太教的历史发展乃经历了古代犹太教、拉比犹太教、中世纪犹太教和近现代犹太教这四个阶段,因此对犹太教的完整理解应该涵盖这四个阶段的历史全貌。从总体来看,中国学术界的犹太教研究包括涵盖较广的犹太文化研究、中国犹太人和犹太教研究以及严格意义上的犹太教作为犹太民族宗教的研究这三个方面。其中,中国犹太人和犹太教研究始于 19 世纪和 20 世纪之交,乃中国学术界关注的热点,早期研究成果包括洪钧、张相文、叶瀚、时经训、陈垣、魏维贞、张星烺、沈公布、黄义、魏亦亨、关斌、徐宗泽、方豪、翁独健、陈增辉等人的考证论著。80 年代以来,这一研究进入新的发展阶段,推出了潘光旦、江文汉、王一沙等人的不少研究成果。犹太文化研究兴起于 80 年代,相关学会和研究中心相继成立,研究丛书亦大量出版,其视域涉及犹太社会、犹太民族、犹太文化、犹太思想、犹太传统、犹太爱国主义、犹太人与国际政治等方面,并在中国学术界形成了独特的"以色列犹太学研究"。把犹太教作为一种宗教和传统文化的专门学术研究在中国则相对薄弱,在 20 世纪 20、30 年代有少量著译问世,80 年代以来方有新的进展,开始由犹太学转而侧重于犹太教学,并且取得了一批研究成果,出版了颇有价值的犹太教概论和专论。

印度诸宗教的研究涉及婆罗门教、印度教、耆那教、佛教和锡克教等,为宗教学与印度学交叉的边缘学科。20 世纪中国学者对印度思想、文化、哲学、宗教、艺术等展开了广泛研究,涵盖印度古代文明和现代发展各方面,其成果多为概论性著作,而专项研究则相对较少。在这一领域的著名学者包括徐梵澄、季羡林、巫白慧、黄心川等人。摩尼教与琐罗亚斯德教的研究属于古代波斯宗教传统的范围，与伊朗学研究相关。20 世纪初，陈垣、冯承钧等人开拓了这一研究领域，但视点多集中在这两种宗教在中国的流传；80 年代以来，林悟殊、王见川、龚方震、元文琪等人进而扩大了其研究领域，使这两种宗教不仅仅被作为中国古代民间宗教来探究，而被置于更广远的文化视域和更深刻的历史洞见之中。

中国民间宗教的研究在 20 世纪初始见端倪，由外国学者德·格瑞特率先涉足。1923 年，陈垣发表《摩尼教入中国考》，标志着中国学者开始系统研究中国民间宗教。此后，李世瑜等人投身于民间秘密宗教及其宝卷的研究，为 20 世纪上半叶这一研究之凤毛麟角。20 世纪下半叶，夏家骏、喻松青、戴玄之、李守礼等人亦推出其研究专论。1992 年，马西沙和韩秉方出版其力作《中国民间宗教史》，代表着这一研究在资料掌握、系统及体系化上达到了质的飞跃。在此阶段的中国民间宗教研究上，台湾学者宋光宇、郑志明、庄吉发、王见川等人亦成绩卓著。

新兴宗教研究在 20 世纪中国宗教学领域中为最年轻的分支，始于 1977 年之后。目前，中国学术界对新兴宗教的定义、特点、背景、作用、影响等已有初步探讨，并以专项课题来对之加以深入、系统的研究。其探究范围大体包括新兴宗教、新宗教思潮、"新时代"运动、新兴民间宗教、"邪教"、新"灵学"以及各种新兴"准宗教现象"的分析、论述。这一领域的学者认为，新兴宗教指始于 19 世纪末，尤其在 20 世纪下半叶大量涌现的一些脱离传统宗教常轨、提出某些新教义或新礼仪的宗教运动和宗教团体，其与传统宗教的不同乃在于它们是随着世界现代化进程而出现的，是有典型的反传统特色。这些新兴宗教的特点，一是声称拥有新的宗教真理，拥有不同于传统宗教的独特教义和经典，标新立异，或是对传统宗教教义的修改，或是对多种宗教教义的综合及整合；二是提出这些教义者多为仍存活于世的现代人，他们以新兴宗教教主的身份而自称这些教义直接来自于神，他们独自拥有与神沟通的特权；三是其神圣崇拜多转化为对世人（教主）或综合性神灵的崇拜，对宇宙未解奥秘、人体潜能（特异功能）或生命力的崇拜，对高科技发展之无限可能的崇拜等；四是强调其团体之团结性和与社会保持距离或相脱离，要求信徒服从其领袖或教主，以无条件对之跟从、听命的皈依来求得今世平安和来世幸福。由于新兴宗教在现代社会层出不穷，名目繁多，因此深入展开这一研究对于当代中国社会不仅具有理论意义，而且有着现实意义。

七 结语

20 世纪中国宗教研究为中国学术发展史上的重要一页。宗教学作为仅有百余年历史的新兴学科在中国则基本上为 20 世纪的学术产物。中国宗教学作为中国学术研究的重要组成部分虽起步较晚，却发展迅猛、潜力无限。20 世纪初为中国宗教学的开创时期，体现为其自我学术意识的萌生及其学术研究之独立意向。在 20 世纪上半叶，中国宗教学步入其现代学术之初步发展阶段，在宗教基本理论、宗教学体系构建和相关宗教研究上已有所建树，起到了积累资料、厘清思路、培养人才之作用，从而为形成具有中国特色的宗教学奠定了基础。

20 世纪下半叶、尤其是中国实行改革开放的二十多年中，中国宗教学经历了机构建立、专业学术队伍形成和学术研究趋于繁荣之过程。1964年，中国科学院世界宗教研究所在北京成立，这标志着中国学术界有了从事宗教研究的专业机构。来自不同学术领域的学者组成了中国第一个宗教学研究群体，由此从根本上启动了中国宗教学的学科发展。1977 年，世界宗教研究所归属于新成立的中国社会科学院，开始其稳定而系统的学术研究。1978 年，中国社会科学院研究生院建立，其世界宗教研究系在全国首次招收宗教研究专业的研究生，此即中国系统培养现代宗教学人才之肇端。随后，一批高等院校和省市社会科学院相继组建其宗教研究所或研究中心。于是，一个新的学者群体和新的学术专业在改革开放的中国迅速崛起，并以其独特的研究和成果形成了世界范围的影响。

就其发展经历和研究特色而论，有新兴学科特性的中国宗教学一方面积极吸收西方宗教学之长，以起"他山之石，可以攻玉"之效；另一方面则充分发挥中国学者的主观能动性和学术特长，以便能另辟蹊径、后来居上。因此，中国宗教学注重描述性与规范性、狭义与广义、客观与主观、整体与个案研究的有机结合，既有对宗教现象的整体把握和通史展示，亦有对各宗教具体问题的深入剖析和考证论释。这样，中国宗教学以侧重宗教基本理论、宗教学科体系的特点而体现出其与当代宗教学的有机接轨，同时以对各种宗教历史的考证、甄别和其思想文化特征的勾勒、展示来反映出中国学术治史的专长和功力。这两个方面的有机结合，使中国宗教学既显明了当代世界宗教学发展的共性，亦保留了中国学术传统的特性。20世纪中国宗教学的奠立及发展为其走向世界、自立于世界学术之林奠定了雄厚基础。

诞生于20世纪60年代的世界宗教研究所，在21世纪初期迎来了她的不惑之年。在建立中国宗教学学科体系的过程中，世界宗教研究所从以首任所长任继愈为代表的老一辈学者开始，一直担负着举足轻重的责任，并且在40年的时间里，首先把本所建设成了国内分支学科最全、科研队伍最大、综合实力最强、学术成果最多的宗教研究机构，在国际上也获得了相当高的知名度。20世纪后半期中国宗教学研究的发展，与世界宗教研究所的名字是不可分离的；而世界宗教研究所则是在中国的宗教学研究重新焕发出生机的新时代，才得到了大显身手的机遇。因此，20世纪的百年历史值得记述，世界宗教研究所的40年历史也当然值得记述。然而，这又是一件在我们这一代很难完成的工作。为纪念建所40周年，我们在去年发出了征集学术论文、编辑所庆纪念文集——《宗教研究四十年》的通知，希望每一位曾在和仍在我所工作的学者都能提供一篇自己在本专业领域发表过的代表性文章，以期成为反映本所40年学术历程的吉光片羽，也作为中国宗教学建设史册上的雪泥鸿爪，汇集成书，存之久远，给今后适当时候全面总结中国宗教学建设和世界宗教研究所的历史地位保留必要的文献资料。到截稿时止，我们得到了109位学者的大作；与此同时，我们要求本所8个研究室、9个二级学科的负责人撰写回顾本学科发展的综述。经过各位室主任或受他们委托的学者的努力，9篇综述也已经交稿。综观109篇论文，可谓百花齐放，异彩纷呈；9篇综述，也是各有千秋，文如其人。本着学术观点百家争鸣、学术论著文责自负的"业内规则"，我们相信，将这部《宗教研究四十年》浏览一遍，有心的读者一定能够留下深刻的印象，得出符合客观事实的认知。这就是：中国社会科学院世界宗教研究所在40年的成长中，已经取得了巨大的成绩，新中国的宗教学研究事业随着世界宗教研究所的成长步伐，已经走出了"筚路蓝缕，以启山林"的最初阶段。但是，作为一个依然年轻的学科，作为一个在市场经济条件下正遭遇前所未有挑战局面的"国"字号研究单位，还有极为漫长和艰苦的道路摆在我们面前；还有许多课题有待探索，许多认识有待深化，许多纷扰有待排除，许多困难有待克服。而在党中央进一步繁荣发展哲学社会科学的正确方针指引下，中国宗教学的前景终归是广阔而光明的。依靠马克思主义的坚强指导和中国宗教学界专家学者的共同努力，中国宗教学一定能在21 世纪迎来新的腾飞和辉煌。

（本文最后一段为《宗教研究四十年》编者所加，特此说明。）

6. 《信仰之间的重要相遇》序

信仰相遇和文化对话的问题，是当今人们精神生活及现实社会生活中所关注的一个重要议题。亚洲与西方的宗教文化交流有着漫长的历史，亦是一个极为曲折、复杂的过程。在历史上，世界三大宗教（基督教、伊斯兰教、佛教）均诞生于亚洲，而世界上所有影响广远、延续至今的重要宗教也几乎大多都出现在亚洲，如除上述三大宗教之外，还包括犹太教、印度教、琐罗亚斯德教、儒教、道教、摩尼教、耆那教、锡克教、神道教、巴哈伊教等。由此可见，亚洲有着极为丰富和重要的宗教资源及精神财富，值得人们深入探究和发掘。自中世纪尤其是近代以来，西方与亚洲的宗教接触及文化交流日趋频繁，对社会的影响亦越来越大。基督教传入西方以后，已成为西方最大的宗教，而且自近代以来形成向亚洲乃至全世界普传的态势。这样，亚洲与西方的宗教对话及精神交流就显得极为特别，且有着历史和现实之双重意义。

为了探讨这一精神文化现象及其相关联的社会意义，中国社会科学院世界宗教研究所和美国伯克利联合神学研究院于 2002 年 10 月 21 日至 26 日在北京温特莱酒店联合召开了"信仰之间的重要相遇：亚洲与西方的宗教文化交流"国际学术研讨会。来自中国大陆和香港特区、美国、韩国及奥地利的五十多名学者与会，并在会上发表 36 篇论文。这次会议除了主题发言之外，共分为九个专题讨论，包括"丝绸之路沿线的宗教与文化交流"、"宗教、科学及文化相遇"、"文献、翻译及文化传播"、"文献、翻译与诠释"、"亚洲宗教与文化传播"、"宗教及其相互理解之探"、"宗教、艺术与文化交流"、"儒家思想及中西之间的文化交流"、"宗教传统与当代社会"。在专题发言之后，与会代表展开了充分而深入的讨论，并在会议闭幕式上由中美双方各请两位学者进行了总结发言，形成了很好的回应与互动。

这次会议语言以中文和英文为主，与会代表提交的论文亦分别以这两种语言撰写。从这些论文中，我们挑选了一批汇编成册，以会议论文集形式出版。其中英文论文有中文提要，而中文论文亦有英文提要，以供读者参考研究。论文集前半部分为中文论文及提要，后半部分为英文论文及提要，卷尾附有中英文作者简介。这种中英文合璧的论文出版形式，是我们真实、准确反映作者学术观点的一种尝试，希望此举能有利于中美学者之间的真诚对话，并促进今后的学术交流和沟通。

这次国际学术会议得到伯克利联合神学研究院院长詹姆斯·A. 多纳休（James A. Donahue）教授的大力支持和亲自参与，朱迪思·A. 伯玲（Judith A. Berling）教授和菲利普·魏克利（Philip L. Wickeri）教授参与了会议专题的策划和设计，并共同参加了会议论文集的主编、出版工作。论文集的编辑和翻译工作亦得到伯克利联合神学研究院玛丽娜·特鲁（Marina True）博士和中国社会科学院世界宗教研究所黄奎博士的帮助。伯克利联合神学研究院为论文集的出版提供了资助和其他必要的准备工作。会议论文集的顺利出版发行亦得到宗教文化出版社的鼎力支持和热情帮助。对于来自各方的关心、支持和帮助，谨在此表示我们衷心的感谢！

2005 年 6 月

7.《基督教文化 160 问》前言

基督教作为世界三大宗教之一，是西方文明之源——两希文明（希伯来文明和希腊文明）的结晶。它构成了西方社会两千年来的文化传统和特色，并影响到世界广大地区的历史发展和文化进程。今天，在我国实行改革和对外开放政策的指引下，人们打开国门看世界，形成了研究世界文化、尤其是西方文化的热潮，对整个人类文明的发展展开了多层次的研究与比较。正是在这种文化研究与比较的热潮中，人们也开始了对基督教文化的关注与探讨，而且兴趣越来越浓厚。

基督教文化的涵盖极广。在西方传统中，人们习惯上称西方文化为"基督教文化"或"基督教文明"。这种共识来自罗马帝国晚期和漫长的中世纪发展时期基督教在西方文化形成过程中所起的重要历史作用。杜维明教授曾指出西方文化有着三大源头："古希腊文明，以苏格拉底、亚里士多德为代表的对物的反思，发展为后来的科学传统；古希伯来文明和犹太教，从对上帝的敬畏，引发出宗教原罪思想；古罗马法制传统，发展为近代的法制观念。"而这三大源头都在基督教中汇总，并以这种宗教信仰的形式在西方构筑起庞大的文化体系。处于古代地中海世界与中世纪欧洲社会交接之中的基督教完成了这些古代文明发展中"知"、"行"、"信"三阶段的过渡和融合，将各种文化因素包摄于内，达到理论与实践的并重、思辨与信仰的统一、文化与宗教的互渗，从而在很大程度上决定了西方文化的发展走向和特征，导致了西方文化乃基督教文化的传统说法。因此，要研究西方社会发展史、西方哲学史、西方思想史、西方政治史、西方语言史、西方文学史、西方艺术史、西方音乐史、西方民族史和西方风俗史等，我们就必须对基督教文化进行全面的了解。

　　然而，基督教文化虽然融合了整个西方文化，却又不仅仅局限于西方文化。随着基督教在全世界的传播与发展，基督教与许多民族文化的形成及发展结下了不解之缘，基督教文化也与其他文化发生了冲突、碰撞和交流。因此，我们研究基督教文化，应该具有一种"全球性意识"，既要弄清基督教文化体系的主流，又要看到它在世界各地民族化、地域化和时代化的演变。也就是说，对基督教文化的探讨应与整个世界文化史的研究挂起钩来。这样，我们在世界文化的比较研究中就能获得更广阔的视野和更全面的见解。例如，基督教传入中国，就曾导致了中西文化交流史上著名的"西学东渐、东学西传"之风。虽然鸦片战争之后受不平等条约保护下的传教曾给中西文化的交流造成精神创伤，使国人对基督教一度产生反感，但以基督教为媒介的整个中西文化交流却一直延续下来，从而给双方的相互理解、相互学习和相互沟通提供了契机，为今日中国与西方各国人民的文化交往和深厚友谊奠定了基础。所以说，若要确切了解中西文化的真谛与异同，领略世界各民族文化的不同风采，也需要我们对基督教文化有着比较透彻的把握。

　　基督教文化研究在我国尚属薄弱环节，存在着研究人员少、空白领域多和专业书籍奇缺等问题，远远不能满足人们了解基督教和西方文化的需求，也未能跟上目前中西文化比较和世界文化交流的大趋势。这种研究状况，与我国作为一个世界性大国而具有的国际地位和学术地位极不相称。这应该引起我们的高度重视。正是基于这一考虑，我们编写了这本介绍基督教文化知识的小书，其内容包括基督教的历史发展、教义体系、派别演变、传播交流、经典文献、著名人物、思想观念、文化艺术、重要节日、民间习俗等方面，以满足广大读者的求知需要，解决人们在目前文化交流中希望尽快了解基督教全貌的燃眉之急。本书在条目编写上采用问答式，其篇幅依其内容而灵活把握，有长有短，在文字表述上则尽力做到深入浅出，通俗易懂。当然，基督教上下两千年、横贯六大洲，其知识内容包罗万象，浩如烟海，本书只能起一宏观把握的作用。以极小的篇幅来为读者提供基督教文化的概观，不可能面面俱到、无所不包，许多问题也只能点到即止。读者若能通过本书而对基督教文化有一基本的了解，感到为其深入探究铺平了道路，起到引玉之砖的作用，这也就达到了我们预定的目的，完成了本书的使命。

　　本书是由多人执笔而成，虽经统一编审和修改，仍存有一些构思和文笔上的不同，还望读者谅解。书中舛误之处，也请大家不吝指正。限于篇幅和体裁，本书参考和引用的中外著述未能在书中详加说明，特此向这些著述的作者们表示歉意和感谢。全书组稿、编写、审阅和出版工作都得到东方出版社编辑的大力支持和帮助，谨表示最诚挚的谢意！

原作于 1990 年 6 月

修订于 2005 年 7 月

8.《宗教对话与和谐社会》代序：
和谐之音，始于对话

——论宗教对话的社会意义

"对话"乃人类理解的艺术，社会共在的智慧。多元宗教之间的对话使当今世界在时空交流之外更增加了灵性的交流、精神的理解，故而有着独特的意义。宗教是人类文化存在、精神家园的重要代表之一，与人的生活方式和生命追求有着密切关系，并构成了人之所以能为"万物之灵"的关键因素。由于不同宗教有着不同的文化、民族、社会、政治背景，其发展经历和呈现方式故而多元、多彩，亦往往会彼此迥异。相关宗教的表述乃反映出相应人群的心声，代表其精神意识和文化自知，有着其独特而丰富的内在蕴涵。这种表述虽对其群体本身而言有其合理性，并可能会以"排他"的方式来求其独存，自认为是真理的持有者或捍卫者，然而，在一个多元共在的当今社会，各种不顾他者的"独白"相撞却只会引起噪音和混乱，给彼此造成伤害。因此，多元对话、求同求和乃人类共同生活、持续发展的需要和必要。

宗教对话在人类对话中有着重要位置，起着举足轻重的作用，因为宗教对话乃心灵的对话，精神世界的对话。这种对话是一种深层次的倾听、交流、沟通，由此从了解而达理解，在尊重彼此之异的同时寻求相互之同，从"独白"的单音达成共鸣的和弦。正是从这一意义来说，人类和谐之音乃始于对话。对话表现为平等、平衡、平和、平安，而灵性的平安最为重要，恰如孔汉思所言，"没有宗教对话就没有宗教和平"，"没有宗教和平就没有世界和平"。为了人类和平、世界和谐，我们必须从对话开始，并关注、提倡、鼓励和推动多元宗教之间的对话。

　　"宗教对话"是一种理想，是人们希望争取得到的追求。这看似简单，其实不易。自 20 世纪以来，人们论述、肯定和赞赏"宗教对话"已有几十年之久，其间似乎亦有不少"宗教对话"的活动，但实际上各种宗教的代表或学者坐在一起的时间多，真正对话的时间则很少。其场景表面上看来很壮观、很热闹，但对话的情景却很少，难有扣人心弦、令人感动的真正倾听和触及心灵的深入交流。在许多情况下，一般都是各自表达其本有观点，实乃"共在的独白"，或者为出于礼貌的客套、寒暄、敷衍，以及体现其涵养的沉默、谦让、忍耐。究其原因，这与"宗教"、"对话"本身所蕴涵的本质、寓意密切相关。

　　所谓"宗教"在传统意义上多为排他性的信仰，这在"绝对一神论"的宗教传统中尤其如此。"宗教"的性质要求其信奉者"忠诚"、"专一"、"绝对信仰"和"毫不怀疑"。"宗教"所要求的这种"义无反顾"往往会给其信奉者带来一种"神圣感"，并由此形成其"护教"感甚至"殉教"感。这种"坚贞"、"不二"在为其追随者送去"悲壮"之英雄豪情时，亦往往关闭了与他者对话的大门，形成盲目"神圣"的排他性和莫名"自豪"的封闭性，虽有居高临下之势，其孑然一身在却孤芳自赏，品出"超越"他者的"高处不胜寒"的滋味。其结果即教内一种声音，教外和者甚寡。由于这种"宗教"体悟，有人认为排他性的"绝对一神论"宗教根本不可能去寻求真正或真诚的对话，而兼容性的"多神教"则有可能以其涵括、包摄而达成"有限的对话"。在此，人们会指出如基督宗教在传教中的征服他者之举，其排他性曾导致"中国礼仪之争"和对耶稣会传教士认同中国文化的打击，但其"独白"的意向也不为中国所认可，因而其在中国发展中的磕磕碰碰迄今仍未完结。在中国宗教传统中，敬天尊祖、多神崇拜则为信仰的吸纳提供了相对宽松的环境。中国宗教形成了多教并存的局面，而不少中国人也可同时信奉多个宗教。但其同时对多种宗教的认可也反映出这种认知缺乏深度，由此展开的"对话"亦较肤浅。在多教同信的氛围中，中国人的宗教意识似乎并不突出，甚至连一些著名的中国思想家（如梁启超）也认为中国乃一个"无宗教"的国度，至今大多数中国人对宗教的体认或是模模糊糊、或是羞羞答答。绝对排他会唯我独尊，过度兼容则会失去自我，这两种极端都很难实现真正的对话。若要想突破这一认知模式，则可能需要一种更高的信仰平台和更开阔的文化视阈。

所谓"对话"则体现为人类在相互沟通、交流上所达到的"化"境，是一种"融通"、"共享"。真正的"对话"实际上乃反映出人类理解的艺术和社会共在的智慧。"对话"是开放性的、体现为思想、文化上的相互沟通、彼此了解和理解。因此，与"独白"、"自语"不同，"对话"者必须要有"倾听"的诚意和姿态，即认真听取对方的言述，准确把握其意蕴及意义，由此使"对话"能有本质性内容，有针对性主题，有其希望争取达到的目的，也有对彼此之间的根本性分歧和达其沟通的难度之充分认识。而且，这种认真"倾听"也表达了对其"对话"伙伴的尊重和参与"对话"的诚意。对话必须体现出对等、呼应之状。此外，"对话"也必须充分展示自己的立场、观点，持守其所言之"真"，而不只是将"对话"作为一种应付、表态。当然，"对话"者的表述应"有的放矢"，形成双方相遇的一个"碰"点或"通"途，而不应该"你说你的"、"我说我的"，既不相遇、更无交流，事后也只能给人留下"擦肩而过"的陌生之感。必须承认，在"对话"者的此"真"与彼"真"之间，也可能存有张力。因此，如何达到"求同存异"、"和而不同"、而且能够相互尊重、和平共处，将是对"对话"是否成功、其"深度"和"广度"之质量的检验。因此，要想"宗教对话"取得真正成功，则需要对话者在坚持自我信仰之真的同时亦应有在"对话"过程中"超越自我"的勇气和智慧。在人之心灵交往中，"对话"乃沟通的渠道。

一　宗教对话的社会意义

"宗教对话"本身说明乃"多种宗教"的相遇或共在，其"遇"与"在"都是在人类社会中展现，因此也是社会沟通和交流。在这种社会交往中，多元宗教之间的对话使当今世界在时空交流之外更增加了灵性的交流、精神的理解，故而有着独特的意义。宗教是人类文化存在、精神家园的重要代表之一，与人的生活方式和生命追求有着密切关系，并构成人之所以能为"万物之灵"的关键因素。由于不同宗教有着不同的文化、民族、社会、政治背景，其发展经历和呈现方式故而多元、多彩，亦往往会彼此迥异，这也就在其追求"绝对"、"无限"和"整合"中仍反映出其实存的"相对"、"有限"和"局部"性。认识到强调其"绝对诉求"之宗教对话者的相对性，是信仰、灵性对话得以真正展开的"自知之明"，也为通向彼此的沟通、理解打下了基础，铺平了道路。

必须承认，相关宗教的表述乃反映出相应人群的心声，代表其精神意识和文化自知，有着其独特而丰富的内在蕴涵。这种表述虽对其群体本身而言乃有其合理性，并可能会以"排他"的方式来求其独存，自认为真理的唯一持有者或捍卫者；然而，在一个多元化的当代社会共同体中，各种自我、为我的"独白"汇在一起却只会是乱哄哄的噪音，人们在这种混乱中相互都会被伤害。这样，"他者"不得安宁，"自我"也很难独存。其实，人类精神的"共性"并不超越人寰，而应该在各个信仰群体的"个性"、"特性"中去找寻，这种"共性"正是各种"个性"或"特性"的"参与"、"共享"，因而不需外求。在这一意义上，"宗教排他性"观点的持守者一需思考其"个性"不可能"绝对排他"、"与众不同"，二应认识自我存在及思想的"有限性"，而不可"替神代言"、"替天行道"，造成对作为"终极实在"之神明的僭越和冒犯。宗教在对话中如何调整其对"神圣性"的体认和把握，将会决定其"对话"的真诚和参与态度。宗教作为"社会宗教"，其"社会沟通"对其"社会存在"乃有着重要意义。

人类社会有各种对话，涵括各个层面。宗教对话在人类对话中则有着重要位置，起着举足轻重的作用，因为宗教对话乃心灵的对话、精神世界的对话，是人之"灵魂"的相遇、相应和相通。这种对话是一种深层次的倾听、交流、沟通，由此从了解而达理解，在尊重彼此之异的同时寻求相互之同，从"独白"的单音达成共鸣的和弦。社会共在的现实处境和共同发展的现实需求，给我们带来了一个信号、表达了一种呼唤，即人的精神世界在追寻"终极实在"的过程中应返璞归真，从其"自由"之境而回到其"自然"之态。为了形成和保持良好的社会文化生态，宗教也必须呼唤"社会沟通"，参与"社会共建"。宗教以其超越之维而在现实社会中找到其感觉、位置、作用和贡献，正是对其"出世"、"入世"之关系的辩证处理，其在实现社会意义的同时，也体现出其处在永恒与现实之间的境界。宗教在现实社会中的对话及参与，应是不同凡响、却能被世人体悟的"天籍";它不应是"俗语"的重复,而应是来自彼岸超越世界、给在俗世困惑中举步维艰的大众送来启迪、启发和启示的"福音"。

宗教对话在人类社会中应表现出宗教作为一种灵性存在和精神信仰在神圣与世俗之间的沟通和穿越,其对话即"圣言"的倾听和传达,是在涉世中展示其超世的意趣。人类自古至今政治智慧有余而信仰智慧不足,不少宗教也因受政治的影响而流俗,尘世的你争我夺、充满杀气竟也引致"宗教战争",使人们对"宗教"的解读亦充满疑惑和迷惑。因此,宗教的对话对己是重树其"神圣"之维,对社会也应是让人获得这种对"神圣"的"感觉"和"体悟"。在世俗化的过程中,"神圣"曾一度不复存在,人们也津津乐道这种"祛魅"的快感;但世俗化的狂热过后,人们却又有一种"复魅"的好奇和清新。于是,社会对宗教的需求、宗教对社会的贡献,又到了一个新的"临界点"。这种宗教意义的重新发现和弘扬,曾被人视为步入"第二轴心时代"的征兆。或许,宗教对话亦是其重新宣示世界的"清嗓",是其重新参与社会的"热身"。

二 宗教对话的层次和途径

"宗教对话"若想真正有效并取得成功,则应该关注其对话的相关层次,以找出其理想的坦途。任何"对话"都不是"笼统"的对话,在其"宏观"表态之后需有真"微观"实施,以"细节"、"局部"的突破来推动"对话"的"整体"、"全局"的进展。这里,"宗教对话"作为信仰的连接和过渡,就必须解决好宗教之内对话、宗教之间对话以及宗教之外对话的相应关系,从而使"对话"有实际效果。

宗教之内对话即是同一信仰之内的沟通、协调。其成员之"个我性"、"个殊性"的多元往往会使其"共同性"、"统一性"变得模糊不清。因此,在同一宗教内对同一信仰的不同理解和诠释,就需要其"内部"的对话和沟通。教外有教、教内有派乃一种普遍现象。在许多宗教中,我们都可以观察到其教派林立、异彩纷呈之状,这使其信仰观念、教义理解的协调虽颇为困难、却又十分必要。"宗教"对话首先需要认清自我,正确表达自己的信仰观点和见地。而这种教内的"认识你自己"就是一种对话,亦是其外在对话的前提和准备。在协调教内思想和关系上，历史给我们提供了许多经验和教训，这是我们今天宗教之内对话应该借鉴或引以为戒的。这种教内各派、各种思潮、观点的对话，对其宗教本身乃是促进、完善之举；虽然不能靠其对话而重新达到该宗教本身的"合一"，却仍可增进其"共识"或"共融"。同一宗教内的和谐，要靠教内对话来获得。而"自我"若达不成"和谐"，则不可能与"他者"去共同构建"和谐"。所以说，宗教之内的对话乃宗教对话"千里之行"的起始。

宗教之间的对话则是不同信仰体系、不同宗教系统之间的相遇和交流。经历了漫长历史发展的各种宗教都有其丰厚的思想文化积淀和精神灵性资源，彼此之间的对话既是其对外的奉献，亦是其为己的吸纳。与其他对话不同的是，宗教之间的对话会触及各种宗教所信奉的信仰观念，如其坚信不疑、忠心持守的神明观念等，在此似乎没有任何动摇、让步的余地。不少宗教往往为此而陷入对话的窘境，走进难以突破的死胡同。鉴于此种情景，曾有人宣称，宗教有着其不可动摇的排他性，其表述是单向性的"传"，即说服他者、使之皈依，而其自我则不可妥协，不给对方留下任何动摇其立场、渗入其观念的空间。在这种张力中，如果人们心目中的"上帝死了"，则对话也就结束了，宗教亦失去其意义和存在的根基。回顾历史，在彼此排他性的僵持中，我们难觅"宗教对话"的和平之影，而只是见到"宗教战争"的刀光剑影。现代宗教对话若要真正开始，则必须在其关键信念上找到出路，实现认识上的突破。当然，20 世纪既是人类灾难深重的世纪，亦是人们寻找出路、获得希望的世纪；其中一个具有重大意义的成就，就是在 20 世纪下半叶"宗教对话"在时代风云变幻中蓬勃发展。宗教界有识之士的筚路蓝缕，为我们今天宗教之间的对话提供了思路和启迪。例如，提倡宗教对话的英国神学家约翰·希克就曾打破上述排他性的神明观而另辟蹊径，提出了新的解读和出路。在他看来，各种宗教的神明观念实际上反映了对同一"终极实在"的不同文化解读和文明展示，这种"神明"与"文明"的关联乃提供了宗教之间对话的想象空间和实践可能。在此，希克乃体悟到"道可道，非常道"的真谛，强调对"神"之"可道"的文化性、民族性，从而亦暗示了各自认知的局限性以及彼此交流的必要性。他认为，正是不同宗教对同一即唯一"终极实在"的文化理解，才有了在不同宗教中的"可道"表述，如基督宗教的"上帝"、伊斯兰教的"真主"、印度教的"梵"、道教的"道"、儒教传统中的"天"以及佛教中的"佛"。各种宗教对神学意义上的"神性"之解，实际上乃其人类学意义上所达到的"觉悟"。尽管许多人不同意希克的思路，但我们仍应承认，其探讨对陷入僵局、困境的宗教之间的对话而言，似乎有着"柳暗花明又一村"的亮光。希克等人"认同"的姿态，对以往"排他"的阴影多少有些扫除。今天，宗教之间的对话正处于"十字路口"。以往的"政治对话"和"对抗"随着冷战的结束而告一段落，随之而来的"文明冲突"却被具体化为"宗教冲突"，从而对本来方兴未艾的"宗教对话"形成冲击和威胁。若想走出"唯我独尊"、"绝对排外"的怪圈，我们还需要各宗教界人士的远见卓识和睿智灵感。

宗教之外的对话就是宗教与社会其他文化、价值体系和社会、政治建构的广泛对话。宗教虽是人类社会中的一块"飞地"，却又不可能与其外在社会完全隔绝。这样，宗教之外的对话就不可避免。与之相关的各种对话要比宗教之间的对话更为复杂、更加多样，而其社会意义亦更是明显。在这一广泛领域的对话中，孔汉思曾以"世界宗教"的观念和"全球伦理"的视域来加以提倡和推动。在其"神存在吗？"的提问中，这种宗教之外的对话显然会陷入争吵、矛盾。因为"神存在"之论在宗教之间的对话乃不言而喻，很易立足，而在宗教之外的对话中则很难说。坚持"神存在"和质疑"神存在"势必导致冲突，从而破坏这种对话的气氛，甚至使之流产。在此，宗教之外对话的相关之问只能是对"神"这一表述的理解，即使之成为解释学的问题，而不是存在论的表态。对"神"的不同理解、界定、诠释，则为宗教之外的对话提供了无限空间，并使"神存在"之问得以扬弃。孔汉思在现代宗教和社会双向互动中的主要贡献，是将"宗教对话"与"世界和平"相关联。他的表白"没有宗教对话就没有宗教和平"、"没有宗教和平就没有世界和平"乃有振聋发聩之效，成为当今谋求"对话"努力中的经典格言。当然，宗教之外的对话尚需许多的跨越，对之显然难免有"任重而道远"的沉重之感。随着宗教重新进入人类的现代社会生活，重新与社会各界发生关系，宗教之外的对话已势在必行，不可回避或推脱。其实，宗教之外的对话会活跃整个社会对话及文明对话，起到引领人类世界对话大合唱的作用。而且，宗教之外的对话也是宗教进行其社会见证的最好方式，是对其价值体系地位和信仰意义的检验。这种对话将标志着宗教既回到了社会又保持着对这一社会的超越。

三 结语

"宗教对话"表达了"文明对话"的积极意向，是对"文明冲突"、"宗教对抗"充满现实意义的回应。"宗教对话"虽应找到适当的"对话"话语，但更重要的是各自应有"对话"的意向，表现出积极姿态。"对话"会带来无限生机和发展希望，而"对抗"则只会引起破坏，将人类推向衰败和毁灭。各种"独白"的竞争已构成人类生态环境的"噪音"、"杂音"，而"对话"则会如交响乐团的指挥一样将众多音响引入和谐、形成和韵。正是从这一意义上来说，人类和谐之音乃始于"对话"。"对话"的本质就在于它以"对应"的"谈话"而表现为平等、平衡、平和、平安，由此可使其汇成的和谐之音来保障我们灵性的平静与平安。在今天和谐社会的构建中，我们应以"宗教对话"来促进一种"和谐文化"的发展，以实现人类和平、世界和谐。这种"宗教对话"参与其中的"和谐文化"乃和谐社会可持续发展的潜在精神力量。"和谐"不是"单音"，也非"独唱"，而是大家的共在和共同参与。建基于真诚"对话"的"和谐"能带来和睦、和顺、和合、和平。而宗教对话更是会为社会和韵增添信仰"神韵"，给世界带来祥和、平安的灵性之风。所以，为了人类的和谐共在，我们必须从"对话"开始，尤其在多元文化、多元社会的当今存在中，更多地关注、提倡、鼓励和推动多元宗教之间的"对话"，从而祝福人类告别"对抗"，永远"对话"。

2007 年 6 月

9.《当代中国宗教学术研究精选
丛书·基督教卷》序言

　　基督教研究在当代中国的发展速度是前所未有的，已成为中国宗教学术研究的重要组成部分。自中国对外开放、实行改革以来，当代中国学术界对基督教的学术探究不断扩大、逐渐深入，取得了可喜的成就。而且，在中国思想文化氛围和当代社会处境中，这种研究既有外观、亦有内省，既有吸纳、更有奉献。它虽然正在融入国际学术研讨的发展之中，却也格外醒目地体现出其学术自我，有着与外界研究的明显不同和侧重。这就是其中国学术风格的显现、中国研究特色的形成。因此，当代中国学术界的基督教研究正引起各界人士的关注，并且也在世界学苑中脱颖而出。

　　在中国宗教的漫长历史中，基督教最初作为一种外来宗教而与中国的政治、社会、思想、文化以及信仰发生了强烈碰撞，由此形成极为复杂的生存发展史，与中国文化的交流、沟通、理解、融合也有着多塞的命运。从这一过程来看，基督教在中国尚未完成其文化转型，一种中国基督教自我意识或其文化自觉亦未真正成熟。正因为如此，基督教在当代中国仍处在"普世性"与"本土性"、"国际化"与"本色化"、"全球化"与"处境化"之间的张力中，其思考、探索和突破都颇为不易；其对中华文化究竟是持"融入"、"跨越"还是"超出"之态，迄今并不十分明朗、清晰。所以，当代中国学术界对基督教的研究就更具有戏剧性、时代性和吸引性。

　　与世界上大多数国家基督教研究的一个根本性不同，就是中国的基督教探讨更多的是一种"学术"话语，而少为"信仰"话语。其他各国的这一研究以"基督教神学"为范畴，"神学"作为一门"信仰"的学问而涵括了对基督教各个领域的研习和探究，而"宗教学"意义的基督教研究则如凤毛麟角，不成气候。与之相反，当代中国的基督教研究主要为"学术"领域的探讨，属于"宗教学"或更为宽泛的人文社会科学，"神学"在此则主要被作为一门"认知"的学问来研习，即一种与众不同、独特新颖的"学术神学"，其研究者亦多持"信仰中立"的学术态度。至少在当前，这种意义的基督教之探乃中国学术界的主流。而基督教信仰领域的神学院或其相关机构的"信仰神学"或"教会神学"则基本处于边缘地位，很少被当今中国社会及知识阶层所瞩目。这种发展走势和现状，在当代中国社会环境和时代背景中，乃是意味深长的。

中国当代学术界的基督教研究涉及许多方面，是对其多层次、全方位的审视。其核心层面乃对基督教思想及其文化精神之探，其中既有对海外基督教神学理论的系统研习，更有对基督教思想精神在中国的意义之问，由此而构成许多深层次的询问、反思和探求。特别是在跨文化对话意蕴上，这种思想交锋、互摄乃显示了其双向互动所达到的深度。其结构层面乃涉及对基督教社会、经济及政治构建或其教会基本模式、框架及其嬗变的研究。这种对基督教会自身之"小社会"及其依存之"大社会"的探究亦能曲径通幽，揭示出其社会生存的奥秘或奥妙。而其实践层面的探究则会触及其社会伦理、教育、学术等方面的发展，给人带来历史的启迪和现实的借鉴。综合而论，当代中国对基督教的学术研究乃突出其哲理性、伦理性、学理性，注重其社会教育、道德实践和文化反思，包含主体与客体、历史与现实、理想与存在、世界与中国的对话和理解。而其问题意识和对话实践则让研究者在认清其经典及传统后立志于创新与突破，从而使其研究既可持续，又能深入。

在民族出版社的大力支持下，我们组织了"阅读中国——当代中国宗教学术研究精选丛书"中的《基督教卷》，以对当代中国基督教学术研究加以回顾和梳理。在本文集中我们收入了一批当代中国基督教研究者的代表性论文，旨在真实、生动地反映这段学术发展历程及其独特成果。其中不少研究者本身就是这一历程的参与者、见证者或推动者，有着他们的亲身体悟和真知灼见。因此，我们在这种"阅读"中能够感触到当今中国学界之时代脉搏的跳动，或许亦可窥见其学术未来发展的远象。对于民族出版社的上述创意及相关学者提供的学术精品，我们特此表示诚挚的谢意和崇高的敬意。

10. 《中国宗教学 30 年》序言

中国改革开放三十年的纪念，对我们研究宗教学者而言，则是回顾、总结中国当代宗教学发展走过的三十年历程。中国宗教学的形成乃是 20 世纪中国现代学术史上的一个重要突破，但宗教学真正系统化、专业化全面发展，则是 1978 年以来中国改革开放的产物。三十年前，中国宗教学研究领域处于"早春二月"的状况，成建制、有规模的宗教研究机构仅有中国社会科学院世界宗教研究所一家，乃是当时"一枝独秀"的奇特景观。三十年来，中国宗教学蓬勃发展、姹紫嫣红、蔚为大观。在今天中国宗教研究硕果累累、百花争妍的美景中，世界宗教研究所正享受到一种"在丛中笑"的陶醉。

20 世纪初，当宗教学刚传入中国时，学术界最为关注、而且讨论激烈的问题是"中国有无宗教"。当我们步入 21 世纪时，我们的问题意识已升华到如何为"宗教"在当代中国社会定位、怎样在理解"宗教"的基础上来为依法管理而"立法"。宗教学的概念和体系构建，其关键也在于对"宗教"的界说与诠释。应该说，中国当代宗教学的发展，在一定程度上也反映出中国学者对"宗教"定义的反思和拓展。两个世纪的关联，加之漫长的中国思想文化传统和悠远的华夏精神诉求，使人们在客观、科学地看待"中国有无宗教"问题时，必须首先弄清在此讨论的"宗教"究竟是什么。曾有人否定中国古代存在"宗教"这一术语或构词，由此亦不承认"宗教"所要描述、说明之事物的根本存在。其实，在丰富的中国思想文化精神及其语言文字表述上，"宗教"所蕴涵的意义及其对象仍是客观存在的。古代中国曾用"宗"和"教"二字来分别以不同侧重来表达这一核心观念。其中"宗"以其"尊祖庙"之意而曲折地表现出"宗教"制度层面的意义，即以具有外在、客体性的相关场所、建构、仪礼来尊崇和敬拜神明、纪念祖先。这在古代"禋于六宗"的活动中得到具体而集中的体现。而"教"则以其"教化"之意来突出其精神信仰、灵性追求层面的意义，强调内在、主体的精神修养，以把握"修道之谓教"的真谛。在此，上施下效、从学入道的"教化"则得以提高和升华，从而有了"神道设教"之"宗教"，呈明其"对神道的信仰"之真义。此即"合鬼与神，教之至也"的道理。在专门术语上表达制度层面与精神层面的关联及共构，则是"宗教"二字合用的水到渠成。不过，"宗教"二字最先合用乃见于佛教文献，而"宗教"作为佛教术语则出现了一些嬗变或异化。例如，早在五六世纪梁朝的佛教学者就已在将"宗教"二字合用，且多有阐发。一般而论，当时佛教所理解的"宗教"虽在抽象意义上已接触或体悟到"人生宗旨，社会教化"的蕴涵，但其具体所指乃是"崇拜佛陀及其子弟的教诲"，其中"教"为佛陀之言，"宗"即其弟子之传，从而达到信仰上的打通和共构。此后，在中日佛教交流过程中，"宗教"这一表述因佛教典籍的翻译而被日本佛教界所应用，但其理解上已有区别，即把语言难以表达的真理视为"宗"，而关于这一真理的教义则为"教"。于是，"宗教"成为日本学术界常用的术语。当日本与西方在近代历史上形成交流关系时，日本学界开始用"宗教"来翻译、表达西方文献中频频出现的"religion"一词。自 1868 年以来，日本明治政府的文件多将西文"religion"译为"宗教"，指西方流行的各种宗教及其占主导地位的基督教各派。这样，"宗教"一词开始在日本获得"宗教学"意义上的内涵。据传中国学者黄遵宪在其 1887 年定稿、1895 年出版的《日本国志》中多用"宗教"来对照或对应西文 religion，故有"宗教"的现代含义"假道日本而入中国"之说。不过，"宗教"的这一应用在当时并未引起关注或达成共识，对译 religion 的中文术语还包括"教"、"巫"、"谶纬之学"、甚至音译"尔厘利景"等。所以"宗教"术语上的歧义和认知上的混乱已延续至今，相关争论亦往往是一触即发。但应该承认，当代中国宗教学关于"宗教"术语的讨论已不再是泛泛而论，而更多体现出其学理性、科学性和逻辑性，反映了中国学者客观、认真和理性的追求。

20 世纪中国学术界争论的另一大问题则是"儒教"是否为"宗教"，

这亦涉及中国传统主体文化的"宗教性"问题。自明末来华耶稣会士利玛窦提出"儒教不是宗教"之说，这一争论已经历了三个回合，而在第三个回合即 1978 年以来的讨论中达到了前所未有的高潮。在"儒教是教"与"儒教非教"之争中，其分歧触及多个层面，但其关键点仍是对"宗教"的基本理解。例如"教化之教"与"宗教之教"的区别或关联，"人文性"与"宗教性"的异或同，"人际关系"与"天人关系"的分离或呼应，"神道设教"与"文以载道"的流变或相合，都不能回避对人的"精神性"、"宗教性"的解答和诠释。同样，对于儒教在中国历史上究竟是"宗主正本"的产物、还是"礼失求诸野"的结果，不仅关涉儒教在主流政治文化或民间通俗文化中的地位，而且也必须说明这两种文化究竟有无"宗教性"。在此，从宗教学的角度则产生了"宗教性"与"宗教"的关联以及"宗教性"在界定"宗教"上的地位与作用问题。自汉朝司马迁撰写《史记》，从"究天人之际"的思想到论及"鲁人皆以儒教"（《史记·游侠列传》第六十四）之说，关于"儒教"的"宗教"意义和地位问题开始浮现。"南北朝以来，儒教与佛、道二教并称为三教。"由此形成"三教譬如鼎足，缺一不可"的局面，而"三教"这一表述长期以来未被质疑。但元朝《道书援神契》提出"儒不可谓之教，天下常道也"，从而为儒教"非教"说埋下了重要伏笔。1911 年的辛亥革命将制度性的"儒教"基本摧毁，而 1919 年的五四运动则对精神性的"儒教"加以清算，"儒教"以往的"正统"、"指导"地位不复存在，传统中国文化同样陷入了深深的危机。在今天中国文化的重建与"和谐"文化的构建中，我们已感觉到对儒家文化的挖掘和应用。但在当前中国传统宗教文化的复兴中，缺失"儒教"的佛道二教则显得有些力不从心，很难独当扶持、复兴、弘扬本土宗教文化的大任。这一历史与现状，都促使我们再次深思"宗教"的意义问题和审视中国文化发展中"宗教"的作用问题。

"宗教"内在意义的厘清及其构成因素的涵括，亦为中国宗教学的研究范围、指导思想和应用方法提供了参考。在当代中国的"宗教"之探中，很显然是经历了从宽泛性、功能性、应用性的"宗教研究"向学科性、体系性、方法性的"宗教学"之转移和升华。当然，宽泛或应急的宗教研究今天仍很普遍，而正是在这一形势中，一支潜心研究"宗教学"专业的学术队伍也已悄然诞生。中国宗教学在改革开放的初期侧重于宗教史学和宗教哲学这两个方面的研究，主要研究成果体现在对宗教史料的发掘和对宗教现象的理论说明、哲学分析。由此，中国宗教学乃以跨学科、多学科的态势而进入中国学术领域。这样，中国当今学术界的宗教研究范围较广，研究人员众多，学术成果亦体现出宗教研究科际整合的优势。从整体来看，中国宗教学的三十年历程所覆盖的研究领域包括宗教学理论研究、当代宗教研究、佛教研究、道教研究、儒教研究、中国民间宗教研究、基督教研究、伊斯兰教研究和其他宗教研究（主要为犹太教、琐罗亚斯德教、摩尼教、印度教、锡克教、巴哈伊教等新兴宗教研究）。这基本上为一种广义的宗教学研究，而狭义的、界定在传统"宗教学"范围之内的宗教研究则主要体现在宗教学理论研究本身，其涉及的内容既有在中国比较突出的马克思主义宗教观的研究，也有传统学科意义上的宗教史学、比较宗教学、宗教文化学、宗教哲学、宗教社会学、宗教心理学、宗教人类学等方面的探讨。显然，这些研究及其学科分支与西方宗教学的传统框架和研究视域并不完全相同，突出了中国特色和中国学术的问题意识。

为了总结中国宗教学三十年的发展，我们组织编写了这部著作，主要由中国社会科学院世界宗教研究所的中青年学者来承担。全书共分为九章，其中第一章"宗教学理论研究"由金泽撰写，第二章"当代宗教研究"由黄奎撰写，第三章"佛教研究"由华方田撰写，第四章"道教研究"由王卡撰写，第五章"儒教研究"由王志跃撰写，第六章"中国民间宗教研究"由李志鸿撰写，第七章"基督教研究"由卓新平撰写，第八章"伊斯兰教研究"由周燮藩、李林撰写，第九章"其他宗教研究"由卓新平撰写；全书的编辑、统稿由卓新平负责。这部著作涉及的内容以中国大陆学者自 1978 年以来的研究为主，突出宏观描述和重点问题探寻，对相关议题的评价也主要反映出撰写者自己的观点和见解。因此，在研究内容上可能有疏漏之处，在学术评价上可能有不妥之见，还望学术界各位专家批评指正。全书的策划、立意、编辑出版由中国社会科学出版社组织。这里，特向中国社会科学出版社和黄燕生编审表示衷心的感谢！

2008 年 3 月 5 日

11. 《水穷云起集》序

2007 年 9 月，道教研究界在学术研讨上有了新的尝试和突破。感谢中国社会科学院亚洲研究中心的资助，由中国社会科学院世界宗教研究所和亚洲研究中心主办、中国社会科学院道家道教文化研究中心承办的"道教与民间宗教资料的认知与编撰学术研讨会"得以在北京顺利召开。二十多位研究道教与民间宗教的专家学者带着其最新学术成果或构思与会，大家积极活跃，思想深邃，新意迭出，且反映机敏，妙语连珠，让我这位"参与性观察者"大开眼界，获益匪浅。学者们不拘一格、任运逍遥、道法自然的胸襟和风格也给我留下了深刻印象。由此使我得以窥见何为道教本真、怎样研究道学之堂奥。与会者发表了许多学术价值颇高的论文，提出了各种精辟高深的见解。因此，在中国社会科学院亚洲研究中心的再次支持下，我们终于得以将诸位与会同仁的论文结集付梓，使之能够广惠学林，供更多的朋友们赏析。

读到这些道教研究的文稿，自感有一种特别的舒畅和高兴。抚今追昔，改革开放三十年来的中国宗教学研究发展迅猛，成果卓著。尤其是道教研究也已经由原来的"三径就荒，松竹犹存"的寥落状态，发展到目前"杂花生树，草长莺飞"的繁荣局面。人们对这样不平凡的历程的确会感慨万千。特别令人敬佩的是，道教与民间宗教研究的崛起在当代中国学术界是一个奇迹。20 世纪初，中国道教及其研究都极为衰落，在经过了漫长的艰辛历程后才迎来了改革开放的春天，使世纪之交的道教领域出现勃勃生机。抓住这一难得机遇，从事道教研究的"贤良文学之士"，克服了基础薄弱、资源不足等困难，积极搜集资料，创造条件，潜心学问，推进研究，在这三十年来取得了许多令世人瞩目的突破性成果，例如：《道藏提要》、《中国道教史》（两部）、《中国民间宗教史》等，都是具有里程碑意义的学术成果。这些重大成果的问世奠定了道教与民间宗教这两个学科的基础，形成其研究的基本框架。

摆在读者面前的《水穷云起集》，则是道教和民间宗教研究领域的新近成果，反映出其学术探究的新动向、新进展。其中所收集的论文包括两大部分，由此反映出两种不同类型的著述，体现了两种进路的研究旨趣：一是传统意义上的道教与民间宗教的文献学研究，及其相关的历史与理论探讨；二为文献资料整理研究范围的拓宽和超越，即更加注重田野调查和田野材料（如考古材料以及碑铭、图像、音乐等）的搜集，而且还具有关注并运用新的研究方法论之趋势。前一领域指传统意义上的道教与民间宗教的研究，比较注重资料的收集、整理与编撰；毫无疑问，这乃道教学术研究的基础。就这一领域而言，《道藏》的重印，《正统道藏》的引进，《庄林续道藏》和《藏外道书》的编修，以及近年来《中华道藏》、《三洞拾遗》、《民间宗教资料集成》的编纂，还有正在进行中的《韩国道教资料汇编》，既说明了搜集、整理、研究道教与民间宗教基础文献的重要性，亦表明在这一领域的研究已取得了辉煌成就。例如，西欧的施舟人、傅飞岚教授主持编撰《道藏通考》（The Taoist Canon）和东瀛的大渊忍尔教授编著的《敦煌道经目录》、《道教とその经典》，以及中土朱越利教授的《道藏分类目录》、王卡教授的《敦煌道教文献研究》，已充分体现出自陈国符先生《道藏源流考》、王明先生《太平经合校》以来的道教文献学研究传统的继承和弘扬，给人带来了推陈出新的喜悦。本集中的前几篇论文，如刘屹《排拒与容纳》、王承文《南朝道教从"三洞经书"向"七部经书"转变原因考察》、王宗昱《〈正一法文经章官品〉校勘》、朱越利《托名吕洞宾作诗造经小史》、王卡《〈敦煌道教文献研究·目录篇〉补正》，可谓匠心独到，凸显精审考订、细密梳理之长，让人领略到"旧学商量加邃密"之情趣。而后一领域则呈现出一种新的发展趋势，给人带来期待和盼望。也就是说，随着道教、民间宗教研究的不断深入和拓展，我们对道教与民间宗教的资料之理解早已不仅仅局限于传统上的文献资料。在继承学界前辈陈垣先生《道家金石略》这类研讨的基础上，当代研究者则开始更多地重视音乐、图像、造像、墓志、考古器物以及民族志、口碑材料和田野调查资料（如民间大量存在、民间道士普遍使用的劝善书和科仪文本），这样就使人们的研究视野扩大，极大丰富了道教与民间宗教资料的内容与范围，增加了其种类与样式。此外，就其研究旨趣和方法论层面而言，这些研究也颇有开拓和创新，当代学者致力于把经典解读和田野视角相结合、从偏重于神哲学研究转向关注于（以仪式为中心的）社会史分析，无疑都是一些新的、有益的尝试；与此同时，地域传统的研究也得到了应有的重视与强调，这显然是一个颇具潜力的新的研究方向；值得深入探讨。而集中在本书后半部分的几篇论文，如樊光春《西北道教金石文献概述》、李远国《从〈十殿冥王图〉看清代四川地区的十王信仰》、郑开《民间俗祀视野中的滇西神马图像》、汪桂平《洞经谈演之祭度仪》，就已经展示出了道教与民间宗教研究的一种新局面，给人以"新知培养转深沉"之欣喜。这些论文不仅内容上具有一定的启发性，而且其中所运用的方法论也很值得重视。在此，郑、汪二氏的论文就是王卡教授主持的《滇西道教及民间宗教文化遗产调研》项目的具体成果之一，此即这一研究领域的新探讨。因此，可以期待传统的道教、民间宗教文献研究仍然具有"更上一层楼"的发展潜力，而相关的研究新趋向、新方法也初见端倪，方兴未艾，使我们对未来发展有了极为乐观的憧憬。我想，作为目前中国五大宗教中唯一产生在中国的本土宗教，道教以及与之密切相关联的民间宗教的历史和特征是独特的，这对于宗教学的一般理论、特别是对我们具有中国特色宗教学的理论建构来说，具有特殊的意义。我们知道，目前较为流行的宗教学理论大多是基于西方历史经验而发的理论创造，其研究方法也基本上是从西方"借用"过来的，它们是否真正适用于解释与阐明中国宗教，在学界乃仁者见仁、智者见智，看法不一，观点多样。但是有一点乃十分明确：如果中国宗教学理论研究试图闯出自己的新路、作出自己独有的理论贡献，就绝对不能忽视道教与民间宗教方面的历史经验及其积累的丰富资料，毕竟它们是真正的本土资源，体现出典型的中国特色，其发掘对于中国学者而言乃有着非常独特的意义。因此，中国的道教与民间宗教研究者应义不容辞、当仁不让，以这一领域的理论和方法创新为己任，在中国宗教学的独立发展、开拓创新上尽自己的责任，作出重要贡献。

  《水穷云起集》成书之后，我有幸先睹为快，收获颇大。编者点化"行至水穷处，坐看云起时"两句古诗，富有道境禅意，让人回味无穷。编者在此乃寓意"水穷"、"云起"之际的"旧学"与"新知"，表明学术上的继承与弘扬、发掘与创新，此种境界令人咏叹不已、遐思无限，有着一种"任重而道远"的激励和鞭策。编者嘱托，盛意难却，故勉力而为，在编者的构想上增添一点自己的感悟、心得，特作此小序。

2008 年 11 月 20 日

12.《基督宗教社会学说及
社会责任》序

　　社会关系和社会发展是当今世界人们关注的一个重点，在宗教与社会的互动关系和彼此影响、促进上亦是一大重要领域。在市场经济的汹涌大潮和莫测风云中，当代社会比以往更为关心和欢迎宗教的社会工作与社会服务。在社会救援和慈善事业上，基督宗教有着悠久的历史和丰富的经验，这一传统亦在延续，从而使其能在当今社会中仍然发挥着重要作用。在当代中国社会转型和经济发展中，基督宗教能否起到这一社会作用、作出其社会贡献，已越来越引起人们的询问和探究。基于这一思考，中国社会科学院基督教研究中心与德国米苏尔社会发展基金会合作展开了系列研究，召开了相关学术会议。

　　双方于 2001 年 10 月 1 日至 4 日在北京温特莱酒店联合召开了"基督宗教与当代社会"国际学术研讨会，并于 2003 年出版了其研讨会文集，获得较好的社会反响和社会评价。为此，双方再次合作，于 2005 年 10 月 15 日至 18 日又在北京温特莱酒店联合召开了"基督宗教社会学说及社会责任"国际学术研讨会。这次会议的规模比第一次会议已有所扩大，约 70 名代表与会，主要来自中国、德国、美国、比利时、荷兰和蒙古等国，其中共 40 位代表发表论文或介绍其社会工作的经验、进展。与上次会议专注于理论探讨稍为不同的是，这次会议乃理论与实践并重，且更多触及在社会服务工作第一线的教会参与情况，因而既有着对基督宗教社会学说的直观性理解，亦有着对基督宗教社会责任的实践性探索。其涵括面涉及基督宗教与当代社会各层面的关系，如基督宗教与经济、社会和文化的全球化，基督宗教社会学说在社会服务中的实践，基督宗教社会伦理在社会责任上的担当，基督宗教社会工作重点面对的社会问题，基督宗教对现代社会伦理教育、心理安慰和精神支撑的意义与作用，基督宗教在社会正义、环境保护、男女平等各领域的参与，以及基督宗教社会工作在当代中国的实践和意义等层面。

通过富有建设性的交流与讨论，我们对"基督宗教社会学说及社会责任"这一论题有了比较系统和透彻的了解，对其存在的问题和发展的潜力也有了比较清楚的认识。在讨论基督宗教精神在当代中国社会的意义时，人们通常会触及其"仆人精神"和"先知精神"这两大基本精神。从中国当前实际和对基督宗教的认知上来考虑，我个人认为当务之急、而且会受中国大众欢迎的应是其"仆人精神"，即以"非以役人，乃役于人"的精神来为社会服务，解决民众的疾苦和急需。这对于中国社会全面、正确地理解基督宗教乃是至关重要的，而且也会为基督教会在社会责任上体现其"先知精神"打下重要基础。因此，我们讨论基督宗教社会学说及社会责任，交流其社会工作和社会服务的独特经验，就有着积极的现实意义和实践上的实际可能性。

在"基督宗教社会学说及社会责任"国际学术研讨会结束后，我们组织了相关论文的收集和修改，以及外国学者论文的汉译工作，前后共三年之久，终于完成了这本论文集的编辑任务。这里出版的论文是用中文、德文和英文撰写，我们已将这些德文和英文论文译成中文，但同时也将其德文和英文论文本身仍作为附录保留在本论文集中。在此期间，我们经历了2008 年"5·12"中国四川汶川大地震，以及北京奥运会、残奥会的顺利举行，看到了包括天主教会在内的各种宗教在中国社会救援、社会服务等领域的积极参与和感人奉献，从而对宗教参与社会工作、承担社会责任的作用及意义有了更深刻、更客观的评价，尤其是对"积极引导宗教与社会主义社会相适应"、"发挥宗教界人士和信教群众在促进经济社会发展中的积极作用"之重要蕴涵有了透彻的体悟。现在，因美国次贷危机引发的金融危机和经济危机正席卷全球，世界许多国家和地区都面临严峻的挑战，中国也同样有着在"创业"、"就业"上的巨大压力，正在调动一切积极力量和有利因素来应对危机，闯出一条新路。而宗教在社会公益、社会救助和慈善服务上有悠久的历史、丰富的经验，在面对这一现状时理应有更积

极的参与和投入。因此，我们将进一步发掘宗教在中国社会发展中的积极
意义和巨大潜力，努力推动宗教界在社会服务、慈善等工作上不断作出新
的贡献，以达到"做好新形势下宗教工作"的"根本要求"，完成好其
"根本任务"。

本论文集的出版得到了宗教文化出版社的大力支持，杨华明、李林、
郁丽参加了文集的编辑工作；对这些支持和帮助，特表示衷心的感谢！

2009 年 2 月于北京

13.《20世纪中国社会科
学·宗教学卷》序

宗教学在世界学术史上是一门新兴学科，始于19世纪下半叶，通常以西方学者麦克斯·缪勒（F. Max Müller）1873年发表《宗教学导论》、率先使用"宗教学"术语为开端。宗教学从精神、社会等层面系统探究人的宗教现象，涉及有关人类文明进程、人类精神奥秘的许多基础性、理论性、历史性和知识性问题。这一研究从人的精神世界及精神生活触及人的"心路历程"，乃一种"谋心"之学。对此，缪勒阐述了其对宗教学核心范畴"宗教"和"神的观念"之基本认知。他认为，"宗教"揭示了"人的灵魂"与"神"的关系，旨在达到人的灵性内在与神圣超越的沟通。这里，"宗教"既为表达人之神秘内在性的"心学"，又乃反映人不可企及之超然存在的"形上学"。但"宗教"是人的认知和追求，有着鲜明的主体性。缪勒解释说，"神的观念"实际上为人之心灵"关于完善境界的最高理想"。由此可见，宗教学对其认识和理解宗教有一种基本定位，从中亦形成其学科本身发展的规律性和系统性，归纳出与之相关的各种研究方法。这些基本研究方法包括宗教史学的纵向梳理方法、比较宗教的横向比较方法、宗教类型学的综合归类方法、宗教人类学的田野考查和实证方法、宗教现象学的中止判断和本质洞观方法、宗教社会学的社会抽样和功能分析方法、宗教心理学的象征符号破译和精神分析方法、宗教哲学和宗教批评学的价值判断和本质定性方法等。对这些不同方法的侧重或突出，遂形成了不同的分支学科和各种学派。

但是，宗教学并非一种"纯学术"的清淡，而关涉许多"全局性、战略性、前瞻性"的理论和实践问题。宗教不可能囿于人之"心灵"来"超越时空"，而是与现实社会有着极为密切、复杂的联系。尤其在人类历史及其社会政治中，宗教问题非常引人注目，充满戏剧色彩。直至现代世界，宗教问题仍会形成全球性热点或局部地区的焦点，成为国际政治的神经和脉搏。所以，宗教学乃与应用研究和现实研究相挂钩，是一门"谋事"的学问，与政治学、法学、社会学、国际关系等研究有着不解之缘。作为一门现实学问，宗教学在其广度和深度上会触及一些现实社会和思想认知问题，故有与其他人文社会科学颇为不同的敏感性和复杂性。宗教学的学术立意和学术规范会受到其现实存在及研究主体的影响，并因这种关联而有其时代性、相对性。对其运用及其相关表述故应注意其"度"和分寸。不过，宗教学虽然具有基础研究和应用研究二者兼备这一特点，其本身作为一门独立学术却仍保存着自有的内在规律和逻辑进路，其学科发展亦不离其独特的整体性和系统性，在人文社会科学体系中占有重要的地位。

宗教学于20世纪初传入中国，逐渐发展为一门有理论、有方法、有体系的独立学科，成为20世纪中国社会科学的重要组成部分。中国宗教学的现代发展经历了不同发展阶段，涌现出一大批专家学者，在20世纪末达到鼎盛。中国宗教学的研究特点，可以说是翻译介绍与独立研究齐头并进、有机共构。这样，宗教学在中国形成了一种中西合璧的学术体系和研究方法。除了其学术上的成就，中国宗教学还起到了沟通和跨越东西方的作用，为不同思想文化的交流、融会提供了宝贵经验。实际上，中国宗教学的历史正是西方宗教学的创意和探索被引入中国、中国宗教学的创新和思想学术成就走向世界的进程。这种双向交流和融贯结合意义非凡，影响深远。

在回顾、反思20世纪中国社会科学的发展之际，本卷将对20世纪中国宗教学的百年历程加以系统回顾、总结和梳理。全卷分为正编和副编两部分，其中正编将概括这一学科所取得的主要成果及其研究现状和发展趋势，评述其重要学术思潮、流派及其代表人物的主要观点，并在每一部分之后附有相关研究的大事记。副编则将搜集整理有关论文和著作的重要章节，作为相关研究领域的代表之作出版，以供参阅和进一步研究之用。按照中国宗教学的分类和各大宗教研究，本卷将分为七大部分来论述，其中绪论、宗教学理论研究、基督宗教研究和其他宗教研究这四部分由卓新平负责编写，佛教研究由黄夏年负责编写，道教研究由朱越利负责编写，伊斯兰教研究由秦惠彬负责组织编写。在本卷组稿和编写过程中，得到国家新闻出版总署和广东教育出版社的认真指导和大力支持，特此表示衷心的感谢。

14. 《共建和谐：科学、宗教与发展论坛文集》序

2009 年 10 月 20 日至 22 日，中国国家宗教事务局宗教研究中心和巴哈伊教澳门总会联合在澳门主办了"共建和谐：科学、宗教与发展"论坛，数百名专家、学者和各界朋友积极参与，展开了意义深远的交流、沟通。虽然这次论坛由我们研究所的巴哈伊教研究中心和全球文明研究中心共同协办，我本人却因在北京有会而错过了这次学习、交友的机会。承蒙论坛主办方厚爱，通报了论坛信息，并送来了论坛的文集，使我多少弥补了缺席的遗憾，领略了与会代表在学术上的真知灼见和在"共建和谐"上的真诚努力。

在拜读论坛论文时，我获得了许多闪光的思想和灵感，尤其是"多样性中的统一"这一表述引起了我的特别关注和自然共鸣。的确，在"全球化"的今天，世界以"多元一体"来呈现自我，而中国也在以"一体多元"来与时俱进。大千世界的"大一统"乃百花齐放、多彩纷呈的共构，差异、区别和多样汇成其美景，是以千姿百态的聚集来体现其共在。为了这一目标，人类走得很艰辛，付出了巨大的努力，但其理想之境迄今仍是以"梦幻"来显示，用"希望"来激励人们去追求。回首过去，人类的历史充满了矛盾和纷争，世界各地有过太多的冲突与战争，这种回忆令人痛苦、痛心。因此，寻求和谐、呼唤和平，可以说是人类"千年一梦"，但迄今人们尚不清楚"美梦成真"还需多久，人类在渴望、期盼、憧憬中走过了一代又一代，迎来了无数新纪元！

基于这种顽强而不灭的希望，巴哈伊教在自己饱受磨难、寻找理想家园的历程中贡献出了其意义非凡的精神资源和实践经验。在其丰厚的精神

积淀中，"人类一家"、"世界大同"的思想极为鲜明地映入我们的眼帘，其积极的人生态度和对未来的乐观向往，促使我们反省以往走过的路程，思索今后应迈进的路线，并进而争取以"家"的感觉来实现人之温馨同在，让彼此真正明白"家和万事兴"，"人和天地庆"的道理。那么，"多元"如何能达"一体"、"多样"怎么来实现"统一"呢？其实道理很简单，这就是尊重多样性、允许多元存在，以宽容和包容的态度来对外敞开胸怀，以"海纳百川"来体现"有容乃大"的心境；而在"多"中争取"一"的途径，则是对话、沟通、交流、理解。在这一意义上，"全球化"的时代实际上应为多元对话的时代。

人们有太多的多样性，其"间"性沟通却又太少。过去的冲突和战争，往往就是对立的双方各自认为只有自己才占有真理，也只有自己的追求才是神圣的，因而在交往中缺少对话，尤其缺乏倾听对方；一般都是各说各话，互不沟通，不愿相让，甚至向对方颐指气使，充满霸气。于是，在这种残酷斗争中，一个个帝国不断兴起，一个个王朝先后衰亡，一部人类的政治史主要成为了"斗争史"，置身历史之中就好像感到人们老是在"斗"、在"战"，"热战"之后有"冷战"，"兵器战争"后又有"货币战争"；与之对比的，却是人类的"文化性"被逐渐淡化，而不同民族之间的友好交往亦多会成为边缘话语，甚至是失语、沉寂。其结果，人际关系被异化，我们看到了太多反映丛林之律的"与狼共舞"，却发现人们会罕言社会应有的与人同乐。当狼烟四起、战火纷飞时，我们不觉会怀疑：人类究竟是否已经成熟、人类能不能够真正成熟？

然而，人类并不想要在这种灰色景观中瞟沉，人的生存毅力及勇气也是在困境中产生出来的。人在这种磨难中则会逐渐走向成熟，恰如《论语》之喻，"士不可以不弘毅，任重而道远"。在走出人类困境的努力中，于是也就有了各种各样的"梦"；无论其梦境是积极的还是消极的，则都是旨在人的摆脱困境、解脱苦难。从这一层面来看，可以说宗教乃"人类之梦"，但"人类之梦"不仅仅只是宗教，同样也涉及人类的各种信仰、各种理想。这些"梦"的一大特点，就是人们在本为"黑暗"的梦乡中盼望着黎明、相信会"天亮"。由此而论，不同信仰乃关涉人的公共价值，享有社会的共同空间，而且是在憧憬中追求，在摸索中前瞻。尽管大家以各自的信仰——无论是宗教信仰、还是政治信仰或文化信仰——来"坚信"，这种信仰、信念在价值观、世界观层面毕竟是"信"，而尚未达其得以实现之"真"。因此，在其前瞻性、未来学意义上大家都是相对的，并不能够完全理直气壮地号称"绝对"，将自己之所信强加于他者。人的思想和追求虽然可以超越时空、无涯无际，却并不可宣称已经彻底克服了人的"有限性"。这里，我们应该细细思考和领悟古希腊哲学家苏格拉底所欣赏的德尔斐阿波罗神庙中"自知"、"毋过"之神喻。"止于至善"乃人的"至极"追求，但人始终会游动于"未臻"之处境。人类应该为自己取得的成就而"自豪"，但在其成为"自然之主"时仍应该认识到自己的不足，要有"自知之明"。从人的角度来观察、衡量，任何宗教、民族、文化和政治意义上的"主义"之发展都是相对的，都是有待完善的；若自比神明则为僭越，脱离了人的本质。

如果认识到人之本质及存在的相对性、局限性，如果以"克己"或"虚己"的态度来涉世、待人，那么"中和之道"则会形成"场有"，彼此对话、相互沟通的桥梁就能得以构建。所以说，"我"和"你"之间的平等对话、和平共在才是人类发展真正畅通的坦途。所谓"多"既体现了人之个性，亦说明了其相对，而多样性中的"一体"或"统一"则正是意指和谐的共建。"和而不同"显然允许了个性的张扬，其"不同而和"则表明了人类共存的智慧。这种智慧的找寻既是哲学，也是科学。科学的历程应该包括人对自然、自我和超然的认知。而行进中的"科学"亦有其相对性、特定性、可发展性和可完善性。人类的不断自我提高和自我完善就是可持续发展的真谛，反映并说明了科学发展观的本真。由此来看，这次在澳门召开的"共建和谐：科学、宗教与发展"论坛就有着独特的意义，给人们在对话中努力往前迈进的希望。所以说，在不断求知、进步的人类进程中，我们既然有着"相遇"的缘分，那就应该珍惜这种可以、而且可能"相知"的机会。其有效之途就是善意的相互对比、对照和对话，并克服彼此对付、对立和对抗之"心魔"。让我们在倾听式对话、理解性交流中彼此分享、共同充实，在自知、自明中达到人类的自强、自豪，真正齐心协力、共走和谐之道。其实，在我们的各种信仰之中应有一种"共信"：只有共走"和谐大道"，方可实现"人类一家"的"世界大同"。为此，我们走到了一起，开始真诚对话、真心理解。

是为序。

2009 年 12 月 25 日于北京

15.《宗教对话与中国
传统文化》序

　　中国西北部有着悠久的宗教文化传统，各民族和谐共存，宗教交流亦积累了丰富经验。以这种文化氛围和历史传统为基础，西北的社会科学学术界、尤其是相关高校开展了宗教文化领域的大量研究，已有丰硕成果。因此，在兰州大学百年华诞之际，兰州大学宗教文化研究中心和香港文化更新研究中心合作召开第二届"宗教对话与和谐社会"学术研讨会，既有其必然，也非常自然。这次研讨会的召开，显然使百年校庆增加了其厚重之感。我们荣幸被邀与会，当然格外的高兴，同时也使我们认识到了自己积极参与的使命。

　　纵观现代世界发展，在文化纷争迷雾的困扰中，在政治冲突战火的熏蒸下，人类社会在紧张的生存挣扎中有着几乎透不过气来的压抑感。虽然科技越来越先进，生活方式越来越多元，人们却轻松不起来。资源在枯竭，能源在减少，地球在变形，争夺在加剧，人们在怀疑能否对未来抱有乐观的前瞻。加上最近金融及经济危机的打击，财富、成就、荣耀的拥有似乎如过眼烟云，亦给人们带来悲观心情。在西方文化传统影响下的人们，甚至产生了"末世"即将来临的不祥之感，相关文艺作品的造势及渲染更是增加了这种紧张气氛。在这种窘境中，人类该怎么办？我们应向何处去？在哪儿能找到可以救度人类的"方舟"？陷入低谷的人们特别希望经济危机能早日见底而得以回升，却怎么也找不到触底的感觉。直线思维的文化模式在大起大落中无法踏实、难免恐慌，遂有人把目光投向东方，而且主要是投向了中国。曾经有人如此总结百年国际社会发展及与中国的关系，说在 20 世纪四五十年代，是社会主义救了中国；在 20 世纪八九十年代，中国则救了社会主义；而到了 21 世纪初，西方出现经济危机，中国甚至有了能"救"资本主义的能力！因中国出手"相助"才使美国等西方大国不至于彻底"崩盘"，因而对中国帮助恢复世界经济、克服危机充满希望。在这种寄托和期盼中，可以看出国际社会对当前中国的"硬实力"和"软势力"的充分肯定。

当今的中国虽不会再说"风景这边独好"的惊人之语，却仍保持着其处乱不惊、沉着应对的镇定和勇于力挽狂澜、对国际社会高度负责的大气。这种文化信心和精神底蕴即来自中华文化含蓄而不张扬、久远而不衰萎的"和谐"真谛。"和谐"构成了中华文化现实主义和浪漫主义的双翼，使之飞越了五千多年的时空却仍然充满着潜力和后劲。面对今天世界的纷争、冲突和危机，中国向国际社会发出了"构建和谐社会、发展和谐世界"的呼唤，希望以其引起的共鸣、和声来应对世界危机，走出人类发展的当前困境。

在经过了阶级斗争的打打杀杀、风风雨雨之后，人们重新要找寻和谐，希求心灵的安宁、平静。以往的冲突、折腾，让谁也没有得到好处，基本上是以"两败俱伤"来结局。中国在现代历史上也斗了几十年，政治风云、战争硝烟，一幕接一幕，留下了多少创伤和恩怨，蓦然回首才发现"和谐"早就应该是中华文化的精髓及本真之所在。而这种"和谐"又与宗教资源有着不解之缘，没有宗教和谐就不可能真正实现社会和谐。这让人想起了西方学者孔汉思（Hans Küng）的名言："没有宗教和平则没有世界和平，没有宗教对话则没有宗教和平。"这样，我们就把宗教、对话、和谐、和平这些关键词连成了一条主线。或许，我们只有在这些表述中才能够听到人类精神生活、社会发展真正的主旋律。仅此而论，我们在兰州大学举行的这一"宗教对话与和谐社会"研讨会就已充分说明了其现实意义、历史意义、政治意义和文化意义。

中国西北是中西文化交流"丝绸之路"的主要地域，在历史上有着其宗教对话的地缘优势和地理便利，而且也曾多次呈现过"丝绸之路"宗教和谐的盛况。这种多宗教对话、多文化和谐的历史资源弥足珍贵，值得我们发掘、梳理、再现并升华。在宗教之间的关系上，其本质并不是要必然反映"文明的冲突"，相反，其带来的文化交流、信仰理解、民族沟通、社会进步才是应大书特书的华章。不同文化板块的交接地带确实发生过冲突，但这些地段同样也是文化交流、通融的热线。我们的怀旧和回溯古人并不旨在发思古之幽情，而乃意在警示、告诫今世，宗教之间的关系过去早已有过对话，今天也完全可以融洽。其和谐共存不能只是在史籍中留存的余晖，它要求我们返璞归真、回到正道，制止宗教之间或以宗教之名的你争我夺、刀光剑影，展示宗教和平对话、交流的历史主流，还世界以一种和谐、一个太平。

本来宗教在人类历史上曾被视为一种精神超越和文化升华，在今天却被社会中的一部分人、尤其是在参与中国近现代社会发展进程的部分知识分子中被视为一种生存上的流俗、精神上的隳沉，故而多少失去了其神圣的光环和神奇的魅力，似乎难以胜任构建和谐社会、促进世界和平的使命。对此，教内外双方都应该深刻反思、总结经验教训，以争取宗教能重树其"神圣"的形象，重获"神圣"的意义；而社会也能对宗教有更积极的评价，更加欢迎宗教在当今社会、文化建设中的参与和贡献。神圣与世俗之间应形成一种良性互动，不断升华、不断超越，人应力争一种"神圣"的生活，而不可退回到蛮荒、让文明之轮倒转，例如滥用科技手段来再现茹毛饮血的野性，使屠杀更加疯狂、更为残忍。因此，具有人类信仰意义的宗教应体现出文明，旨在推动历史的往前发展，故此自然有必要与社会相适应、求和谐，成为其社会存在与发展的积极因素。

文明的历程如何走来，宗教对话曾怎样开展？这些探寻把我们带到了兰州，让我们触动到其厚重的文化积淀。在对中华文明发展历史的回顾、反省上，人们常说想知其一千年内的状况要多看北京，想了解其两千年左右的演变要多访西安，而要触及其超过两千年之上那尘封的历史则应常到甘肃来寻路探迹，用心来感受昔日古道的繁忙、古城的辉煌。所以，我们今天又回到了甘肃，又在兰州谈起了古老却常新的话题。可以说，等待我们的既有西出阳关面对大漠戈壁那种探赜索隐的历史凝重，更有玉门春风迎来丝路花雨那样继往开来的今朝豪情。其实，经过历史长河的沐浴、社会变迁的洗礼，人类今天理应更有构建和谐的实在需求、成熟经验及其积极实施的潇洒、浪漫和超脱。这才应该是真正的人本、人道和人生。因此，我们应积极参与宗教对话，努力建设和谐社会。

是为序。

2009 年 12 月 26 日

三

译者序言

1. 《超越东西方》序

　　宗教与思想之探，必须潜入人之深蕴的精神世界。宗教生活表达了人的精神生命，其向往和追求乃是对某种精神信念的拥有和奉献。因此，认识宗教，就应认识人的内在体验和灵性经验；了解信仰，就应了解宗教信仰者的心路历程。丰富的宗教生活为其精神哲学和灵修神学的创立及发展奠定了基础，提供了取之不尽、用之不竭的素材。这样，在人类宗教的发展史上，除了理性求知、形上思辨、超越忘我之进路外，还有灵性陶醉、内在沉潜、反观自我的通幽曲径。与知性、理性、智慧相辉映的，则是宗教中的激情、感悟、意志。此即人之灵性中现实主义与浪漫主义的有机共构。在基督宗教传统中，这种浪漫和激情源远流长，从古代奥古斯丁敬神自白的《忏悔录》，到近代帕斯卡尔脍炙人口的《思想录》，都给人带来心灵的震撼。而在现代华人学者吴经熊自传体灵修著作《超越东西方》之中，我们亦看到其信仰激情和灵性浪漫在东方智慧、华夏文明中的涌动、跳跃。

　　吴经熊（1899—1986）为现代中国政治和法学界颇有影响的天主教学者。其西名 John C. H. Wu（John Wu Chinghsiung），字德生，己亥年（1899）2 月 17 日出生于浙江宁波。他早年曾在天津学法学，1917 年到上海美以美会创办的比较法学学院就读，同年领洗入美以美会。1920 年，他从东吴大学法学专业毕业后赴美国留学，就读于密执安大学法学院，于 1921 年获法学博士学位，随之到法国巴黎从事研究工作，1922 年赴德国任柏林大学研究员。他于 1923 年应邀在美国哈佛大学研究比较法哲学。吴经熊于 1924 年回国后在东吴大学法学院教授法学、哲学和政治学，自 1927 年担任法官，于 1931 年任立法院立法委员。吴经熊自幼研习英语，造诣很高，曾发表大量英语文章和著作，并于 1935 年创办了英文"天下月刊"
（T'ien hsia Monthly），发表其关于法律、宗教、哲学、文化、人生等方面
的感想和见解。1937 年，吴经熊皈依天主教。1946 年，他出任当时中华民
国驻罗马教廷公使。吴经熊于 1949 年辞职，随后赴美任夏威夷大学中国哲
学客座教授，1950 年任新泽西西顿哈尔大学法学教授。他于 1966 年定居
台湾，任台湾中国文化学院教授，1986 年 2 月 6 日在台逝世。

吴经熊一生兴趣广泛，学识渊博，对中西古今都颇有研究。他曾汉译
《新经全集》和《圣咏译义初稿》等，被学界誉为"译得古香古色"且
"和中国古诗精神相近"。他著述甚丰，尤其撰写了大量英文著作，被视为
学贯中西、博古通今之奇才。其主要著作包括 *Juridical Essays and Studies*
（上海，1928）、《法律哲学研究》（上海，1933）、*The Four seasons of T'ang
Poetry*（1935—1940），刊于《天下月刊》，1940 年由徐诚斌译成中文《唐
诗四季》，在《宇宙风》上连载，后结集在台北出版，大陆版参见辽宁教
育出版社"新世纪万有文库"（1977）、《爱的科学》（*The Science of Love. A
Study in the teachings of Therese of Lisieux*，汉语版，台北，1974）、《超越东
西方》（*Beyond East and West*，纽约，1951）、*The Interior Carmel：The
Threefold Way of Life*（1953）、《正义之源》（*Fountain of Justice*）、《华夏人
道主义与基督教灵修》（*Chinese Humanism and Christian Spirituality*，1965）、
《禅学的黄金时代》（*The Golden Age of Zen*，1967；汉译本，台北，1979）、
《中国哲学的悦乐精神》（*Joy in Chinese Philosophy*，1971；汉译本，
1979）等。

《超越东西方》一书为吴经熊用英文撰写，于 1951 年在夏威夷完稿，
在纽约初版，此后先后被译为法文、葡萄牙文、荷兰文、德文、韩文出
版。这是他的自传体著作，书中以一种灵性自由的笔触描述了其人生经历
及其宗教皈依的心路历程。其思绪浪漫任运，题材涉猎广泛，文笔优美典
雅，多有惊人之见和神来之笔，堪称中国现代基督宗教灵修文学之杰作。
吴经熊以一种信仰的虔诚叙述了其对基督宗教的体验、见证，同时亦以一
种比较的视域论及其对儒、佛、道三教和中国传统文化以及中国精神之真
谛精髓的体会。在他看来，"中国人是按照儒家学说为人处世的，同时得
到了道家去世思想的平衡，但在他们内在的生活里他们追随的却是佛教思

想。"在此，儒家思想的本质乃论及伦理关系，道家思想关涉不可言喻、神秘莫测的终极实在，而佛教则以其"在片刻活出永恒"的禅悟来让人达到从此岸到彼岸、从缘起界到绝对界、从时间到永恒、从现象到实在的"过渡"。他认为，中国精神的最基本特征，"是抽象与具体、普遍与个别、最世俗与最脱俗、超越的理想主义与讲实际的实用主义的结合"。其实，吴经熊在这里已体悟到中华民族追求和谐的文化精神。可以说，儒家之道德哲学是以伦理学之途来追求众生的和谐，着眼于社会人生；道家之自然哲学是以生理学之途来追求自然的和谐，着眼于自然万物；而佛教之精神哲学则是以心理学之途来追求宇宙的和谐，着眼于内心反思。这些追求在中国文化中殊途同归，共构其追求和谐的文化精神。而吴经熊则引入了基督宗教信仰体系和西方文化精神传统的参照，旨在达到对东方、西方的超越。其以娴熟的西文来流畅阐述中国思想，本身更是体现出一种中西合璧、天衣无缝的和谐境界。

在文化对话、思想交流、全球意识的今天，"超越东西方"的创意已更加凸显，且格外重要。为此，我们组织翻译了吴经熊的这部名著，收入《宗教与思想》丛书。此书由周伟驰博士从英文译成中文，雷立柏（Leopold Leeb）博士进行了校对并加以编注。吴经熊之子吴树德先生为本书在中国大陆汉译出版提供了版权。此外，此书翻译出版得到了雷立柏博士的积极推荐和大力支持，社会科学文献出版社亦积极参与策划和组织出版。对上述种种帮助和支持，特此表示我们的衷心谢意！

2001 年 7 月 8 日于望京德君斋

2. 《基督宗教伦理学》中译本序

在当代基督宗教理论体系的发展中，其神学伦理学、神学人类学、神学解释学和神学美学的构建格外引人注目。伦理学在这几大领域中最为典型地展示出基督宗教理论层面和实践层面的结合、"形上"与"形下"的沟通，故其发展和更新极为活跃，在基督宗教思想探究和社会生活上意义独特、影响深广。

基督宗教自其诞生以来即重视伦理问题，关注伦理学体系的完善，故在比较宗教学的视域和话语中被称为"突出伦理的宗教"。基督宗教伦理学自古至今已形成多种体系，其形式和内容亦经历了多次重构及更新。基督宗教伦理学的演进和变革，反映了其开放性和历史性，可从一个重要侧面帮助我们认识基督宗教的社会生活及文化影响，也是我们了解西方伦理学之历史与现状的一面镜子。为此，我们组织翻译出版了德国学者卡尔·白舍客（Karl-Heinz Peschke SVD）教授的名著《基督宗教伦理学》。这部著作乃当代天主教自梵蒂冈第二届大公会议之后系统阐述基督宗教伦理学体系的一个范本。

白舍客于1932年生于德国布雷斯劳（今波兰西南地区的西里西亚），曾在德国学习基督宗教哲学、天主教神学，此间入德国天主教传教修会"圣言会"（SVD），于1958年被祝圣为天主教神父。他在获得伦理学博士学位后曾在德国、奥地利、意大利、巴西、菲律宾各地大学任教。其自1959年至1962年在巴西圣保罗、1968年至1984年在菲律宾、1984年至1991年在罗马教会大学的任教经历，使其天主教伦理学体系得以形成和不断充实，并逐渐在基督宗教伦理神学领域产生重要影响。

《基督宗教伦理学》一书是白舍客的代表著作，亦是其长期研究并教授伦理神学的重要成果。这部书广泛而深入地介绍了基督宗教伦理学的基本概念和思想脉络，系统论述了现代欧美伦理学家的新思路和新观点。全书采用内外对比和古今观照的方法，对西方伦理道德与基督宗教信仰的关系有透彻的说明，对基督宗教伦理之理论体系有系统的分析。此书思路清晰、内容翔实，可为我们研习、理解西方道德精神及其宗教伦理提供宝贵而全面的参考资料。这部著作分为《基本伦理神学》和《特殊伦理神学》两卷。第一卷分为"基督宗教伦理学的《圣经》基础"和"基本伦理神学"两大部分，讨论基督宗教伦理学的基础与特征、基本概念和思想依据，包括伦理道德的本质、伦理规则与自然律、良心、伦理行为与违背伦理原则的行为等问题。第二卷分为"基督徒在宗教领域中的责任"和"基督徒对被造世界的责任"两大部分，分述基督宗教伦理涉及的一些具体问题，以及基督徒应该对之持守的原则和承担的责任，其论域包括人际关系、身体健康、医学伦理、婚姻伦理、工作伦理、社会伦理和环保伦理等方面。这部著作力图说明并证实基督宗教传统伦理从《圣经》的基础到梵蒂冈第二届大公会议的历史沿革和逻辑发展，以及基督宗教古今伦理思想的连贯性、延续性和一致性。因此，此书为我们了解基督宗教传统与现实的关联、神学与伦理的关联、伦理与实践的关联等提供了一个重要窗口，也为我们认识当代天主教伦理神学的概貌和特点提供了丰富素材。

《基督宗教伦理学》一书最初以英文版形式于 1975 年在英国出版，其修订本于 1985 年出版，至今已有德语、意大利语、捷克语、朝鲜语等译本。目前其英文版已在英国印刷 8 次，在印度印刷 7 次，在菲律宾印刷 5 次，因而在英语世界广为流传。为了深入研究当代基督宗教现状，我们组织翻译了《基督宗教伦理学》的中文译本。该译本由多位中国青年学者译成，译本采用 1986 年英文版修订本（Karl-Heinz Peschke, *Christian Ethics*, New, revised edition, first published by Goodliffe Neale Ltd. Alcester and Dublin, 1986）。奥地利学者雷立柏（Leo Leeb）博士认真校对了译文，并帮助联系解决本书版权和出版等问题。我们希望本书的翻译出版能促进当代中国对基督宗教现状及宗教伦理的认识和研究。

2001 年 11 月 8 日于北京德君斋

3. 《日本神学史》中译本序

近现代日本在东西方文化交流和碰撞中有着极为独特的地位。从经济发展和科技进步来看，日本被视为"西方"一员，有着与西方国度政治、经济上的相似性。若从文化传统和民族心理来看，日本则具有典型的"东方"色彩，显露出东方精神及其思想文化的积淀。在日本当代丰富多样的宗教生活中，基督宗教亦非其主流，它作为一种外来宗教而在日本人的精神世界中时隐时现，似乎保持着一种微不足道的发展，因而其局外之人很难识其真实面目。在过去的研究中，我们对这一衣带水之邻国宗教生活的了解主要集中于佛教和神道教，而对其基督宗教之状况的探究却付诸阙如。

实际上，若想了解日本现代化的进程，不了解基督宗教的发展情况及其在这一进程中的作用则是行不通的。基督宗教作为一种外来文化的渗入，对日本社会有着潜移默化的触动，它带来了日本人精神生活和价值观念上的改革和创新，亦给日本文化增添了一种多元因素。在过去的百年内，基督宗教在日本获得了迅猛发展，其神学思想也趋于活跃，开始形成各种思潮和流派。对此，古屋安雄等人编著的《日本神学史》有着系统的梳理和生动的描述，为我们认知日本基督宗教的当代发展提供了重要景观。

从严格意义上来说，日本神学的历史乃当代史或20世纪史。日本神学深受欧美神学的影响，反映出日本社会对欧美社会发展趋势及走向的关注和某种程度上的依赖。但在与西方神学的碰撞和对话中，日本神学亦逐渐积累了自己的特色，有其匠心独到的思考，并由此形成其跨越东西方的"日本式"神学。当代日本神学乃经历了"模仿"和"创新"这两个阶段，而且二者之间互有渗透、彼此交织，难有明确划分之界。就其"模仿"而言，日本基督宗教乃模仿欧美各国，在传福音时模仿欧美基督宗教的讲道和神学。其实，这是一个极为自然的过程。近代亚洲的基督宗教乃由欧美传播而来，因而势必带有欧美思想文化的烙印。所谓传福音乃旨在其所传对象的"福音化"，是传者将异于己的对象同化，促成其对象之变。为达此"变"、"化"，被传对象自然要持模仿、接受之态，但在其成为"新我"的过程中亦失去了原有的自我。然而，这种简单模仿和接受却失之于肤浅和随意，它易于得到形式上的"新我"而丢失其本真自我，从而悖于信仰之真谛。就其"创新"而言，日本基督宗教则是基于社会文化"处境"而有感有为，从而为基督宗教的福传提供新的启迪和借鉴。不过，进入文化的"处境化"在不少人看来既有"创新"亦有"失真"，因为"处境化"的本意是传者为使对方接受而将属于己者异化，以便认同对方、适应对方。其实，这一过程虽有"化掉"自我的危险，也有"充实"自我的机遇。而日本神学的"处境化"和"创新"则正是在消化欧美神学的基础上有所作为、有所贡献，结果是对整个基督宗教神学的充实。

《日本神学史》勾勒了日本神学界对欧美危机神学、历史神学和存在主义神学等流行思潮的吸纳和反省，描述了日本知识界"无教会派人士"及其"无教会"意向对日本神学发展的意义和影响，分析了在日本多元宗教对话氛围中构成一种"宗教神学"的必要性和可能性，并探讨了与东方"无"之思想相对应而产生的虚无本体论神学及其基本涵盖。此书由日本神学界的一批著名学者集体编写，其将"日本"作为神学命题的旨趣乃是想使日本神学与"教会及神学的世界性课题发生关联"。因此，我们对日本神学的分析研究，无疑将有助于我们对构建中国神学的思考和展望。

本书的中译本得以问世乃是多方帮助、支持的结果。日本东京国际基督教大学的古屋安雄教授不仅在编者访日时赠送了本书的日文版著作，而且又为我们的翻译出版工作提供了版权。各界朋友们的大力支持，使我们在当代基督宗教的研究中不仅获得了新的知识，而且建立起了新的友谊。

2002 年 2 月 20 日于北京德君斋

4. 《基督教导论》中译本序

　　基督宗教在现今世界的信仰形态、意义和作用是什么？这一问题是人们论及今日基督宗教的存在和可能发展时所普遍关注的。对此，当代西方天主教著名神学家约瑟夫·拉辛格（Joseph Ratzinger，即 2005 年当选的现任教宗本笃十六世）以其《基督教导论》一书对当代社会基督宗教信仰的疑问和诘难作出了回答。这一回应乃立足于基督宗教社会存在的现实处境，但其陈述的信仰原则乃基于其流传久远的宗徒信经。这本书的初稿是拉辛格于 1967 年夏在德国杜宾根大学公开演讲时所撰写的演讲稿，旨在现代社会变动不居的情势中阐明"天主教的精神"，展示其宗徒信经的信仰意义。

　　拉辛格于 1927 年 4 月 16 日出生在德国巴伐利亚州的马克特尔，在其三兄弟中为最年幼者。第二次世界大战期间，他曾入天主教圣奥古斯丁修会而成为一名修生，但仍未逃脱战争的厄运而被应征入伍，先后在防空部队和步兵部队服役，并因被俘而受到几个月的囚禁。战争结束后，拉辛格曾在弗赖辛神学高校和慕尼黑大学攻读神学、哲学，其间于 1951 年受任天主教神职，1953 年获神学博士学位，其论文题为《奥古斯丁关于天主教子民与天主之殿的教会学说》。拉辛格于 1957 年获得大学教授资格，随之在弗赖辛神学高校讲授基本神学，后又转至波恩大学任教。拉辛格在 20 世纪 60 年代以其敏锐、深刻的思想而在天主教神学界脱颖而出，他于梵蒂冈第二届大公会议期间担任大会神学家，于 1963 年任明斯特大学教义学和教义史教授，1966 年转至杜宾根大学任教，1969 年担任雷根斯堡大学教义学讲座教授。此后，拉辛格由学术界转至天主教神职界，于 1977 年担任慕尼黑和弗赖辛教区大主教，后又升任红衣主教。1981 年以来，拉辛格离开德国长居梵蒂冈，担任罗马教廷信理部部长。从此，拉辛格被视为罗马教廷神学理论的官方代言人和天主教界神学纷争的仲裁者，他给人一种全力护卫天主教正统信仰、态度严峻而绝不让步的印象，其以个人身份或代表天主教官方所作出的各种表态也常招致敏感回应和激烈争论。不过，拉辛格并不因此而放弃其神学探讨，并以其大量著述和论说来保持其当代神学家的前沿地位。拉辛格以发展出一套能应付社会变迁和挑战的天主教教会学说为己任，其论域之焦点乃神学理论与教会存在的密切关系。他的主要著作还包括《圣波那文吐拉的历史神学》（1959）、《基督宗教的博爱》（1960）、《启示与传统》（与拉纳尔合著，1965）、《基督宗教存在的圣礼根据》（1966）、《上帝的新民》（1969）、《教义与宣道》（1973）、《基督宗教道德原理》（1975）、《末世论》（1977）、《天主教教义学简论》（1977）、《关于神学原理的学说——论基本神学之构成》（1982）、《论信仰处境》（1985）、《教会、普世与政治》（1987）和《地上的盐》（1997）等。

《基督教导论》一书于 1968 年出版后，在天主教会内外立即引起了强烈反响。此书随之一版再版、多次重印，并被译成多种语言在世界范围广泛发行。全书围绕"三位一体"的天主信仰来对宗徒信经加以现代精神的系统诠释，其引言部分论述了现今世界的信仰处境及教会信仰形式的历史发展和现实意义，后面三大部分则分述基于宗徒信经之理解的"天主"观、"耶稣基督"论以及圣神（圣灵）与教会。这本书充分体现了拉辛格不违背传统信仰、亦不回避现代挑战的神学特色和思想气质，是我们了解当代天主教思想发展的一面镜子。为了有助于读者更准确地把握拉辛格的行文构思和书中原义，本书译者在书中重要术语和思想表达后附有英语译文，以供读者参考、对比。其英译文引自福斯特（J. R. Foster）译 Introduction to Christianity（1969 by Barns & Oates Ltd. London）。奥地利学者雷立柏（Leo Leeb）博士校对了译文，并帮助联系解决本书版权问题。此外，我们在出版此书时亦获得其他有关机构和朋友们的关心和支持。可以说，这本书在中国得以翻译和出版，体现出具有现代气质的"普世"精神。

2002 年 3 月 18 日于北京德君斋

5. 《耶稣会简史》序

在中西文化交流、尤其是基督教与中国思想文化的交流历史上，耶稣会曾起过非常重要的作用，产生了广远的影响。中国学术界对耶稣会在华传教的历史及其来华传教士展开了深入、系统的研究，推出了众多学术成果。利玛窦、汤若望、南怀仁等耶稣会著名传教士亦已成为中国社会中人们耳熟能详的人物。但与耶稣会在华传教史的研究相对照，我国学术界对耶稣会整个历史的研究却颇显不够，鲜有相关的研究专著或较好的译著问世。而要透彻了解耶稣会来华传教史，弄清其"远东开放"的背景及其相关问题的来龙去脉，则必须对耶稣会的历史发展沿革有一整体把握和较为系统、全面的梳理。

耶稣会亦称"耶稣连队"，为天主教的主要修会之一，1534 年由西班牙人依纳爵·罗耀拉初创于巴黎，1540 年获教宗保罗三世正式批准而成立。其产生的背景乃回应 16 世纪欧洲爆发的宗教改革运动，即天主教会本身为反对这一宗教改革运动而设立。1534 年，罗耀拉与彼得·法贝尔、方济各·沙勿略、迭戈·莱内斯、阿尔方斯·萨尔梅隆、西蒙·罗德里格斯和尼古拉斯·博瓦迪利亚共七人在巴黎发愿，构成耶稣会的雏形。随后，罗耀拉向教宗提出建立新修会的请求。这一请求于 1540 年 9 月 27 日获准，1541 年 4 月，罗耀拉当选为耶稣会的首任总会长。

作为一种新型的修会，耶稣会的组织形式最初仿效了军事组织模式，纪律森严、机构严密，其会士须发"绝财、绝色、绝意、绝对效忠教宗"这四愿，必须做到"绝对服从"，强调为"愈显主荣"而战斗，故曾有梵蒂冈的"黑衣卫队"之称。其会士的灵修生活以罗耀拉制定的《神操训练》为理论基础，这种训练包括如何使会士达到"信仰的热忱、思想的虔敬、想象的升华"，自觉遵守信仰汇报以及忏悔、谦卑、祈祷、劝告等守则。耶稣会为使其成员能有效地在社会生活中发挥作用，特别注意会士的知识培养。这种培训往往长达 15 年之久，会士必须长期、系统地学习各种语言、文学、哲学、神学、法学、政治、医学以及自然科学的知识，通过严格的考试。因此，耶稣会士大多有着极好的知识积累和渊博的学问，其中许多人亦成为著名的学者。以这种独特的灵修和知识训练，耶稣会士在近代欧洲宗教生活中曾发挥了巨大作用，不少耶稣会士担任过欧洲国家封建王侯的灵修指导，甚至曾为一些教宗的灵修服务，在欧洲王宫和罗马教廷影响深远。

不同于传统的天主教修会，耶稣会取消了修院制度和统一着装的规定，以便更容易融入现实社会生活。因此，其修会的宗教活动不是"遁世"而乃"入世"，与社会发展保持紧密接触和联系，甚至关注并参与现实政治，对之施加影响。以其灵修和学识上的优势，耶稣会非常注意发展文化教育事业，兴办学校和从事各种研究，促进欧洲出版事业和学术文化交流。这样，耶稣会在现实社会政治生活中、尤其在社会知识文化界的影响要远远超过其他修会。

耶稣会成立后的一大使命，即积极参与天主教的海外传教活动，其重点是向亚洲和美洲传教。罗耀拉创立耶稣会时首批发愿入会的七人之一那瓦拉人方济各·沙勿略，即为亚洲传教的倡导者和实践者。他在耶稣会正式获准成立的第二年（1541）即启程前往印度传教，于 1542 年在印度果阿等地建立其传教据点。1547 年年底，沙勿略在马六甲认识了日本人池端弥次郎并使之皈依天主教。随后，沙勿略于 1549 年 8 月入日本传教，足迹达鹿儿岛、平户、下关、山口、丰后等地。在日本传教期间，他认识到日本流行的儒学、佛教等宗教和哲学多来自中国，日本文化、风俗和习惯亦基本上与中国相关联。为此，他决定赴中国传教，于 1551 年抵中国广东上川岛，但因无法入内地而返回印度果阿。1552 年 8 月，沙勿略乘"圣十字号"船再至上川岛，在岛上建一小圣堂为礼拜之用。但因明朝海禁甚严，沙勿略无法入中国大陆传教，于 1552 年 12 月 3 日病逝于上川岛，成为死在中国的第一位耶稣会士。因此，沙勿略被天主教会尊为"东洋传教宗徒"、"远东开教元勋"。1583 年，耶稣会士罗明坚和利玛窦入肇庆传教，获准在此驻居，此即耶稣会士定居中国传教之始。此外，耶稣会士于 1586 年到刚果，1607 年抵马达加斯加，1610 年入巴拉圭并建立起约 160 年（1610—1768）之久的神权国家，1615 年又到越南传教。这样，耶稣会亦发展成为影响广远的天主教传教修会。

耶稣会的活动曾在天主教会内外引起争议，因其过多卷入政治而受到世俗政权的抵制，并在 18 世纪被一些欧洲国家所取缔。在内外压力下，教宗克雷芒十四世于 1773 年 7 月 21 日发表通谕解散耶稣会，其成员仅在俄国、神圣罗马帝国部分地区维持了其存在。但在支持耶稣会的教会内外人士要求下，教宗庇护七世于 1814 年 8 月 7 日发表谕旨，宣布重建耶稣会，恢复其组织及活动。

耶稣会在现代已发展成为一个世界性组织，它乃世界上最大的天主教修会，在 112 个国家拥有 83 个会省或副会省，每省设有分会长，会省联合为 12 个传教区（参赞区），包括英国、法国、西班牙、意大利、德国、北美、中美、南美、非洲、印度、东亚和斯拉夫诸国。目前全世界约有耶稣会士 2.6 万人，其会士分为神父、修士和助理修士三种神品，从神父中选出耶稣会各级会长直至总会长。总会长为终身制，因其常驻罗马、对各地会士拥有绝对权威而被人视为"黑衣教宗"。现任总会长为荷兰人柯文巴赫（1928—　），于 1983 年 9 月 13 日当选。

关于耶稣会历史的研究，西方学术界的著述已浩如烟海，而中国学者的成果却暂付阙如。为了弥补这一空缺，我们将德国学者彼得·克劳斯·哈特曼的新著《耶稣会简史》收入《基督教文化丛书》，供大家参考。哈特曼生于 1940 年，是研究世界近代史的专家。他于 1971 年至 1981 年在法国巴黎担任德意志历史研究所当代史主任，1982 年至 1988 年任德国帕骚大学历史学教授，1988 年至今任德国美因兹大学通史和近代史系教授。其主要著作包括《南美的耶稣会国》（1994）、《近代法兰西国王和皇帝》（1994）、《法兰西史》（1999）等。他的《耶稣会简史》于 2001 年 12 月由德国 C. H. 贝克出版社出版，是该出版社新近推出的知识系列之一。这部著作以简练的文笔深入浅出地描述了耶稣会的发展历史，并以其文化发展及影响为重点。全书构思严谨，资料丰富，行文流畅，引人入胜。其中文译本由北京大学外语学院德语系谷裕博士完成，译文准确生动，可读性强。这部著作得以翻译出版，亦承蒙北京语言文化中心梅谦立先生帮助解决版权问题和宗教文化出版社的大力支持。对这一切帮助和努力，我们表示衷心的感谢！

2002 年 11 月 2 日于望京德君斋

6. 《利玛窦中国书札》序

　　《利玛窦中国书札》中文版在中国大陆出版发行，是促进中西思想文化交流的有益尝试，在中国天主教历史研究上亦有独特意义。可以说，利玛窦是天主教来华传教士中带动中西思想文化沟通和交流最为关键的历史人物；而其研习中国思想文化、适应华夏精神传统的在华传教方法与途径是功是过，也在历史上留下了最多的争议和悬念。阅读《利玛窦中国书札》，进入其心灵世界，可以使我们深入其跌宕起伏的历史之境，更为接近这位谜一般的历史人物。

　　近年来，人们对来华传教士和传教史有了较多的关注，尤其对利玛窦的研究和评价形成了一个高潮。但从这些研究和评价的特点来看，一般较为注重宏观叙述意义上的文化交流和政治关系，因而其谈论多集中在不同文化的碰撞、不同政治的争斗上，从民族利益、社会发展的大势上对之作出整体评价和历史定位。这样，传教士个人的人性特点、思想倾向和内心世界，其所思所为的取向和指归，则被这种宏观大潮所淹没，处于一种历史的"遮蔽"之中。

　　然而，历史是复杂的，人的精神世界也不能被外在事件简单概括。为了准确地把握历史、正确地评价历史人物，我们有必要展开微观探讨，对历史交流当事者的思想情趣进行深层次的剖析。因此，《利玛窦中国书札》为我们真正了解这位远道而来的"使者"、弄清其传"道"的立意和举措提供了一种机遇和可能。在人们熟知的历史背景下和文明差异中，我们在这里似乎可以更多地去了解利玛窦的"人文经验"，关注在其背后的"人文修养"，把握、品味这些书简对其"灵魂深处的真实写照"。由此，我们或许能对利玛窦的"信仰经验"和"传教经验"有更深刻的了解、有更透彻的解读。

思想、信仰的沟通和交流在人类文化交往中是最深层次的，也是最为困难的。让我们试着走近利玛窦，从其肺腑之言中看出一个西方人对中国的评价和态度，探寻并解答天主教入华传教的目的及意义。

是为序。

2006 年元旦于北京

7.《基督宗教社会学说》汉译本序

　　基督宗教的社会学说主要为当代天主教的社会学说，在天主教范围内亦可汉译为"社会教导"或"社会训导"。这一社会学说从理论上可以追溯到古代教父时代教会关于社会问题的思想及相关论述，但其真正形成则始于1891年教宗良十三世（Leo XIII）发表《新事》通谕，由此逐渐形成天主教关于现实社会问题的系统看法和解决这些问题的具体原则。这样，由教宗以天主教领袖身份颁布的"社会训导"遂成为天主教会的"社会教导"，以体现天主教会的"社会关怀"。而有关这些天主教会的社会"教导"的诠释、论说则成为整个基督宗教社会学说的主要组成部分。

　　大体来看，天主教会对现实社会的这种关切可以具体划分为两个层面：一个层面指教会官方机构发表的社会训导，即以教宗通谕等教会文件形式正式发布，以体现其权威性；另一个层面则指天主教神学家、社会学家等对现实社会问题根据有关"社会训导"所作的理论探讨和系统论述，一般可称其为天主教会的社会学说，其特点是具有自由研讨的性质，且多以著书立说的方式来形成其社会理论体系。在20世纪60年代天主教召开"梵二"会议以后，天主教的社会学说不断丰富、完善，其对社会开放的程度亦不断加大，从而在西方现代社会形成较大规模，产生了一定影响。

　　这种基督教会的社会学说乃涵括宗教社会学和天主教伦理神学的一些特点，其立意、构思已超出某种具体思想体系或社会政治、经济制度的界线，它并不旨在构成某种意识形态或教义神学的理论体系，而主要是"探索人类社会所提出的各种道德问题"、"为我们的时代阐述教会对社会现实的见解"，由此"根据基督福音来评判现实，并提供人在社会生活中的行为准则"。这样，天主教的社会学说具有明显的"开放性"，旨在对社会现实表达一种"不断的关怀",以便为教会信众的社会实践提供其信仰指导。所以说,这种社会学说所涉及的问题要比伦理神学和宗教社会学更为广泛,亦更加具体。

德国天主教神学家和社会活动家若瑟·何夫内尔有着丰富的社会实践经历,曾担任大学神学教授,又长期在德国天主教会内担任重要教职。而且,他根据天主教社会训导和其教会实践的有机结合来著书立说,在天主教会的社会学说研究领域多有涉猎、颇为多产,亦有较高的知名度。他的代表著作《基督宗教社会学说》(亦可汉译为《基督宗教社会教导》)就体现出他理论探讨和教会实践的所思所想。因此,这部著作在了解、认识、研究基督宗教的社会学说方面有着广远的影响,且多次修订再版,以揭示天主教所关心的新的社会问题,反映天主教会在看待,解决这些问题上的基本原则和正统立场。在步入"全球化"的当今社会发展中,"地球变小",各国之间的政治、经济、社会、文化的关联已越来越密切。在这种氛围中,深入了解当前天主教国家的社会理论和社会实践,对于我们的改革开放和对外发展也有其不可缺少的重要性和必要性。为此,我们组织翻译了何夫内尔《基督宗教社会学说》这部著作,这将有益于我们扩展视野,在对外开放中知己知彼,达到更快更好发展的目的。

2007 年 10 月 29 日于北京

8.《洗礼圣事·坚振圣事》中 译本序言

宗教信仰的表述一般可分为思想观念、情感体验、崇拜礼仪、社会构建及其作为这些层面。对宗教信仰者而言，表达其宗教精神不仅有信仰理论的阐述和发展，还需要相应的礼仪程序来展示其崇拜方式及过程。在基督宗教中，其崇拜礼仪即称为"圣事"或"圣礼"，包括洗礼、坚振、告解、圣体、终傅、神品和婚配"七圣事"，此乃其信仰实践行为之重要组成。其中洗礼、坚振和圣体又被视为基督徒的"起始圣事"，尤其是圣体圣事乃作为"共融圣事"而达其"完满的意义"。而探讨、揭示这些"圣事"的作用、意义及其表现形式，构成其理论说明或相关体系，则正是天主教圣事神学的使命和任务。

基督宗教神学有诸多表述方式，其中圣事神学对于教会的内涵式发展及其礼仪意义的彰显有着重要且独到的意义。如果说，基督宗教的教义神学或系统神学能引导人们了解、认识其信仰本真及其精神蕴涵，那么圣事神学或圣礼学就恰好如同打开了一扇窗户，让人们进而得以观察或洞见其宗教体验及其敬神方式，认识并体会到鲜活的宗教生活及其灵性生命。从这一视角来看，基督宗教的圣事神学乃其神学中最为人陌生、却又最贴近其信仰本真的内容。因此，若要真正理解、体悟基督宗教，则很有必要对其圣事神学加以关注和探究，由此去努力弄清其信仰之玄奥，揭示其宗教之秘密，审视其与神明——终极实在沟通、"共融"之途径。

摆在读者面前的这套"上智丛书"是天主教专门研究圣事神学的著述。这些著作通过梳理天主教圣事的《圣经》基础、历史沿革和理论意义来说明圣事在基督宗教信仰中的重要地位，其在整个天主教教会体系中的悠久传统，以及其与教会生活之历史与现状的紧密关联。借助于这些专著对圣事历史的追溯和对圣事神学的阐释，我们可以进入天主教信仰的内蕴和核心部分，了解其信仰礼仪的基本构建和具体细节，从而能对天主教的信仰实践有着真实、"不隔"的理解。对于认识整个基督宗教及其最大教派天主教而言，这种对天主教圣礼及其圣事神学的理解无疑有着重要而积极的意义。

当然，圣事神学虽有其特殊、隐秘之处，却并非封闭式的神学，它与教会内外的多种学科都有着广泛的联系。就天主教教会本身的内涵式发展而言，圣事神学涉及圣经学、教父学、教会学、经院哲学（士林哲学）、近现代神学等内容；而从其外延式关联来看，圣事神学所触及的话题则还与历史学、人类学、伦理学、社会学、词源学、符号学、宗教象征理论等相交织。所以说，对圣事神学的研究是一种多层次、全方位的探讨，它既可以达到对天主教礼仪结构认知的深度，又能够感受到其多学科关联、交摄的广度。从圣事神学这一重要层面的研究入手，自然也会为我们对整个天主教及其神学理论和信仰实践的探究提供启迪和思路。

当代天主教的礼仪革新是整个天主教革新发展的有机组成部分，其礼仪革新的基本创意、构思和系统展开，均在当代天主教圣事神学中得到生动的描述和深刻的说明。而且，天主教对其传统圣事在形式上的保留、持守以及在其概念、理论上的发展、发挥，也形成了天主教不同于基督宗教其他教派的特色，体现出其礼仪形式的独到之处。不可否认，这些圣事及其神学说明乃是当今天主教会的重要身份认同，表现出其信仰及其敬拜礼仪上所达到的共识。在现代化和全球化的影响下，天主教会正面临着社会世俗化的冲击，其圣事传统亦正经受着严峻的考验。为此，其圣事的坚持履行及其理论上的重视与强调，关涉天主教的当今生存和发展。由此，我们大概可以理解，为什么圣事神学在今天得以凸显，而且正从神职人员之圈内走出，以面向大众。在一定意义上，当代圣事神学也是对这些现代挑战的认真思考和积极回应。或许，当我们翻阅这些圣事神学的著作时，同样能够隐约听见当代天主教会改革发展的脚步声。

是为序。

2007 年圣诞节前于北京

9. "剑桥圣经注疏集"出版前言

　　基督宗教在其发展与传播中，《圣经》的翻译及诠释起着重要作用。《圣经》译解既已成为基督宗教神学中的基本构成，亦已成为西方和中国翻译史中的重要一环，注解、诠释更直接促成了经典理解上语言解释学、文献解释学以及神学和哲学解释学的诞生及发展。翻译乃解释的一种基本形式，而其"译"和"释"均展示出一种"理解的艺术"，成为一座"沟通的桥梁"，因而在人类文明交流、各种文化沟通中举足轻重，本身就非常值得我们关注和重视。

　　由中国社会科学院世界宗教研究所组织翻译、华东师范大学出版社出版的"剑桥圣经注疏集"（*The New Cambridge Bible Commentary*），是著名的英国剑桥大学出版社在 21 世纪初为英语世界推出的一套最新、最权威的圣经注疏集。这套丛书基于圣经学的学科视域，以当代圣经学者的最新研究成果为基础，采用科学严谨的学院派研究方法，尝试从更为宽泛的历史文化背景来理解《圣经》文本、诠释经文内容；其特点是系统性强、研究深入、特别注重细节，形成了宏观整体把握与微观重点探究的有机结合，使人们得以清晰地认识《圣经》的脉络神髓和重要内容，提供了当前国际上圣经学术研究中的最新理论观点和重要问题意识。从这一意义上讲，"剑桥圣经注疏集"以其独立的学术立场、缜密的历史考证、必要的背景材料、丰富的文献内容而超越了以往教会释经、圣经神学的视野，有更新颖的理论见解和更扎实的学术内容。

　　《圣经》翻译历史悠久，亦折射出探究、解释上的艰辛与风险。从《圣经》的各种版本来看，其翻译历史大致经历了由古典语言的翻译到近现代语言的新译这一过程。重要的古典翻译及相关版本很多，包括公元前

3 世纪用希腊文所译希伯来文《圣经》（即史称《旧约》部分）而完成的《七十士译本》、公元 5 世纪哲罗姆译成的《通俗拉丁文译本》、8 世纪英国人比德的古英文译本，14 世纪英国学者威克里夫所译英文本《旧约》，17 世纪牛津大学迈尔斯·史密斯主持完成的英文《钦定本圣经》（亦称《詹姆斯王本》），19 世纪的《钦定本修订版》（即 1885 年出版的《英文修订译本》，为此后中文《和合本》所参考的英文译本），以及 12 世纪的法译本《圣经》、19 世纪的拉丁文与法文对照的《卡里埃译本》和 16 世纪马丁·路德的德译本《圣经》等。20 世纪以来，较为著名的现代西文《圣经》翻译则有英译本 1901 年版《标准本圣经》、1952 年版《标准本修订版圣经》、1945 年版《增订本圣经》、1966 年版《当代福音圣经》、1970 年版《新英语圣经》和《新美国圣经》、1971 年版《新美国标准本圣经》，1971 年版《当代圣经》（即《活泼真道》），1976 年版《今日英语圣经》，1979 年版《福音圣经》、1986 年编订的《综合圣经》，以及法译本 1955 年版《耶路撒冷圣经》和德译本 1980 年版《统一译本圣经》等。

如果说《圣经》古典译本乃基本上由教会或国家权威所统摄、规定，那么我们则会看到，近现代译本实与学术创新、独立思考和思想解放相关联。这种翻译努力不仅使《圣经》走入了广大普通读者之中，还成为西方一些国家近代民族语言的诞生或完善的重要标志。例如，14 世纪的威克里夫最先尝试将《圣经》从古典拉丁文翻译为近代通俗英语，但其创新努力也导致他付出了生命的代价。16 世纪的德国学者马丁·路德在其宗教改革的实践中亦把《圣经》译成了德文，其译文实际上标志着近代德文的最早亮相。

据相关学者统计，目前《圣经》的"新旧约全书"已被译为 363 种语言，使用这些语言者占全世界人口的 76%；此外，《新约圣经》已被译为 905 种语言，而《圣经》部分经卷则被用多达 930 种语言翻译出版。从总体来看，《圣经》全书或部分片段已被用约 2200 种语言翻译出版。尤其是《圣经》的英译有着广远的影响，自 19 世纪以来推出的各种《圣经》英译本，在许多国家中获得广泛应用，在中国也非常流行。其著名版本包括《新英语圣经》、圣经的《新国际译本》、《福音圣经》、《活泼真道》等。随着《圣经》英译本的增多，英语世界的圣经学者开始重视《圣经》注

释、解说，逐渐推出了这类具有研究性、学术性的《圣经》注解本。在 20
世纪 60 年代，著名的《牛津新注解本圣经》问世，受到了欢迎和好评。
至 20 世纪末，美国学者托马斯·奥登组织了题为《古代基督宗教圣经注
解》的多卷本、多语种的《圣经》原典注释工作，现已出版十余卷，涉及
英、德、法、俄、西班牙、阿拉伯和汉语等语种。正是这些注解和研究工
作，为当代"剑桥圣经注疏集"的研究和出版做好了准备，提供了条件。

　　《圣经》的中文译本可以追溯到唐朝的"景教文献"，如景教碑文中载
有"经留廿七部"之说。当然，这一最初的汉译《圣经》尝试很不系统，
多为散译，且因"入乡随俗"而乃以佛、道术语移译，故此表意亦不是很
准确。在元朝，据传天主教来华传教士孟高维诺也曾蒙文译经，但仅译成
个别经卷和章节，也没有流传下来。明末清初耶稣会士来华，真正开始了
汉译《圣经》的工作。在利玛窦等传教士的著译中，留下了大量《圣经》
内容的中文表述，其中较为集中的有利玛窦所编《琦人十规》、阳玛诺编
译的《圣经直解》和《天主圣教十诫真诠》等。他们在中文翻译上的遣词
造句则得到了不少中国文人学者的帮助、润色，这亦形成了此后外国传教
士汉译《圣经》的一种传统，一批批中国学者成为这些汉译《圣经》背后
的"无名英雄"。不过，这一时期的《圣经》汉译只是部分翻译，且基本
上没有出版，其中较为著名的包括天主教传教士巴设所翻译的圣经四福音
合参《四史攸编耶稣基利斯督福音之会编》，以及贺清泰汉译的《古新圣
经》等。新教来华传教士马礼逊曾在大英博物馆抄写巴设的汉译《圣经》
手稿，从而为他自己后来的汉译《圣经》工作创造了条件。

　　较为整全的《圣经》汉译本始于基督新教传教士马士曼、马礼逊等
人。这些《圣经》汉译本包括《马士曼译本》，由英国浸礼会传教士马士
曼在懂中文的阿美利亚人拉沙的帮助下译成，1816 年出版新约，1822 年在
印度出版旧约；《马礼逊译本》，称《神天圣书》，由英国伦敦会传教士马
礼逊和米怜译成，1814 年在广州出版马礼逊独自译完的新约，1823 年在马
六甲出版两人合译的旧约；《四人小组译本》，由新教传教士麦都思、马儒
汉、郭实腊、裨治文修订马礼逊的《神天圣书》而完成，1837 年在巴达维
亚出版新约，定名《新遗诏书》，亦称《麦都思译本》，1840 年出版包括
旧约的《神天新旧遗诏圣书》；《委办译本》，由新教传教士麦都思、施敦

力、美魏荣、裨治文、金亚德等译完新约，1852 年出版，分为"神"字和"上帝"字两种版本，旧约则由新教传教士理雅各与中国学者王韬合作译成，1854 年出版，其新旧约合并本 1867 年出版；《裨治文译本》，由新教传教士裨治文、克陛存、文惠廉、基顺、白汉理译成，1859 年出版新约，1862 年出版旧约；《高德译本》，由新教传教士高德、罗尔梯、秦贞等修订《马士曼译本》而完成，1853 年在宁波出版新约，定名《圣经新遗诏全书》，1868 年出版包括旧约的《圣经新旧遗诏全书》，1883 年又在上海出版其附加有参考资料的全译本；《郭实腊译本》，为新教传教士郭实腊根据《麦都思译本》而订正的新约译本，定名《救世主耶稣新遗诏书》，1836年后在新加坡出版；《怜为仁译本》，为美国新教传教士怜为仁汉译的部分圣经书卷，1849 年后陆续在广州、香港出版；《胡德迈译本》，为英国新教传教士胡德迈所译部分圣经书卷，自 1850 年在宁波陆续出版；《北京官话译本》（即《北京官话新约全书》），由新教传教士丁韪良、艾约瑟、施约瑟、包约翰、白汉理合译，1866 年出版，包括"天主"、"神"、"上帝"这三种译名的版本；《施约瑟译本》，由美国传教士施约瑟所译，其《旧约官话译本》于 1874 年在北京出版，《浅文理译本》（亦称《二指版》）于1902 年在日本出版；《杨格非译本》，由英国新教传教士杨格非所译，包括《浅文理译本》和《官话译本》，其中《浅文理新约译本》1885 年出版，旧约"雅歌"1905 年出版，《官话译本》1889 年出版，1893 年出版其附有注解的"福音书"；以及《和合译本》（简称《和合本》），包括湛约翰、艾约瑟、惠志道、谢卫楼、沙伯、皮尧士、庐壹合译的《深文理和合译本》，1906 年出版新约，包约翰、白汉理、纪好弼、汲约翰、叶道胜、潘慎文、戴维思合译的《浅文理和合译本》，1904 年出版新约，二者合并包括汉译旧约的《文理和合译本》于 1919 年出版，而最为流行且仍被广泛使用的则是狄考文、倪维思、白汉理、富善、文书田、海格思、布蓝菲、鲍康宁、鹿依士、克拉克合译的《官话和合译本》（亦称《国语和合译本》），1919 年出版，并于 1988 年由联合圣经公会再版《新标点和合本圣经》，而由南京爱德印刷公司出版的简化字与现代标点符号《和合本》至2007 年底已经印刷 5000 万册。

自《和合本》出版之后，中国学者开始积极参与汉译《圣经》的活

动。早在 1908 年，严复就曾汉译《马可福音》（即《马可所传福音》）前
4 章在上海出版。在基督新教汉译圣经的进展中，1929 年由朱宝惠与美国
新教传教士赛兆祥合译的《新约全书》出版，此后朱宝惠又独立重译，于
1936 年出版其新约修订本；1931 年许地山曾汉译《雅歌》出版；1933 年
王宣忱所译《新约全书》在青岛出版；1939 年，郑寿麟与陆亨理合译的
《国语新旧库译本新约全书》在北平出版；1946 年，吕振中在北平出版所
译《新约译本》，习称"吕振中译本"，1952 年其《新约新译修稿》在香
港出版，1970 年其汉译《旧约》出版；1964 年，萧铁笛所译《新译新约
全书》在香港出版；1974 年由汉译《活泼真道》而成的《当代福音》新
约出版，1979 年其旧约译成后名为《当代圣经》出版；1975 年，许牧世、
周联华、骆维仁合译的《现代中文译本圣经》新约出版，其新旧约全书则
于 1979 年出版；1987 年，《新约圣经恢复本》出版；而由 1972 年组成的
"中文圣经新译委员会"汉译的《圣经新译本》则于 1976 年出版新约，
1992 年出版旧约，2001 年由环球圣经公会出版新旧约的合编本；2008 年，
亚洲圣经协会出版中文标准译本、现代标点和合本《新约圣经》；此外，
《国际中文译本》以及基督新教与天主教合作的《合一圣经译本》亦在翻
译出版中。

在天主教汉译圣经方面，德雅的《四史圣经译注》于 1892 年问世，
李问渔的《新约全书》于 1897 年出版，马相伯的《福音合参》于 1948 年
出版，吴经熊所译的《圣咏译义》于 1946 年出版，其《新经全集》于
1949 年出版，李山甫、申自天、狄守仁、萧舜华合译的《新经全集》于
1949 年在天津出版；1954 年，耶稣会徐汇总修院所译《新译福音初稿》
在香港出版；1955 年，狄守仁编译的《简易圣经读本》在香港出版；1956
年，萧静山所译的《新经全集》在台湾出版。在天主教汉译圣经中最有影
响的译本乃是由意大利方济各会传教士雷永明组织翻译的《思高圣经译
本》，其新约译本于 1962 年在香港出版，新旧约全书于 1968 年出版，现已
成为中国天主教使用的权威中文译本，并于 1992 年获准在中国大陆印刷出
版。此外，当代天主教汉译圣经还包括 1999 年出版的附有灵修注释的
《牧灵圣经》等。

在当代中国大陆，汉译圣经尚未取得突破性进展。1979 年，丁光训主

教曾组织王神荫、陈泽民、骆振芳等人修订、重译《和合本》，并先后完成"诗篇"、"四福音"、"使徒行传"和"保罗书信"的重新汉译，但这一工作尚未完成。此外，中国天主教自 1985 年在金鲁贤主教的组织下也曾根据《耶路撒冷圣经》英译本汉译出版了新约部分经卷，不过这一汉译也仍在进行之中。

虽然，《圣经》的翻译过程本身就是一个"注疏"的过程，但长期以来学界尚不能将这种"注"与"疏"加以展开和深入，而只能仅仅依附于《圣经》经文来论说。因此，对《圣经》的系统、详尽"注疏"就在这种初步"翻译"的基础上得以深究和完善。这种"注释"既有历史的考辨，亦有哲学的思索，其学术性、研究性由此而凸显。这套由剑桥大学出版社系统出版的"圣经注疏集"，说明具有学术研究意义的现代《圣经》文本"注疏"已进入细节，开始重视微观探讨。其成果自然会使我们更为客观、更加理性、更能基于历史真实地来认识并理解《圣经》，同时也让我们由此而感受到当代圣经研究的学术脉搏之跳动，对之有着一种近距离的追踪。特别值得一提的是，这套注解丛书的英文版刚问世不久，其汉语译本就得以推出，译者都是学有专长、英文娴熟的中青年学者，体现出一股朝气与活力。他们的学术努力和精心推出的译作，显然会弥补我们当前在汉译《圣经》上的滞后，开辟出一条了解、研究《圣经》的新径。这样，在我们总结、审视《圣经》汉译历史，考虑《圣经》在当代中国应如何得以重新翻译之际，我们推出了"剑桥圣经注疏集"汉译本，它给我们今后的汉译《圣经》带来了希望和启迪，也使我们感受到一种曲径通幽、柳暗花明的喜悦；更有价值的是，圣经的翻译、注疏及理解，对于汉语思想界理解西方的思想传统是不可或缺的。

2008 年 6 月 24 日于北京（2009 年 12 月修订）

四

丛书前言

1. 《基督宗教研究》(第一辑)前言

基督宗教思想文化作为世界文化的一种重要表述和宗教文化中的一个重大体系，在世界文明发展史上有着广远而深刻的影响。基督宗教是目前世界上信教人数最多、社会影响最大的宗教，其活动空间遍及世界各大洲，其存在时间延续至今已达两千年，其在中国的传播发展亦有上千年的历史。基督宗教作为一种人类文化现象和文明形态有着强大的生命力和适应性，其存在或其表现已经深入到世界文化的各个领域和各个层面。因此，对人类文明历史和世界发展现状的认识，不应该也不能缺少对基督宗教的研究和认识。

我们正经历着世纪交替和社会转型。20 世纪的结束和 21 世纪的来临，不仅标志着人类历史上又一百年转换，而且在基督宗教信仰传统中更是意味着其第二个千年的结束和第三个千年的降临，新的世纪和千纪是其百年一遇和千载一逢的相交，因而是人类历史发展上值得珍视的时机，并有着极为独特的意义。在这一历史时期，我们加强对基督宗教思想文化发展的研究，亦更显示出其必要性和重要性。

为了有系统、有组织地开展相关学术活动，对两千年来基督宗教思想文化发展所达到的深度、广度及其对当今世界的回应加以研究、概括和总结，中国社会科学院成立了基督教研究中心（亦称"基督宗教研究中心"），并设立了《基督宗教研究》这一学术研究论丛。在此提及的"基督教"或"基督宗教"乃包括天主教、东正教、新教在内的广义的基督教。基督宗教（Christianity）之习称，迄今在中国学术界仍通用，常见于各种学术著作、论文以及报刊杂志和新闻媒体。然而，中国学术界用以表述马丁·路德等人推行宗教改革而形成的"新教"或"基督新教"（Protestantism，直译"抗议宗"或"抗罗宗"）之称谓并不被中国基督教会所普遍认可，在历史上亦有"基督教"、"耶稣教"、"更正教"之名。在当代中国，若提到"基督教"，中国教会则认为是指来源于 Protestantism 的教派。这样，中文表述的"基督教"在中国大陆乃具有广义的基督宗教（Christianity）和特指之基督新教（Protestantism）这两层不同的含义，由此在运用上引起的混淆和误解一直没有得以解决。基于上述考虑，我们在此需要说明，我们研究中心和这一研究论丛所论及的"基督宗教"或"基督教"一般乃指广义的，涵盖其三大教派。

《基督宗教研究》包括"研究概况"、"研究机构"、"研究文集"、"研究资料"、"人物评传"、"文化精神"、"基本知识"、"学术动态"、"书评书讯"等栏目，以推出相关领域的研究成果，介绍其学术发展情况和信息，加强海内外学术联系和交流。

宗教理解和宗教研究是我国世纪之交方兴未艾的学术事业，基督宗教的理解和研究是其重要组成部分，而且在中外思想文化比较、交流之研究中有其独特的意义。在我国改革开放的形势下，在世界"全球化"的进程中，这一研究有着广远的前景。《基督宗教研究》论丛的推出，标志着我们开展国内外基督宗教研究学术活动的一个新起点，也为这一研究领域的学界同仁切磋学术、展开争鸣、交流信息提供了一个开放性学术园地。尽管学术之路并非坦途，基督宗教研究的难度较大，我们会努力开拓、锲而不舍。为此，我们热切地欢迎海内外学者和各界朋友大力支持、积极参与。

2.《基督宗教研究》(第二辑)前言

基督宗教的研究在当代中国已进入了一个全新时期。从事这一研究的学者已越来越多,人们对这一领域的兴趣亦越来越浓。然而,万事开头难,基督宗教的研究在中国内地重新展开亦不可能一帆风顺,它自然有其难度和敏感性。由于大陆学界长期与外界隔绝,不同思想文化的冲突和意识形态上的对抗在宗教研究上的必然反映,对基督宗教的当代研究亦呈现为多元、复杂之态。中国当代正经历着世纪和千纪之交的历史进程,正面对着自身社会的转型和变革。在这种历史处境和社会氛围中,中国当代所出现的基督宗教研究及其发展走势就显得具有独特意义、并引人注目。这种研究在思想沟通和文化交流上不仅代表着对过去的突破,亦展示出对未来的预见。

为了促进和加强中国当代方兴未艾的基督宗教研究,中国社会科学院基督教研究中心在海内外有关机构和各界朋友的大力支持下,于1999年11月15日至18日在北京"温特莱酒店"组织召开了"中国当代基督宗教研究"学术研讨会。这次会议邀请了40多位正式代表,还有不少朋友与会观察和旁听,积极参与了会议的讨论和交流。大会收到了32篇论文,学者们将这些论文分为九个专题进行发言和讨论。会议自始至终处于一种对话、讨论、倾听、宽容的气氛中,在相互平等的基础上自由研讨,以求彼此之间的学术沟通和思想理解,因而获得了较大成功。

从这次研讨会邀请的代表和选择的论题来看,它可以说是对中国当代基督宗教研究状况的一次全方位、多层次展示。一方面,其所请代表涵盖较广,反映了中国当代基督宗教研究队伍的基本情况和未来潜力。这些代表体现出如下一些特色:首先,他们包括学有专长、自中国改革开放以来在中国内地基督宗教研究上起过开创作用的学者。例如，中国社会科学院世界宗教研究所是中国内地从事宗教研究历史最久、迄今为止研究整体规模最大的学术机构，有着一批最早从事宗教学系统研究的博士、硕士，且多有在海外大学宗教学系、神学系和哲学系以及相关研究中心受过系统教育或学术培训的经历。这些学者构成了本次研讨会的重要阵容。除了中国社会科学院世界宗教研究所的学者之外，会议还邀请了中国内地从事基督宗教研究各主要学术机构的代表，包括北京、上海、福建、浙江、山东、湖北、陕西等专业研究机构和高等院校相关系所或中心的学者，如北京大学宗教学系、中国人民大学基督教文化研究所、上海社会科学院宗教研究所、复旦大学基督教研究中心、福建师大宗教文化研究所、浙江大学基督教研究中心、山东大学宗教研究所、华中师大中国教会大学史研究中心、陕西师大基督教文化研究所等机构的代表，这些专业机构的学者在中国当代基督宗教研究上亦多有开拓、卓有成就。其次，他们包括从比较学科或边缘学科切入基督宗教研究的学者，这些学者既学有专攻，又逐渐将其研究重心移到基督宗教的探讨上，其特点是以自己的学术专长和从比较研究的角度来展开跨学科探究及对话，从而为这一研究提供了厚重的学术积淀和广远的文化视域。例如，来自北京师大、北京外国语大学、北京联合大学、中国艺术研究院、北京石油大学、上海社会科学院历史研究所、华东师大、武汉大学、湖北大学、湖北襄樊学院、河南大学、西南民族学院等机构的学者，亦从各自不同的研究领域所积累的经验及摸索出的方法来立论阐发，为会议吹入了一股清新之风。其中不少学者已在中国基督宗教研究领域脱颖而出，为学界所瞩目。其三，他们包括中国内地政府有关部门的学者，这些学者的出席给与会代表了解中国内地有关宗教的政策法规、中国主流意识形态对基督宗教的认识和对话等方面的情况及进展提供了机会，使对话与沟通的空间得以扩大。其四，他们包括来自中国内地基督教会的学者及相关人员。中国基督教两会、燕京神学院、北京基督教海淀教会、中国天主教爱国会、北京天主教上智编译馆等教会机构所派学者及朋友的与会，使这次会议真正体现了"普世"对话的意义，为教内外学者的相互接触以及双方思想、精神、生活、学识上的沟通提供了方便，积累了经验。通过大会发言及讨论，中国教会学者对中国内地教外学者从事基督宗教研究的动机、立场、兴趣、范围、程度及意义获得了初步了解，而教外学者则对基督宗教的信仰生活、灵性体验和本真精神有所体察和领悟。这种双向接触和理解在中国内地目前社会发展状况中乃有其独特意义。最后，他们包括来自香港特区以及海外有关基督教机构的学者。这些学者作为发言者或观察员与会，从而为会议提供了范围更广、意义更大的比较与对话。例如，来自香港浸会大学宗教及哲学系、香港中文大学宗教系、香港建道神学院和香港汉语基督教文化研究所的学者，以及在京访问和进修的加拿大、英国和奥地利学者，在了解目前中国内地基督宗教研究概况的同时，亦为大陆学者展示了这一研究领域上的不同审视、立意及方法，从而使我们获得了新的景观，有了新的思虑和体会。当然，代表不同方面的与会学者在带来其研究上之多元领域和兴趣的同时，也带来了其认知上和学识上的参差不齐。基督宗教研究在海外以基督教会本身的神学家为主，而中国内地学者中严格意义上的神学家则如凤毛麟角，尚不成气候。因此，教外学者对基督宗教的关注和研究，遂成为中国内地一道极为独特的风景线。不可否认，其研究自有幼稚和错谬之处，有些人对宗教本身之理解亦尚不成熟或颇成问题。然而，教内学者或海外学者在观察研究这一现象并提出某些批评时，对之亦应有自己的深刻反思和反省。会议组织者邀请的代表以中青年学者为主，这本身既是一种冒险，也是为这一研究的未来发展播撒希望之种。应该说，在中国内地尚为数不多的全国性基督宗教研究学术研讨会中，与会代表的涵盖面越广、层次越丰富，对这一学科的发展就会越有影响、越有希望。

另一方面，这次研讨会的论题亦有较广的涉及面。其研讨的范围大体上可分为世界与中国这两大块，其关注的重点则包括神学思想、比较对话和历史研究这三个方面。由于迄今尚未建立起严格意义上的中国神学体系，因而神学讨论多以西方神学为主，其中形而上和思辨的味道亦很浓。在历史研究上，研讨会则以基督宗教在中国的历史发展及现今历史为主，其中自然会触及政治、思想、文化和信仰上的碰撞、对话、交流及会通。因此，这些研讨也有着如下一些特点：首先，基督宗教思想理论的研究成为会议研讨的焦点之一。学者们围绕基督宗教的神学体系、其思想代表以及其认知进路和研究方法展开了激烈讨论。神学是教会的思考，反映了教会的思想活动及其达到的精神境界。神学研究从某种意义上讲乃在教会生活中起着核心和灵魂作用，而其本身对于教内外学者来说则充分展示了理论思考的重要性和必要性，这在信仰中亦不例外。仅此意义而言，中国当代学者对基督宗教神学的分析研究就有其存在价值和发展前途，这对当今中国神学的建设亦是重要积淀和有益借鉴。研讨会涉及这一领域的论题包括理性与信仰的关系、自然在神学中的地位、黑格尔对基督教教义的精神化阐释、论上帝的超越、从麦奎利的人生观看基督教与人的生存、巴特对自然神学否定的知识论意义、论创造与救赎、梵二会议天主教会的自我认识及其影响、当代天主教"希望神学"、解放神学以及俄罗斯正教中弗洛罗夫斯基的新教父综合神学等。学者们的讨论仁者见仁、智者见智，呈现出见解的多元和观点的不同，但哲学上的思辨和方法论上的诘难亦显得颇为突出。其次，比较与对话也是这次研讨会上的一大主题。当今人类思想及文化的多元发展与"全球化"趋势下人际关系的拉近及距离感的消失，使跨文化对话的意义得以凸显。对话以比较为前提，比较则是多元思想文化进行沟通、寻求理解的第一步。求同乃基于存异，有异才有比较、才有对话的必要。因此，对话必须比较彼此之异，必须对"异"持倾听、了解之态，否则在我们当今"变小"的世界中仍只有"共在的独白"而无彼此沟通和相互对话。不同思想文化之间要想达到和平共处，就应避免碰撞和对抗，提倡相互尊重、理解、吸收和借鉴，从而为未来的会通和共融提供可能。若要维系地球村的存在和安宁，有效之途也只能是对话、宽容，在对话中求得不同思想文化的互识、互补和互证，找到共同存在所必需的最低准则和共同认可并遵守的基点或规范。在与基督宗教相关的比较与对话中，人们正在努力创造其对话语境、找寻其理想话语。这次研讨会对之亦有初步探讨，其论及的话题包括基督教视域中的"一体化"与"全球化"问题、关于排他论和多元论对谈的回应、论普世性对话神学以及基督教与犹太教对话中的神学问题等。当然，真正的对话绝非易事，研讨会希望以此来推动从独白到对话的重要起步。最后，历史研究在这次研讨会上受到了普遍关注。一切历史在学术意义上都是现代史，它离不开"现今"的阐释和解读，总被赋予某些超越历史本身的意义。由此可见，历史学科所寻求的不仅仅是历史之"还原"，而且有诠释中的"创新"。研讨会对基督宗教历史的探究大体包括其社会政治和思想文化这两个主要层面，其中涉及西方社会历史的论题有魁北克罗马天主教会对魁北克民族主义的态度，涉及《圣经》历史的论题有探索历史的耶稣、《约伯记》研究，以及对中国著名学者、《圣经》及基督教文学专家朱维之先生的研究等；而涉及中国基督宗教历史的论题在整个研讨会中则占了很大比重，这些探讨既注重对资料的发掘和史实的还原，又强调其纵横比较和方法论上的创新，其论题包括中国基督宗教研究的现代处境、中国宗教之历史特点及基督教在华发展、景经《一神论》之"魂魄"观研究、中国基督教自立运动、中国天主教本地化历程、明清基督教与中国思想的驳难、明清之际天主教在长江三角洲的传播、利玛窦"汉化"倾向研究、罗明坚及西方汉学发展研究、教会大学史与当代中国基督宗教文化、燕京大学宗教学院与金陵神学院比较研究、福建基督教史、台湾天主教会对大陆教会态度研究等。历史研究突出资料掌握，思想研究则突出思辨精神，二者在研讨会上虽对照鲜明，却也相映成趣，留给人们种种启迪、借鉴和遐思……

由于会议时间较短，与会者仅就上述论文的某一要点进行了阐述和讨论，未能使论文本身得以充分展示；加之提交论文者一般乃携带论文与会，故会议组织者无法在会前将论文印发给大家。这样，会议论文的出版就成为大家所关心的事情。为了使更多的人能分享这次研讨会的成果、关心中国当代基督宗教的研究，我们在此将《基督宗教研究》（第二辑）作为"中国当代基督宗教研究"学术研讨会论文专集出版发行。此辑所收集的论文乃代表着相关作者各自的学术观点和立场。编者本着"百花齐放，百家争鸣"的学术原则，对所收论文仅做了极少量编辑上和文字上的处理，基本上保持了其论文原貌和学术风格。我们编辑这一论文专集的立意是求对话和沟通，而无意追求学术观点、水准上的"一律"或"完美"。学无止境，我们的这一尝试仅是一个起步，因而欢迎越来越多的朋友来参加我们的对话和研讨。

3. 《基督宗教研究》(第三辑)前言

21 世纪的来临标志着一个新的世纪和千纪的开始。新的世纪是一个"全球化"的世纪，人们从谈论、实践"经济全球化"而预感到信息全球化、法律全球化、乃至政治全球化时代的到来。新的世纪也是一个"创新"的世纪，人们在经历和体会到知识创新、观念创新、理论创新、科技创新及体制创新的变化、发展。在"全球化"趋势和"创新"意识这一现实处境中，基督宗教作为当今世界上人数最多、影响最大的宗教会怎样迈入新世纪、迎接新时代，这一问题乃格外引人注目。

关于宗教在 21 世纪的命运，人们有着种种猜测和预言。在不少人担心当代社会世俗化的浪潮会冲垮或吞没宗教这一人类传统思想文化的堤岸和积淀时，马尔洛（Andre Malraux）却发出了"21 世纪或者会是宗教的世纪，或者它根本就不会来临"这一惊世名言。的确，人类宗教发展的惯性仍然很大，宗教的影响并不因世俗化的进程而根本减弱。在当今世界 60 亿人口之中，信奉各种宗教的人仍然占了 48 亿，为世界总人口的 81% 之多。而在这占人类大多数的宗教信徒之中，基督徒就有约 20 亿，充分显示了其存在实力和全球发展。从宗教的这一存在现状来看，可以说宗教信仰仍然是人类精神世界和精神生活中的最重要领域之一。

为了在这世纪之交、千纪之遇回顾基督宗教在过去历史长河中的发展变迁，探讨其在 21 世纪及未来千纪的可能趋势和走向，中国社会科学院基督宗教研究中心于 2000 年 9 月 18 日至 21 日在北京"哈德门饭店"组织召开了"基督宗教与 21 世纪"学术研讨会。这次会议得到了中国学者的积极响应和大力支持，与会正式代表和观察员总人数达 60 余人，其中包括来自中国社会科学院世界宗教研究所、北京大学、清华大学、中国人民大学、中央统战部、国家宗教事务局宗教文化出版社、中国科学院自然科学史研究所、北京外国语大学、上海社会科学院宗教研究所、上海华东师大、浙江大学、河南大学、陕西师大、陕西汉中师院、福建师大、湖北大学、华中师大、武汉大学、湖北襄樊学院、四川大学、暨南大学、山西大学、东北师大、黑龙江大学、河北省社会科学院哲学研究所、中国天主教爱国会、北京天主教上智编译馆、上海天主教光启社、河北天主教信德社、北京基督教缸瓦市教堂、海淀教堂和燕京神学院等单位的专家、学者。此外，正在京访问和讲学的一些港台学者亦与会听会，包括香港浸会大学、香港中文大学、香港汉语基督教文化研究所、香港建道神学院、台湾中原大学和辅仁大学的教授。另有一些正在中国访问、研究进修的外国学者和海外华人学者与会，如奥地利学者和英国伯明翰大学的访问学者等。因此，这次会议包括了从事基督宗教研究的各方面人士，有其学术层面的广泛性和典型代表意义。

与会代表围绕基督宗教在 21 世纪的命运和可能面临的挑战，基督宗教神学和哲学的发展变迁，基督宗教与社会、民族、政治的关系，基督宗教在中国的历史与现状等议题展开了发言和讨论。与会代表提交的论文包括"启示：21 世纪基督宗教的挑战"、"'信仰回归'的 21 世纪？——关于'基督信仰'的反思"、"新世纪中的宗教对话、教会发展和中外教会交流刍议"、"21 世纪基督宗教发展初探"、"基督教生死学刍议"、"作为德福相配理念的上帝——康德理性宗教的现代意义"、"基督教与后现代的自我观"、"成为'人神'——世纪之交基督宗教面临的机遇和挑战"、"民族主义与基督教"、"上帝：体悟美国文化的钥匙"、"基督宗教与 21 世纪的社会伦理"、"21 世纪的基督宗教与中华文化"、"对 21 世纪中国基督教与中国社会进程之关系的几点思考"、"21 世纪：基督教与中国文化的融合"、"从宗教比较看基督教在中国的发展特点"、"中国基督宗教如何面向新世纪"、"新世纪对中国教会的挑战"、"顺治时期天主教在中国的传播与发展"、"浙江经济发达地区农村教徒和教会研究"、"基督宗教的对话与合一"、"三位一体与教会和社会中的人"、"当代神学中的'人'"、"神学美学的可能性"、"圣经文学研究：世纪之交的回顾与展望"、"从弥撒礼拜看基督教礼仪的衍变"、"从 20 世纪初中国教会人士的反思看对 21 世纪中国天主教的启示"、"闽台基督教研究"、"基督宗教与中国 21 世纪思想的转折"、"从社会阶层看当代中国基督教的发展"、"21 世纪中国基督教会所面临的重大挑战与发展机遇"、"从二十年代基督教本土化所受佛教的影响看中国基督宗教的未来发展"、"利玛窦反佛思想与'世界'地图名称"等内容。

为了扩大和深入对这些论题的讨论,我们从中选出一批论文汇编成册,在此以《基督宗教研究》（第三辑）作为"基督宗教与 21 世纪"学术研讨会论文集出版。应该指出的是,这些论文的观点或看法并不代表我们的意见,我们在此仅提供一个学术平台,旨在以开放、客观之态推出这些研究成果和学术见解来供大家对这一课题展开讨论、商榷和交流,促进我们的学术研究和沟通。因此,它在严格意义上只是反映了我们学术研究之过程,而并非最终之结果。但其营造的开明、开放之学术探讨气氛,却是积极的、富有意义的。这次研讨会的召开及其论文集的出版,得到了德国米索尔基金会和其他有关朋友的资助和支持,在此亦表示我们的诚挚谢意！

4. 《基督宗教研究》(第四辑)前言

　　在跨越世纪和千纪的当代学术研究中，一种全球视域和开放眼界极为重要。随着人类社会"全球化"的发展趋势，随着信息网络的无处不在，具有世界眼光和创新思维的中国当代学人亦正在成长和走向成熟。尤其在当代中国的基督宗教研究中，正在形成这种具有开创精神的年轻学者群，为这一领域的研究带来了希望和美好前景。基督宗教是当前人数最多、影响最大的世界宗教，对之展开研究极为必要和重要；而要达到一种深入、系统的研究，真正了解和把握基督宗教的本质和全貌，则不能闭门造车，不能停留在以往的经验或结论上，更不能以想当然的态度来作出似是而非的立论。这里，我们需要一种现代意义上的开放性研究，一种能够走出去、钻进去的深入研究。

　　在中国改革开放的二十多年发展中，不少中国学者走出国门、负笈海外，成为浪迹天涯的莘莘学子。其中亦有不少人选择了基督宗教研究。更为难能可贵的是，这批研究基督宗教的青年学子中有不少人以崇高的境界和超越自我的意识选择了回国创业之路，从而为当代中国的宗教研究增添了一道亮丽的风景线。这些学者或是在科研园地辛勤耕耘，或是在高等院校为人师表。若无他们的努力和贡献，中国当代基督宗教研究则不可能取得今天这种令人瞩目的发展和成就。

　　为了在中国基督宗教研究这一领域中建立起当代学人的学术联系和友谊，中国社会科学院基督教研究中心与加拿大维真学院中国研究部共同合作，于 2000 年 11 月 9 日至 12 日在北京"崇文门饭店"组织召开了"中国当代学人基督宗教研究"学术研讨会。与会代表多为曾在海外留学、进修宗教学、特别是基督宗教研究专业的中国中青年学者。这次会议共有 60

多位学者参加，收到近 30 篇学术论文。学者们根据这些论文分八个专题进行发言和讨论，达到了学术交流、相互了解的良好效果。

这次学术会议的论题大体涵盖对基督宗教的思想理论和历史发展这两大领域的研究，包括基督宗教神学和宗教哲学、基督宗教伦理、宗教精神生活、神学与哲学或文学之比较、基督宗教的本土化和本色化、中国基督宗教历史、基督宗教研究中的文化视野和方法论等层面。其中涉及的议题有以奥古斯丁对古希腊罗马文化的批判与吸收为例看信仰对文化的改造、基督教理性化的起因与结果，宗教多元论与基督教个殊论之关系、希克多元论假说的乌托邦性质分析、宗教的世俗化与世俗化的宗教、当代基督教人学观念的重构、保罗的神学人类学、康德"神的存在"之道德公设、康德伦理—宗教学的现代性、海德格尔思想中的神学之维、莱维纳斯的上帝观、蒂利希的"爱的存在论"、尼布尔论第一律令与第二律令、路德与克尔凯郭尔思想比较、别尔嘉耶夫的神学思想、中世纪基督教道德的演化、基督教伦理与当代社会、宗教经验与宗教真理、中世纪欧洲文学研究及神学美学问题、圣经与英语教学、基督教本土化的两种文化视野、中国基督教本色化运动、早期拜上帝会作为"本色教会"之尝试、台湾新士林哲学及中国的基督宗教人文主义、上海和长江城市基督教的发展、近代潮汕地区基督教传播问题研究、基督教的"边疆服务"、澳门的中国天主教史研究、当代中国基督教走向学理化的努力、基督教与韩国独立运动，等等。

参加这次会议的代表包括中国社会科学院世界宗教研究所、上海社会科学院历史研究所、北京大学、清华大学、中国人民大学、中央民族大学、北京师范大学、北京外国语大学、北京联合大学、北京石油大学、复旦大学、华东师范大学、浙江大学、武汉大学、福建师范大学、中山大学、海南大学、陕西师范大学、四川师范大学、广东韩山师范学院、青岛大学等单位的中青年学者和博士研究生，其中有些学者为近年来在中国基督宗教研究学术领域初露头角的后起之秀，有些学者正在撰写博士论文，他们朝气蓬勃，有着巨大的学术发展潜力。

为了更好、更广泛地交流这次学术研讨会的成果，我们选编了相关论文收入《基督宗教研究》（第四辑），将之作为"中国当代学人基督宗教研究"学术研讨会论文集出版发行。应该指出，这些论文的观点乃代表作者自己的学术见解和心得，然而其涉及的焦点、难点或达到的突破亦可为我们就相关论题进一步展开研究和探讨提供新的空间或起点。这次研讨会的召开和会议论文集的出版得到了美国亚洲基督教高等教育联合董事会（United Board for Christian Higher Education in Asia）的资助，谨在此表示我们的衷心感谢！

5. 《基督宗教研究》(第五辑)前言

在基督宗教思想从中世纪往近现代的过渡中，曾出现过意味深长的"人学"转向，即从"神本"的视角转为从"人本"的视角来探究基督宗教信仰，对人的本性与命运加以更多的关注。基督宗教的"人学"涵盖较广，涉及基督宗教的神学人类学、人格主义、人文主义和人生哲学等方面，旨在从其信仰的认知来回答"人是什么"这一永恒问题。在现代社会中，"人"的问题非常突出，而基督宗教对人的理解和阐释作为一个重要方面，理应纳入我们的研究视域。

为了深化对"基督宗教人学"的了解和研究，中国社会科学院基督教研究中心与加拿大维真学院中国研究部再次合作，于 2001 年 10 月 26 日至 29 日在北京"和平里大酒店"组织举办了"基督宗教人学研究"学术研讨会。这次会议共约 80 位学者参加，收到近 50 篇学术论文。研讨会上请许志伟博士和何光沪博士就"基督宗教人学"作了主题发言，许博士关于"人性、现代科学与基督的道成肉身"论题和何博士关于"人性的生存表现——再论基督教哲学与中国宗教哲学的人性论之相通"论题，引起了与会者的积极回应和深入讨论。

会议根据与会代表提交的论文，将会议发言分为"思想研究"和"历史研究"这两大论坛，每一论坛各有四组发言，并为与会的香港特区学者安排了一组特邀发言。其中"思想研究"论坛的四组包括"宗教多元、宗教对话与宗教哲学"、"基督宗教的人学"、"神学、人学、人文学"以及"人学、圣经学与中国思想"这四大议题，涉及宗教对话的层次性、基本中介与普遍模式；宗教相遇、宗教多元论与人的成长；雷蒙·潘尼卡的宗教多元哲学；自我的分裂与信仰私人化的发展；价值存在的二难：基督宗教视野中的人；自由的存在与感恩——马克思人观与基督宗教人观的比较；中世纪基督教文化的灵肉关系问题；爱上帝还是爱邻人——论基督宗教的爱的诫命；东正教神学中的人学研究；贝拉和特雷西的神学研究对人文学的参考价值；末世论：人性问题的解决；现代汉语哲学中人学的超越维度；德尔图良生死观析论；从自我的封闭与敞开看道德理想主义与基督教信仰的区别；吴雷川的耶稣人格观；明末清初中国天主教关于人性善恶问题的讨论；角色的历程：从出发到回归——对圣经旧约智慧文献的一种解读；回归文学：圣经叙事学的兴起等内容。此外，来自香港特区的学者亦论及从基督宗教人学反思中国文化中的理想人格，"人算什么"——希伯来圣经中神、人、世界之关系；人作为上帝形象的知识论意义；于神与魔之间：基督教人性理论与9·11惨剧等问题。"历史研究"论坛则主要反映各界学者近年来在基督宗教历史发展研究上取得的成果或最新进展，其四组议题分别为"古代景教、天主教"、"明清天主教与中西文化交流"、"近代天主教与新教"以及"中国教会与世界教会：历史与现状"，涉及的内容包括周至大秦寺新考；中国叙利亚文景教碑铭和文献的发现；北京地区景教遗址的现状与保护；日本早期耶稣会史的研究现状及其与中国的一般关系；近十年来中国明清天主教史研究；明末清初传教士对中国文明的杰出贡献；明清在北京任职的耶稣会士接受俸禄研究——兼评耶稣会士的伦理价值观；关于"杨光先教案"期间扣押在广州的传教士活动考察；天主教传教士致清朝地方官的几封信件；马若瑟《中国文法要略》初探；福建教会契约文书研究；本土教会运动与土生土长教派；内地会与中华全国基督教协进会；从《万国公报》看自然神学在近代中国的传播；早期来华新教传教士与近代中外文期刊；圣俗之间：早期基督徒的道德窘境（以潮汕为例）；湖北基督教现状；当代基督教女性主义运动的发展变化及其原因初探；天主教在20世纪美国社会政治生活中的作用等。在编辑出版时，为了使各位学者的研究论文主题更为鲜明，更加集中，我们将其分为五大部分：主题发言，基督宗教思想研究，宗教理论研究，中国基督宗教研究，世界基督宗教研究。

　　这次会议再次得到各界朋友的积极响应和大力支持，与会学者分别来自中国社会科学院世界宗教研究所、北京大学、中国人民大学、清华大学、中央民族大学、北京外国语大学、北京师范大学、北京石油大学、北京石刻艺术博物馆、宗教文化出版社、商务印书馆、上海复旦大学、上海社会科学院宗教研究所、上海三联书店、浙江大学、南京大学、福建师范大学、黑龙江大学、东北师范大学、山东师范大学、新疆大学、陕西师范大学、陕西省西安市周至县楼关大秦寺文管所、武汉大学、华中师范大学、湖北大学、湖北襄樊学院、中南神学院、河北省社会科学院哲学所、河南大学、广东暨南大学、广东潮州韩山师范学院、中山大学等单位，亦有香港特区来内地访问讲学的专家学者，包括来自香港浸会大学、香港中文大学、香港汉语基督教文化研究所的教授等。此外，一些正在中国从事学术研究和教学的美国、德国、英国、加拿大、奥地利、芬兰、韩国等国学者及海外华人学者亦出席了会议。各界代表的与会活跃了会议的学术气氛，有力推动了基督宗教研究上的学术交流。

为了更好、更深入地交流这次学术研讨会的成果，我们从提交会议的近 50 篇论文中选编了部分论文，并请论文作者根据会议讨论的情况对其论文进行了修改、补充和完善，其中一些论文在题目及内容上亦有较大变动。我们将这些论文收入《基督宗教研究》（第五辑），作为"基督宗教人学研究"学术研讨会论文集出版发行。这些论文乃代表作者自己的学术观点，旨在促进学术沟通与理解，以求同存异或和而不同为旨归。这次研究会的召开得到了美国亚洲基督教高等教育联合董事会（United Board for Christian Higher Education in Asia）的大力支持和资助，亦获得德国汉诺威路德宗联合教（VELKD，Hannover）的部分资助，美国亚联董还为会议论文集的出版提供了资助。对此，我们深表感谢！

2002 年 8 月

6. 《基督宗教研究》(第六辑) 前言

　　基督宗教作为一种在人类历史中有着久远存在的宗教，既经历了历史的流变，亦体会到自身的流变和演进。在当代社会的流变中，基督宗教的存在与发展显然已离不开一种"世俗化"的处境，它必须面对世俗化的提问，回应世俗化的挑战。为了分析基督宗教在现代世俗化氛围中的生存状况和方式，探究其在神圣与世俗之间的信仰选择，中国社会科学院基督教研究中心与加拿大维真学院中国研究部又一次合作，于 2002 年 12 月 16 日至 19 日在北京艾维克酒店组织举办了"世俗化处境中的基督宗教"学术研讨会。

　　这次研讨会受到学界同仁们的高度关注和积极参与，正式应邀和闻讯赶来与会的学者约 90 人之多，会议组织者共收到了 40 多篇论文。大家畅所欲言，围绕"基督宗教与世俗化"这一主题展开了热烈的讨论。从发言的论题和与会者提交的论文来看，学者们对世俗化影响基督宗教、基督宗教在这种处境和语境中的适应及回应的研究既有广度，亦有深度。从宏观整体的研究角度，与会者发言的论题涉及"现代性与世俗性——基督教对于中国现代化的双重意义"、"从纽曼看世俗化处境中的基督宗教"、"世俗化处境中的人与上帝"、"基督宗教的历史世俗性"、"宗教人本主义、世俗人本主义与基督教人本主义"、"当代神学世俗转向的认知意义"、"论希望神学对世俗化处境的应对与超越"、"世俗社会的道德/素质教育：基督教伦理可以有贡献吗?"、"价值共识、道德的保守性和宗教传统"、"世俗化背景下的俄国宗教哲学"、"自然的世俗化与神圣化"、"基督教的灵智传统与世俗化"、"世俗化与圣经研究"、"从中国教会大学看世俗化处境中的基督宗教"等方面。从微观个案的研究视域，相关论题则有"'罪的概念的世俗化'：从当代北美酗酒治疗谈起"、"宗教与社区：香港教会及其社会服务的历史经验与反思"、"英华书院：要踏上世俗化之路吗？"、"在传统与世俗之间——对世俗化处境下磨盘山基督徒的考察"、"世俗化处境中的河北基督宗教"、"家庭教会及其世俗的政治秘密"等。

为了保持我们这种研讨会广泛交流的传统，也有一些学者就自己最近的研究情况及成果作了发言或提交了论文。其中较为集中的发言包括基督教与文学的关系，如"论新时期小说中的基督教的世俗化色彩"、"美国文学中基督教传统的连续性"、"现世中可否窥见天堂——读 C. S. 刘易斯《天渊之别》"、"《荒原》与拯救"等。此外，这次会议还涉及基督宗教研究的多个议题，如圣经研究方面有"亚洲处境中的圣经诠释"、"福音书中的修辞艺术"，神学研究方面有"基督宗教、马克思主义和'历史终极'——以解放神学为例的历史分析"、"'启蒙'观的变迁与神学在当代的应变"、"涕泣之谷的外在秩序与奥古斯丁的服从"、"论三位一体思想论争的古希腊本体论根源"、"圣灵的位格和作为"、"灵魂不朽还是肉身复活"，基督宗教与社会研究方面有"基督教与资本主义：研究与审视"、"基督教与近代南洋华人社会"、"美国宗教多元化问题"、"20 世纪前半期中国基督教和平主义运动思潮"、"美国学生志愿海外传教运动与中国基督教青年会"，基督宗教在华历史研究方面有"从清代档案看乾隆年间的天主教"、"梵蒂冈图书馆藏白晋读易经文献初探"，其他研究还有"当代伦理的重构——'回到苏格拉底'"、"基督宗教与儒教中的人性尊严"、"现代性之犹太教问题"、"走向一种整合的宗教对话"等。

这些发言及论文扩大了我们的观察视域，深化了我们的专题研究。为了使这次学术研讨会的成果有更广范围的交流，我们从提交的论文中选编了部分论文，收入《基督宗教研究》（第六辑），作为"世俗化处境中的基督宗教"学术研讨会论文集出版发行。这些论文反映了作者自己的研究视角和学术观点，旨在"百家争鸣、百花齐放"的学术意向。这次研讨会的召开及论文集的出版得到了美国亚洲基督教高等教育联合董事会（United Board for Christian Higher Education in Asia）和德国汉堡北易北河地区教会世界服务中心（NMZ，Hamburg）的友好支持和资助，特此表示我们的衷心感谢！

7. 《基督宗教研究》(第七辑) 前言

在"全球化"发展的当代潮流中,"地域化"的要求也日趋强烈,由此形成了二者的张力与共构。这样,人们开始关注"全球地域化"的问题,并探讨这一处境与基督宗教的关联。为了较为广泛深入地研究这一问题,中国社会科学院基督教研究中心与加拿大维真学院中国研究部再次合作,于 2003 年 12 月 4 日至 7 日在北京好苑建国商务酒店组织召开了"全球地域化与中国基督宗教"学术研讨会。

与往年一样,这次研讨会得到学界朋友们的热烈响应,不少资深学者在百忙之中抽出时间与会并发表论文,中青年学者更是踊跃参加。而与往年不同的是,许多仍在校攻读博士、硕士学位的研究生亦积极与会,并且在会上发表论文,与学界同仁分享其学习心得。这样,应邀与会和前来听会的学者人数达到 110 多人,会议组织者共收到了 60 多篇学术论文。这次会议除了突出"全球地域化与基督宗教"这一主题之外,亦让学者们畅所欲言,就其研究或感兴趣的议题发表见解、展开讨论,从而保持了我们这种学术会议开放、多元的特色,有着积极而宽松的学术气氛。

这次研讨会共分为十个专题讨论,包括"全球化、中国、基督宗教:背景与问题","全球化、中国、基督宗教:影响与回应"、"全球地域化与基督宗教神哲学"、"全球地域化中的基督宗教伦理与价值"、"全球地域化与宗教对话","全球化与地域化的共构及张力"、"全球地域化处境中的中国基督宗教"、"全球地域化视域中的生态、战争与和平问题"、"中国基督宗教发展的历史回顾"、"研究、教学信息与动态"等。

围绕这些专题向研讨会提交及发表的论文则包括"全球化与文明冲突"、"全球化与基督诸宗教"、"张力和国力——全球化时代文化冲突之反思"、"全球化处境下的基督宗教与社会和文化的关系"、"文明的冲突，或无知的冲突？"、"全球地域化与基督教一神信仰"、"中国基督宗教教义学在全球地域化语境中的新取向"、"全球化背景下中国基督教学术的问题意识"、"在全球地域化中继承中国与基督宗教传统"、"全球化对中国教会的影响和问题"、"中国基督教在全球化时代面临的挑战"、"先知性批判：基督教在中国全球化处境中的使命"、"基督教与中国的民族主义"；"寻求'全新思想图式'的努力——论基督宗教与世俗人文主义思维模式的关系"、"神学的公共性与当代神学的人文价值"、"园丁或是园主：一个基督教人学的观察"、"两种辩证法：黑格尔与克尔恺郭尔论自我"；"基督教和世界诸宗教之间的新关系"、"反对对话：宗教多元化时代遭到忽视的一个关键问题"、"马丁·布伯的相遇哲学及其对基督教的论述"、"多元论与身份：一对相互威胁的范畴"、"马克斯·舍勒的基督教共同体思想——兼论'协调时代'中的宗教对话"、"神学与人文学的对话如何可能？——从舍勒对尼采的价值论批评说起"、"后奥斯维辛时代生活是否可能？——布伯相遇神学简论"、"'我－你'关系和对话的责任"；"基督教生态经济学：从全球地域化观之"、"俄罗斯生态末世论的历史流变"、"从蒂利希的认知视域来反思当代中国生态危机"、"普世主义及其矛盾"、"正义战争论溯源"、"希腊化的不均衡性与基督教的多元性：全球地域化以环地中海文明之整合为例"、"道教中的身体信仰与上帝信仰的弃绝性"；"宗教哲学的学科性质"、"个人的沉沦与拯救——尼布尔的救赎论"、"由一个对宗教本质的心理主义的解释想到的"；"全球化趋势中的家庭与基督教伦理"、"基督宗教的基本伦理关系"，"论基督信仰中'罪意识'的伦理意义"、"伦理之人与宗教的终结？"、"东亚社会转型中的价值资源"；"圣经与中国经典：全球地域化中的阐释学"、"当代诗学视域中的圣经人物"、"从《约伯记》与佛教《阿含经》看因果观"、"选择的正当性何在？——施特劳斯关于《创世纪》'生命树与智慧树'的阐释与论证"、"全球地域化的大学教育与基督宗教"、"震旦大学性质辨析"；"当代中国基督教发展透视"、"当代中国基督教的区域发展"、"基督宗教与现代化处境中的中国伦理团契——以周至教区乡民天主教徒信仰口述为个案"，"从现实的要求与历史的启示看中国基督宗教的发展前景"、"东正教在中国的传播问题"、"基督教新教在北京地区传播探析";"晚明至清中叶天主教善会述论"、"传教士对吴历奉教的影响"、"明末天主教徒韩霖与《守圉全书》"、"乡村宗族与地方教会的发展：闽东三村五论"、"传教士与中国现代化关系的嬗变——以赫士（Watson Hayes）为例"、"基督宗教在近代华北的传播与现代社会转型——以张伯苓与天津基督教青年会为例"、"文本与口述之间——YM-CA 干事口述访谈及口述史料在基督教研究中";"'诠释当代基督教：全球化进程与区域特征'国际学术研讨会之介绍"、"全球化还是地域化？——读《下一个基督王国：基督宗教全球化的来临》"、"河南大学圣经文学研究所的教学与研究"、"福建师大社会历史学院和宗教文化研究所的教学与科研情况"等。

为了使这些学术见解有更广范围的讨论，启迪更深入系统的研究，我们从中选编了部分论文，收入《基督宗教研究》（第七辑），作为"全球地域化与中国基督宗教"学术研讨会论文集出版发行。这些论文代表作者个人的学术见解和观点，仅供读者研究和参考。这次研讨会的召开及论文集的出版得到了美国亚洲基督教高等教育联合董事会的支持和资助，亦由中国社会科学院基督教研究中心和加拿大维真学院中国研究部筹措了部分会议经费和论文出版经费。对于各界朋友的热情支持和友好帮助，在此致以我们的诚挚谢意！

8. 《基督宗教研究》(第八辑)前言

在当代社会发展中,"公民社会"的意义及其作用已引起了人们的普遍关注。而基督宗教与公民社会的关系、当代发展中的"公民宗教"以及基督宗教中的"公共神学"等相关问题,也正在成为宗教学术研究、尤其是当代基督宗教研究中的热点话题。为了对这些问题有较深入的探讨和较广泛的交流,中国社会科学院基督教研究中心与加拿大维真学院中国研究部合作,于2004年12月9日至12日在北京渔阳饭店组织召开了"基督宗教与公民社会"学术研讨会。

这次会议得到了各界学者的大力支持,亦为青年学生的积极参与提供了机会。应邀与会和前来听会的学者人数超过120多人,会议组织者共收到60多篇学术论文或提纲。这些论文及大会发言既围绕"基督宗教与公民社会"这一主题,亦反映了一些与会学者自己的学术兴趣和研究课题,从而再次体现出我们这一学术"神仙会"百家共在、多元并存的开放特色。

为了涵括多种话题并突出会议主题,这次研讨会安排了十个专题讨论,其中有三场讨论专门围绕"基督宗教与公民社会"来展开,涉及其"基本理论"、"全球视野"和"生存空间"等层面;其他讨论则包括"基督宗教与中国社会"、"神学、圣经、团契与公民社会"、"比较研究及其现代意义"、"对话性理解与历史性回顾"、"基督宗教研究的回顾与反思"等。此外,会议还专门安排了两场"青年学生论坛",让来自各高校宗教研究专业的博士、硕士研究生宣读其研究论文,交流其学术收获。不少知名学者也对相关议题和论文进行了精彩点评或独到阐述。

在这次会议上,我们所收到的论文(或提要),以及在会上所安排的发言大体有如下论题："公民与社会：诚信、信托、信仰?"、"'后自由主义神学'之后——再思基督教在后现代语境中的'公共性'与'独一性'"、"基督宗教与公民社会"、"道德的人与不道德的社会：尼布尔的基督教现实主义"、"政教分离与公民社会"、"英国宗教改革与政治发展"、"英语国家民主化的宗教因素"、"加拿大宗教多元化"、"美国宗教团体的社会资本"、"19世纪下半叶德国关于基督宗教与公民社会的讨论"、"知识的统一性与神学的公共性"、"公民社会与自由民主：基督教社会伦理的反思"、"公共神学的形式与张力"、"基督教信仰与社区"、"试论基督徒和公共空间"、"基督宗教与经济伦理的当代建构"、"修正的市民社会与现代中国的政制正当性"、"本土的声音：中国社团改革、公民社会与基督教"、"20世纪初中国社会的变迁与基督教发展的互动关系"、"从实证研究看基督教与当代中国社会"、"城市教会对当代中国社会的意义"、"改革开放与公民社会：中国基督新教的内外需要"、"公民社会中的基督教神学：汉语基督教神学的类型学思考"、"基督教与现代普遍公民身份的起源"、"从《马太福音》五章13—16节的诠释看基督徒的公民责任"、"大道之行与太初有道——从儒家伦理与新约全书看公民社会精神"、"从《圣经》论社会中人的饥饿问题"、"圣经叙事文本中的叙述者浅识"、"霍布斯的神学政治论"、"中国基督教青年会与公民教育"、"文化转型中中国天主教的融入"、"洛克与黄宗羲的人观比较"、"论犹太教的信与行——兼与基督教比较"、"从'自然法'的角度看托马斯·阿奎那的社会学思想"、"俄国东正教会的社会观"、"自我作为绝对他者的建构物——法国新现象学的现象观及其奥古斯丁渊源初探"、"走向第二轴心时代的基督教神学话语"、"当代宗教对话模式检讨"、"从基督、基督教到基督性：基督宗教的一个新自我理解"、"美国传教士卢公明与晚清社会诚信问题"、"美国传教士与燕京大学"、"《博吉斯报告》（1617年度澳门耶稣会管区会计报告）及其相关问题"、"美国的'传教士汉学'形成及其特征"、"八年来海外汉学研究中心的基督宗教研究"、"现阶段中国学人基督教研究面临的老问题与新困惑"、"'中国大陆学术界的基督教研究'反思"等；青年学生论坛范围所包括的论文则有"从文本原创的高度公设性解读《圣经》的公理内涵"、"论基督徒的德性与公民的德性"、"神学理性的新形式——信仰与理性之争"、"基督信仰中的罪感、良知和救赎"、"公民社会的伦理建构：以基督宗教对生命伦理的关注为视角"、"公民社会面临的困境和基督教的应对"、"基督教的责任伦理学说与现代公民道德"、"神正论：为上帝辩护还是为罪恶辩护"、"基督教视域中的技术异化"、"利玛窦与明末西方宇宙观东渐"、"基督教大学与中学之链——华中大学教育学院个案研究"、"近代闽方言罗马字母出版与基督教会扫盲运动研究"、"基督教与农村社区生活——四川西充仙林教会的调查报告"等。

"公民社会"的发展反映了现代民主社会的进程，其理念和实践对于我们当今"和谐社会"的构建亦有借鉴意义。为了推动从宗教研究视域对"公民社会"的讨论，使人们更多地关注当代中国学术界对基督教的研究，我们从上述议题中选编了部分论文，收入《基督宗教研究》（第八辑），作为"基督宗教与公民社会"学术研讨会论文集出版发行。这些论文代表作者自己的学术见解和观点，仅供读者研究和参考。其中有些论文乃出自青年学者之手，为其从事学术研究、撰写专题论文的初次尝试，因而也希望大家能鼓励其学术参与的热情，宽容其尚显稚嫩之处。

这次研讨会的召开及论文集的出版得到了美国亚洲基督教高等教育联合董事会和香港汉语基督教文化研究所的支持及资助。中国社会科学院世界宗教研究所青年学者唐晓峰博士和沙湄博士积极参与了论文集的编辑工作。宗教文化出版社再次为论文集的顺利出版付出了努力。对于这一切支持和帮助，我们特表示衷心的感谢！

2005 年 8 月

9. 《基督宗教研究》(第九辑)前言

多文化共在与跨文化对话是当代人类发展的生动写照。面对多文化共在这一现实，人类顺利发展所依的不是各种文化之间的冲突和相互排斥，其真正出路只能是跨文化对话和由此达到的沟通、理解及彼此包容。基督宗教本身就是多种文化相遇和交融的产物，蕴涵着不同文化因素，保存有多种文明传统。尽管如此，这一宗教体系迄今仍面临着多文化发展所带来的新老问题和挑战，有着不断调整自我、适应外在形势的艰巨任务。因此，基督宗教与跨文化对话的关联，其在这种多元对话中的立场、态度、定位和取向，就成为大家关心的议题。为了从多元文化共存、交织的处境中探知基督宗教的选择和走向，中国社会科学院基督教研究中心与加拿大维真学院中国研究部合作，于 2005 年 12 月 7 日至 10 日在北京宝辰饭店举办了题为"基督宗教与跨文化对话"的学术研讨会。

这次会议以一种开放式的研讨组织了十个主题的发言。其中第一主题为宗教与跨文化对话的"基本理论"，发言的论题包括"跨文化对话的生态转向"、"宗教比较、宗教对话和跨文化的基督宗教——对跨文化对话理论的反思"、"史密斯之后：从宗教个殊论、宗教多元论到第二轴心时代"、"跨文化对话中的三种模式"、"从比较哲学到对话哲学：寻求跨宗教对话的内在平台"；第二主题为"宗教间比较与对话"，其论题有"宗教对话的目标、关键和语言"、"外邦基督信徒与犹太人在初期教会的相遇经验——以《罗马书》14 章 1 节至 15 章 13 节为例"、"约翰韦斯利'完全的爱'与龙树'大慈大悲'的跨文化对话"、"论巴尔塔萨的文化'多元主义'"、"智慧概念之嬗变：从古代犹太教到初期基督教"、"后殖民语境下基督教的跨文化环形之旅"；第三主题为"文化视域与思想比较"，讨论的专题涉及"人权的普世性与多元性——基督教角度的反思"、"理性神学的文化意义和时代意义——如何在跨文化语境中识读阿奎那五种证明的论证价值"、"《抱朴子》的精神观念及其科学文化功能——兼论它与《神学大全》的思想分际"、"人存在的自由与神恩之境——对比马克思与阿奎那关于人的哲学思考"、"浅说文化与宗教"、"论俄罗斯文化与东正教的关系";第四主题为"科学、哲学、律法及社会心理观",讨论的题目有"从上帝存在的本体论证明看思维与存在的同一性问题"、"论'不幸'在克尔恺郭尔自我概念构成中的作用"、"从'邪'情'私'欲到欲公情正:爱欲、认同/身份与上帝的言说"、"超自然的被创造的位格存在者——天使"、"圣经律法对性别的建构:一个女性主义的阅读与诠释"、"宗教心理学的三大传统和研究方法";第五主题为"思想史上的反思",涉及的论题包括"两种类型的辩证神学"、"一种面向现代问题的古代神学——尼斯的格列高利的神学人类学述介"、"卡帕多奇亚教父尼斯的格列高利论人的本性"、"赫尔德论基督宗教与民族宗教"、"从犹太教宗派到普世宗教:基督宗教与各种文化相遇的坎坷历史"、"适切性与独特性:从'近代西方神学和教会发展的脉络'看'二十一世纪初中国神学和教会发展策略'";第六主题为"基督宗教与儒家思想",相关论题有"天主教与儒家中的神秘主义"、"两种'生命的学问'——从比较研究方法看儒学与基督教'会通'之途径"、"基督教与儒学的身份教化","莱布尼茨与'礼仪之争'"、"借马之圣与骑驴之君"、"渴望永生与遵从上帝——儒家孝道与基督教孝敬父母诫命之本体论根源"、"'天生烝民'与'上帝造人'——思孟儒学与基督宗教的起源论"、"中西学案:明清之际王学与天主教关系重评";第七主题为"社会、文化处境化",其论题包括"跨文化视域中的当代中国基督论重构"、"分割与整合——教会组织与当代中国社会的同构性"、"基督宗教传统与中国文化传统的罪观"、"上帝与中国祖先的相遇——跨宗教与文化的对话"、"自由:自主性还是接受性"、"'基督教'也就罢了,还什么'基督宗教'";第八主题为"社会政治与社会研究",讨论题目有"中国乡村天主教丧葬礼俗研究:一种草根社会的跨文化现象,以鄂西北山村为例证"、"诗班——关于基督教本色化的一个田野调查"、"基督教与伊斯兰教在近代中国的相遇——以《教务杂志》记述为例"、"傈僳族视域中的上帝"、"加尔文思想与政治文明"、"宗教与慈善的跨文化审视——再论多萝西·戴的社会思想";第九、第十主题为"基督宗教与中国处境",涉及的论题则包括"从《花甲忆记》看丁韪良在东学西渐中的作用"、"文化冲突与融合:美国传教士对中国文化的态度转变"、"反帝还是赤化:传教士与中国基督徒视野中的'五卅'事件"、"新教传教士对中国传统宗教态度之演变"、"中国基督教青年会早期文字贡献者谢洪赉及著述目录"、"基督教文字事工在中国的本色化"、"华人基督徒企业家与近代中国工商业"、"常熟传道员何世贞及其《崇正必辩》"等。

在会议期间,我们还组织了香港汉语基督教文化研究所的道风学术奖颁奖典礼。该奖设有"徐光启奖"学术著作奖和"艾香德奖"学术翻译奖两大类,前者颁予基督教思想文化研究的优秀论著,后者颁予基督教历代思想、文化经典著作的优秀汉语译本。自1999年以来,已有八部著作获此殊荣,其中1999年"徐光启奖"颁予王晓朝著《基督教与帝国文化》,"艾香德奖"颁予何光沪译《现代基督教思想》;2001年"徐光启奖"颁予李天纲著《中国礼仪之争,历史、文献和意义》,"艾香德奖"颁予朱雁冰译《圣言的倾听者》;2002年"徐光启奖"颁予许志伟著《基督教神学思想导论》,"艾香德奖"颁予李秋零、田薇合译《世界历史与救赎历史》;而2005年"徐光启奖"则由彭小瑜著《教会法研究》获得,"艾香德奖"再次落入李秋零之手,其获奖译著为《单纯理性限度内的宗教》。关于这次会议上荣膺道风学术奖的两部著作,评委们给出了颇高的评价,如对《教会法研究》一书的评语说:"教会法是人类法律史上一部重要的法律制度,它不仅作为理解中世纪社会文化极为重要的一项资源,更重要的是它还反映了西方学术史上许多相关的论题,包括政治神学、国际法学、教会生活等方面的问题。在汉语学界,这是一个极为冷僻的学术领域,不是代表不重要,相反的,是代表我们对西方中世纪或教会法的理解仍不得其门而入,最为基本的是,研究者必须具备很强的拉丁文的能力,以及对此领域所投入的时间和精力,均是非常可观的,《教会法研究》一书勘称为是汉语学界一次重大的突破,它透过具体法例的说明,正确地突出教会法之以爱为控制性原则、对弱势群体倾斜等特点,颇能纠正很多流行的对教会法之误解。本书引用资料广泛、多为国内学者所未用者,立论客观精审，多有发前人所未发者。作者学术功底扎实，学风严谨，站在国际学术前沿新近而详细，行文流畅，论证严谨，是一部高水平的学术论著，该书填补了国内学术界的一项空白。"而对译著《单纯理性限度内的宗教》一书也有如下评语："这部译著向中国读者介绍了德国著名哲学家康德关涉宗教的重要思想，尤其是人们所关心的宗教与理性的关系问题。翻译该书有相当大的难度，这是康德的经典著作，理论深度高，文句长，但李秋零的译著不但准确，而且文句通顺，使人容易看懂。其次，该书是直接从德文原著翻译的。书中还有许多拉丁文的句子，李秋零给予准确的翻译，并加译者注，注明原文出处，态度认真，工夫到家。译者在哲学和宗教学领域功夫深厚，德文知识丰富，受过专门训练。译著在忠实传达作者原意的基础上，亦力求以可读的中文表述译者本人对康德著作的理解，是译著中的上品。因此，这部译著表达准确、文笔流畅、内容重要、翻译恰当，颇受业内人士欢迎。"两奖的评选对当代中国人的基督宗教研究有重要的促进作用。

我们这次会议再次获得了广大学者的热情支持和积极参与。会议组织者不仅收到约 60 篇学术论文或提纲，而且有超过 130 多人的会议参加者，会议高峰时期的听众甚至超过了 150 多人。我们一方面为基督宗教研究的学术发展感到由衷高兴，另一方面亦深感组织会议的不易和压力，渴望得到更多的理解和支持。为了这次学术会议的研究成果有更广泛的传播，我们从提交给会议的论文中选编了部分内容，收入《基督宗教研究》（第九辑），作为"基督宗教与跨文化对话"学术研讨会论文集出版发行。这些论文乃代表作者自己的学术观点和立场，因而在此仅供读者研究和参考。其不足之处或编辑疏漏之处，亦请大家多多谅解！

本次会议的顺利召开和这部论文集的出版得到了美国亚洲基督教高等教育联合董事会和香港汉语基督教文化研究所的支持及资助。中国社会科学院研究生院世界宗教研究系博士研究生王兴先生参与了论文集的编辑工作。宗教文化出版社亦为本论文集的顺利出版再次付出了辛勤劳动。特此致谢！

2006 年 8 月

10. 《基督宗教研究》（第十辑）前言

"和谐社会"是当今中国发展的主旋律，"和谐世界"则是各国人民努力争取的共同目标。在多元文化碰撞、多种思想交织的今天，"和"则"通"、"和谐"则"安宁"，已经成为人们的共识。构建"和谐社会"，宗教起着重要作用。对于占世界总人口约三分之一的基督宗教而言，如何实现世界的"和谐"、达成"在地上有平安"的理想，既是其面临的严峻挑战，也是其义不容辞的神圣使命。为了发掘基督宗教关于"和谐社会"的丰富资源及其思想智慧，中国社会科学院基督教研究中心与加拿大维真学院中国研究部再次合作，于 2006 年 12 月 14 日至 17 日在北京帝景豪廷酒店组织召开了题为"基督宗教与和谐社会"的学术研讨会。

与以往一样，这次会议既突出主题，重点讨论基督宗教与和谐社会的相关理论及实践，又保持其开放性特色，因而有着涵括颇广的讨论。会议共组织了十个主题发言。其中第一主题为"神学与和谐社会"，发言的论题包括"基督宗教对建构和谐社会可作之贡献"、"基督教和好的福音与和谐社会——浅谈基督教对构建和谐社会所能有的贡献"、"基督教工作神学对社会和谐的贡献"、"牺牲与受苦的爱——'小康'而又'和谐'的社会如何可能"、"和谐如何可能"；第二主题为"神学与《圣经》中的和谐理念"，发言的论题包括"基督教和谐观"、"从圣经到伦理——以《彼得前书》为个案讨论边缘群体在建立和谐社会的贡献"、"论犹太——基督教弥赛亚观念的演进——从《以赛亚书》到《新约》"、"基督教超血亲伦理及其起源——从《旧约》到《新约》"、"和谐社会与社会正义：一个基督教务实论的观点"、"旧约圣经中的弥赛亚预言"；第三主题为"和谐的人"，发言的论题包括"基督信仰对人性的整合——对和谐社会可能的贡献"、"点与线——位格的独特性与关系性"、"论托马斯·阿奎那理性化的激情思想——探求人性的内在和谐"、"如何'以人为本'——一种托马斯主义的观点"、"理性证明、内在体验与现实生活：走近上帝的阿奎那方式、基尔凯戈尔方式与尼布尔方式之比较"、"信念与证据——信仰上帝的合理性问题对和谐社会之信念机制的启示"；第四主题为"宗教与政治的和谐"，发言的论题包括"略论在当今有关政教分离原则理解中的四个易于被忽视的初始预设条件"、"论近代西方思想中政治与宗教的张力与圆融"、"论马克思主义与宗教的关系"、"民主社会运行中的宗教价值阐释：基督宗教的视角"、"'你们不再是异乡人和寄居的，而是上帝的家户'：基督宗教对族裔和解的贡献"、"追求永久和平——霍布斯的政治哲学与神学关系研究"、"激情与反讽：论知识分子与形而上学的关系"；第五主题为"和谐的伦理观"，发言的论题包括"爱与正义——对构建和谐社会的两个因素及其关系的考察"、"论恢复性正义观对建构和谐社会的启示"、"当代基督宗教伦理中的社群概念"、"自然法：'和谐'的哲学基础与价值指向"、"'教会之外无拯救'的象征结构"、"改革以来中国天主教会社会服务发展现状、困境与争论议题"、"天主教视域中的和谐社会——兼论天主教伦理与信仰在促进社会和谐与道德建议中的作用"；第六主题为"基督宗教与当代社会"，发言的论题包括"在做'抢救当代中国基督教活史料'课题中的几点体会"、"市场中失落，麦当劳中得救：中国城市青年人皈依基督教的社会学研究"、"通往现代社会中的宗教市场——美欧两地在现代化进程中宗教差异的历史分析"、"构建和谐社会的一支重要力量——以改革开放以来的中国基督教女青年会为例"、"宗教与和谐社会——理念与个案的反思"、"中国基督教及其在当代中国的作用和影响"；第七和第八主题为"基督宗教与中国历史"，发言的论题包括"和而不同：李佳白传教思想简论"、"大门外的传道者——马礼逊传教思想探讨"、"刚恒毅在传教方法上的创新"、"多明我会传教士万济国来华事迹考"、"对和谐社会的思考——民国时期基督教神学家对天国的诠释"、"南京国民政府训政时期的政教关系争论：以取消'打倒宗教'口号为中心"、"东正教在北京的传布与消亡原因初探"、"基督教青年会与近代中国的社会和谐"、"乾隆十一年福安教案述论"、"近代西方教会在桂民教冲突与教案之分析"、"常明禁教下的四川天主教"、"清禁教时期湖广天主教的特征"、"清末民初美南浸信会在广东地区的传教活动";第九主题为"多元、对话与和谐",发言的论题包括"哈贝马斯和拉辛格论理性与宗教对话的可能性和必要性"、"关于当代世界宗教状况与基督教在中国发展前景的反思"、"宗教对话中的他者问题"、"多元中的和谐——威尔弗雷德·史密斯的宗教多元论思想"、"伦理实践的宗教对话与和谐社会"、"目前基督教在新疆的传播及影响";第十主题为"基督宗教与和谐生态",发言的论题包括"蒂利希的生态远象:人与自然的关系"、"人土神学与构建和谐社会"、"走向宇宙—神—人共融的和谐"、"和谐的根基:三位一体、道成肉身与阴阳之道"、"关于和谐社会的终极角度思考"等。

这次会议是中国社会科学院基督教研究中心组织召开的第十次会议,而 2006 年也恰好是本中心获准成立的十周年,因而颇有纪念意义。来自各地的约 140 人参加或旁听了会议,会议组织者亦收到 60 多篇学术论文或发言提纲。会议结束后,不少学者根据会议讨论的情况重新组织或修改补充了其论文。从这些论文中,我们挑选出 20 多篇论文汇编为《基督宗教研究》(第十辑),作为"基督宗教与和谐社会"学术研讨会论文集出版发行。这些论文代表作者自己的学术见解和态度,反映出作者特有的视野和思路。其学术立场和认知方式,仅供读者参考和辨析,以体认其"百家争鸣、百花齐放"之意趣。

本次会议的顺利召开和这部论文集的出版再次得到了美国亚洲基督教高等教育联合董事会和香港汉语基督教文化研究所的支持与资助。中国社会科学院世界宗教研究所孙艳燕博士参与了论文集的编辑工作。宗教文化出版社又一次鼎力支持本论文集的出版发行。对所有这些支持和帮助,我们在此深表感谢!

2007 年 9 月

11.《基督宗教研究》
（第十一辑）前言

"公共价值"是当代学术界讨论的一个热门话题，与之相关联的议题则包括现代"公民社会"的"公共性"问题及其"普遍意义"，而宗教界重新关注"公众"社会的"公共"事务，也涌现出"公民宗教"或"公共宗教"等新发展。其理论升华的一个重要标志，就是20世纪70年代以来"公共神学"的应运而生。作为一种"普世宗教"，基督宗教对于"公共价值"有着特别的强调。而且，在其悠久的历史发展中，基督宗教也在社会的公共领域中发挥过重要作用，有着广远影响。

为了比较深入和系统地探讨基督宗教与公共价值的关系问题，由中国社会科学院基督教研究中心主办，加拿大维真学院、香港中文大学崇基学院神学院以及天主教研究中心、香港浸会大学中华基督宗教研究中心、香港汉语基督教文化研究所以及德国汉堡 NMZ 赞助合办的"基督宗教与公共价值"学术研讨会，于2007年12月13日至16日在北京江西大酒店成功召开。这次会议也是第一次以多家合作、共同努力的方式来组织，它为我们的学术联谊亦营造了极为和谐、温馨的氛围。

这次研讨会仍以开放式、多元化的姿态进入议题，不仅突出"公共价值"这一会议主题，而且也讨论其他相关的问题、介绍学者们正在从事的研究，并有着对未来研究的构设和展望。尽管涉及的问题较为广泛，谈论的方式深浅不一，研讨会却以包容的态度让与会者各抒己见、用宽容的鼓励助初学者亮相学坛。会议组织者因此也听到了各种评论和建议，包括一些善意的批评。有些曾经沧海的资深学者希望主题集中、讨论专深，让研讨会更为专业和厚重；而不少乐于提携后学的专家、导师则主张海纳百川、兼收并蓄，给成长着的未来学界新秀一个机会、一种锻炼。在各种眼神中、不同看法中，会议的组织的确很难很难，会议的性质亦无法定位，无论哪一种选择都会既失去朋友、又结识朋友。对此，我的一贯解释和基调就是将这种会议定位为较为宽松、相对自由的学术"神仙会"，希望以此来聚集各路神仙参与、支持当代中国的基督宗教学术研究，使我们仍很薄弱的学术探讨能够渐至佳境、早入"仙境"。所以，我们从内心希望能有越来越多的年轻学者参与，亦想方设法鼓励、提高他们的兴趣，而不忍心将之拒于门外或让他们失去勇气、望而却步。这里，我们看重的乃是众人参与的气氛，提倡的亦是学术问题意识和广泛探讨。实际上，每次会议都有一些知名学者参加，他们高质量的论文、精辟而独到的发言，每次都给我们带来惊喜和收获。因此，对于我们这样组织会议的形式和较为敞开的安排，也期待有相应的理解或谅解、宽容或包容。在此之外，我们及其他学术机构也组织过较为小型、专门的研讨会，以作为弥补和完善。所以说，并不要仅仅局限于一种形式来开展学术活动或召开会议，多元乃美，多元亦大。

　　研讨会以颇为密集的发言涉及多个主题，分为十个单元来展开。第一个单元以"基督宗教与公共价值的相关概念和理论"为主题，发言的论题有"论基督宗教发轫期创造社会资本的参与概念并探讨个体化社会的来临与资本之消长：与 Zygmunt Bauman 对话"、"基督宗教人格尊严观念的本体论诠释"、"关于基督教与公共价值探讨的四点预备性思考"、"神秘与悲哀之中的希望之光——论柯勒律治浪漫主义诗歌中的宗教思想"、"从价值相对主义到神圣价值的被给予方式"；第二个单元以"公共神学、公民宗教与公民社会"为主题，发言的论题有"汉语神学的公共性——论神学研究与基督宗教经验"、"认信性语言应否容许于公共空间中？——对哈贝马斯宗教转向的一个反思"、"卢梭的'公民宗教'概念及其意义"、"公民私有财产与和谐社会——托马斯关于私有财产的学说"、"洛克的公民社会理论的神学根源"、"基督宗教公共之神学基础"；第三、四个单元以"基督宗教与社会关怀"为主题，发言的论题有"基督教与社会关怀：一个历史的回顾"、"从神学的角度看基督教的社会关怀"、"宗教组织与美国的慈善捐赠"、"论保罗·尼特的宗教他者意识与社会关怀"、"民国时期中国女基督徒的公共参与——以中华基督教女青年会为例"、"当代地方基督教会的社会关怀及其价值彰显"、"天国与共产主义社会——三、四十年代吴耀宗神学思想与社会关怀一瞥"、"论陈独秀的社会关怀与基督教文化"、"外国传教士对近代中国社会的关怀——以丁义华为中心的考察"、"陈垣的文化关怀与宗教研究"、"神圣空间与公共领域——香港基督新教坟场的个案研究"、"从教民到公民——以民国时期苗族石门坎教会为个案谈'基督教与社会关怀'";第五个单元以"多元社会中的公共价值观"为主题,发言的论题有"论意志自由在宗教宽容世俗化中的意义"、"基督宗教在多元文化之中和谐共存的思想——分析《马太福音》关于'律法'的教导"、"论基督信仰在个体和群体公共价值中的社会个性"、"希克宗教多元论的理论特征及其难题"、"世俗与崇拜"、"基督宗教价值与大学人文精神——从纽曼谈起";第六个单元以"公共价值与政治文化"为主题,发言的论题有"基督教人格论的政治伦理价值"、"基督教文化:基督教介入公共社会的必要中介——以中国现代化为中心语境"、"论阿奎那的宗教宽容思想"、"一种政治伦理的困境:正义与和平之间的对决——浅析莱茵霍尔德·尼布尔对和平主义的批判"、"浅谈莱茵霍尔德·尼布尔的神学人论及其现代启示"、"当代美国新宗教右翼的政治神学评析";第七个单元以"伦理观与公共价值"为主题,发言的论题有"天主教信仰中的公共价值"、"释'慎独':以耶解儒的一种尝试"、"论宗教伦理化——以基督宗教为视角"、"灵修学与公共价值——以埃及沙漠教父为例"、"技术时代、人性与宗教——汉斯·昆对技术时代的反思"、"约珥书与中国大陆处境下的环境保护";第八个单元以"基督宗教与中国历史"为主题,发言的论题有"基督教在元朝时期传布的历史考察"、"教会大学与中国近代建筑形态的转型"、"张象灿与《家礼合教录》"、"近代广西对西方冲击的反应:部分少数民族村落由传统宗教向基督宗教的转变"、"刚恒毅对中梵关系正常化的努力"、"新时代下基督教大学里的公共空间与宗教生活";第九、十个单元以"基督宗教与当代中国社会"为主题,发言的论题有"两组数字、三大问题"、"当代中国基督教的公共价值观及其表达路径——宗教制度及其认同的视角"、"基督宗教发挥公共价值的有效途径"、"基督宗教与中国当代社会"、"基督宗教与当代中国社会"、"公共政策、社会政策、福利政策框架与宗教社会服务的战略地位"、"基督宗教与当代中国的公共伦理建设"、"从天主教神学的观点再思当代中国自由主义与'新左派'之争"、"基督教与中国的草根阶层"、"改革开放以来北京基督教的发展原因"、"少数中的少数——以教会为中心的甘南基督教调查与研究"等。尽管这些论题在开会期间也有一些改变，而会议的基本主旨和学术架构则变动不大。

　　参加这次会议的学者来自中国北京、天津、上海、江苏、福建、广西、浙江、湖北、山西、山东、河南、四川、广东、陕西、吉林、黑龙江、甘肃、江西以及香港等地的高校和研究机构，来自英国、加拿大、美国、德国、意大利、芬兰、荷兰、奥地利等地的访问学者也旁听了会议。这次参加和旁听会议的学者、学生多达180余人，另外还有一些学者虽没能与会，却也提交了论文。会议收到论文及详细提纲达60多篇，我们在此根据论文内容和篇幅从中挑选了20多篇，汇编为《基督宗教研究》（第十一辑），作为本次会议的论文集出版。

　　通过多个学术机构共同努力与合作，我们成功举行了这次学术研讨会。虽然会议组织工作仍有不足之处，我们却也积累了宝贵的经验，得到了肯定和鼓励。这次研讨会论文集的编辑工作主要由中国社会科学院世界宗教研究所的唐晓峰博士具体执行。宗教文化出版社为本论文集的及时出版提供了很大的帮助。对上述合作单位的鼎力相助、各位学者的积极参与，以及出版社的周到考虑，我们特此致以诚挚的谢意！

2008 年 8 月 28 日

12.《基督宗教研究》
（第十二辑）前言

　　"社会转型"是一个当代话题，也是一个历史话题，而随着美国金融危机带动的全球经济危机和社会危机，这种去向不明的"转型"却成为一种严峻的现实。这是人们并不愿意看到却又不得不面对的"转型"。除了在物质层面感到的收入减少、就业困难和产品没有销路之外，人们在社会层面也体验到社会结构的变化、社会发展的放缓、甚至还蒙上了衰退的阴影，而在精神层面则是许多人普遍感触到新的茫然、失望和幻灭。其实，从金融危机的肇始和恶化，我们可以窥测到社会层面上人们对"物"、对"资本"及其运作或操作此物、此资本之机构、制度和人的"信任"产生了危机，因此也可以说是这种"世俗信仰"出现了问题和危机。从这一角度来看，对今天这种令人紧张和失望的"社会转型"，我们则有必要从"宗教经济学"的视域来审视"社会经济学"，在深层次上更应该以"精神资本论"来分析"金融资本论"，找出"信仰资本"与"物质资本"、"神圣信仰"与"世俗信仰"之间的互动、互悖和互促的复杂关系及内在规律。

　　带着"基督宗教"与"社会转型"在古今中外有什么关系这一问题意识，我们组织了"基督宗教与社会转型"学术研讨会，以便能够回顾过去、面对现实、展望未来。这次研讨会由中国社会科学院基督教研究中心主办，加拿大维真学院、香港中文大学崇基学院神学院以及天主教研究中心、香港浸会大学中华基督宗教研究中心、基督教与中国研究中心（洛杉矶）和香港汉语基督教文化研究所共同合办，这些单位为会议的举行提供了资助。特别应该表示感谢的是，许志伟、卢龙光、赖品超、江丕盛、杨熙楠、李灵等学者及其负责的学术机构以其特别的贡献而使这次会议的圆满成功获得了坚实基础及可靠保障。长期以来，我们的友好合作也为中国基督宗教学术研究的当代发展提供了重要动力和创新启迪。

这次会议于 2008 年 12 月 11 日至 13 日在北京天利大厦顺利召开，约140 人参加或旁听了会议，这些学者分别来自中国北京、上海、广西、江苏、浙江、福建、湖北、湖南、山西、河南、陕西、山东、四川、甘肃、广东、黑龙江以及香港等地的高校和研究机构，亦有不少研究生和青年学者与会。来自美国、英国、加拿大、芬兰、德国、奥地利、新加坡等地的访问学者也旁听了会议。研讨会的发言及讨论主题共分为十个，包括：一、"基督宗教与社会转型的相关概念和理论"，二、"基督宗教与精神价值"，三、"社会文化变迁中的《圣经》解读"，四、"基督宗教与政治文化"，五、"基督宗教与社会形态变迁"，六、"基督宗教与社会转型的东西方比较"，七、"基督宗教与社会转型的实证分析"，八、"青年学者论坛"，九、"基督宗教与近现代中国社会"，十、"基督宗教与中国历史"。卓新平、温伟耀、赖品超、江丕盛、李灵、杨熙楠等代表主办及合办单位在开幕式上亦有简短致辞，表达了成功举办这次会议的愿望和对与会学者的欢迎。

围绕这十个议题，近 70 位学者准备了论文或发言提纲，而且绝大部分在会议上安排了发表。这些论文或发言提纲包括："论基督宗教的可现代化性格"（温伟耀）、"转型社会中的汉语基督教研究——作为学科体系的汉语学术神学"（黄保罗）、"伊利亚德论'宗教人'的现代处境"（朱东华）、"启示论与危机体验"（张新樟）、"自由主义神学转型下巴特的神学知识论"（郭鸿标）、"基督教对中国社会变迁的文化价值"（陈树林）、"癌症与重生：罗马帝国的社会转型与基督宗教"（何光沪）、"恩典与良心：一种哲学史的考察"（谢文郁）、"从世纪金融风暴看基督教信仰与公共价值"（江丕盛）、"精神实践与德性内化"（刘孝廷）、"罪、恩典与文化更新——从加尔文到凯珀"（谢志斌）、"建构宗教与革命的联盟——卢卡奇、布洛赫等早期西方马克思主义者宗教思想初探"（张双利）、"中国社会转型中之婚姻和家庭价值观：基督宗教的回应"（李耀全）、"圣经《启示录》展现罗马社会矛盾中和谐共生的愿景"（陈龙斌）、"马克思与

《圣经》——兼议基督宗教在中国社会转型中扮演的角色"(张宪)、"'以德报怨'与'为那逼迫你们的祷告'——《论语》《圣经》对读实例之一"(石衡潭)、"中国现代作家对耶稣形象的重塑"(梁工)、"西方古典语言教学与国内基督宗教研究的转型"(雷立柏)、"基督教与转型时期的政教关系"(刘澎)、"基督教在政教分离的现代社会中职能重心究竟何在?——关于中国现代化转型期基督教福利事工化倾向的反思"(尤西林)、"政治与宗教:从托克维尔的观点来看"(孙向晨)、"教会与社会转变及和谐:18世纪英国政教关系的历史研究"(郭伟联)、"敬畏与慰藉——基督宗教在社会转型时期应起的作用"(曹剑波)、"从'基督教世界'到'边缘化的道成肉身'——由冈察雷斯的《变化中的教会史》谈基督教与社会变迁之关系"(姚西伊)、"在现代世俗社会的市场机制中发扬宗教的超越精神"(张庆熊)、"社会变迁与教会回应"(王美秀)、"英国近代社会转型中的基督教浪漫主义"(李枫)、"生态神学中的社会观"(曹静)、"东正教与俄国社会转型"(张百春)、"'故事因于世,而备适于事'——吴雷川是如何看待和处理儒家传统和基督教传统的"(梁慧)、"21世纪基督教的全球发展态势及其在当代中国社会所面临的挑战"(赵林)、"论社会转型期的基督教神学"(王晓朝)、"信仰、信任与市场经济"(高师宁)、"15—16世纪地理大发现时代的葡萄牙天主教会"(顾卫民)、"美国战后的宗教改变"(雷竞业)、"基督教现实主义与美国社会的转型——兼论莱因霍尔德·尼布尔思想在美国的命运"(方永)、"天国的概念的演变"(黄根春)、"中国基督教在社会转型期所面临的机遇和挑战——以B城城郊某社区教堂为例"(段琦、陈东风)、"再造'遗产':一个华南天主教村落的记忆文化"(张先清)、"甘南地区藏民改信基督教研究"(陈声柏)、"社会转型期广西乡村基督宗教的特点"(颜小华)、"社会转型期的湖北基督宗教教派问题研究"(黄超)、"从马丁·路德的思想观照经济全球化下的高等教育——以香港为案例"(关瑞文)、"打破'现代性偶像'的灵修者——浅谈基督教传统灵修思想对当代社会问题的启示"(谢华)、"马克思与涂尔干宗教观之比较研究"(马万东)、"悲剧视野中的共同生活——试论莱因霍尔德·尼布尔的'罪论'"(唐瀚)、"宗教对话的新前沿:保罗·尼特论基督教与其他宗教关系的轴心式转变"

（王蓉）、"浅析福音书的世俗意义——对激进世俗神学家保罗·范·布伦神学思想的阐释"（王紫媛）、"全球宗教复兴及宗教政治：一个宗教社会学的理论考察"（刘义）、"世俗化与当代英国宣教形势"（孙艳燕）、"美国宗教右翼的文化解读"（欧阳惠）、"时空转换下的精神契合——基督教中国本土化的演变与实证分析"（孙翀）、"传教士视野下的凉山彝族地区社会变革"（申晓虎）、"20 世纪 30 年代中期的《田家半月报》与乡村建设运动"（王京强）、"重提梵蒂冈是否承认伪满洲国的历史争议"（刘国鹏）、"震旦大学与辅仁大学比较（1903—1937）"（刘贤）、"从全球化看基督宗教与佛教在近现代中国的相遇"（赖品超）、"二十年后再从几个神学观点看中国现代化的一些问题"（钟志邦）、"李荣芳的圣经批判学与当代中国社会"（李炽昌）、"基督教与中国社会转型：改革开放三十年的回顾与前瞻"（邢福增）、"当代中国家庭教会的社会化问题"（李向平）、"两岸三地中国基督教史研究之比较及其重心转移"（徐以骅）、"西方学界中国基督教史研究刍议"（陶飞亚）、"基督教社会主义在近代中国的传播与影响"（刘家峰）、"基督教文字事工与西南少数民族地区社会发展"（陈建明）、"从 19 世纪基督教中文书册看文化适应与转型"（黎子鹏）、"马礼逊《汉英英汉辞典》中的基督教词汇研究"（张西平）、"汤若望笔下的明清之变"（李雪涛）等。

虽然发言时间较短，与会代表仍对相关问题展开了积极的讨论。大家普遍反映，这次会议发表的论文体现出较高的水平，不少发言非常精彩，而且随之进行的讨论也颇富启迪、卓有成效。为了使这次研讨会的研究成果在一定程度上得以保留，我们从上述论文中挑编了《基督宗教研究》（第十二辑），作为本次会议的论文集出版发行。本论文集相关论文的搜集得到了许多学者的大力支持，杨华明、李林等具体负责了论文的编辑工作，宗教文化出版社为论文集顺利而及时的出版付出了辛勤的劳动。对这一切参与、关心、支持和帮助，我们在此表示衷心的感谢！

2009 年 4 月 28 日

13. 《宗教比较与对话》前言

宗教学在其开创初期曾被称为"比较宗教学",这种比较精神和方法被作为宗教学的真谛之一而得以保留。西方宗教学的著名奠基人麦克斯·缪勒曾说:"谁只知道一种宗教,他就什么也不知道。"这一名言充分说明了宗教比较的意义和重要性。研究宗教,必须展开宗教的比较。而在"全球化"、"地球村"这一当代处境中,宗教自身的存在与发展亦需彼此之间的比较、沟通和对话,在相互理解的基础上求得和谐共存及团结合作。

从宗教的漫长发展来看,20 世纪乃是自古以来最为典型的"宗教对话"之世纪。例如,基督宗教随着宗教学带来的启迪和认识而于 20 世纪初开始了"与东方对话",以这种"对话"姿态来寻求对佛教、印度教、儒教、道教等东方精神和东方灵性的了解及理解;60 年代以来,基督宗教又从强调自身各派的"对话"、"谅解"、"普世"、"合一"而走向与世界各种宗教、各种信仰乃至各种政治思潮和意识形态的对话与交流。宗教的对话已由其内部各教各派的对话而扩展到宗教与社会、宗教与政治、宗教与哲学、宗教与科学的广泛对话。正是在这种意义上,宗教界的有识之士认识到"没有各宗教间的对话,便没有各宗教间的和平",从而亦没有各文明间的和平及全世界的安宁。他们以"宗教对话"为起点来探求达到一种能建立起新的世界秩序的"全球伦理"或"世界伦理",使"对话"的意义亦得以升华。因此,"对话"乃是 20 世纪最为响亮的口号之一,而"宗教对话"更是当代世界宗教发展中的大事。

在 21 世纪及第三个千年已经来临的今天,我们正面对着"多元"政治体制、经济结构、文化类别和价值系统这一丰富图景。"全球化"与"普世性"绝非靠大一统来实现,而是在"多元"中找到世界共存的基本共识，由"多样性"导致社会发展的稳定性。因此，在宗教研究领域，"宗教的比较与对话"亦成为我们跨世纪、跨千纪的时代话题。

中国社会科学院基督教研究中心的成立，不仅为我们深入研究基督宗教创造了有利条件，亦给我们广泛展开宗教比较与对话提供了重要机遇。我们研究基督宗教是在世界宗教发展的大氛围中进行的，若不了解其他宗教存在及发展这一处境，则不可能深入探究和真正弄清基督宗教本身。因此，我们虽把基督宗教研究作为我们寻求宗教理解和从事宗教研习的重点，却应本着宗教学的核心精神来在各种宗教的比较研究和宗教对话的深刻体认上扩大我们的视域，深化我们的研究，促进我们的理解。

基于上述考虑和动因，我们基督宗教研究中心创办了《宗教比较与对话》这一学术研究论丛，希望以此作为一个开放性学术研究及交流的园地，欢迎海内外学术界、宗教界的朋友们来积极参与、热情支持。《宗教比较与对话》将开辟"宗教对话"、"宗教比较"、"宗教研究"、"宗教与文化"、"宗教与社会"、"宗教与哲学"、"宗教与科学"、"宗教与伦理"、"学人评介"等栏目，以介绍各种学术观点，分析现实热点问题，总结历史经验教训，展开理论探索和思想交流。通过学术层面的沟通、对话和商榷，我们希望能消除误解而增进理解，克服分歧而扩大共识，在认识宗教本真、理解宗教意义上有更多的收获和分享。

研究宗教比较与对话领域中的进展和成就，亦旨在提倡宗教之间和人世间的宽容及包容，在正视和承认世界多元价值并存这一现实中寻见真诚之心和爱心。面对这一时代使命，我们仍然任重而道远。

14. "宗教与思想丛书"总序

　　宗教作为人类精神文化的重要组成部分，表现出人的超越自我和信仰追求。宗教属于人的灵性世界，是对宇宙奥秘、自然奥秘、生命奥秘的永恒之问。在这种询问中，我们看到了人之精神向往、灵性需求和本真信仰。因此，宗教正是人在信仰中的生活、体验、思索、感悟、行动和见证。宗教所展示的乃人类文化大树上的一朵灵性之花，从其闪烁、迷离的花影中我们可以依稀辨认出人的上下求索、人的时空漫游、人的心醉神迷、人的超凡脱俗。作为穿越永恒与现实、无限与有限之间的精神方舟，宗教表达了人的叹息、惊讶、不安和渴求。宗教具有的这种神秘感、惊奇感和超越感，揭示出人之灵性秘密，试说着人的文化真谛和人的生命意义。诚然，宗教表现了精神、心灵之浪漫，但它作为信仰之在、信仰之感和信仰之思而体现出的强大生命力和久远流传，值得我们认真思考、深入研究。

　　在当今社会，对宗教的认识研究和理解诠释已在由表及里、由浅入深地系统开展，对其"形"、"神"之捕捉和勾勒亦颇有成就。人们在"究天人之际"、"神人结合"之关系上，在"天命之谓性，率性之谓道，修道之谓教"的理解上已窥见宗教的一些基本特征，并且从哲学、人类学、社会学、心理学等层面探究解释了"神道设教"这一神秘而复杂的精神领域，推出了种种界说和理论。然而，对宗教的这些认识和理解仍是初步的、多元的，因其初步而需要更深入、更系统和更全面地研究，因其多元而需要不同见解之间的互识、互补、互镜和互证。我们这里编辑出版的《宗教与思想》研究丛书，也是要说明并进而证实这一探究的开放性和持久性。为此，在这套丛书中，我们将逐渐推出当代中国学者在这一领域的一些最新研究成果、相关外文学术名著的翻译引进，以及20世纪上半叶问世的一批学术精品的整理再版。

宗教与思想的关系是千百年来中外思想家们反复讨论的一个重要话题，它为当代人的研究提供了广远的领域，亦需要其研究者具有宽阔的视野。在此，宗教与思想不仅仅论及人之"信与思"的关系，而且也涉及人之"在与思"、"情与思"、"灵与思"等关系。人的存在是极为复杂的存在，人的本性包括性、情、意、智等诸多方面，这在宗教中均有体现。宗教与思想自然包括信仰与理性的关系，我们可在西方宗教思想史有关"信仰而后理解"、"理解而后信仰"的争论上见其端倪。然而，其论域及其引申又远远超越其限定。从宗教认知来看，人不仅具有理智和理性，而且也具有心智和灵性，"心灵"这一表述由此说明了人之理性认知的局限，以及人之信仰把握对纯理性思维的超越。正如帕斯卡尔所言："人心有其理智，那是理智所根本不认识的"，"我们认识真理，不仅仅是由于理智而还由于内心"。这种"心灵"或"心智"乃人之精神的奥秘所在，它表述了人的体验、人的感悟、人的惊讶和人的超越。所以，宗教之思乃是形象思维、意象思维和抽象思维的综合及结合，它说明了人之精神生活的丰富与复杂、深远与博大。此外，如果说科学知识体现出理性的智慧，那么科学精神则不仅仅指理性精神，它也包括了人之灵性中还具有的好奇、惊讶、想象、神往和超越等精神。宗教与科学在思想境界上的这种相遇，在著名科学家爱因斯坦身上得到了典型表述。同样，中外科学家与宗教思想家如帕斯卡尔、张衡等人的思与行，信仰与实践亦给我们留下了重要的思绪和启迪。因此，我们应展开的对宗教与思想之探就不仅仅是宗教与哲学的研究，而且也包括宗教与科学、宗教与文学、宗教与文化、宗教与艺术、宗教与社会、宗教与伦理、宗教与法律、宗教与历史等领域，有着更大的涵盖。总之，我们应展示古今中外人类精神贤哲大德的思想睿智和灵性境界，介绍各种视域的所思及所获。而且，这种宗教研究的开放性亦可在"思无涯"之表述上得到印证。

对宗教与思想的认识，是对人之存在及其意义的认识；而对宗教灵性的理解亦是对自我人性的理解，是对人类及其生存时空的理解。由此可见，我们要展开的研究乃旨在一种对话，一种古今中外的对话，一种理与信、智与灵、道与言、我与你的对话：对话以求理解！对话才是人类共在之智慧。或许，这是一场没有结局的对话，但我们并不奢求某种具体的结果，而只希望有更多对话者的参与，以参与对话来参与我们所遇的世纪之交，参与一种灵性认知上的送旧迎新。"行到水穷处，坐看云起时。"让我们以这种心境和胸怀来参与探究人的灵性之旅，这样，真诚的对话将不会结束，客观的研究则没有穷尽，求知的追求亦永无止境。

15. "基督教文化丛书"总序

　　基督教文化按其历史传承既是古代希伯来文化和希腊文化之结合，亦是西方文化发展演变的重要载体。这种文化形态已经成为人类文化的一种重要表述，代表着世界宗教文化中的一个重大体系，在人类精神生活中有着深远的影响，并且对世界文明尤其是西方文明的进程起着举足轻重的作用。随着人类发展步入"全球化"阶段和各种文化相互激荡、相互渗透、相互融合，基督教以其"文化披戴"和"文化融入"而在世界各地广泛传播，同时适应着、吸纳着各种文化，体现出"本色化"和"处境化"的基本特点。以此为基础的基督教文化亦正形成其具有"开放性"、"包容性"的现代体系，而且已与华夏文化有着直接的关联。在这种情况下，我们认识、了解基督教文化，展示、研习其形态或体系的今昔，对于我们跨越世纪和千纪遂有着独特意义，也是我们展开文化对话、参与人类现代文化共构的重要任务。

　　基督教文化涵盖极广、包罗万象，给人"横看成岭侧成峰，远近高低各不同"之感。这里所指的基督教乃包括天主教、东正教、基督新教这三大教派及其众多派系，而基督教文化的基本特性则体现为一种崇拜上帝和耶稣基督的宗教信仰体系，以及相关的精神价值和道德伦理观念。基督教文化作为这种体系乃形成了其独有的哲学思维方式、神学理论框架、语言表达形式、政治经济结构、社会法律制度、行为规范准则、文学艺术风格和传统风俗习惯等，并表现为受此信仰精神制约和灵性影响的群体及个人之生存选择、思想情趣、文化心态、审美之维和致知取向。在社会实践层面，基督教文化亦代表着以教会为核心的社会存在体制、组织机构及其各种社会政治、信仰崇拜和思想文化活动。基督教文化通过其漫长的发展而形成了"爱智"、"求知"、"重行"、"唯信"等特点，表露出"神秘"、"超越"、"浪漫"、"空灵"等意趣。其思维特色则是形象、意象和抽象的整合与共构，让人体悟到其博大、恢弘和玄奥。所以，其神秘性和超然性使基督教文化研究乃成为一种灵性世界中的探奥洞幽。另外，基督教文化也不断将各种文化因素包摄于内，随之亦参与了对相关文化体系的重建和改革，因此已广泛渗透和融入世界众多民族的信仰精神、思想认知、社会发展、政治体制、文化艺术、民情风俗之中。可以说，基督教文化乃表现出信仰与思辨的统一、文化与宗教的互渗、理论与实践的并重、"形上"与"形下"的结合。其复杂性和多样性给我们提供了万花筒般的景观。

为了系统、全面和深入地了解基督教文化，我们组织编写了这套基督教文化丛书。丛书作者多为基督教文化各研究领域的专家和近年来初露头角的后起之秀，其论题涉及基督教文化中的思想、文学、绘画、雕塑、建筑、音乐、教育、经典、文物、节日、风俗等方面，而且体现出其文化史勾勒与现状研究的有机结合。这套丛书旨在展示基督教文化蕴涵的美感、魅力和神韵，再现其灵性、灵气和灵修对世界文化发展的启迪及濡染。因此，丛书各卷将突出其知识性、客观性和可读性，以准确的描述、新颖的构思和优美的文笔而力图达到图文并茂、雅俗共赏、深入浅出之效果。这套丛书得以问世，离不开许多热心朋友的关心和帮助，尤其与宗教文化出版社的大力支持密不可分。了解基督教文化，是我们在当前"开放性"社会中认识世界与自我的一种历史使命，亦是促进不同信仰、不同民族传统之人们相互沟通和理解的一项文化事业。在这一事业向前发展的进程中，我们期望并欢迎广大读者朋友们的更多关注和积极参与。

2000 年 4 月 5 日于望京德君斋

16. "宗教研究辞典丛书"总序

宗教研究在 21 世纪的中国正步入一个全新发展阶段，其学术之探既在扩大其广度，亦正体现出其深度。这种发展态势使宗教学作为一门独立自存的人文学科体系而真正得以在华夏亮相。

作为一门新兴学科，中国新时期的宗教研究从一开始即突出其"百花齐放"、"百家争鸣"的特色。学者们的研究表现了一种开放、开明、公平、自由、包容、宽容的现代精神。对于宗教的认识、对其知识的积累以及对其意义的诠释已不再是封闭性、单向性的"独唱"，而有着多元声部，汇聚成有机、和谐的"合唱"及"共鸣"。而且，在"全球化"的境域中，这种研究也充分展示了其国际性沟通、对话、交流和研习的宏大"景观"。

与其他社会科学和人文学科领域的研究不同，宗教研究的真谛及其成功似应涵盖"入乎其内"和"出乎其外"这两大层面。在此，"入乎其内"指深入宗教而了解宗教，弄清宗教本身的所思所想及其话语体系和表述方法，达到一种"真知"和"熟识"，从而能对之作出"不隔"的解释和研究。这就要求研究者应具有"参与性观察"和"同情性理解"，甚至在一定程度上能够做到"同情之默应"或"心性之体会"。所以，宗教研究必须关注、熟悉并了解宗教界本身的信仰前提、思想特征、神学语言、观念表述和知识结构，将之作为我们展开学术研究和思想对话的起点。

而"出乎其外"则是学术研究的客观性、中立性和公正性之必要。这里，"出乎其外"就是指跳出单纯某一宗教的立场和视角之外，不以其信仰和神学为宗教研究的前提或预设，而对其"真理宣称"和"价值定位"暂加"悬置"，从而能从更为普遍、更加客观的角度来研究各种宗教，获得严格的、科学的研究成果和学术结论。

随着宗教研究在当代中国的不断扩大和深入，人们了解基本宗教知识、弄清基本宗教术语的要求亦越来越高。尽管已有各种宗教辞典问世，但人们在其阅读、翻译和研究中仍深感这类辞书之不足，从而有着更多、更新的需求。针对这一现实，我们从侧重宗教研究之角度来组织编辑了这套开放性的"宗教研究辞典丛书"，旨在更细致、更深入地解释相关宗教概念、术语、人物和历史知识，从而希望能为广大宗教研究者和相关读者提供一种"工欲善其事，必先利其器"之帮助。

根据上述宗教学研究中的一些基本原则和现代社会中"开放性"研究的趋向，我们在这套丛书中亦邀请了一批宗教界的学者参与编写，对其信仰意向、思想框架和行文语气基本上加以保留，以便能为我们的宗教理解和研究提供必要的"原型"和"本色"。因此，这些思想观点并不代表丛书编辑者的立场态度，而仅供广大读者参考、比较和鉴别。另外，宗教研究的术语、概念有许多来自其他民族语言和文化传统，我们在此亦采取了"保留原文"、"忠实于原文"的处理，以供广大读者深入研究和查找原文之用。

这一丛书的编辑出版得到了海内外许多朋友的关心、帮助和参与，亦获得宗教文化出版社的大力支持，我们在此表示衷心的感谢。希望我们这套丛书的出版在中国当代宗教概念、术语等知识介绍和研究中能够起到"雪中送炭"或"锦上添花"的作用。

2003 年 4 月 10 日于北京

17. "当代基督宗教研究"丛书总序

　　当代基督宗教代表着其两千年历史的积淀和总结，并意味着其未来发展的基础和起点。从 20 世纪至 21 世纪为基督宗教的当代发展时期，这亦标志着其进入第三个千年发展的重要过渡时期。因此，在这一独特历史时机对其展开系统而全面的研究，对于我们弄清作为目前世界上信教人数最多、社会影响最大之宗教的基督宗教全貌，预测其未来发展趋势及在全球社会转型、世纪交接过程中的作用，以及分析当代世界宗教之总体格局和发展走向，都有着重要的意义。

　　基督宗教历史悠久、蕴涵丰赡，与整个人类文明史的发展息息相关，密不可分。在近两千年错综复杂、蜿蜒曲折的历程中，基督宗教的思想理论作为一种典型的灵性思维方式和宗教哲理探讨曾迸发出绚丽多姿、色彩斑斓的思辨火花，展示过求真悟道、物我无羁的超然境界；而其社会存在则作为一种巨大的信仰群体和文化现象参与了世界文明形态的共构，影响到人类历史的演进变迁。基督宗教在其发展嬗变中形成的文化体系，曾铸造了古罗马帝国真正统一的宗教精神和思想气质。中世纪欧洲更是直接以基督宗教的精神特征来表达其文明发展所达到的造诣、境界，所体现的风采、韵致。近代以来，基督宗教曾作为西方文化的精神真髓和灵性本质与人类其他文明形态相接触、碰撞、冲突、交流或融合。而在当代世界的多元发展中，基督宗教的辐射、浸染、驰骛、扩展，已深入到多族多国的社会文化生活中，并真正具有其全球性意义。不过，其"全球性"伸当代基督宗教之存在与其传统相比已大有不同。在 20 世纪世界历史风云的洗涤下，基督宗教已呈现民族化、地域化和政治化等多元发展之势，在许多方面进入了其文化转型和体系重建的过渡。尤其是自第一次世界大战以来，基督宗教的思想和社会发展均出现了扬弃或超越其传统的革新运动，各种新思潮、新流派应运而生，从而促进了基督宗教的文化体系本身发生重大变化。当然，这些变化是多层面、多方向的。它们既有在视域上的拓宽、扩大，亦有在方法上的变革、更新；既有在发展走向上的另辟蹊径，亦有在社会参与上的根本改观。这样，当代基督宗教乃以其日新月异、变动不居之态而给人留下紊乱、失衡之感。其在社会生存、认知取向、审美情趣、灵性追求和价值评断各方面的标新立异、五花八门，使其信徒一方面为其传统精神的某种隳沉或失落而感到忧虑，另一方面却为其现实发展中出现的某些转机和新生而感到兴奋。当代基督宗教发展的这种扑朔迷离、跌宕起伏之现象，正引起人们从不同的思想传统和文化氛围出发来加以把握、分析和解说。

在我们这个让人感到日渐变小的"地球村"中，人类思想的各种变革都已有着牵一发而动全身的效应，会导致其历史与现实的交织和呼应，引起众多社会领域或文化层面的震颤与共鸣。所以，当代基督宗教的发展变迁亦有着"一石激起千层浪"的普遍影响，乃是我们了解当代世界格局、研究人类社会现状的一个重要方面。

我们对当代基督宗教的分析、研究，是以中国人的眼光来审视、观察这一在 20 世纪有着深远影响的社会文化思潮，其视野及切入的角度自然与欧美学者的研究不同，而其立场、观点更是与以往基督宗教研究中的欧美中心论或西方中心论迥异。不过，我们的研究亦为一种开放性、对话性研究，所强调的乃是世界整体与中国的关联、历史演变在现今的延续，从而体现出共时性和历时性研究之交汇。通过这一研究，我们旨在理论上深化对当前世界宗教神学、哲学的了解，对基督宗教之思想发展所达到的深度、广度及其最新动向加以捕捉、勾勒和概括、总结；在实践上则能认清基督宗教在当代世界社会文化各层面所发挥的作用，以及对目前中国社会发展的影响，从而为我们迎接时代更新和步入 21 世纪之后的挑战做好思想及理论准备。

《当代基督宗教研究》丛书为国家社科基金"九五"重大项目及中国社会科学院重点研究课题"当代基督教现状与发展趋势"的成果。这一课题分为三个层面：一为系统分析全球基督宗教现状，包括对其教派、修会和重要机构之情况的勾勒；二为总体把握当代基督宗教的理论思潮，包括对其神学、宗教哲学、价值观念、伦理道德和社会学说的梳理；三为审视、评价基督宗教的社会文化生存，包括对其社会运动、热点问题的阐述及其未来发展的推断。课题涉及的基本内容乃从基督宗教的当代神学理论思潮之探入手，系统研究当代西方新教神学和天主教神学、当代东正教神学思想和亚非拉美当代神学，并进而向其社会层面拓展，关涉当代基督宗教的教会发展及其社会关切之全方位研究，以涵盖 20 世纪和 21 世纪初基督宗教的发展全貌，了解其最新动向，预测其未来趋势。为此，这套丛书共包括六卷：《当代西方新教神学》、《当代西方天主教神学》、《当代东正教神学思想》、《当代亚非拉美神学》、《当代基督宗教教会发展》和《当代基督宗教社会关怀》。

这种从宏观整体上对当代基督宗教的把握和多层面分析，在国内学术界尚属一种开拓和尝试；而对 20 世纪 60 年代以后基督宗教发展的探索，以及对亚非拉美本土神学和教会状况的关注，在整个国际学术界亦较薄弱。因此，我们深知这一研究难度颇大，虽然经过十年的艰苦探索和研习，有着在欧美、亚非等地的奔波、调研，目前所取得的进展仍仅为抛砖引玉之初探。而且，当代问题的研究总是处于变动、发展之中，本来就不会有根本性终结或停止，新的变迁因而会不断突破我们的研究前沿。因此，我们这里暂时告一段落的研究也难免有时空之限，其不足之处有待于海内外学界专家同仁的诲正、补充、提高和完善。在"究天人之际，通古今之变，明中西之交"的世界宗教文化研究中，我们将继续努力。

2006 年 5 月于北京

18. "当代基督宗教译丛"总序

当代基督宗教发展正面临其新的世纪之交和千纪之交。20 世纪的结束和 21 世纪的来临，在基督宗教信仰传统中不仅标志着其百年转换，而且更意味着其将迈入第三个千年的发展。基督宗教有着两千年的思想文化积淀，在目前已发展成为信教人数最多、社会影响最大的世界宗教。回顾其悠久历史和复杂发展，基督宗教的第一个千年是其创教和确立的时期，其间它经历了欧洲历史上古希腊罗马文化向欧洲中古文化的转型，参与了欧洲社会政治的重构和西方思想文化体系的创建。基督宗教的第二个千年则是其由鼎盛走向多元的时期，在这一千年之初它曾达到"神本主义"和经院哲学的鼎盛，创立了欧洲中世纪敬拜上帝的文化，而随着此千年中期欧洲民族国家的崛起和宗教改革运动的发展，它却在其多元转换中真正走向了世界，成为全球性宗教。今日基督宗教的状况乃是其两千年历史的积淀和总结，它给我们前瞻、预测其第三个千年的发展走向提供了思路和启迪。

当今世界，人类社会正发生天翻地覆的变化，高科技的发展和信息时代的来临使地球在"变小"，人与人在不断"贴近"，而"知识创新"亦带来了人们的思想创新和多元趋向。物质文明发展与精神文明的脱节已经给现代人带来了新的忧虑、空虚和恐惧，在人们的这种灵性渴求和呼唤中，宗教认知及其精神思想重新活跃，基督宗教的发展亦获得了新的契机。本来，宗教与社会就有着不可分割的联系，宗教信仰作为人类文化现象和社会存在乃直接参与了世界文明多元体系的构筑，人类现代文明的发展亦不离宗教的体现和表现。基督宗教在西方文明乃至整个世界文明的进程中曾起过重要作用，随着西方社会近代发展的"世俗化"过程，基督宗教在其中亦有着"祛魅"的痛苦经历。但步入 20 世纪以来、西方"现代"社会被不断解构,"后现代"思潮和新的宗教灵性奋兴运动使一度消沉的基督宗教精神活动重新崛起,现代社会正出现"祛俗"的迹象和宗教思想的"返魅"。就是在这种思想氛围中,基督宗教正谈论其信仰真谛的现代理解,展示其对第三个千年的期望和憧憬,准备其对新千纪门槛的跨越。在此,我们研究当代基督宗教的现实意义乃得以显现。

我们对当代基督宗教的理解,是指 20 世纪以来,尤其是第二次世界大战结束后基督宗教的发展现状。为此,我们开展了这一领域的研究课题,主持了"当代基督宗教研究"为题的国家重点科研项目,从其当代神学理论思潮之探入手,系统研究当代西方新教和天主教神学、当代东正教神学和亚非拉美神学,并进而向其社会层面扩展,开展当代基督宗教教会发展及其社会关切研究,以涵盖其发展全貌,了解其最新动向,预测其未来趋势。为了配合这一课题研究,从第一手材料直接了解当代基督宗教的发展变迁,我们组织翻译出版了这套《当代基督宗教研究》译丛。丛书所选乃 20 世纪以来基督宗教著名学者的重要著作,旨在对其思想理论和社会实践有一基本反映。由于当代基督宗教流派众多、思想繁博,我们不可能对之详尽描述,而只是立足于典型剖析、触类旁通,故挂一漏万亦在所难免。鉴于基督宗教教派有别、表述各异,我们在翻译中对其汉译术语亦不求统一,以便尽量准确反映其思想本真。在此,我们以"基督宗教"或"基督教"来表述这一信仰之各大教派的总称,而在其人名、专业术语的翻译上则相宜而行,以保持其相关表述之汉语原貌,但尽量在相关人名、术语汉译后附上原文,以供读者甄别、确认。通过这套译丛的推出,我们希望能深化对当前基督宗教思想文化的了解,促进这一领域的研究。这对我们目前跨越世纪和千纪的认知准备,也是必要的、及时的。

2002 年 3 月于北京

19.《中国宗教学》(第一辑)
代前言:开创 21 世纪
中国宗教学的新局面

　　中国宗教研究历史悠久、成果颇丰,但宗教学作为一门独立的人文社会科学学科研究却始于 20 世纪初,并受到当时创立不久的西方宗教学的影响。在我国宗教学的现代发展过程中,可以说是翻译介绍与独立研究齐头并进,有机共构。1964 年,中国科学院世界宗教研究所在毛主席、周总理的亲自关怀和倡导下得以创建,从而为体制性、建构性的宗教学研究在中国的诞生和发展奠定了基础。就中国宗教学研究现状而言,我国宗教学研究的意义及作用大体可包括两个层面。一个层面是宗教研究涉及许多"全局性、战略性、前瞻性"的理论和实践问题。在当今世界,信奉各种宗教者约占世界总人口的五分之四。宗教与人类社会政治、经济、思想、文化各方面有着极为密切而复杂的联系。在全球化的进程中,宗教问题往往会形成局部地区的焦点和全球性的热点,对整个世界产生深远影响。国际竞争、国际较量也常常会以宗教冲突或宗教自由、宗教人权问题之争的形式来表现,宗教在不同国度的存在呈现出政教分离、政教合一、政教协约等多种形态,其现代发展正展示出现代化、世俗化、本土化等主导趋势。各宗教之间及其内部亦有着保守与革新共在、衰落与复兴相继、冲突与和解并存、竞争与合作同行的多元景观。因此,在 2001 年 12 月全国宗教工作会议上,江总书记深刻指出了宗教问题的"特殊敏感性"。这一层面的宗教研究乃基于一种"问题意识",其落脚点即为应用研究和对策研究,是一门"谋事"的学问,旨在解决具体现实问题。这里,宗教研究涉及国际政治、民族关系、经济发展、社会转型、法治建设、国家安全、世界和平等重要方面，与政治学、外交学、民族学、经济学、社会学、法学等研究有着直接关联。正是在这一层面，我国宗教学有其极为重要的现实意义及作用，可以立足国情、立足当代、面向世界、面向现实的积极姿态来分析、研究宗教问题的来龙去脉和宗教发展的最新影响，为我们的战略决策提供知识背景、信息资源和理论依据，能在一些重大课题的研究上积极有为。

另一层面则是宗教研究在探讨人类文明进程、人类精神奥秘上关涉许多基础性、理论性、历史性和知识性的问题，与文史哲等人文学科的发展与关注有着密切联系。在此，我国宗教学仍属于基础研究，其研究全面触及人的精神世界、精神生活、精神象征、精神动力等领域，体现出科学的严谨、哲学的智慧、思想的敏锐和史学的深沉，表达了文化即精神文明建设上追求人性陶冶、人格升华、人文充盈的情趣和境界。应该承认，在了解和把握错综复杂的人类精神现象上尚有许多未知领域，人们对于人自身的"心路历程"和"精神现象"仍知之甚微。因此，宗教学亦是一门"谋心"的学问、一种"精神现象学"。而研究人的精神现象，弄清宗教与精神、宗教与理性、宗教与科学、宗教与人生、宗教与文化的关系，了解人的超然追求和终极关怀，亦是社会科学基础研究和理论研究的重要使命。这种研究旨在人文精神和科学精神的系统培养和有机结合，使人们得以体悟和洞观人的精神世界的精微和复杂，把握人类信仰现象及其特征，从而引导人们树立正确的世界观、人生观和价值观，获得健康向上的情操和理想，防止精神生活的偏差或失误。在这种基础研究意义上，应认清宗教学学科发展自身的规律性和其学科构建的系统性及整体性，正视其学科发展乃有不受外因或外界之限的独立、自由之"轨迹"，因此，在其学术发展上必须提倡"百花齐放，百家争鸣"，保证学术研究的公平和自由。当然，宗教学的基础研究也要重视其与现实生活和时代发展的关联，而对现实重大问题的应用、对策研究若能建基于这种基础性、理论性系统研究之上，则能洞若观火，达到一种透彻、澄明之境。

宗教研究包括"入乎其内"和"出乎其外"两大走向。所谓"入乎其内"的研究，即研究宗教会怎样发展，它在社会生活中的社会定位和社会作用，不同宗教之间的对话，宗教自身如何不断地改革完善，等等。这些研究首先是宗教界、宗教本身所关注的问题，如"中国神学的建设"等讨论，它们有其信仰前提或关注，有其思想沿革和传统。当然，作为其他领域的宗教学研究者，也要关注这种"入乎其内"的问题，同宗教界的学者、宗教领袖以及信教群众就此进行交流、对话，对宗教有真正的体认和理解，作出"不隔"的解释和研究。就此意义而言，宗教学也必须把神学研究的问题、方法、历史作为其研究对象，把握宗教现象的思想核心和精神真髓。

对于宗教学学科自身来说，其更多地则应是"出乎其外"的研究。所谓"出乎其外"，就是跳出单纯某一宗教的立场和视角之外，从普遍的角度来研究各种宗教。宗教神学以其信仰为前提，而宗教学研究则并不以信仰为其必要前提。许多宗教界的学者从事宗教学意义上的研究，亦是采取了悬置研究者的信仰之态度，基于客观描述和理性认知的方法，认可宗教学研究的基本原则和规范。因此，宗教学研究者既可有教外学者、亦应有教内学者的参与，其关键并不在于人员的不同，而是起点、态度、方法上的相同。宗教学是跨宗教、跨学科的研究，它一方面要求研究者对宗教应有"同情性理解"和客观性研究，另一方面也要求信仰者在这一研究中"悬置"其信仰前提。

这种"出乎其外"的宗教研究可以从三个层面来展开：其一，关注宗教学所内含的"学术性"，了解什么是"宗教学"，宗教学自身的历史、问题与发展，中国宗教学同西方宗教学是什么关系，宗教学作为一个学科体系主要包括哪些内容，它对于社会、尤其是对于学术发展起了什么作用，在整个学科体系中的地位如何，等等，这是纯学术性层面的研究。其二，是对"宗教性"的关注和研究，即探究宗教之为宗教的特性，宗教现象有什么特点和规律，信仰与宗教是什么关系，等等。这是从精神气质和人性本质层面对宗教的探讨，人们对之有着普遍的关注。其三，即对宗教"社会性"的研究，如宗教与社会政治的关系，宗教与国际局势发展的关系，等等，也就是我们经常说的对一些具有社会性、群体性及战略性问题的研究，涉及面广、现实性强。从问题意识而言，它不像"宗教性"那样深邃，却是人们关注的热点、焦点和敏感问题。宗教学不回避现实社会问题，而必须直面它，对之进行严肃、科学的探究，找出解决问题的办法或提供具有启迪意义的思路及可行途径。

中国宗教学要开创新局面，则必须与时俱进、与时俱新。无论是基础研究还是应用研究，都应该持一种发展变化的辩证观念，应在解决理论和现实问题的同时摸清规律、抓住本质，开展理论创新。在世界步入"全球化"、中国实行改革开放这一基本国策的新形势下，我们必须在发展具有中国特色、满足时代需求的马克思主义宗教观，积极引导宗教与社会主义社会相适应，支持宗教界努力对宗教教义及其道德伦理规范作出符合社会进步要求的阐释上进行深入探讨。当然，宗教究竟应该如何与我国社会主义社会相适应，这是全社会和各族人民都十分关注的问题。对这个问题不可单纯地从政治层面来理解，不能仅仅将之作为一项政治任务，还必须从学理上、认知上把这个问题讲清楚。为此，我们应以一种更广远的视域从文化思考上探究中国文化的构建、中华民族的信仰特色，以及中国社会在其宗教适应、调整过程中如何面对开放世界的发展和全球化带来的全新挑战等问题。对此，我国的宗教学研究还需要进一步解放思想、实事求是。

我国宗教学研究的"中国特色"，大体可以从三个方面来体现：第一，经过改革开放以来二十多年的发展，我们宗教学研究队伍的人员构成主要集中在人文社会科学领域，通常论及中国宗教学研究有三支队伍，即学术界、宗教界和党政部门，而这三支队伍的研究人员大多以从事人文社会科学为主。诞生在西方的宗教学虽已经历了一百多年的发展，但在其大本营即西方各国却仍以神学研究为主，在神学内部研究宗教的学者要远远多于其他人文学科领域进行纯宗教研究的学者。虽然西方各国研究宗教的力量很强，研究人员亦远远超过我们，但如果没有神学界众多学者的参与，其纯粹的宗教学研究队伍则并不强大。而中国宗教学在人员结构上的这一大特色，与西方乃至整个国外宗教学研究形成了鲜明对照。第二，中国宗教学研究侧重也与西方不同，我们关注和研究的一些问题与西方宗教学的侧重不太相同，如中国人的信仰特色和宗教性问题，儒家传统与中国宗教的关系问题，中国宗教与历代政权及相关政治的关系问题，宗教在中国社会存在、适应和发展的方式问题，以及中国宗教研究在"科际整合"和边缘学科交叉、叠合意义上的人文社会科学关注及关联等问题，都颇具中国特色，乃典型"中国问题"。第三，中国宗教学有自己的学术传统和研究习惯，无论是从哲学、还是从历史意义的研究上，中国学术界都善于从宏观、整体、本质上把握问题。相比之下，西方宗教学似乎更为关注细的分支学科，关注局部、个案和微观研究。中国学者这种"大写意"的研究方法恐怕不只是在宗教学，也不仅仅限于其初创阶段，而是在其他学科、在宗教学全面发展的鼎盛时期亦多有体现，甚至包括许多历史悠久、积累深厚的人文学科亦有这种研究习惯和倾向。这种从宏观、整体上抓大放小之"大写意"的进路，固可视为一种"中国式"的思维方式或研究方法，一种"中国特色"的问题意识和解决途径；它与那种"工笔"式的精雕细刻、凸显局部之研究方法和学术情趣可以互补，却无法彼此替代。所以说，从这三个方面，我们可以扬长避短，进一步发挥我们的特色，形成宗教学研究中别具一格、特性鲜明的中国学派。

21世纪中国宗教学的发展前景光明，形势很好。因此，我们中国宗教学者应义不容辞地抓住机遇，顺应时代的发展和要求。中国作为一个文明古国和泱泱文化大国，需要其学术百花园中有宗教学这朵奇葩来为之锦上添花。我们要让中国社会了解、理解宗教学这门学科的发展对中国本身的现实意义，使中国国民认识到宗教学学科体系的构建对于中华文化和中华学术的发展乃必不可少，弄清这一学科在中国文化中的现代定位和历史意义。为了开创21世纪中国宗教学的新局面，我们有必要加强合作，推动一批重大研究课题的问世和实施。我个人认为，这些重大研究课题至少应该包括下述三个方面：其一，与现实密切关联的全局性、战略性、前瞻性课题；这些研究有其时限性、紧迫性，在某种程度上需要有关党政部门和学术机构的有机合作，在信息资源和背景知识等方面交流、互补。基于这些现实重大问题，我们亦可从理论和学术层面上对宗教的历史、现状和未来加以系统梳理或推测，探究在全球化氛围中宗教在现代中国社会的文化存在、作用和意义问题，对其基本功能和历史命运作一番涵盖社会政治层面的文化战略思考。这一研究领域以开放性、灵活性为特点，可以随时根据当代社会出现的新问题、引发的新思路来调整、补充、完善。其二，与宗教学学科发展相关联的基础性建设课题；西方宗教学创始人缪勒在提出"宗教学"这一学科概念之后，曾亲自出面主编51卷《东方圣书集》，为这一新兴学科的发展奠定了良好的资料基础。因此，在目前世界和平发展的大好形势下和我国"盛世"国力雄厚的条件下，应多方呼吁和努力，设计、实施一些具有基础建设和资料搜集整理意义的重大课题。应该承认，与现实相关的不少课题会随着现实的发展变化而相应改变，有些课题自然会有时过境迁之命运，而这种基础、资料建设的课题则有可能跨越时代而长期留存，成为标志我国宗教学发展的重要里程碑。其三，与宗教学体系构建和完善相关的理论性课题，如大家所关注和经常讨论的，中国宗教学究竟应为一种什么体系，它的构建、内容是什么，我们应该解决哪些基本问题，建立哪些必要范畴，形成哪种框架等。我们必须发现或发掘一些"亮点"或突破点，由它们构成或显示中国宗教学现代发展的"轨迹"和"特色"，使宗教学在当代中国将与其他人文社会科学一样，起到"传承文明、繁荣学术、创新理论、资政育人、服务社会"的作用。为了这一目标，让我们共同努力！

　　（本文是 2002 年 7 月 18 日中国社会科学院世界宗教研究所和中国宗教学会召开的"全国宗教研究、教学机构负责人联席座谈会"开幕辞的主要内容）

20.《中国宗教学》
（第二辑）前言

宗教学在中国正处在方兴未艾的发展阶段，正引起越来越多的各界学者的关注和参与。这一研究涵盖较大，在我国学术界尚未涉足的方向较多，因而有着许多可以创新的领域，其学术前景亦颇为乐观。当然，要使宗教学在我国真正达到系统化并且有一定规模，仍需中国学者们的不断努力、持之以恒。中国宗教学会的主要工作之一，就是要起到中国宗教学界学者之间的联络作用，体现中国宗教学研究的团队精神。

为了加强学术联系，促进宗教研究，我们克服了 2003 年因"非典"而带来的种种困难，在 2003 年 12 月 8 日至 9 日在中国社会科学院组织召开了中国宗教学会 2003 年学术研讨会暨工作会议。这次会议由中国宗教学会、中国社会科学院世界宗教研究所和中国社会科学院基督教研究中心联合主办，其主题为"世界宗教中的社会伦理、人文精神：基础、历史与实践"。来自全国各地的约 50 位学者出席了这次研讨及工作会议，会上发表了约 20 篇学术论文。学者们围绕世界宗教中所体现的社会伦理及人文精神展开了学术探讨，并交流了各地宗教学研究机构的研究意向、学术进展等情况，并对宗教学研究目前所面临的困难及相关问题进行了讨论。大家普遍认为，宗教学的研究在当代中国极为重要，这一研究不仅已成为中国社会科学及人文学科中的一个不可缺少的领域，而且也是当代中国改革开放、精神文明建设和学术成就的一个亮点、一个突出标志。因此，宗教学在我国任重道远，理应得到大力发展，并获得社会各界的承认和鼓励。

在此，我们编辑了这次会议的部分论文，亦收集了与上述主题相关的一些学术论文，作为《中国宗教学》第二辑出版发行。这些文章代表作者自己的观点，乃体现文责自负的原则和学术争鸣的精神。这次会议的召开和本文集的出版得到了德国米索尔友爱团结基金会（MISEREOR）的部分资助，亦得到社会各界朋友的大力支持，谨此表示我们衷心的感谢！

21. "基督宗教译丛"总序

　　基督宗教有着两千多年的文化历史，与整个人类文明发展密切关联。按其宗教信仰及思想精神传统，基督宗教的核心构建乃源自古代希伯来文明与希腊文明之结合。在漫长的历史演变进程中，基督宗教已经成为西方思想文化的重要载体，亦被理解为西方社会发展的"潜在精神力量"。在当今世界，基督宗教从其规模之大、传播之广、信众之多等方面来看，都可堪称世界第一大宗教，在世界宗教文化体系中起着举足轻重的作用，有着不容忽视的地位。随着"全球化"的发展，基督宗教的"普世性"亦有其重要体现，其信仰蕴涵和社会展示已不再仅限于西方世界，而是具有"全球"意义，有着世界宗教的典型特征。

　　回顾基督宗教的悠久历史和多元发展，可以看出其乃宗教精神、思想体系、文化传统、社会建构和政治制度的复杂共构，其信仰表现在精神、境界、理念、情感、实践、结构、传统、民俗等多个层面，彼此之间亦有着奇特的交织。在其形成和发展过程中，基督宗教乃不断充实其内涵，完善其体系，扩大其影响。这样，它已逐渐铸就其自我形态，形成其存在特色。总体来看，可以说基督宗教是一种具有崇拜上帝这样绝对一神观念并突出耶稣基督为救主的宗教信仰体系，以及与之相关的精神价值形态和道德伦理观念；基于其核心信仰精神和价值观念，它发展出其独有的神学理论框架、教义礼仪体系、哲学思维方式、语言表述形式、政治经济结构、社会法律制度、行为规范准则、文学艺术风格、传统风俗习惯等；在其信仰精神和社会存在方式的制约或影响下，基督宗教群体或个体亦有其独特的生存选择、思想情感、文化心态、致知取向、审美情趣和灵性修养。而其教会及教阶制度也提供了其与众不同的社会结构、组织机构和政治建构。

　　基督宗教的第一个千年是其创教和确立的时期，其间它经历并促成了欧洲历史从上古希腊罗马向欧洲中古文化的转型，而且它在从古代地中海世界向中世纪欧洲社会的转换之中还出面完成了这些古代文明发展中"知"、"行"、"信"之阶段的过渡和融合，从而积极参与了欧洲社会政治的重构和西方思想文化体系的创建，使之进入一个"信仰的时代"。基督宗教的第二个千年则是其由欧洲到"西方世界"、从"西方宗教"到"世界宗教"的发展时期，其信仰体系的完成曾导致"神本主义"的流行和经院哲学的鼎盛，而中世纪多个阶段的"文艺复兴"亦使基督宗教帮助欧洲走出中世纪最初的"黑暗"、步入其近现代发展；尤其是多种宗教改革运动虽然导致了基督教会的分化和多元，却也促成了欧洲民族国家的兴起和其信仰真正走向世界，发展为全球性宗教，由此使基督信仰能够有多种表述，并在遍及全球的人类多种文化中得以展现。而基督宗教的第三千年从一开始就充满挑战和刺激，如何面对"全球化"的发展和"世俗化"的趋势，如何化解政治的对抗和文明的冲突，基督宗教必须在多元文化、多种宗教的相遇和对话中重新认真审视其"神圣性"、"真理性"、"普世性"和"公共性"的诉求，以面向一个未知的新千纪。

　　在基督宗教的思想文化发展中，留下了浩如烟海的文献、史料。这是人类宝贵的精神财富，也是我们了解、研究世界宗教与文明历史的重要资料。我国较系统、成规模的宗教研究刚刚开始，仍然需要翻译、研习大量的外文著述。关于中西比较和对话的意义及方式，徐光启曾非常精辟地指出，"欲求超胜，必须会通；会通之前，先须翻译"。因此，西文中译工作乃是了解和研究西方、"明中西之交"的第一步。只有知彼才能真正对话，只有对话才能达到与其沟通，也只有沟通才能取长补短，最终达到"超胜"之目的。在进入 21 世纪之后，中西对话势必加强，而作为两种"强势"文化体系的中国文化与基督宗教文化的相遇、交流、互渗、沟通也必然会达到一个前所未有的高潮。这两种文化的对话及其结果，对于双方的未来发展都至关重要，而且还可能会影响到整个人类社会今后的走向及其命运。实现"和而不同"，有赖于相互沟通和理解，知道彼此的"同"与"异"。而"和"则势必要开放、包容、有其"海纳百川"的气势，表示"多元共在"的姿态。

　　基于这一考虑，我们开始组织翻译古今基督宗教的相关重要著述，作为"基督宗教译丛"出版面世。其选题以基督宗教的思想理论为主，但亦包括其在历史发展、社会文化诸领域的重要著作。通过推出这套译丛，我们希望能有助于当今中西思想、文化和宗教对话，以展示基督宗教这样一种典型的世界宗教来认识人类宗教的深度和广度，把握人类文明得以持续发展之"潜在的精神力量"，真正看到并准确理解人类存在中的"信仰"意义，为构建"和谐社会"、促成"世界和谐"作出具体的努力和贡献。

2007 年 10 月 29 日于北京

22. "世界宗教研究译丛"总序

宗教反映出人的精神生活，是人类文明的重要现象，也是人类社会的一个基本组成部分。宗教作为人类历史发展的产物，与"人性"、人的"社会性"和"精神性"有着密切关联，展示出人的精神世界之丰富、复杂，并对世界大多数人的宇宙观、人生观、价值观形成重大影响。因此，人在自我反思和自我认知中，必须高度重视人的这种宗教"灵性"，意识到其精神领域中的信仰特征。

宗教的历程与人类的发展密不可分，其经历的原始宗教、民族宗教、国家宗教和世界宗教各种形态都与人类社会形态的发展演变复杂交织，其宗教的基本构建亦与人类社会结构有着种种吻合或重叠。宗教的存在迄今仍对世界上大多数人产生着广远而深入的影响。据统计，当前全世界信仰各种宗教的人数已达 50 多亿，占世界总人口的 85%，其中信仰基督宗教的人数近 22 亿，占世界总人口的三分之一；世界穆斯林人数约 13 亿，为全球总人口的五分之一；此外，印度教有 8 亿多人，佛教 3 亿多人，新兴宗教 1 亿多人，其他各种民族宗教、本土宗教亦教派林立、信徒众多。宗教的存在与发展也会对整个世界的格局和人类社会的走向起到直接或间接的作用。因此，我们应该高度重视并认真研究世界宗教问题，弄清其古今发展及存在态势。

从对宗教的理解而言，宗教指人对"神圣"或"神圣者"的信仰，反映出一种具有终极意义的"神人"或"天人"关系。从中国文化传统来看，"宗教"观念是由"宗"、"教"二字合并而成。按其语义，"宗"乃涵括自然崇拜和社会崇拜两大方面，前者指"禋于六宗"，即"天宗三——日月星，地宗三——河海岱"；后者即"尊祖庙也"；都关涉崇拜和礼仪活动。"教"则以理论教化方式来表示人们"对神道的信仰",即"圣人以神道设教"、"修道之谓教"。"宗教"二字最初合用则见之于佛教术语,梁朝袁昂(459—540)在其《答释法云书难范缜神灭论》中就已二字联用,论及"但应宗教,归依其有"。佛教以"宗教"来指崇奉佛陀及其弟子的教诲,其中"教"为佛陀所说,"宗"即佛陀弟子之传。在西方信仰传统中,religion 源自拉丁文表述,本意为"重视"对神灵的敬仰,以及神人之间的"结合"或重新联结。中文"宗教"术语通过佛教典籍的翻译而传入日本,其佛教界最初把用语言难以表述的真理称为"宗",而关于这种真理的教义则为"教"。自 1868 年起,日本明治政府的文书将西文 religion 译作"宗教"。这一中西关于"宗教"的术语由此相互关联,后又"假道日本而入中国",如黄遵宪(1848—1905)在其 1887 年完稿、1895年出版的《日本国志》中已多次沿用日文"宗教"术语,其语义与西文 religion 则颇有关联。此后逐渐形成汉语"宗教"一词的现代语义,表示对"终极实在"的关切、追求和信奉。

宗教与人类社会及世界文明的许多方面都有着密切而复杂的关系,因而是我们深入了解人类自我、弄清其社会及文化发展的一个重要窗口。不认识世界宗教,也就不可能真正认识世界历史,更谈不上对人类思想文化发展之脉络神髓及其内在规律的掌握。而且,宗教学作为一种跨学科研究,与人类学术领域的许多学科发展亦紧密相连,有着种种交织与重合。所以,我们观察、研究宗教学的学科发展,对于促进跨学科研究、扩大学术视域、形成相关研究的交融互渗和综合优势,繁荣我们的社会科学,同样有其独特意义。

世界宗教的发展历史悠久、思想深邃,有着丰富的著述传世,这些宗教文献已成为重要的人类精神遗产。中国在历史上曾有过对世界宗教从文献学、考古学、历史学和哲学意义上所展开的研究,留下了珍贵史料。但宗教学作为一门独立的人文社会科学之学科研究却起源于西方,在其百余年的发展过程中,国外宗教学者有着浩如烟海的学术著作,而在当今世界宗教研究领域亦不断推陈出新。自中国改革开放以来,宗教学也在中国学术界得到系统发展,中国学者开始对世界宗教展开系统而全面的研究。这种研究的一个重要方面,就是组织翻译出版世界宗教中的重要著作和宗教学研究领域的相关名著，由此以达"他山之石、可以攻玉"之效，并能从"翻译"求"会通"，最终获得"超胜"的结果。

作为一门新兴学科的基本建设，进行资料翻译、展开基础研究乃非常重要。我们在宗教学上要想"超胜"，则必须积累各种学术资料、研习以往的学术成果，打好坚实的基础。而且，翻译、研究世界宗教的重要著述，也是研究世界文明体系、了解各种思想文化的一个重要方面。这种翻译和研究既能使我们具有"海纳百川"的学术胸襟，又能帮助我们推陈出新，达到会通和超胜。基于这一意义，我们组织了"世界宗教研究译丛"，旨在不断翻译出版这一领域的经典名著、研究成果，以能形成当今中国学界中西合璧、沟通并跨越东西方的宗教学学术体系和研究方法，繁荣中国学术，促进世界和谐。为了这个目标，让我们共同努力。

2008 年 1 月 6 日

23. "基督宗教与公共价值"
丛书总序

　　"公共价值"的追求与确立，是构建一个和谐世界的必要条件。人类的"共在"需要"共识"，因而其社会价值、伦理规范的"公共性"、"公度性"就显得格外突出和重要。当然，不少人会问：在一个多元的世界中究竟有没有"公共价值"？"谁"的价值能代表"公共"价值？对于第一个问题，大多数人会作出肯定性回答，承认"公共价值"、"普世价值"的真实存在，认为这种价值反映了人类的共同追求，代表着世界大家庭的公共利益。而且，"公共价值"亦代表着人类精神及世界文明的结晶，对整个人类的有机共构、和谐发展具有永恒的意义。但是在关涉第二个问题时则会有不同的答案，或出现明显的意见分歧。其实，这种"公共价值"并不为某一种文化或思想体系所独有，而是人类不同文化、不同信仰及不同思想精神中所蕴涵的"共识"，即人类"公共"享有的共同"价值"。在此，询问"谁的价值"具有这种"公共"代表性已不重要，更不能以强调其"独有性"、"普遍性"来排斥其他价值体系。"公共价值"的树立，找寻的是"共识"与"共鸣"，提倡的是"求同存异"。

　　"全球化"时代的到来，使人类真切体会到其"公共空间"的存在，也更加需要其"求同"或"求和"的"公共论坛"。1993年8月至9月，世界宗教议会（Parliament of the World's Religions）再次在美国芝加哥召开。大约有6500人参加的这次大会不仅是对世界宗教议会1893年在芝加哥召开100周年的隆重纪念，而且是寻求当今各宗教之间对话、找到其公共话语之全新努力的开启。这次会议的一个重要突破，因而亦成为其被世界关注的一个重要标志，就是《走向全球伦理宣言》的提出。"全球伦理"

由此而凸显为万众瞩目的"亮点",并启迪、引导人们去认识、理解人类应该达到或已经拥有的"公共价值"。这里,其倡导者所使用的乃是单数的"全球伦理",而不是用复数的各种道德伦理标准来集合。如此看来,"全球伦理"也是"多"中求"一",在众多的伦理标准中找出能够成为"一种"规范性、共识性、"公共性"的"底线伦理",即寓于各种伦理之中、却表达出同一价值的"金规则"。从追求"全球伦理"的努力及其进程中,我们可以悟出在人类多元价值中"公共价值"的存在及其意义。

在世界宗教中,寻找"公共价值"的意向及其意义得到典型体现。许多宗教在其相关的社会及文化中乃代表着"公共价值"。可以说,宗教价值与公共领域有着密切关联。宗教作为个人的信仰体验和神秘经验的确是私人的、个我的,但宗教作为社会群体的共同信仰和相同精神追求,也同样揭示出其真实存有的"公共性"、"共享性",并非仅限于自我之"私密"。在这一意义上,宗教乃表达出相关人群的"公共价值"。为此,人们在当代已越来越多地谈论"公共宗教"、"社会宗教"或"国民宗教"之存在。但是,在信仰迥异、观念不同的众多宗教中,有没有可能存在"公共价值"呢?在以往所经历的宗教纷争、宗教冲突中,其回答似乎是否定的,认为在各自矛盾、对立的信仰观念中不可能找出其"公共价值"。然而,在当代世界宗教的比较、对话思潮中,上述看法已出现动摇、产生变化。这种宗教之间的对话所要完成的其中一个重要任务,正是找出不同信仰体系之中所共有的、共同的或共通的因素。宗教间对话的成果十分丰富,对话多方从最初的相互排斥逐渐走向相互聆听和接纳。在对话过程中,各宗教不仅在努力寻找和建立共同的"核心价值",同时也更加深入领会到自身存在的个殊性及与其他宗教的差异。但这并不意味着重新回到最初的对立矛盾局面;相反,这一进程有助于各宗教更好的展开对话。因为看到并了解到彼此间的真正差异,才是走向更高层次的理解和接纳的开始。而这螺旋上升的宗教对话成果也有助于各个宗教在自己所处的公共空间以及宗教作为整体在全球化的公共空间中的自我表述和公共参与。各宗教间和平地接受彼此差异性的行为,有助于宗教摆脱过去留给公共空间的那种纷争甚至战争源头的负面形象,同时也为宗教进入多元文化的公共空间建立起一座桥梁。在这个过程中,一个新的发现就是,尽管各宗教的价值体系不同，只要各方愿意展开对话和交流，培养良好的对话机制，就会逐渐建立起共存的基础。存在差异的各方越是积极参与到对话和互动中，彼此的理解和接纳就越为全面、深入和真切。与其说先有共同核心才可以展开对话，还不如说正是在对话中，共同核心才逐步显现出来。而且这核心价值的"公共性"并不局限在宗教之间，而是可以积极参与公共空间和公共事务。例如在宗教与科学的对话中，对宗教真理和科学真理的找寻、证明和解释，其殊途同归所体现的也正是"公共价值"。

应该承认，"公共价值"常为基督宗教所表述和推崇，并已归入其神学观念及术语。基督宗教对"公共价值"的关注，实质上是要为"全球化"处境的"开放社会"确立人类"共同生活中的普世原则"。这里，基督宗教信仰及其文化传统蕴藏有丰富的资源。早在欧洲中世纪后期，库萨的尼古拉就曾指出各种宗教中具有相同的信仰意义，其对神的信仰乃是所有这些宗教的共同基础，神明观念在此有着本质上的一致性和表述上的多样性；正因为各种不同的宗教崇拜礼仪表达了共同的信仰观念，所以诸宗教可以达成"信仰的和平"。这实质上已是对各宗教中所具有的"公共价值"采用神学的方式展示出来。而近代欧洲主张宗教宽容的思想家莱辛等人也认为各种宗教以其对人类之爱而揭示出其共同之处，宗教形态的差异乃不同历史发展的结果，而其信仰精神的相似则亦意蕴着它们在意义层面上具有"公共性"或"统一性"。正因为有着这种厚重的思想文化积淀，所以当今基督宗教的"公共性"探究实践极为活跃。"公共宗教"、"公民宗教"、"公共神学"、"公共价值"等表述，在基督宗教领域遂得以突出，甚至引起其与"普世价值"的关联。显然，基督宗教对"公共价值"的独特关注，表明了其"为公共生活承担精神和道德建设的责任"之意向。

对于"宗教价值"与"公共价值"的关系问题，中西文化之间开始有了意义深远的对话。尽管双方在理解和评价上差距颇大，二者能将"公共价值"作为当今"公共论坛"的议题本身，就已经是重要的相互贴近和历史进步。在中国当代社会及其思想文化发展中，一个重要的思考就是如何在"公共空间"尊重"宗教价值"，以对话、理解、和谐的方式共构"公共价值"。为此，中国学术界近年来展开了对"公共价值"和"公共宗教"的研讨，尤其是在对基督宗教相关领域的探索上有所侧重，并开展了广泛的国际对话与合作。但从总体来看，这一专题研究仍处于开创阶段，需要更大的努力。出于这一考虑，我们合作组织编辑了这套丛书，由中国社会科学出版社系统出版，旨在推动"全球化"时代世界"公共领域"的和谐社会、和谐文化之构建。

2008 年 10 月 26 日

24. "世界宗教研究丛书"总序

在世纪之交、千纪之交，世界宗教在中国出现了前所未有的迅猛发展。如何去认识、研究和理解世界宗教，这是我们在全球化时代所面临的一项重要任务。在中国当代社会政治、思想文化氛围中，人们已体会到宗教的普遍存在，并开始关注宗教问题、关心宗教研究，将宗教的作用及影响与现实社会的生存及发展密切关联。不过，在对宗教的认知和理解上，人们的观点显然仍存有分歧，这为我们在争取达到宗教审视之共识上带来了种种困难，却也提醒并促使我们多层面、多角度地认识世界宗教的存在、观察其演变发展。

在对各种世界宗教的复杂体认中，大致可归纳为如下两种视角：

一是把宗教作为人类精神及社会生活的"常态"来看待，从世界宗教中体悟出人的社会性、人本性、文明性和超越性。对此，宗教研究者有诸多表述，反映出其对宗教所关涉的主体或客体、集体或个体、内心或外在的不同侧重。例如，奥托认为宗教是"与神圣的交往"，在此突出人对"神圣"或"神圣者"的信仰。缪勒也指出宗教是人"领悟无限的主观才能"，即人的内心的本能、气质、人寻求超越的渴望。斯特伦把宗教理解为"使个人和社会经历一种终极的和动态的转变过程"，其所言"终极转变"即从深陷于一般存在的困扰而彻底转变为体验到一种"最可信的和最深刻的终极实体"，由此在这种"构成生命的终极源泉"中确立自己的存在，使自己的精神变得充实和圆满。斯塔克则认为宗教是人之本性寻求补偿的体现，因而要追求一种具有超越性的信仰生活。宗德迈耶尔对此曾强调"宗教是人类对于超越经验的共同回答"。蒂利希则突出宗教是"人的终极关怀"，希望从这种关怀中体现出人的精神活动及其本真意义。总结这些宗教观，伊利亚德以宗教是一种"人类学常数"来说明宗教与人的密不可分，认为"人"就是具有宗教情结的人格存在，人的本质特性与宗教本质特性有着内在关联，人性乃宗教存在的本体性前提，有人就有宗教。宗教作为这种人性的"普遍性"还被柏格森所坚持，他宣称在从古到今的人类社会中，或许在某一时段、某一地域有可能找不到科学、艺术或哲学，但绝不会找不到宗教。

在上述对宗教的"常态"认知中，一般会把宗教的表现形式理解为作为"内在形式"的"宗教性"和作为"外化形式"的"宗教建构"，在宗教的功能形式上则将之理解为"超越性"形式和"安慰性"形式。比较存在形态的"宗教性"与"宗教建构"，我们会发现其"宗教性"以信仰内在的形式而给人"虚玄"之感，相关内容多涉及人的思想、精神、意念、情感；其外化形态的"宗教建构"则以其"实在"和"具体"性而反映出人类社会关系的构建，并以各宗教的社会、民族外观来代表与之相应的客体文化形态；在此，蒂利希认为宗教是文化的实质，文化是宗教的表现形式，其相互呼应则可展示文化的表层繁复与宗教的深层蕴涵之有机共构。但在宗教与文化的关系理解上亦可换位，即把宗教看作人类的精神、文化形式，是其"象征化"或"符号化"。论及这种宗教与文明的关系，道森认为"伟大的宗教是伟大的文明赖以建立的基础"，"宗教是界定文明的一个主要特征"。这样，宗教不离人类的文化构建及文明发展，并成为许多文化体系中的核心价值观和许多民族社团的精神家园。而在对宗教功能形式的认知上，一方面可看到宗教"超越性"形态的"终极性"旨归和对人类"自我升华"的憧憬，另一方面则可从其"安慰性"形态上体悟到宗教补偿功能所表现出的一种理想化的对"现实的幻想"，以及由此折射出的"社会的倒影"。它旨在使"此岸的缺陷"为"彼岸的充盈"所弥补，以宗教的慰藉来应对今生今世所遇到的一切，从而达到人们精神上的解脱。对此，恩格斯曾总结说，"一切宗教都不过是支配着人们日常生活的外部力量在人们头脑中的幻想的反映，在这种反映中，人间的力量采取了超人间的力量的形式"。恩格斯从这种对宗教的"常态"理解中，进而指明宗教性乃"包含有人类本质的永恒规定性"。

二是从"问题意识"的视角来看待宗教，即认为宗教的出现乃是人的存在或意识"出了问题",宗教作为社会反映即为社会的"问题"反映。如果基于这种对"问题"的评价,那么宗教的存在就不一定是社会的"常态",甚至可能会被理解为一种"不正常"的状况。其实,在此所论及的"社会常态"乃一种被"理想化"、被人为拔高了的"常态",或者在现实中根本就不存在,充其量也只是个别的、短暂的存在。从问题意识来理解宗教,则会关注人们反映这种问题的社会表层和心理内层以及二者的复杂交织。在对个人心理内在的分析上,弗洛伊德创立了其深蕴心理学,并将其探究与宗教认知相关联。在他看来,宗教乃说明人的意识,人的心理状况出了问题,宗教实际上是表现出人的"有限性"、"依赖感"、精神压力和负担;而且,原初的宗教之诞生,就已反映出人与其"父母情结"相关联的"负罪感",故此亦折射出人的心理问题。宗教所揭示的社会问题,则在马克思的经典表述中清楚可见。马克思曾深刻指出,宗教即"颠倒了的世界观",是"现实的苦难的表现",而且还是"对这种现实的苦难的抗议";宗教之所以被马克思视为"是人民的鸦片",就在于宗教表现出"被压迫生灵的叹息"、"无情世界的感情"、"没有精神的制度的精神"。因此,马克思的问题意识实质上是其对宗教的同情和对产生出宗教的"问题"社会之揭露和批判。

当然,今天如果仍然从"找问题"的角度来看待并理解宗教,那么认识者本身至少会在潜意识上对"宗教"的存在及发展持有怀疑或批评的看法,即认为宗教反映出了一种"有问题"的社会存在,而且它并非社会主流所肯定、承认或希望的现象。显然,上述两种视角会带来对宗教"价值"、"意义"的不同观点,而且各自在对宗教的社会定位之审视和判断上也势必会有不同。尽管在今天看来单纯从"问题意识"上评说宗教已经暴露出了其不足和缺陷,这两种视角的宗教认知应该说却都是有其意义和必要性的。这些不同的视角能促使人们更加全面、客观并综合性地看待宗教。当然,以平常心来看待作为人类社会"常态"的宗教是在一般性、普遍性意义上所言的,而发现、审视宗教所反映的社会问题则应基于其特殊性以及其时空关联性。

其实,宗教在旨在"使人类的生活和行为神圣化"的过程中,会在人的精神上实施其最强有力的社会指导及控制。其积极方面会引导人们朝向崇高、达到升华、超越自我，而其消极方面也可能让人陷入偏执、狂热或痴迷。为此，贝格尔认为"宗教在历史上既表现为维系世界的力量，又表现为动摇世界的力量"，因而有必要从其利、弊，正、负等双向功能上来看待宗教的社会作用。但我们对之仍需有主流性、总体性的把握。在精神文化意义上，对宗教核心价值观的认识和挖掘，既可对宗教得以存在的社会加以更为深刻的体认，又能积极引导宗教适应并促进与之相关的社会发展。正如道森所言，"宗教是历史的钥匙，不理解宗教，我们就无法了解一个社会的内在形态"；而在宗教与社会的关系中，"若把某种文化看作一个整体，我们就会发现，抑或有悖于人类社会的价值与规范的宗教，如果引导得体，也会对文化产生能动作用，并为社会变革运动提供动力。"由此而论，宗教对于人类社会存在有着极为重要的意义和非常复杂的功能。我们认识和研究宗教，应该持有"客观认识"、"积极引导"的态度。

为了对世界宗教有客观、真实、全面、深入的理解和研究，我们组织了"世界宗教研究丛书"，以基于上述考量来在宗教探讨上求真求实。在此，我们在面对世界宗教时，既会对之持有体认人类社会文化现象的"常态"，也会有我们自己在研究上的"问题意识"。编辑、出版这套丛书，无意于苛求在研究世界宗教之范围上的系统、整全，而是重在其个案研究、具体分析，触及相关的人或事，以便能从点滴积累开始来面向世界宗教的浩瀚大海，纳百川之流而汇成汪洋博大。因此，我们希望从大处着眼、从小处入手，积少成多，渐成规模，以一种实在性、持久性来探究源远流长、丰富多彩、错综复杂的世界各种宗教现象。"不积跬步，无以至千里；不积小流，无以成江海"，我们将锲而不舍，始终保持这种研究的开放性和开拓性。

2009 年 7 月 1 日

25. "学术神学"丛书总序

在基督宗教研究中，不可缺少对其核心问题的"神学"研究。"神学"这一表述从基督宗教思想文化传统来看有"泛指"和"专指"这两个层面的蕴涵。"泛指"即为基督宗教信仰学说的所有研究，把"神学"作为其学科统称，其下则涵括基督宗教研究的各个分支学科；这在今天西方大学的神学院系或教会神学院教学体系中颇为典型，形成其神学系统或系统神学，其中亦有部分内容因受近代西方宗教学研究理念及方法的影响而发展为所谓"西方学术神学"，并在世界范围的基督宗教传播地区构成其相应的神学研究机构及理论体系。"专指"则是基督宗教话语体系中的"神"论，即对其所信奉的"神"（上帝、天主）之本质、内容、意义、构建加以探究；在这种论说或论证中，由于人之"有限"和作为终极实在的"神"之"无限"，人对"神"的理解和表述在神学中因而也只能是相对的、间接的、推测的、模糊的、甚至神秘的。但这种"泛指"或"专指"的"神学"，从其起源和本意上并非基督宗教信仰的"专利"。如果说，"神学"在基督宗教传统中发展成了一种信仰学说和教会理论，铸就了其"教会神学"的形体及特征，那么追本溯源则也可超越这种信仰学说的传统，冲破传统教会神学的樊篱，从而发展出一种科学研究意义上的、即具有历史追溯之宗教史学和对多宗教参考对照之比较宗教学特色的、学术性的"神学"。这就是我们在此所要论及并将展开系统研究的"学术神学"。

从历史根源来看，曾经断言"太阳下面无新事"的古希腊人发明了"神学"，而且这一"神学"在其诞生时就是"学术的"、"哲学的"，是古希腊哲学家的"智慧"杰作。具体而言，"神学"（theology）这一术语是远远早于基督宗教诞生之前的古希腊哲学家柏拉图（前 427—前 347）的发明，他对"神学"（theologia）的原初理解即对"神"（theos）的"言述"或"逻辑表述"（logos），奠定了"神学"乃人类"关于神的言论"或"关于神的逻辑推理"之本意。可以说，"神学"的初始意义本为关于"神"的"学问"，而不是对于"神"的"信仰"；"神学"是一种"学术探究"，而不是宗教的"信仰教义"。自柏拉图发明并运用"神学"以来，古希腊思想对"神学"就是一种开放性理解，这种开放性表现为其对"神学"三个层面的理解：其一，"神学"即"神话的"、"诗人的"神学，柏拉图始称"神学"就是旨在"把神的真正性质描写出来"，这种"描写"就体现在"史诗"、"抒情诗"、"悲剧"之中；虽然柏拉图离"理性神"的直接表述尚差"一步之遥"，却以"把神描述为善"而铺平了从"善的相"（"善的理念"）来推导出"存在和思想的最高最后的原则"之道路，构成了"哲学神论"的雏形。其二，"神学"即"哲学的"、"思辨的"神学；正如亚里士多德所言，"神学"乃是"对终极实体的沉思"，从而使这一学问得以成为"统究万类的普遍性学术"，并高居"第一学术"、"第一哲学"之位。其三，"神学"即"政治的"、"国家的"神学，具有其"公共性"、"开放性"；这样，"神学"从一开始也就成为"社会学说"、"公民神学"，即与社会、政治、国家相关的"社会言说"或"公共言说"。可以说，古希腊语境中的"神学"曾经已是"神话化"的"诗人"想象、"哲学化"的"智者"思辨和"政治化"的"公民"实践。此外，柏拉图在阿卡德摩（Academus）之地授徒建校，形成"学园"，亦为"学术"、"学问"、"学界"、"学院"表述之始，自然又为"神学"与"学术"的关联及结合创造了条件。由此而论，早在柏拉图那儿，或许尚未获得"自我意识"的"学术神学"却已在古希腊的"哲学"氛围中水到渠成！

　　在古代希伯来文明与希腊文明融合、结合而形成基督宗教文明的漫长过程中，基督宗教对于"神学"表述之采用曾有过千年之久的犹豫或回避。经过多代基督宗教思想家的踌躇、试探，"神学"才逐渐在基督教会的土壤中改变了其内涵，即从古希腊"关于神的言述"、"研究神的学问"演变为基督宗教"信仰神的学问"、"推断神之存在的论证"。早期基督宗教的思想家们并不使用"神学"这一术语，现今意义的"神学"蕴涵在当时曾用"基督教哲学"或"基督教教义"来表达；此后"神学"被古代教会的教父们理解为一种涉及"神论"的泛称，如"自然神学"、"神话神学"、"公民神学"、"戏剧神学"、"城市神学"等，他们并没有想到要把"神学"作为其教义理论的专称。当6世纪左右的基督宗教思想家尝试用"奥秘神学"来论述其宗教信仰中的"神名"时，其表述仅为一种隐匿之用，并未获得教会承认和普遍流行。这种具有基督教会"自我意识"的"神学"直到12世纪初才由法国经院哲学家阿伯拉尔以其《神学导论》一书之名来宣布，这样遂使"神学"有了成为基督教会"专利"和"专称"的可能性。虽然阿伯拉尔宣称"神学"就是"对全部基督教义作逻辑性及辩证式的探讨"，其神学定义或理解却仍不具有普遍性、专门性，而是与"神圣教义"、"信仰教义"、"圣典"等术语并用并行。不过，至欧洲中世纪后期，"神学"终于成为基督宗教的专门术语，即以这种专指而构成了"教会神学"的专门体系，并由此形成其排他性、封闭性。从此，宗教研究意义上的"神学"外延式、开放性发展被教会教义意义上的"神学"内涵式、封闭性发展所取代。这种"基督教神学传统"延续至今，并仍保持住其顽强旺盛的生命力。

然而，在"神学"理解上，历史并没有纯直线性发展，却有着辩证的、意味深长的循环。"教会神学"一统天下的僵局在教会内部被逐渐攻破。19世纪欧洲的施莱尔马赫既是"现代神学之父"，也是"宗教学"的"思想先驱"，他打破了传统教会神学的格局，给人带来了耳目一新的变化，这就为近现代"学术神学"的复归埋下了影响深远、极为重要的伏笔。在施莱尔马赫看来，神学不能是简单的仅仅作为"认信神学"的"教会神学"，而有必要对之加以"历史神学"、"实用神学"和"哲学神学"的三重划分；这样一来，则可对神学加以开放性、系统性和规范性的研究，并使之在近现代大学发展中取得其作为大学学科的合法性、客观性和科学性。

宗教学在西方大学中作为一门新兴的人文学科而出现，其倡导者包括神学系之外的一些人类学家、语言学家、社会学家等。但宗教学作为一种学科建制，最初仍在神学院系内设立，表现为神学的外向性发展，即从仅仅研究基督宗教开拓到对各种宗教的关注和研究。对此，教会内部颇有异议和分歧。其著名学者哈纳克就认为对其他宗教的研究无益于神学学科，因此对神学系而言，"一种宗教"（即基督宗教）就已足够！宗教学的主要创始人之一缪勒为此曾批评说："谁只知道这一种宗教，他就什么也不知道。"而哈纳克却反唇相讥，宣称"谁不知道这一宗教，他就什么也不知道，而谁能知道它和它的历史，他就知道了一切"。教会内部的这种态度得到了多数神学家们的支持，其结果，新生的宗教学与神学分道扬镳，走上了独立发展。"国际宗教史协会"的形成与发展，就是这种独立的"宗教学"存在及扩展的象征性标志。而保留在神学院系之内的宗教学，则远离了其核心体系的基础神学或系统神学，仅作为宣教学的辅助学科而存在，即属于"实践神学"或"宣道神学"的范畴，但这也使西方宗教学在一定程度上保留了与西方神学的关联。

在宗教学发展的影响下，当代神学亦出现了嬗变和分化。一方面，不少神学家仍坚持"神学"的"信仰"特性和基督宗教的"教会"归属，如巴特强调"神学是一种启示神学"，潘内伯格宣称"神学是上帝在耶稣基督内启示上帝的科学"等，坚持将"神学"作为其"信仰之内的科学"。但另一方面，这种"科学神学"之强调也促成了与之方向全然不同的发展，此即当代"西方学术神学"的开放性、开明性和对话性征兆的体现。

从开放性来看，这种西方学术神学注意到了"学术"与"信仰"的区别与区分。如天主教神学家龚加尔就强调信仰应与学术分开，希望教会给神学家从事神学研究的真正自由，使之获得学术研究的空间。在他看来，教义与神学有别，教义旨在信仰的保持和延续，而神学则以其学术性来研究、发现、创新、进步。同样，也有新教神学家坚持突出神学的学术价值，如莫尔特曼认为学术神学的首要任务就是基于理性理解和科学方法的验证来对教会信仰的思想内容加以探索和阐明，神学并不追求复杂和艰涩，而乃旨在清楚和澄明。

从开明性来看，西方学术神学借用现代解释学与神学的结合来说明神学的基本任务并不是其护教意义上的捍卫基督信仰真理，而主要是从理解意义上来说明真理、解释信仰。例如，美国天主教公共神学家特雷西受施莱尔马赫对神学的三重划分之影响，而也将神学分为基础神学、系统神学和实践神学，以面向作为神学场景的公共空间，体现神学的公共性和透明度。他强调神学应该具有进入公共领域的姿态，以公众能够听懂的话语来解释人类存在的宗教之维、社会发展的宗教传统和公共人格重构的理想模式；虽然神学思考宗教，神学家不能回避宗教真理的问题，但其特点和境遇使之不能简单依赖于神秘主义的信仰，而必须投身于严谨、认真的学术研究。学术神学所处的学界主要乃是一个"社会场所"，充分体现出其公共空间，神学家在此的研究并不以个人信仰为前提；在"学界"，学术性乃是首要的和必需的。而学界的真理理解则是以公共对话、论辩来达成共识，获得认知上的统一。

从对话性来看，英国神学家希克以其"对话"理论而实际上模糊了学术神学与宗教学之间的界限。他认为"神学"包含对各种宗教的探究，"神论"实质为对唯一"终极实在"的认识，而各种宗教中的"神名"则是对这一"终极实在"的文化、民族及语言上的多种表述，如犹太教、基督教的"上帝"（神，天主教的"天主"），伊斯兰教的"安拉"，印度教的"梵"，佛教的"佛"，道教的"道"，以及儒教等传统中国宗教中的"天"等。由此，学术神学可以其"神学"之广义而涵括经学、梵学、佛学、道学、天学等宗教神论，彼此之间乃对话、比较、沟通的关系。正是以这种对话、比较的关系，才使当代西方神学和宗教学的著名代表、哈佛学派的领军人物史密斯从所谓"统一神学"走向了"世界神学"，从基督宗教视域的"诸宗教神学"走向了诸教平等对待的"比较宗教神学"。

不过，必须指出的是，虽然当代西方学术神学以其开放性、开明性和开拓性而超越了传统教会神学的范围，甚至不以基督宗教信仰作为其必然前提，其整体框架和基本结构却仍然是在教会神学的体制之内，西方学术神学家大多亦保持了其"基督徒学者"的身份，这种神学的核心内容和相关体系并没有彻底走出"认信神学"，因而从根本上来看尚未回到柏拉图及其古典"神学"的"前基督宗教"或"超基督宗教"之基本蕴涵。

在基督宗教与中国文化的交流及对话中，当代基督徒学者结合"汉学"而发展出一种"汉语神学"。显然，这种"汉语神学"所面对的是当代中国的"学术语境"，故而通常也被视为"汉语学术神学"。尽管中国内地有少数学者"从兴趣到委身"，在对基督宗教的学术研究中成为了"文化基督徒"，引发了"中国亚波罗"现象，其汉语神学的讨论和体系构建却仍以港澳台和海外华人基督徒学者为主。颇为意味深长的是，这种讨论在基督教社会边缘和中国思想文化边缘之间形成了"边缘间的中心"，甚至一时"风景这边独好"，引起了双边的关注和探究。

从中国当代学术研究的主流来看，特别是在基督宗教的研究领域，应该说中国内地人文学术界目前所追求并坚持的仍然是"不需要个人对基督教信仰的认同和委身"、"基于宗教学的立场、观点、方法和研究成果"而对基督宗教进行"科学研究"的"学术神学"。"学术神学"这一表述在此之提出，虽然不是"原创"，而乃对西方学术神学之借用，却有着与之截然不同的寓意，也可以说是"神学"术语之真正返璞归真、回到本原，成为其原初意义的、不设信仰前提的、科学理性的"学界"、"学问"即"学术"之神学。当"汉语神学"仍在持守"基督事件"作为神学唯一合法根基与强调其人文性神学的公共性及其普遍意义之间交锋时，"学术神学"则对尚不足千年的"神学"被作为"教会专利"提出了挑战，以还"神学"之开放性、客观性学术研究的本来面目。只有这样，才能恢复对"神学"的正确性"广义理解"，才能找到"神学"在中国社会氛围及思想文化语境中可行的路径。

基于上述历史回溯和思想考虑，我们组织编辑了这套"学术神学"丛书。为了开阔视野、解放思想，我们这一丛书的基本内容既有对西方学术神学体系及其学科分支的介绍和分析，也有对当代汉语神学之学术讨论的观察和研究，更有对基督宗教的"纯学术"性探讨和宗教学理解。而我们所要构建的"学术神学"，即指对基督宗教的科学研究，其中自然会有马克思主义对"神学"的思考和解答，会用学问方式、包括宗教学的方法、哲学的分析、解释学的态度，以及跨学科的比较来描述、勾勒、剖析、说明基督宗教的信仰体系及其核心的神性观念。这样，"神学"则不再局限于"教会的思考"。在客观恢复或还原其公共性、开放性之本初时，"神学"在当代就有可能获得一种凤凰涅槃般的新生。

2010 年 1 月 1 日

五

身言身读

1. 《中国五大宗教知识读本》前言

宗教反映出人的精神世界和灵性追求，亦是人类社会结构和文化发展的有机构成。在人类文明漫长而灿烂的历程中，宗教的发生与发展有着重要意义和广远影响。中国作为一个历史悠久、文化丰赡的文明古国，不仅本身已展示出源远流长的宗教传统及其精神底蕴，而且与世界宗教文化有着广泛、深入的关联，在人类思想文化交流、沟通上发挥了巨大作用。这样，中国在其"自强不息"、"厚德载物"的文化精神中孕育、形成了体现其文化自知和自觉的本土宗教，亦在其"海纳百川"、"圆融和合"的文化氛围中迎入、吸收了世界其他地区的相关宗教，由此而有了丰富多彩、深厚复杂的中国宗教遗产和精神积淀。回溯这一历史传统，有助于我们认识到中国宗教在这种开放、包容之境中所达成的异彩纷呈、多元共构。

在当代发展中，我们所面对的仍是一个多宗教、多民族的世界，其复杂交织之状对人类社会的当今存在和未来发展亦举足轻重、影响深远。与这一现实相对应，中国也仍为多种宗教和多个民族并存共处的国家。就宗教状况而言，我国已形成主要以佛教、道教、伊斯兰教、基督教、天主教这五大宗教作为代表性宗教的基本格局。它们与中国当代社会发展密切相关，对许多中国人的精神世界和精神生活乃有着潜移默化的影响。因此，关注和重视宗教，就有其独特意义；而了解和研习宗教，亦显然很有必要。

我们正处于"全球化"的时代，在以"世界眼光"来审视人类共居的"地球村"时，不能忽略其宗教存在和价值维度。中国的开放和改革，已使中国在当今世界发展和国际生活中处于重要地位，有其不凡使命。人类正面临着"文明冲突"还是"文化对话"的抉择，世界乃处于"混乱"

还是"和谐"的张力之中。在这种形势下,宗教的存在及作用正凸显其意义,它既关涉当前社会政治问题的解决,亦影响到未来思想文化发展的走向。而且,宗教的变动不居和持久发展,也直接影响、甚至制约着人类文明的变化和国际社会的变迁。

正是在上述意义上,我们应该认识到掌握相关宗教知识的必要性和紧迫性。尤其在当今中国文化建设中,研习中国五大宗教的知识,亦有助于我们以一种开放性审视来获取或增强我们的文化意识及其责任感,从而争取最大限度地激发社会活力,调动一切积极因素来构建我们的和谐社会。基于这一考虑,我们编写了中国五大宗教知识读本,分别对佛教、道教、伊斯兰教、基督教和天主教的历史发展、思想教义、经典文献、礼仪活动和文化特色等加以简明却较为系统的阐述和说明。其中由魏道儒负责撰写"佛教"部分,汪桂平负责撰写"道教"部分,周燮藩负责撰写"伊斯兰教"部分,段琦负责撰写"基督教"部分,任延黎负责撰写"天主教"部分;全书框架、结构和体例的设计由卓新平负责,肖燕则负责编辑、统稿工作。此外,张新鹰、金泽、霍群英等同志亦为此书的撰写而开展了组织、联络、协调等工作。通过对这五大宗教的分析、展示,我们将能对宗教作为相关社会"潜在的精神力量"和"文化象征符号"有更为清晰、透彻的认知,对其社会存在之定位及其意义和价值达到更加全面、准确的了解。而掌握这些知识也将有助于我们去理顺当今中国的宗教关系,实现宗教之内、宗教之间的和谐,发挥宗教在促进社会和谐方面的积极作用。

2. 《纪念任继愈所长文集》序

任继愈先生是中国马克思主义宗教学的开创者和奠基人，是我们世界宗教研究所的创始人和第一任所长，在他于1985年卸任后仍为我们所的名誉所长。在过去四十五年的时间里，任先生不仅创建了作为新中国第一个国家级宗教学术研究机构的世界宗教研究所，而且亲自领导了我们这一研究所的发展和建设。任先生作为我们的老所长、作为我们这一代宗教研究学者的引领人和导师，与我们有着非常深厚的感情。

在世界宗教研究所的发展进程中，任先生坚持用马克思主义来指导我们所的学术研究，强调系统学习、运用和结合中国国情来发展马克思主义宗教观。在他的"积累资料，培养人才"的方针指引下，我们研究所已经发展成为国内一流、国际闻名的宗教学术研究机构，为全国宗教研究的理论界、学术界和相关职能部门输送了大批优秀人才，并为全国宗教学研究的开展、扩大和深入产生了重要影响。任先生为此还于1979年组织召开了全国宗教学研究规划会，发起成立全国性宗教学术研究社团"中国宗教学学会"（1986年更名为"中国宗教学会"）、"中国无神论学会"，并且亲自担任其会长、理事长。任先生为世界宗教研究所的建设和全国宗教学的发展作出了杰出的贡献。

中国宗教学的系统展开是乘了中国改革开放的东风，其真正规模化、系统化和建构化是三十多年来的伟大成就。在奠立中国宗教学全面发展的基础时，任先生付出了很多的时间和精力来教书育人，自1978年担任中国社会科学院研究生院教授和硕士、博士研究生导师以来，亲自培养了新中国历史上第一代宗教学研究生，最早的几批研究生现在已成为我们研究所的科研骨干和中国宗教领域的领军人物，形成了广远的学术影响。在教书育人的事业上，任先生从哲学等领域扩展到宗教学这一新的领域，为我国当代高等教育的发展立了新功。

任先生一生治学严谨，艰苦朴素，平易近人，关爱后学，有着高雅的学术风范和崇高的精神境界，是我们学界学习的楷模、做人的榜样。我们要学习任先生对马克思主义理论学说的坚持和运用，学习任先生对学术研究的执著追求和在宗教学领域的大胆开拓，学习任先生洞观世界宗教发展的开阔视野和在探究人类精神现象上的不断创新，学习任先生教书育人、奖掖后学的崇高境界，学习任先生俭朴廉明、谦和平静的人生态度，在学术研究上和构建当今和谐社会上继往开来，不断进步。

2009 年 7 月 11 日，任先生因病去世，永远地离开了我们。任先生的逝世是我国学术界的重大损失，尤其是我们世界宗教研究所的重大损失。我们全所同志感到极为悲痛，并于 7 月 17 日在研究所召开了"任继愈先生追思会"，表达我们对老所长任先生的深切缅怀和追念。中国社会科学院常务副院长王伟光同志出席了追思会，并在会上发言，高度评价了任先生的一生。研究所在岗研究人员和许多离退休的研究及行政人员出席了追思会，任先生的不少学生、同事、朋友、熟人也从各地来到研究所参加追思会。大家充满感情地回忆了与任先生的交往，以及从任先生那儿得到的帮助、受到的教育，对任先生的与世长辞表示了沉痛的哀悼，对我们敬重的老所长有着深深的怀念。追思会后，我们研究所搜集了任先生在研究所工作、生活各个时期的珍贵照片，收到了所内外同志们写来的纪念文章，汇编为《纪念任继愈所长文集》，以表达我们对老所长任先生的永恒纪念和怀念。

2009 年 11 月 12 日

3. 《基督教与中国文化》导读

上海古籍出版社重印吴雷川先生的《基督教与中国文化》一书，给了我一个"先"睹为快的机会。其实早在二十多年前，我在德国华裔学志图书馆中就曾借出这部民国时期出版的著作拜读。只是因在异国他乡、处境不同，加之忙于功课，没能细细琢磨、慢慢品味，故而没来得及深入思考一些与之相关的问题。回国后因为社会现实和研究的需要，开始更多地触及并思考基督教与中国的关系问题，并注意到吴雷川的探讨和思路。现在借其再版之机来"再"睹这一名著，对我来说已是重温和加深印象之举。然而，时过境迁却问题依旧，这番阅读使我感触很多、思绪万千，已颇有身临其境、不能置之度外的体会。出版社"借光"给我，是希望我能为本书今天的读者写篇如同"导读"的文章。自己才疏学浅，不敢妄言"导读"，亦不能追逐时髦来谈所谓"心得"，因而只是就此说说自己的读后感，反映当下仍然存在的问题意识。

一

基督教与中国文化已有千年之久的接触与交往。二者的相遇和对话乃"双雄"之会，即为两种历史悠久而伟大的文化之遇，其中自然也就有这两种都为强势文化的碰撞与较量。从这一意义上讲，基督教自传入中国以来，一直就处于错综复杂的社会历史背景之中。基督教以其"宣道"、传"福音"的先知感和使命感而试图在中国"昂首阔步"，但中国社会却因其咄咄逼人、居高临下之气势而对之心存戒意、颇为防范，其张力进而使基督教与中国文化之间形成了隔离和隔膜。结果二者并没有真正平等、自然的"相遇",而是磕磕绊绊、若即若离地"遭遇"。可以说,基督教与中国文化虽然多次"相遇",迄今却仍未真正"相知"、"相识",故而并无"心心相印"的"相交"。基督教与中国文化究竟应是何种关系,基督教在中国社会究竟应该如何发展,这已经成为二者之间必须关注的问题,也是双方都希望能尽早加以理想解决的难题。

在历史上,基督教与中国文化有多次交流和对话。起初多为"纯"文化意义上的相会和认识,后来则越来越多地添入了社会政治内容;这种对话因而渐趋复杂,且有着激烈的回应。双方的交往和碰撞,表现为众多的话语形式,反映出深刻的思想文化交锋。其中引人注目、影响颇广的深入对话包括明清天主教与中国士大夫的对话、民国时期即 20 世纪上半叶基督教与中国知识阶层的对话。20 世纪 20 年代在中国发生了"非基督教运动"。中国社会对基督教的这种强大排拒,一方面使中国教会的精神基调罩上了一层"朦胧的色彩",使其对基督教在中国的前途感到茫然;另一方面也促成一批中国基督教思想家再次深入思考基督教与中国文化的关系问题,为基督教和中国社会发展找寻理想出路。因此,在 20 世纪上半叶,"基督教与中国文化"就成为了热门话题。当时仅以此为标题的文章和著作就包括王治心的论文"基督教与中国文化"(1927)和专著《中国文化与基督教》(1927),赵紫宸的论文"基督教与中国文化"(1927)和专著《从中国文化说到基督教》(1946),以及范丽海的论文"中国伦理的文化与基督教"(1925)、宋诚之的论文"基督教与中国文化"(1944)和郭中一的论文"关于基督教与中国文化之商讨"(1945)等。也正是在这种时代氛围中,吴雷川的这部著作《基督教与中国文化》才应运而生,于 1936 年得以出版发行。

吴雷川于 1870 年出生在江苏徐州,其祖籍乃浙江杭州府钱塘县。他原名震春,字雷川。吴雷川在其父当时供职的徐州邻近之清江浦度过了其童年和青少年,自 1876 年开始启蒙教育,1886 年在杭州考得秀才,1893 年考得举人,1898 年在北京参加会试与殿试,考得贡士与进士,从而被点为翰林入翰林院。在出翰林院回到清江浦后,他于 1905 至 1909 年任江北高等学堂校长之职,1909 年供职进士馆,1910 年任杭州一中学校长,1911 年辛亥革命后曾短期出任杭州市长,1912 年任浙江高等学堂监督。1912 年至 1925 年，他重返北京任教育部参事等职。在此期间，吴雷川接触到基督教，并于 1915 年受洗入圣公会。自 1922 年起，他在燕京大学任教，1925 年被聘为专职教授，1926 年至 1929 年出任燕京大学副校长，1929 年至 1934 年担任燕京大学校长，因而成为该校首任中国人校长。1934 年后他辞掉校长一职而继续担任燕京大学的教授，直至 1940 年燕大在北平关闭。1944 年，他因病逝世。

在成为基督徒后，吴雷川开始特别关注基督教与中国文化问题。作为一位有进士和翰林头衔的中国"旧士绅分子"，吴雷川没有像当时一批著名的中国神学家那样留学西洋受到正规神学教育，而且也不能直接阅读西文的神学原著，因此其对基督教思想的认知和解读亦与众不同、颇为独特。与此形成鲜明对比的是，吴雷川深受中国传统教育熏陶，有着坚实的国学基础，故而深得中国思想文化之底蕴。基于这种反差和对照，吴雷川更善于以其"中国心"来反省其信仰，主张一种开放性和创新性，并积极提倡"基督教新思潮运动"，曾参与组建"生命社"和"北京证道团"等组织。他后又担任新创办的《生命月刊》的编辑，并与人组建真理社，创办《真理周刊》，以文字著述来表达其思想主张和理论倾向。因其文化和教育背景，吴雷川积极支持当时中国教会兴起的"本色化"运动，提倡中国教会独立自办，力主形成具有中国社会特色和华夏文化风格的基督教，由此在其信仰体悟中流露出强烈的中国文化情结。但在社会变革的处境中，他认为"本色化"不能仅仅限于传统文化的理解，而必须与当时中国社会的现实关照相结合。因此，"文化"在吴雷川的考虑中乃有更多的层面和蕴涵。在其所著《基督教与中国文化》（1936）、《基督徒的希望》（1939）、《墨翟与耶稣》（1940）等书和大量论文中，吴雷川都一直在认真思考和积极讨论如何正确处理好基督教与中国文化关系这一根本性问题。

二

吴雷川撰写《基督教与中国文化》的立意，是要"以本国文化为立场参合时代思潮来论述基督教"。对他而言，基督教与中国文化都乃博大精深、令人高山仰止的重要文化体系。"以具有四千年历史的中国文化，传播世界已经一千多年的基督教，它们的本身都是高明、博厚，而且悠久。"① 于是，对这两种文化体系持何种态度，乃关系其写这本书的立意和成败。吴雷川为此曾告诫自己写此书"不可抱着狭隘的偏见，高举所信奉的基督教而任意批评中国固有的文化，也不必有意地要将基督教与中国文化对比，解释二者的异同或得失"②，而应"尽可展开胸量，放大眼光，按照我所知所能，将关于基督教的，关于中国文化的，一一叙述出来"③。这样，他在形式上采取了"将基督教与中国文化分别论述"之策，旨在"使它们各自有其园地，公开地任人观览与批评"④。当然，吴雷川写书仍有其明确的目的，而并不是仅保持一种"纯学术"的客观和冷静。其立意"不注重已往和现在而注重将来"，而且是"以中国为重心，无论是说明基督教，或是讨论中国文化，无非求有益于中国"⑤。他希望通过"勉力写这本书"而让国人尤其是"现代的青年学生""都能了解耶稣，了解基督教，因而负起复兴中国民族，为中国创造新文化的责任"⑥。在走过以往基督教与中国文化相遇的风风雨雨、沟沟坎坎之后，他认为应以一种"未来"的眼光来看待二者的发展，以面对时代的挑战。"当此世界一切正在大转变之中，基督教与中国文化将有同一的命运，它们必要同受自然规律的约束，同有绝大的演进，同在未来的新中国中有新的结合"⑦。

不过，这种对未来的展望和预言，在一定程度上仍反映了吴雷川对基督教与中国文化过去发展历程的反思、反省和检讨。从基督教在西方的经历来看，吴雷川一方面充分肯定基督教的贡献和价值，另一方面也指出教会因卷入政治而带来的弊端。"教会因为受着政治的影响，也就有了教皇、主教等等的阶级制度，只重权势而不以精神修养为务，一切专制无理的手

① 《基督教与中国文化》自序，上海古籍出版社新版，第1页。
② 同上书，第1—2页。
③ 同上书，第1页。
④ 同上书，第2页。
⑤ 同上。
⑥ 同上。
⑦ 同上书，第12页。

段渐渐地在教会中发生。教会与国家式的行政机关无甚区别"，从而"既失去了领导社会的功能，更忘记了自己原有改造社会的使命"①。这种变化随基督教成为"国教"而出现，"基督教之在罗马……正是在成为国教之后才生出种种的弊端"②，"因为成了国教，它就在欧洲的黑暗时代中，演出争取政权、营私舞弊、倡导十字军战争、遏抑科学萌芽种种的丑剧"③。

带有这种政治色彩和负担的基督教传入中国后，则也出现了同样的问题。虽然教会在中国的"教育事业"、"医药事业"、"社会服务事业"和"学生事业"卓有成效，为人公认，却因"受了国内外政治潮流的影响，就自然地感觉到基督教在中国还没有稳固的基础"④。

在此，吴雷川指出了基督教在中国的问题中重要的三点：

其一，"宣传宗教而夹带着国际间的势力，就不啻抹煞宗教本身的真义。……基督教来到中国竟是利用外国的武力，在订立不平等的条约中，强迫着中国用政治的势力来保护传教，开千古未有之创局"⑤。吴雷川认为这种方式的传教"确乎是铸成大错了"，以致教会纪念其来华"开放"五十年或百年，其实"所庆祝的恰是国家和人民所应当纪念的国耻"⑥。这样，基督教在中国自然会"根基不固"。

其二，"教会固执成见，宗派分歧，反而将本身最大的目的置诸不顾"⑦。总结历史的经验教训，吴雷川指出基督教来华本来曾有成功的范例，却因固执己见而错失良机。"试看明末清初的罗马教士往来于京师各地，既得着帝王的优礼，又有许多士大夫信从，并且他们都具有渊博的学识，高尚的人品，热心传道，能将本教的道理与中国固有的文化沟通，不轻易反对中国的礼俗。又能将各种科学介绍于中国士大夫，自己也为中国政府效力。倘使来者继续不绝，各尽所长，中国士大夫相与研究他们所传的科学，更能自为发明，岂不是中国在三百年前早已可得到科学的利益？

---

① 《基督教与中国文化》自序，上海古籍出版社新版，第62页。
② 同上书，第76页。
③ 同上书，第62页。
④ 同上书，第76页。
⑤ 同上书，第76—77页。
⑥ 同上书，第77页。
⑦ 同上。

同时基督教的真义也必为士大夫所接受,广为传播,岂不是中国与基督教同受其福? 乃当时罗马教王既不明中国的大势,又固执着遗传的规制,仅仅因为上帝或天主的名称,和祭祖与拜孔的礼节,严令教士不许通融,就因此断绝了传教的机会"①。吴雷川痛惜西方教会"甘心墨守成法而抛弃了可宝贵的事功",实乃"为小而失大"②。如今"各教会都抱着从西方流传过来的成见",且宗派众多、各自分离,因而在中国难有"根基"。

其三,"中国教徒分子不纯,不能有真正的团契",从而没有"自养、自治、自传""这样的能力"③。吴雷川进而对之从三个层面深入分析:第一,"初时教会到内地来设立,一般人都怀着仇视与疑忌的心理,士大夫既不屑和教会接近,教会就只有向民众宣传……然而传教者的错误,乃在急于得人,就滥用金钱或其他利益以引人入教,遂使吃教的名词成为当时赠与教徒的称号。这类吃教的人,除了只求自己利益不知爱惜教会之外,还要倚仗教会的势力,欺压教外的人民,酿成民教相仇的惨案"④。早在其论文"基督教在中国的新途径"中,吴雷川就已探究了传教士与中国知识精英擦肩而过、形成彼此误会的原因:"百年以前,基督教借着欧美各国的势力,传来中国,士大夫对于基督教,都抱着一种恶感,最初与传教士接触的,只是一般少有知识的人。遂使传教士既不得窥见中国旧有的文明,方以为中国也和初开辟的澳洲和非洲,同是野蛮的民族,因而预备的传教方法,显然不合于中国的国情。他们毫无理由的将中国的典章文物,一笔抹煞,以为都与惟一的基督教不能相容,而究其实在,他们并没有探得中国文化的渊源,……所以基督教在中国,向来为士大夫所轻蔑,近且激起无谓的仇视,这既不是基督教本身原有缺憾,也未必是中国学者不能接受真光,乃是传教者未得着合宜的方法与工具。"⑤ 第二,信教者为私利而来,并无社会责任感可言。"传教者不察中国的国情,不顾中国社会的需要,只知墨守传统的神学向人述说,就很容易养成一般名为奉教的教

---

① 《基督教与中国文化》自序,上海古籍出版社新版,第 77 页。
② 同上书,第 78 页。
③ 同上。
④ 同上。
⑤ 《生命月刊》第 5 卷,1925 年第 8 期,第 1—2 页。

徒。他们有的是希望在天的永福，在教会中恪遵仪式；有的是因着家庭世代信奉，循例入教，而自己则对之毫无兴趣，亦无任何主张；更有的是在教会兴盛时则依附而来，过时也可以恝然而去。总之他们都是不理会基督教的真谛，因此就只知一己而对于社会绝不发生热情。"① 这些人的入教虽可给教会带来一时的兴旺，却无助于其"根本的建立"。第三，教会中也有"对于基督教却有新的觉悟，对于国家社会的复兴与改造更具有热诚"的知识分子，但他们乃凤毛麟角，人数稀少，孤掌难鸣，"并且因为他们往往偏于猛进的改革，现教会的人多不愿意与他们合作，甚至有时要防备他们"②。根据上述分析，吴雷川认为基督教尚未将其本真展示给中国人，其在华传播方式上却出了不少问题。"基督教在中国没有立定根基，是由于教会与教徒有许多缺欠，自然就要受教外人的反对"③。

当"领导社会的功能"出现问题，教会则倾向于强调教会的重要。但在吴雷川看来，这些教条因过于死板、机械的界定或掺入教派斗争的因素，则会成为"不可理解或是不可思议"的条文。正因为如此，吴雷川并没有无条件地接受基督教的所有重要神学观念及其教义命题，也没有兴趣在这些教条的理解上有太多的投入或纠缠。他一般对理性难以解释的教义、信条持沉默态度，并承认基督教核心观念中的三位一体，肉身复活、死后永生和童贞女马利亚为耶稣之母等问题"在神学方面始终没有得到使我能够接受的解释"④。由于缺乏与中国思想文化的参照或与中国精神境界的比较，原来试图对信仰内容作出解释、有其界说的教会条文，实际上却将基督教真义与中国人隔开，而一些中国信徒在教义理解上又出现了诸多误解和偏差，结果使中国知识分子误认为基督教不过是"无知和迷信"而已。吴雷川曾感叹说："基督教虽是已经过一千多年历史的宗教，但真的教义，在世界还没有切实的发明，尤其是从前的中国基督徒，对于基督教多有误传、误解、误信之处。"（吴雷川1927年在美华圣经会北京新会所奠基典礼上的演讲）在他看来，基督教如果就教条而论教条，不与中国思

---

① 《基督教与中国文化》自序，上海古籍出版社新版，第79页。
② 同上。
③ 同上。
④ 同上书，第6页。

想文化关联，不关注和参与中国社会变革，则势必在中国遭冷落、被边缘化。实际上，在当时"新文化运动"所带来的中国社会革新、开放和向外吸收精神动力的有利形势下，基督教却因自身准备不足和传教方式不当而错失了这一难得机遇；本可以为中国社会重建提供重要帮助和精神启迪的基督教，却因给人的误解和错觉而被推到了中国社会进步与革新的对立面，被许多中国人尤其是知识分子视为阻碍中国社会复兴与发展的障碍，在信仰上被指责为"反理性及迷信"的因素，在政治上则被斥为"西方帝国主义的工具及走狗"。

其实，这种基督教近代来华与中国社会的不相适应和不能调和，并不是基督教信仰精神本身的问题。吴雷川认为其根本问题乃出在基督教来华传教时所带入的西方传统及西方政治因素，或者说问题就出在"西方基督教的传统"。因此，基督教在中国应该返璞归真，回到其本来的"东方精神"或"东方的"宗教。这里，吴雷川非常欣赏范皕诲在其"东方的基督教"一文中所言，"我们要把基督教还诸东方……我们必须恢复原始的基督教，由我们东方人用东方性质发挥之，广大之"；而作为"东方的基督教"，它应是"东方的世界主义，不是西方的国家主义"，"是东方的未来主义，不是西方的现在主义"，"是东方的和平主义，不是西方的竞争主义"，"是东方的躬行主义，不是西方的学说主义"①。也就是说，基督教在中国必须有一种角色的转变或"东方"式回归。吴雷川希望基督教在中国能承担其双重任务，一是为中国社会革新发展提供新的信仰观念和精神动力，二是在这种变革中协助保存并升华中国传统文化的价值、彰显其意义。这样，基督教在中国没有必要以一种绝对、最终的宗教之姿来君临，而应持与中国文化的"朋友"、"同路人"关系，认识到二者是以不同方式来表达同一真道，因而可以相互辉映、殊途同归。

三

在坚持中国传统思想文化的意义时，吴雷川并不是保守的国粹派，而

---

① 《基督教与中国文化》自序，上海古籍出版社新版，第 85 页。

是对之有着批判性审视。他认为中国传统宗教也有过与成为罗马国教后的基督教相同之问题，即因依附政治势力、凭靠帝王扶植而发生嬗变、异化。"从前中国的儒学以及佛教和道教，都曾凭着帝王的提倡而兴盛一时，其结果则有的是失去了本真，有的是与时俱谢"①；"儒教本不是宗教，但历代对于集儒学大成的孔子广建庙宇，岁时致祭，在形式上看来，他的地位已与宗教的教主无甚差异"②。这种政治势力的卷入或渗透，一方面会改变宗教的本真性质，另一方面也会带来宗教的不利社会影响。吴雷川对之评价说："自从汉武帝罢黜百家，尊崇儒术，读书之士，都号称以儒为业，实则藉此奔竞于利禄，与孔子的教义大相违反。这些情形岂不是正和基督教在欧洲的情事相似？固然，儒教之在中国，与基督教之在欧洲，都是因为藉着政治上的势力才能够推广，然而算起账来，纵使不能说是得不偿失，至少也是利害参半罢！"③

吴雷川进而在《基督教与中国文化》中分析了传统中国文化明显的缺陷或不足。首先，他认为中国文化乃有着王权政治传统而缺乏民主政治意识。"中国自春秋末期以迄于秦并六国，为时约三百年。此三百年间，为学术思想最发达的时代，也正是奴隶制度崩溃，世无共主，列国纷争的时代。所以生在当时的大思想家，除了避世者流不谈政治，及自然主义如老庄等，无政府派如许行等反对一切制度之外，其他如儒、墨、法三大家发表政论，莫不趋向于统一王权。孔子虽是封建制度的维护者，……也是以王权统一为唯一的企望"④。"中国人对于君主专制的制度，久已认为固定的范畴，等于天经地义，……凡是在君主制度下生存的个人或团体，无论其为学说为宗教，如果要想在当时社会上有所活动，纵使他们明知君权不合公理，也必得对之加以相当的拥护。于是既有许多博辩的学理启导于前，又有历代因仍的法令钳制于后，中国文化就是这样随着君主专制的制度而生长，这是我们不能否认的"⑤。在吴雷川看来，由于传统思想观念的

---

① 《基督教与中国文化》自序，上海古籍出版社新版，第76页。
② 同上书，第62页。
③ 同上书，第63页。
④ 同上书，第125页。
⑤ 同上书，第125—126页。

支撑，以往的中国文化对这种专制政体已经"习以为常"，认为"天经地义"，因而缺乏社会革新和政治民主的内在思想动力。

其二，吴雷川认为中国古代文化曾有唯我独尊、自我夸大的帝王意识。"自秦汉以降，虽然不断地与外族交通，总是抱着传统的观念，不以平等待遇外族，也不愿与外族有往来。直至近百年来，世界交通便利，海禁大开，中国方始明白地承认自己也只是世界各国中之一国。然而回溯已往唯我独尊的成见，已蒙蔽了二千多年了"①。在与汉族之外的各民族交往关系上，中国习惯于"以汉族的文明自诩，高谈同化"，而"对于中国以外的民族，就加以含有兽性的蛮夷戎狄等名称，不看作与本民族同等"，虽然"曾有东晋至南北朝时匈奴、鲜卑、氐、羌等族的割据，有赵宋时辽金的侵占，更有元清两代的统治中原"，"但是他们统治中国，多半是因仍汉俗，并且能治事者又多半是汉人，他们终于随着时势的推移，全归消灭"；这一方面说明汉文化的强大及其持久的凝聚力，但另一方面却又使之"得不着因比较而竞争的益处，当然是进步迟滞"②。中国传统文化以儒、佛、道为主体，有着悠久的历史和广远的涵括，构成以往中国文化的一种基本定式。然而，在近代以来的中西交往中，这种以儒释道为代表的中国文化在与以基督教为代表的西方文化相遇时之强强均势却被打破，至少当时在物质、科技和制度层面上中国乃输给了"船坚炮利"的西方势力。其结果不仅使中国沦为半封建、半殖民地的处境，而且也导致了儒佛道三位一体的传统中国文化之动摇、嬗变、甚至崩塌。例如，以五四运动为代表的中国"新文化运动"在思想意向上的批判矛头首指"儒"家思想，使它由此失去了其作为中国文化之"本"的传统地位，迄今仍难以"扶"正、复"本"，难以在中华文化中唤回"儒魂"；而道教在清、民时期急剧衰落，佛教亦被边缘化。当代中国随着解放思想、改革开放而国力重新强盛、文化得以复兴，儒佛道的社会文化地位也明显提高和凸显，然而在以"开放"心态来对待外来民族、外来文化的态度上，我们仍需回味、反思吴雷川的上述警示。

---

① 《基督教与中国文化》自序，上海古籍出版社新版，第126页。
② 同上。

　　其三，吴雷川深感传统中国文化习以"人治"来代替"法治"，往往会从宗教意义的"君权神授"演变为封建意义的"朕即国家"。本来，"在古代，虽然认君权为天赋，同时亦必说明立君所以为民。……后来儒家自孔子以至孟荀，都以爱民为王政的必要条件。……惟有法家的政论，与儒、道、墨各家不同。他乃是专为国家设想，专讲人君如何能使人民为国家所制伏。这在国家立场上说，原也无可非议，但事实上就很容易演成'朕即国家'的强横了。并且自从法家的学说盛行之后，历代的政策虽名为尊儒，实则采用法家的谋略，所谓'阳儒阴法'。于是'民为邦本'之说，仅仅用来装潢门面，实际上的体系，乃是要巩固君位不得不保守国家，要保守国家就不得不顾及民众。而其所谓法治，又只成为人君驾驭臣民的一种工具。幸而人君贤明，则上下同心守法，就可成为治世；不幸而人君昏乱，竟可以任意废置成法，而又随时增订不良之法以毒害人民"①。以"人治"为本，则可将"法"玩于指掌之间，即随心所欲，"治天下可运之于掌上"。"所以在君主专制之政体下，所谓'民本'与'法治'往往成为虚说"②。在中国传统文化中，这种"君权至上"使"国家"成为"国"与"家"之间的复杂关联。君主以"家"治实行其"国"治，将"国"视为其自"家"；民众除其小"家"之外，也只剩以君王象征之"国"，而且还必须以牺牲其小"家"来服从、服务于君王之"国"。不过，这种"忠君"、"报国"的国家观念亦很脆弱，很难让民众真正对之心服口服、忠诚奉献。这样，在古代中国政治中缺少"国"与"家"之间的社会空间，"法"治故而也无真正用武之地。社会中涌现出的某些社会组织，也往往乃"叛逆"之举，多被视为"黑社会"或乱党邪教。反观中国今日留存之"节日"，多为"国"之节和"家"之节，"社会"中层共聚之节则极为罕见。其结果，现代意识的社会结社、聚会则往往是受外来影响，形成"民间"、"非政府"与"官方"、"政府"行为及组织的鲜明对照或尖锐对峙。与传统中国社会结构相比，当代中国"国"与"家"之间的社会空间正不断扩大，且在发生复杂而迅速的变化。

---

　　①　《基督教与中国文化》自序，上海古籍出版社新版，第126—127页。
　　②　同上书，第127页。

其四，吴雷川觉得中国古代文化多习惯于反观历史、"梦想古初"，喜欢发思古之幽情，把远古想象为太平盛世之"黄金时代"；这种厚古薄今易于导致"主张复古"而"阻碍进化"，甚至让改革者的革新尝试也不得不"援古以证今之非"，以恢复"先王之政"来适应人们"则古称先"的心态。已往中国文化多为一种"内涵式"发展，而缺少其"外延式"参照或吸纳。既然认为"没有外族较高的文化可资比较，于是一般热心救世的人们不满意于其时之现象，著书立说，梦想古初，就成为必然的趋势"①。一些改革家如王安石等在主张变法、改革弊政时明知"天变不足畏，祖宗不足法，人言不足恤"，却仍不得不以"方今之法度不合乎先王之政"为理由来推动其革新。吴雷川感叹"以王安石之勇于改革，尚且不能不称颂先王以适合当时人的心理，就可知传统观念的范围人心，真是坚韧而不容易冲破"②。但现代中国发展则出现了一个强烈反差，在与外族文化比较时已经毫不掩饰中国的落后和差距，其"检讨已往的文化"也"感觉到许多地方不合时宜"。吴雷川指出，"试看现时著论或演说的人们，总喜欢提到某种学术在某国是如何演进，或某种制度在某国试验的成绩如何。这在写的或讲的人自然是确有知见，所以毫不怀疑地如此引证，而一经他们如此引证之后，就很能取得多人的信从，以为他们所引证的实为中国所不及"③。由此观之，古代中国与现代中国在这种认知上已迥然不同，相距甚远。中国学者过去在分析西方思想文化发展时，多主张远古西方文化经中古基督教文化的"停滞"、甚至"千年黑暗"后出现了跳跃式发展，一跃"千年黑暗"而到近代以"恢复古典"为口号的文艺复兴，进入近代西方文化的繁荣发展。不过，这种主张虽然今天仍有市场，不少学者却已注意观察并肯定西方文化从远古经中古到近代的"渐进"，承认中古西方文明的成就及为其近代发展奠定的重要基础、创造的良好条件。颇为有趣的是，吴雷川在分析中国文化远古与近代之间的发展时却同意并赞赏冯友兰在其《中国哲学史》中之说，即认为"直至最近，中国无论在何方面，皆

---

① 《基督教与中国文化》自序，上海古籍出版社新版，第 127 页。
② 同上书，第 128 页。
③ 同上书，第 127—128 页。

尚在中古时代。中国在许多方面不如西洋，盖中国历史缺一近古时代。……近所谓东西文化之不同，在许多点上，实即中古文化与近古文化之差异"。当然，按冯友兰之意，这种"缺少"亦因渐进之由，"已成之思想，若继续能应环境之需要，人亦自然继续持之，即时有新见，亦自然以之附于旧系统之上，盖旧瓶未破，有新酒自当以旧瓶装之。必至环境大变，旧思想不足以应时势之需要，应时势而起的新思想既极多极新，旧瓶不能容，于是旧瓶破而新瓶代兴"①。吴雷川认为冯友兰的这番见解乃颇为"平实的论断"，由此可观中国文化的"惯性"渐进之持久。从近现代的视域来看，这种"一以贯之"、延续未断的大一统文化传统既已成为人类远古文明发展中的"仅存硕果"，却又从根本上刺激、导致了中国近现代的剧烈变革。

其五，吴雷川指出中国古代政治在"用人"上有着"政教"殊异的弊病，这一方面乃"政府体系"的"不合时宜"，另一方面也是因为古代科举"教育制度"导致学非所用、学难致用的结果，所谓"学术"或"学官"只是被当作工具来利用而已。由于传统"太学"成为"国家的定制"却"有名无实"，因此"国家对于教育人才这一件事"实际上处于"完全放任"之状。吴雷川借用马端临《文献通考·学校考序》的表述而尖锐批评道："秦汉以来……政与教始殊途……所用非所教，所教非所用。……古人有言曰，吾闻学而后入政，未闻以政学者，后之为吏者，皆以政学者也。自其以政学，则儒者之学术皆筌蹄也，国家之学宫皆刍狗也……于是所谓学者，姑视为粉饰太平之一事，而庸人俗吏直认为无益于兴衰理乱之故矣。"② 在此，"学"已嬗变为走向"仕"途的工具或手段，其本身意义和价值则不足为道，"学"作为这种"象征"在"学而优则仕"、"仕而优则学"之表述上得到了极为复杂的体现。与之相关联，吴雷川还列举了古代教育和政府体制的许多弊病，如其"考试"之弊乃"在乎求才之道不足"，"养士"之弊则在于"历代"制禄常是使人不"得所养"，结果导致

---

① 《基督教与中国文化》自序，上海古籍出版社新版，第 129 页，引自冯友兰《中国哲学史》，第 495—496 页。

② 《基督教与中国文化》自序，上海古籍出版社新版，第 130 页。

"上以盗贼待士，士亦以盗贼自处"，而"取士"之弊更是在于除科举之外又网开一面、多出"保荐、门荫、纳赀"等后门；此外，不能"量能授职"，使"官职是为人而设，不是为事而设"亦为大弊，吴雷川沿引王安石的话说，古代授职"不问其德之所宜而问其出身之后先，不论其才之称否而论其历任之多少"，而且不问专长、滥派滥用，"以文学进者且使之治财，已使之治财矣，又转而使之典狱，已使之典狱矣，又转而使之治礼"，这种变为"万金油"似的官吏"是一人之身而责之以百官之所能备，宜其人才之难为也。……责人以其所难为，则人之能为者少矣，人之能为者少，则相率而不为"①，但在应"为"处之"不能"，却无法防止其不该"为"之处的"急政暴虐，赋敛不时，朝令而暮改"，以及"中饱"多收之赋税等"胡为"。这一切都使中国古代政治离"修己以安百姓"的理想相距甚远。

其六，吴雷川发现中国古代传统礼教既使"家族"统治与"国家"专制有着惊人的相似之处，又导致二者之间失去了密切联系，形成"家"与"国"之观念的根本分离。本来家族的形成"是各民族社会演进的一般程序"，但在中国，家族制出现之后，"接着就有一种拥护贵族政治的宗法组织发生，而此宗法组织，又随着封建制度的演进，成了一套极精密的理论"②。这种"宗法组织"的历史意义，甚至也使当今中国学界一些不承认中国曾经存在有"儒教"的学者仍坚持古代中国有过"宗法性传统宗教"的存在与发展，"它从未间断地一直延续到清末"，其特点是"以天神崇拜和祖先崇拜为核心"，"敬天法祖、慎终追远"，"没有单立的教团，而以宗法等级组织兼任种种宗教职能"，包括"皇室的代表天子主祭天神，宗族和家族祭祖由族长、家长主祭"，"这种宗教与封建宗法等级制度及思想体系紧密结合在一起，又直接为巩固宗法制度服务"，而儒家"礼学中关于祭礼凶礼的部分，及天命鬼神观，却可以看作是宗法性传统宗教的理论"③。对于中国"家族"的发展，吴雷川在此有着批判性审视："中国的

---

① 《基督教与中国文化》自序，上海古籍出版社新版，第131页。
② 同上书，第135页。
③ 牟钟鉴：《中国宗教与文化》，成都，巴蜀书社1989年版，第7页。

家族显然有特殊的作用，就是使一家的家长与一国的君主同走上绝对专制的路，重礼法而遏抑天性，保权威而抹杀情感"，这种"家庭专制黑暗的情形……在中国实行了几千年，对于国民人格发展上当然有极不良的影响"①。在封建制度中，其"家族"观念还推动了"借父权来陪衬君权"的发展。进而观之，吴雷川又分析了家族在与国家失去直接关联后所导致的人们对国家观念的淡漠，指出家族在宗法组织体系中作为"维持封建制度的基本因素"却因"封建制度崩溃"、中国"渐变而为大一统的国家"而不再适用于新的社会结构，但其"专制集权的办法"得以保留，并嬗变为以家族为中心，其结果"就使后来的一般人都只知有家而不知有国，如何能有健全的国民？所以家族这个单位，先时是对于国家有直接的利益，后来却成了国家与人民间绝大的障碍物。中国民族对于国家观念的薄弱，这岂不是根本的原因"②？从剖析"家族"在中国文化传统中的作用入手，吴雷川由此对中国封建礼教有了一个基本评价，即认为它"既有文饰的作用"、亦有"虚假的弊病"，其"节人之情……持之太严，不免违反自然"，而其"文人之情……又因为过于文饰而斫丧了自然，就引人走入诈伪的路"③。

最后，吴雷川还对宗教在中国传统文化中的作用有所批评，认为宗教"在中国历史上的演变也极其繁复"，但总体来看其本身存在的价值并没有得到承认，而只是被视为达到其他目的的手段与路径。吴雷川为此将宗教在中国社会的作用分为四类情形：一是"贵族利用宗教来取得平民的信服"；二是"一般人因企图福利或求免苦难而信奉宗教或迷信属于宗教的术数"；三是"因哲学思想与宗教思想相结合而研究宗教"，"所以人研究宗教的教义或类似宗教的学理，不必就信仰某种宗教"；四是宗教反映出社会"不满意于政治现象的反动及其与无产阶级的关系"④。按照吴利明对吴雷川这段表述的分析，"宗教往往被统治者用作维护他们政权的藉口，但也有被用作反叛的理由。虽然这些做法未必一定是错，但是宗教在中国

①　《基督教与中国文化》自序，上海古籍出版社新版，第135页。
②　同上书，第136页。
③　同上书，第138页。
④　同上书，第139—140页。

始终也没有得到它本身存在的理由。换句话说，宗教在中国文化中并没有提供具体的贡献"①。吴雷川的上述分析主要关涉宗教的社会功能及作用，而未触及宗教的本质及本真。在他看来，宗教的意义和价值层面在中国历史上及人们的观念中仍很模糊，而宗教本身在中国历史上的发展则充满变数，民间性、自发性的宗教因政治经济的变化而走向官方性、控制性，但"官僚化的教会渐无力吸收一般的民众"，于是势必出现机构的改革或改变，因此"宗教史是一部腐化及改革史"②。评价中国宗教的历史，吴雷川总结说："依理而论，上述四类之中，以利用宗教统治民众为最不合于理。而一般人认宗教为个人得福利的途径也当归于淘汰。惟有发扬哲理，拯救生民，才是宗教真正的义谛。然而在中国已往数千年中，宗教的活动，却是前二者占绝大的势力，而后二者还未得到正常的进展。这正是社会的隐忧！"③ 吴雷川的这段概括充满警醒和睿智，对我们认识今天中国宗教的现状及发展仍富有意义和启迪。宗教应该回归宗教本真，而不能立足于"政治化"、"商业化"（功利化）的发展，宗教在中国的真正出路也只应是宏扬其教理中的积极因素，以超然的精神来入世奉献，投身于社会慈善事业，服务于民生。

四

吴雷川坦诚分析基督教与中国文化的弱点，从根本上表达了他对二者的真诚热爱与内心期盼。在教义传统和社会功能层面，他认为批评基督教以往的过失在于其"过分注重来世的福乐"，中国文化以往的过犯在于它"造成一个停滞不前的社会"④，这从历史的事实而言都是正确的。但问题在于，这两种过失之所以发生，乃是因为其历史演变发展曾将二者的真实本质掩埋；其解决的办法故而不是放弃基督教与中国文化，而是努力将其

---

① 吴利明：《基督教与中国社会变迁》，香港，基督教文艺出版社 1990 年版，第 253—254 页。

② 《基督教与中国文化》自序，上海古籍出版社新版，第 141 页。

③ 同上书，第 142 页。

④ 同上书，第 254 页。

真正的精神彰显、宏扬，使之对中国社会乃至整个人类有益。在新形势下对基督教与中国文化的反思乃是"受了世界文化交流之赐"，这尤其可体现为现代"中国民族自觉的起头"，因为"中国文化在已往的期间，……不遇到比较竞争的机会，好像是长期停顿"；不过吴雷川仍坚持"变动"则是绝对的，中国文化过去"由盛而衰，由发荣滋长而至于僵化，也正是在那里变动"①。而到了现在的"世界大通"、"发生中西文化比较的问题"，这种变动则更有刺激、更加巨大。为此，吴雷川强调中国民族应审时度势，认真反省自己已往的文化，积极推动其未来的文化；而在这一转型时期，既应"认清自己的弱点……对症下药"，也要"常想到利用自己的优点……坚固自己的信心，增加自己的勇气"②，从而使中国文化像从前的历史关键时期那样再次"得到更生"的机会。这里，吴雷川转而从正面评价中国文化的优越之处，并认为基督教在中国会有助于这种优秀传统的弘扬。而且，在发扬基督教和中国文化的本真精神上，吴雷川认为二者确实也有着积极的共鸣与呼应。

在《基督教与中国文化》、《墨翟与耶稣》等专著以及"基督教经与儒教经"、"圣诞节的联想——耶稣与孔子"等论文中，吴雷川探讨了基督教与中国文化核心观念之密切关联。从总体来看，吴雷川认为基督教与传统中国思想文化的关系主要体现为基督教与儒家思想的关系。尽管儒家观念及其礼教因与封建专制传统的复杂交织而受到冲击，其在整个中国体系中却仍有着重要的价值意义。在基督教与中国文化的比较中，吴雷川觉得基督教的不少观念都可在儒家思想中得到印证，二者实际上是用不同的方式说明了相同的真理，故而能共通共融。大体来看，吴雷川认为这些相同乃表现在如下一些方面：

第一，在对耶稣基督的理解上，由基督教信仰中的"圣子"联想到中国文化推崇的"圣人"。吴雷川将《圣经》中耶稣的"自述"列为甲组（八条）和乙组（九条）共十七条③，并用中国经典的相关语录与之对应，

---

① 《基督教与中国文化》自序，上海古籍出版社新版，第 144 页。
② 同上。
③ 同上书，第 29—30 页。

由此概括出"历史上伟大的人物，其自命必是不凡"① 的类似。他指出，其中属于甲组的话多为说明耶稣自己为"人"的目的，即"以人生的意义与价值昭示后人"，而属于乙组的话则要说明耶稣本人"与社会的关系"；而相对应的中国古训乃包括《易经》"天行健，君子以自强不息"，《书经》"天工人其代之"、"道积于厥躬"，《庄子》"愿天下安宁以活民命，人我之养，毕足而止"，《礼记》"君子动而世为天下道，行而世为天下法，言而世为天下则"等内容②。而从"耶稣为基督"这一核心观念来论述，吴雷川则认为《圣经》、《以赛亚书》"预言基督"与儒经《中庸》"想望至圣"有着不谋而合的蕴涵，旧约时代的先知以赛亚所预言的弥赛亚将降临实与子思关于"将有圣者兴起"的预言乃给人带来极为相同的信息。而且，"犹太人所想望的基督，不只是指着在外表上涂抹膏油，更是指着内心受圣灵的膏沐，正如《书经》上所说'亶聪明作无后'，那就是中国所谓'圣天子'了"③。在此，吴雷川将耶稣与孔子直接相比较，指出耶稣为"道成肉身的圣子"，而孔子乃"大成至圣的先师"，二者都给人一种神秘感和神圣感。这样，吴雷川更愿意以"人性"意义来理解耶稣，从而突出了儒家思想中人可以通过内在修养而成就"神圣"性格、达到道德完善的寓意。而更有意义的是，吴雷川借此亦将对耶稣的寄托由天国转入今世、从彼岸回到现实。他总结说："耶稣人格之所以伟大，纵使有一部分是由于天启；但从人的方面看来，则完全是由其自觉、自择、自决的"；而"耶稣所宣传的天国，分明是他理想中的新社会"，"其主要条件即是物质的平均分配。……可见他为群众着想，决不轻看物质，高谈玄妙"；这一新社会还"以平等、自由、博爱为极则"④；由此可见，"耶稣训言中所指示的真理，大部分可以与中国先哲的遗言相印证，……我们研究耶稣的训言，愈足使我们深信真道之合一"；此外，"耶稣要将真理彰显于世，不只是用语言来阐发，更要在他自己的行为上表显出来"，"因此耶稣的为人，是我们应当崇拜而效法的。我们能效法耶稣的舍己，……更效法他的努力

---

① 《基督教与中国文化》自序，上海古籍出版社新版，第28页。
② 同上书，第30页。
③ 同上书，第47页。
④ 同上书，第55页。

服务于社会，世界就可以从此进化，永无穷尽。所以耶稣的人格，是以救人、救世。他的教义是个人的福音，更是社会的福音"①。显而易见，吴雷川以其对耶稣的上述理解而将基督教的"外在超越"与儒家的"内在超越"有机相连，并在其"社会福音"中增添了"内圣外王"的蕴涵。

　　第二，在对基督教信仰的"上帝"之认识上，由作为"天主"的超然之神联想到儒家敬仰的"天"。"吴雷川认为基督教和儒家思想最基本的共通点是他们的宇宙观，是他们对于宇宙主宰的本质和意志的体认"②。在此，吴雷川对基督教的"上帝"之认识显然与儒家思想中"天"的观念有着异曲同工之处，二者所反映的都是一种最高原则或超然力量。他说："我以为：上帝就是和真理、大自然、最高的原则相等的一种名称，所谓上帝能治理管辖我们；就如同说：人类必须与大自然适应，不能与真理或最高的原则相违反。"③ 按照《圣经》中的表述，吴雷川列举了对"上帝"五个方面的理解，即"上帝为父"、"上帝是公义的父"、"上帝是善"、"上帝作事"、"上帝是灵"④，由此揭示出"上帝"以"爱"、"公义"和"全能"来治理宇宙、干预人世、使"宇宙恒久进化"⑤。进而言之，吴雷川这里并不突出或强调基督教"上帝"的"人格"或"人格化"，而有着对"宇宙论"、"创世论"的更广涵盖。他指出，"上面所说的上帝为父，上帝公义，上帝是善，上帝作事，都是将上帝人格化的说法，独有说上帝是灵，人拜上帝必须用心灵和诚实，则更是进一步的认识。假如我们深深地思想这句话的意思，因而觉悟到上帝是存在人的心灵和诚实中，那么宇宙就不啻是以人为本了"⑥。在用《中庸》中"天命之谓性"的提法来理解"上帝造人"的意涵时，吴雷川对之加以更深入的阐发，说明自然万物的形成及世人智慧和意志的由来乃凭借天命的旨意，归属天命的恩赐；但"上帝"或"天"并不直接参与或干预世界及人之命运，上帝的"爱"和

---

① 《基督教与中国文化》自序，上海古籍出版社新版，第 56 页。
② 吴利明：《基督教与中国社会变迁》，香港，基督教文艺出版社 1981 年版，第 246 页。
③ 吴雷川："信仰基督教二十年"，转引自吴利明前揭书，第 247 页。
④ 《基督教与中国文化》自序，上海古籍出版社新版，第 31—33 页。
⑤ 同上书，第 32 页。
⑥ 同上书，第 33 页。

"公义"也不是指上帝会以这些原则来直接干预人的作为；所谓"天命"是指人的命运或万象之生在于认同、遵循这种最高原则，顺从天意或依循上帝的旨意来行动、发展。借助朱熹的解释，"性，即理也。天以阴阳五行，化生万物，气以成形，而理亦赋焉，犹命令也。于是人物之生，因各得其所赋之理，以为健顺五常之德，所谓性出"①。而"上帝凡事都能"也恰如《中庸》所谓"故至诚无息，不息则久，久则征，……悠久所以成物"之道理②。在儒家经典中，吴雷川认为，至少可以找到对"天"的四种认识和解说：一是认为"天"有意志，代表宇宙最高权力，可与中国经典表述"获罪于天，无所祷也"和"予所否者，天厌之"相对应；二是认为"天"控制宇宙运转的原则，在认识自然存在和宇宙规律中则能领悟，可与中国古训"天何言哉，四时行焉，百物生焉"相呼应；三是认为"天"无所不在、无所不为，有着"天网恢恢、疏而不漏"之境，其玄奥恰可在中国思想"视之而弗见，听之而弗闻"，"神也者，妙万物而为言者也"之中得以体会；四是认为"天"代表"天德"，即为"真诚无妄"的"绝对命令"，其作为超越性道德律则可在中国经典名言"诚者，天之道也"，"诚者物之终始，不诚无物"中获其印证③。

第三，在对基督教三位一体神学中"圣灵"的领悟上，由作为神人沟通之保惠师的"圣灵"而联想到儒家核心观念的"仁"。吴雷川表示，"基督教所谓圣灵，就是儒教所谓仁。如果将《新约》书里论圣灵的地方，与儒家论仁的地方，比较解释，大概都可证实的。类如基督教说圣灵和天国有关系（太十二28），儒教也说仁和世界进化有关系（《论语》孔子曰：克己复礼为仁。一日克己复礼，天下归仁焉）。基督教说天国在人中间（路十七21），儒教也说仁为人心（孟子曰：仁，人心也；又曰：仁，人之安宅也）。基督教说人所当求的就是圣灵（路十一5—13），儒教也说人所当求的就是仁（《论语》孔子曰：求仁而得仁；又曰：我欲仁，斯仁至矣。孟子曰：仁，人心也。……学问之道无他，求其放心而已矣）。基督教论

① 吴雷川："基督教经与儒教经"，《生命月刊》第三卷第六期，1923年3月，第1—6页。
② 《基督教与中国文化》自序，上海古籍出版社新版，第32页。
③ 吴利明：《基督教与中国社会变迁》，香港，基督教文艺出版社1981年版，第246页。

祈求圣灵。屡次说到饶恕（太六14，七7—12），儒教论仁，也常常要说到恕（《论语》：己欲立而立人，己欲达而达人，能近取譬，斯为仁之方也已。又仲弓问仁，子曰：己所不欲，勿施于人。孟子：强恕而行，求仁莫近焉）。基督教以圣灵充满的人，就是道成肉身（路三22），儒教也说人与仁合就是道（孟子：仁也者，人也，合而言之道也）。这都是很显明的例证"①。在《基督教与中国文化》这部书中，吴雷川再次提到"《新约》书上所说的圣灵就是儒书上所说的仁"②，并作了如下说明：其一，"圣灵可以祈求而得"，"这正是与儒家教人求仁毫无差异"③；其二，"渎圣灵者罪不得赦"，"而孔子以为不仁的人不能行礼乐"，"孟子明说：'苟不志于仁，终身忧辱，以陷于死亡'"④；其三，"论圣灵每说及饶恕"，"儒教论仁也常要说到恕"⑤；其四，"圣灵与天国的关系。耶稣对尼哥底母说：'人若不是从水和圣灵生的就不能进上帝的国'……原来仁者人也。仁，人心也。仁，人之安宅也。本是儒者对于仁的深识确诂，人类社会中若没有仁，世界将不成为世界，更谈不到进化"⑥；其五，"得圣灵者可以审判人"，"《大学》篇曾说：'此谓唯仁人能爱人能恶人'。又《论语·里仁》篇记：'子曰，惟仁者能好人能恶人'"⑦；其六，"圣灵与耶稣去世的关系"，耶稣说，"我若不去，保惠师（圣灵）就不到你们这里来；我若去，就差他来"；吴雷川解释道，"这样难解的谜，我们只有用孔子所说杀身成仁的话来印证，才可以涣然冰释。因为耶稣为人舍命之后，仁的道理就炳在于当世，这正是所谓杀身以成仁"⑧。此外，吴雷川还论及"圣灵可以赶鬼，等于孔子所说'苟志于仁矣，无恶也'——这都是心志的作用，并没有什么神秘"⑨，以及"圣灵为保惠师，圣灵引人进入一切真理，圣灵以

---

① 吴雷川："基督教经与儒教经"，《生命月刊》第三卷第六期，1923年3月，第3—6页。
② 《基督教与中国文化》自序，上海古籍出版社新版，第24、33页。
③ 同上书，第33页。
④ 同上书，第33 34页。
⑤ 同上书，第34页。
⑥ 同上。
⑦ 同上书，第35页。
⑧ 同上。
⑨ 同上书，第24页。

一切事指教人，圣灵使人自责"等内容，并认为这一切"都可以用儒家论仁的话来解释"；他由此得出的结论是："总之，圣灵与仁是异名而同实，并且儒家论仁的精义，我们从耶稣论圣灵的话里见到的也很不少，即此一端，已足以证明耶稣的教义多与孔孟相通了"①。在他看来，"圣灵"通行于人间就是儒家所论天下归"仁"，这是人的精神生命和精神生活之所依，"圣灵"充盈即指"仁"的实现这一人世社会的美好境界。

第四，在对基督教"祈祷"意义之把握上，由作为敬神呼求或自语的"祈祷"而联想到儒家的人格"修养"。吴雷川强调，"基督教的基础，是以耶稣的人格为中心，而耶稣人格之所以完成，不但在其能实现建立天国的事工，尤其在对自身有充分的修养，这修养的工夫，就是基督教所说的祷告"②。通过对应中国儒家思想，吴雷川给基督教的祈祷赋予了更多的蕴涵和意义。在此，他认为祈祷并不指与上帝的交通，而乃人对上帝的盟誓和人之内心对真理的默想。这为从下往上的表白，是人发自内心的，而非由上天赐予的。吴雷川指出，"祈祷有公祷与私祷两种。……公祷是含有盟誓或诰诫的性质的。至于私祷，纯是个人修养的工夫。这种修养的工夫，用儒家的话说，大致可分为两段：一是存养，一是省察。所谓存养，就是体认真理；所谓省察，就是检点自己所言所行的是否与所体认的真理相合。基督教所注意的个人私祷，正是用这两段工夫。又如宋儒讲修养有主敬与主静两说，祈祷教人默想真理——或说是对越上帝——自然要屏除妄念，恭敬静默，正是备具二者的功用"③。按其分析，祈祷中的赞美、感谢、认罪、祈求"正是将存养省察两段工夫，合而为一"，其中存养就是"体认上帝的旨意"，由此有赞美与感谢；而省察则会带来认罪与祈求；因此，祈祷要迫切，不可灰心，亦不可故意教人看见，这样遂"有信则必得"。而以儒家思想来解读，则是教人发愤、有恒、慎独，且如《易经》所说"圣人以此洗心退藏于密"，以及如《中庸》之言"君子之所不可及者其唯人之所不见乎"；这一切都说明"祈祷是人格修养

---

① 《基督教与中国文化》自序，上海古籍出版社新版，第35页。

② 吴雷川："基督教祈祷的意义与中国先哲修养的方法"，《真理与生命》第2卷，1927年第6期，第145页。

③ 《基督教与中国文化》自序，上海古籍出版社新版，第36—37页。

最基本的方法"①，即"养成人格唯一的需要品"。于是，吴雷川将"祈祷"与"中国先哲的修养论参互考证"，在"祈祷"中说看到"敬神如神在"的严肃认真，又体悟到儒家修养工夫的精深微妙。

第五，在对基督教的"天国"降临之期盼上，由作为世人获得拯救的"上帝之国"（天国）而联想到儒家向往的天下太平之"大同世界"。这里，吴雷川觉得"天国"并不指彼岸世界或超然世界，"天国"的降临，"上帝的国"之实现，应该在人间此世发生。这就是通过世人的努力和社会的改造而实现古代先贤曾描述过的太平盛世，达到人类世界的"大同"。根据这种对比，他相信基督教所追求的"上帝之国"也应该是实现一个能够满足人类需要、有着公正和公义的现实理想社会。他说："天国并不是在这世界之外另有一个世界，更不是像教会所常讲的死后升天堂，乃是将这世界上所有不合仁爱和公义的事全都除去，叫这世界上充满了上帝的仁爱和公义，这就是天国降临。用现在的话来说，就是改造旧社会，成为新社会。"② 为了实现"天国降临"，他认为按照耶稣的训言应包括如下五个方面："第一，天国先须在各人的心理上建设"，这也是孙中山在其《建国方略》中"心理建设"所论"知难行易"之根据③；"第二，天国是人间的至宝"，"惟有发见了至宝而又愿意将这至宝公诸同好的人——就是为全人类谋幸福而要改造社会的人——才是至宝"④；"第三，天国中国民应有的资格"，"所以仰望天国的人，必要具备各种品德，而后有从事于建立天国的资格"；换言之，"凡是同情于贫穷的人而想要建立天国的人们，必须有为义受逼迫的最后决心，才能与恶势力奋斗，达到最后的目的"⑤；"第四，天国必变更旧有的组织"，这就说必须"在政治组织上有显然的改革"，而"耶稣理想的天国——就是经过改造的新社会——是没有国界和种族的分别的"⑥；"第五，建立天国以改革经济制度为中心"，这乃指在建立起新社会中"自

---

① 《基督教与中国文化》自序，上海古籍出版社新版，第 39 页。
② 同上书，第 37—38 页。
③ 同上书，第 39—40 页。
④ 同上书，第 40 页。
⑤ 同上书，第 40—41 页。
⑥ 同上书，第 41—42 页。

然是分配平均，人人都能取得，不必再各自谋虑了"，"并且是各尽所能，各得所需"；在此，吴雷川强调"改革经济制度必为改造社会工作的中心"①。在对"天国"的理解和诠释中，吴雷川实际上乃充分表达了其实现社会变革的理想、抱负和期盼。

第六，在对耶稣教训门徒言论的疏理上，由耶稣的劝导箴言而联想到中国儒家贤哲的相应警句。吴雷川认为，耶稣的训言大部分都可与中国贤哲的遗言相印证，形成其精神互动。他列举了十二则耶稣对于其门徒的"谆谆训勉"，并用中国先哲的言论来加以对应和解释。例如，从耶稣所言"爱惜自己生命的就失丧生命，在这世上恨恶自己生命的就要保守生命到永生"中，他悟出了儒家"杀身成仁的真谛"，指出"这里所说自己的生命，就是所谓'小我'，下句中的生命乃是指着'大我'"②，故为"舍小我求大我"的境界；对于"凡有的还要加给他，叫他有余，凡没有的，连他所有的也要夺过来"这一"马太效应"，他用"天助自助者"之论来比较，并说按《中庸》所言"故天之生物，必因其材而笃焉。故栽者培之，倾者覆之"，则"其义自显明了"③；关于"凡自高的必降为卑，自卑的必升为高"这种"谦"、"傲"之比，他认为"这就是《易·谦卦》所说'天道恶盈而好谦'"④之理；至于"掩藏的事，没有不显出来的，隐瞒的事，没有不露出来的"表述，他则指出这不只是中国俗语"若要人不知，除非己莫为"的浅显道理，而更有着《中庸》所言"莫见乎隐，莫显乎微，故君子必慎其独也"之深意⑤；论及"不敌挡我们的，就是帮助我们的"，他宣称此即孔子所说"君子和而不同"的意思⑥；而"多给谁就向谁多取，多托谁就向谁多要"则正是《论语》"士，不可以不弘毅，任重而道远。仁以为己任，不亦重乎？死而复已，不亦远乎"所表达的精神⑦；在论及"义"、"利"关系时，他声称《圣经》所载"你们不能又事奉上帝，

---

① 《基督教与中国文化》自序，上海古籍出版社新版，第42—43页。
② 同上书，第44页。
③ 同上。
④ 同上。
⑤ 同上。
⑥ 同上。
⑦ 同上书，第45页。

又事奉玛门"就是孔子所说"君子喻于义，小人喻于利"的道理①；耶稣所言"你们白白的得来，也要白白的舍去"这一"生时带不来，死时带不走"的常理，在吴雷川看来"乃是正面揭示人生的大义"，而从孔子言论"如有周公之才之美，使骄且吝，其余不足观也已"之中，也可窥此微言大义②；此外，"你们要人怎样待你们，你们也要怎样待人"在《圣经》中被视为"律法和先知的道理"，吴雷川也用儒家"所恶于上无以使下"、"推己及人为恕"的思想来解释③，将之理解为"己所不欲，勿施于人"的"中庸之道"；而"我赐给你们一条新命令，乃是叫你们彼此相爱"这一"爱人如己"的诫命④，吴雷川亦将之视为儒家"仁者爱人"的真理。

由此，吴雷川以条分缕析、实例说明的方式，试图证实基督教与中国文化乃有着许多内在关联，表达着同一真理。他引用宋儒陆象山的话说，"四海有圣人出，此心同，此理同也；千百世上下有圣人出，此心同，此理同也"⑤，以"深信真道之合一"来使基督教与中国文化更为贴近、彼此认同。

五

在分析基督教与中国文化的关系上，吴雷川有着极为复杂的心境。正因为他对中国文化有着深厚的研习和认识，所以才表露出其富有自我批判意识的反省和思考。至于对基督教的理解，他则因为对基督教系统神学并不熟悉、知之甚微而有着偏离其正统教义之理解。但是，对于基督教和中国文化，他都表现了自己的倾慕和热爱，因其对二者都寄予厚望故而有爱之愈深、批之愈透的奇特现象。从基督教与中国的交往关系上，他亦有整体的审视和通盘的分析。他指出，"基督教与中国发生关系，若从唐朝的景教说起，到现在恰好已有了一千三百年。然而中间屡经断绝，它所及于

---

① 《基督教与中国文化》自序，上海古籍出版社新版，第45页。
② 同上。
③ 同上书，第46页。
④ 同上。
⑤ 同上书，第56页。

中国的影响，远不能与欧美各国相比并，它在中国的价值若何，也就不容
轻易评判"①。基督教来到中国传教已经历了四个时期，这段历史究竟有功
有过、是否可圈可点，却因复杂的文化、政治原因而让吴雷川颇有一言难
尽之感。他曾如此概括说："假使我们要统计基督在中国所成就的事功，
除了唐代的景教是依附于佛教，没有独立的性质，元代的景教与罗马教因
为在蒙古族势力之下，与汉族文化少有接触，似乎都不必置论外，明末清
初的天主教得着很好的机会，在中国文化方面也有过相当的贡献，然而也
已成陈迹。至于现时在中国流行的耶稣天主两教，在这将近百年之中，从
外国派来的热心传教士何止万人，从外国运来为教会用的金钱何止万万，
各教会的热心布道固不让前人，对于社会上有益的工作且较之以前更为推
广。"② 不过，这种投入和收获并未达到一种理想的平衡，且产生了诸多问
题，故而使人颇感困惑、引起浮思。"上述基督教在中国的历史及其所成
就的事功，起初在教会中人看来，大概以为虽然还没有达到希望的目的，
也已经可抱乐观。然而一旦受了国内外政治潮流的影响，就自然地感觉到
基督教在中国还没有稳定的基础"③。吴雷川对其中原因进行了分析，亦对
基督教在华传教方式提出了批评。面对中国近代史以来对基督教的抵制和
拒绝，他则有着客观、冷静的评价，并不因此而陷入悲观。在他看来，经
过长期的文化交往与碰撞，基督教在中国实际上也已产生了潜移默化、甚
至颇为实质性的影响。他说，"至于基督教与中国文化二者的关系，有些
信基督教的人们，总还是渴望基督教在中国文化得着相当的地位，仿佛是
要求中国文化的承认。但在我看来：此种愿望，似乎是大可不必，并且在
现代已不合实际的需要。因为，从过去一方面观察，这多少年来，西方的
学说、艺术、制度、礼俗等等，很自然地传播到中国，中国也很自然地接
受而仿效，其中有好些是由基督教直接或间接地介绍而来。现时的中国文
化，似乎早已含有基督教不少的成份"④。尤其是通过中国基督徒如基督徒
学生的最新努力，以往受到抵制基督教人士批评的不少缺欠已不再存在，

---

① 《基督教与中国文化》自序，上海古籍出版社新版，第 72 页。
② 同上书，第 76 页。
③ 同上。
④ 同上书，第 12 页。

历史的遗憾正被弥补。"因此我又以为：自从基督教与中国发生关系以来，这个中基学运，也许是一个将来能结最大果实的种子。它现在虽然刚在萌芽，然而我深信——并且也切望：它必要先清理它自己的园地，用工夫培养这刚出现的萌芽，叫他根柢深厚，不急于发荣枝叶，在未来的新中国里，它必要为基督教立定了根基"①。

20 世纪上半叶的中国，席卷知识界的"新文化运动"既有着抵制基督教的明确意向，又展示了批评中国自身传统文化的精神。在这一复杂历史背景中，中国基督教出现了"本色化"之探，有着中国教会及其神学"本色化"、"中国化"的诸种努力。对此，谙熟中国传统文化的吴雷川持有极为谨慎的态度。虽然他对以儒家为代表的中国古典传统颇有好感，却认为在当时情况下中国的"本色"神学不能走结合或综合基督教与儒教传统的道路，不可由二者共构某种混合体系来迎接现实挑战。在他看来，如果不顾"新文化运动"的反传统意向及现代中国人要求革新的心态，那种所谓"耶儒"结合就是"自投罗网"、"自掘坟墓"，出现另一种意义的两败俱伤，不知不觉地掉入复杂"陷阱"和怪圈，因为"现在中国文化的自身正在谋求新的建设，基督教若还要求中国旧有的文化承认，岂不是多费一番周折。将至徒劳无功？"② 所以，吴雷川认为在新形势下有必要开展双重的革新，既以基督教与中国传统文化自身的革新来适应、服务于变化中的中国社会，又以当时社会的革新为基督教在华的出发点和需求，设法满足这一需求，争取在中国真正立足，而不能再次游离于中国社会之外。

文化层面的基督教与中国文化比较和认同，只能作为将基督教引入中国的准备和条件。在社会革新、改造意义上，这种"将基督教与中国文化对比，解释二者的异同或得失"就不再显得特别重要。这里，吴雷川从思想解放、社会改革的角度来重新审视基督教与中国文化的关系。他指出，"基督教的教义，从耶稣的行事和训言中仔细地体认，本是亘古常新。只因它经过长期的进展，有如清泉奔流到平地，不免夹带着泥沙，遂使真义

---

① 《基督教与中国文化》自序，上海古籍出版社新版，第 88 页。
② 同上书，第 12 页。

日渐隐晦。到了现代，世局将有重大的变迁，基督教也要像河流改道，所有水里夹杂着的泥沙将有一番淘汰，因而真义重复显明。而在此时期中的中国，旧有文化的价值要重被估定，更要建设新的文化以适应民族复兴的要求"①。所以，基督教在中国的意义首先并不是要进行文化对比或促进双方互补，而应该是关注、参与并服务于社会革新，为社会改造和进步提供精神动力和灵性指导。基督教在当时中国所要彰显的正是其社会变革、改造人心的意义，由此而使中国人对基督教乃至整个宗教能有重新的审视和全新的认知。

这里，吴雷川谈到了宗教的意义及其社会作用，亦注意到中国公共舆论中对宗教的印象与看法。按其理解，宗教就如当代宗教学者伊里亚德所称为的"人类学常数"那样体现出人性本质，"人若没有它，人类社会就将如其他动物的一群，失去了意义与价值"；因此宗教"不但不妨碍社会进化，并且是人类改造社会的原动力……所以社会制度无论如何变化，它是不受任何影响的"②。鉴于20世纪与"非基督教运动"相关联的"非宗教运动"和中国知识界关于中国有无"宗教"的讨论，吴雷川指出，"在一般人看来，宗教在世界未来的文化中能否有存在的地位，还是待决的问题，至于中国民族复兴与基督教有无关联的问题，当然更谈不到。但我认为：此类问题虽有待于将来事实的证明，然而现时却需要成立一种假定，才可以指示人的趋向，唤起人的努力。因为现时各种宗教还是普遍流行，而同时各宗教的缺失又是显豁呈露，这种矛盾对立的现象，既不应当任其自然，于是有些渴望社会改造的人们，就执着宗教外表的缺失，认为是妨碍社会进化，必须根本铲除，这种改革的热诚，确值得敬佩。但他们如想到人类自有史以来，宗教与人生，总是有着重要而密切的联系。所以在文化史中，宗教这个名词，与哲学、文学、科学、艺术、经济、政治等类的名词，早处于同等的地位。尽管它的内容或是幼稚而蒙昧，或是衰老而腐化，我们尽可以就着它不合理的事项竭力制止，并期望它的蜕化而演进，

---

① 《基督教与中国文化》自序，上海古籍出版社新版，第166页。
② 同上书，第175页。

似乎不能就说它应当完全消灭"①。

一提到"宗教"，在中国现代文化气氛中、尤其在中国知识精英圈子里似有一种"另类"之感。学术界在20世纪初关于"宗教"是什么、中国有无"宗教"或应否有"宗教"曾发生过激烈争论。其颇为流行的看法是，中国古代并无"宗教"这种概念及构词；汉语的"宗教"一词在古代乃分用于"宗"、"教"二字，其中"宗"为"尊祖庙"（《说文》）之意，指对祖先及神祇的尊崇和敬拜，由此发展为"禋于六宗"的活动；而"教"则由"教化"之意引申为上施下效、从学入道，转而指"对神道的信仰"，故而有"神道设教"（《易经》）、"合鬼与神，教之至也"（《礼记》）以及"修道之谓教"（《中庸》）的蕴涵。"宗教"二字合用最早见于佛教术语，如梁朝袁昂（459—540）从佛教立场为有神论辩护时就已论及"仰寻圣典，既显言不无，但应宗教，归依其有"②。隋朝释法经在论其修撰众经之目的时亦表明乃为了"毘赞正经，发明宗教，光辉前绪，开进后学"③。此后，《景德传灯录》有"（佛）灭度后，委付迦叶，展转相承一人者，此亦盖论当代为宗教主，如士无二王，非得度者唯尔数也"等表述。"宗教"在这种古代理解中一般指佛教中崇拜佛陀及其子弟的教诲，"教"乃佛陀之言、"宗"即佛陀弟子之传，从而有了"人生宗旨、社会教化"之意。在中日文化交流历史中，"宗教"术语通过佛教典籍的翻译而为日本学界所用，其佛教界最初将语言难以表达的真理称为"宗"，而关于这种真理的教义遂为"教"。在日本近代与西方的交往中，开始了中文术语"宗教"与西方religion的挂钩。自1868年起，日本明治政府的文书多将西文religion译作"宗教"，专指西方各国信仰的各种宗教或基督教教派，如1869年日本与德国用日、德、英三种文字签署的修好通商航海条约，以及邨田枢文夫著《西洋闻见录》等都以"宗教"翻译religion。不久，这种对应或等同又"假道日本而入中国"，形成"宗教"的现代含义或理解。这种译介和引入一般以黄尊宪（1848—1905）于1887年完稿、

---

① 《基督教与中国文化》自序，上海古籍出版社新版，第166页。
② 《答释法云书难范缜神灭论》，《全梁文》卷48，第11页。
③ 《上文帝书进呈众经目录》，《全隋文》卷35，第9页。

1895 年出版的《日本国志》（新版为上海古籍出版社 2001 年版）为肇始，此书当时被"海内奉为瑰宝"。然而，黄遵宪以"宗教"论西文 religion 之所指在当时并没有被中国学术界所普遍接受；甚至有人干脆反对将 religion 译为"教"，而认为其义只能与中文"巫"字等同。例如，1893 年出席在芝加哥举行的"万国公会"之中国代表彭光誉在其随后出版的《说教》一书中就反对将英文"尔厘利景"（即 religion）译为"教"，认为中文"教"字在中国传统中乃仅指"礼教"："中国'教'即'政'，'政'即'教'。'政'、'教'皆从天子出。帝教、师教皆礼教也。礼教之外，别无立一教会号召天下者"；而"尔厘利景为教人顺神、拜神、爱神、诚心事真神之理也"，其义在中国应称为"巫"，"于华文当称为谶纬之学"[①]。从一开始，中国学术界在对应西文 religion 上就遇到了麻烦，分歧甚大、争论颇烈，而且迄今仍未达共识，因此直接影响到中国当代对宗教定义的理解和对宗教与中国文化关系的认知。

在众多分歧中，中国知识分子最有争议的问题关涉"教"与"学"、"教"与"政"、"教"是否有"教化之教"与"宗教之教"的区别，以及"制度性宗教"与"宗教性"的关系等方面。本来，在 20 世纪之前，人们对"儒"、"佛"、"道"三教之"教"并无细究，在"三教"并论时亦没有专门否认儒教的宗教性质。"戊戌变法"失败后，康有为受基督教在西方国家"国教"地位及其意义的启迪，提出"保国、保种、保教"，主张以"入世"的"孔教"作为中国的"国教"。这一极端之举遂导致干脆否认"儒教"（孔教）为"宗教"的另一种发展。起初，梁启超、蔡元培等人并没有明确否认儒教的宗教性质。严复虽因感"西学"与"西教"二者"绝不相合"而始给"教"与"学"分别下定义，指出"'教者'，所以事天神，致民以不可知者也"，"'学者'，所以务民义，明民以所可知者也"[②]，却仍承认欧洲中世纪时"教"与"学"乃相混合，而"中国教与

---

① 彭光誉：《说教》，光绪二十二年（1896）总理各国事务衙门据阿美利嘉初行本，同文馆重印本校勘，卷 1，第 3 页；参见陈熙远："'宗教'——一个中国近代文化史上的关键词"，台湾《新史学》十三卷第四期，2002 年 12 月，第 40—41 页。
② 严复："救亡决论"，王栻主编：《严复集》第 1 册，北京，中华书局 1986 年版，第 52 页。

学之事合而为一"。自 1902 年起，梁启超撰文反对尊孔教为国教，并干脆提出儒教非教说，认为中国"无宗教"。他指出，"西人所谓宗教者，专指迷信信仰而言，其权力范围乃在躯壳界之外，以魂灵为根据，以礼拜为仪式，以脱离尘世为目的，以涅槃天国为究竟，以来世祸福为法门。……孔子则不然，其所教者，专在世界国家之事，伦理道德之原，无迷信，无礼拜，不禁怀疑，不仇外道"[①]。为此，他特别强调孔子是"哲学家、经世家、教育家"，但不是"宗教家"。在他看来，中国学术传统重哲学、轻宗教，因为哲学质疑、引导人思考问题，而宗教贵信，则会导致"混浊我脑性"、"以宗教之末法自缚"；正是得益于这一传统，所以他宣称"吾国有特异于他国者一事，曰无宗教是也"[②]。此后，蔡元培也于 1916 年底提出"宗教是宗教，孔子是孔子，国家是国家"，并于 1917 年发表"以美育代宗教说"的著名演讲。他进而于 1921 年发表"关于宗教问题的谈话"，认为"中国自来在历史上便与宗教没有什么浑切的关系，也未尝感非有宗教不可的必要"[③]。与蔡元培同时，陈独秀于 1916 年 10 月 1 日发表"驳康有为致总理书"，认为"孔教绝无宗教之实质"，坚持孔教"是教化之教，非宗教之教"。由此，不少中国学者主张将"教化之教"与"宗教之教"截然分开。受这一舆论影响，梁漱溟进而宣称中国人乃是世界上唯一对宗教兴趣不大的民族，即所谓一种"非宗教的民族"。这种思潮和倾向不仅直接为 20 世纪 20 年代初的"非基督教运动"、"非宗教运动"做好了思想舆论准备，而且长期导致了中国民众尤其是知识分子对"宗教"的"冷漠"和"蔑视"，进而将"信仰"与"迷信"混为一谈。为此基督教思想家谢扶雅在其 1927 年出版的《宗教哲学》一书中曾感叹说，"宗教"在中国文字上的意义"不过一神或多神之崇祀而已"，"既不足以概无神之佛教，及介乎有神无神之间之儒教，亦未能包括宗教的神契经验及伦理行为"；因此，他认为比较贴切的翻译应是以"道"字来译 religion，因为"道兼涵体用两面，religion 亦且宗旨及方法两面；道可以完全表示个人与宇宙本体之

---

① 梁启超："保教非所以尊孔论"，《新民丛报》2 号，1902 年 2 月。
② 梁启超："论中国学术思想变迁之大势总论"，《新民丛报》3 号，1902 年 3 月。
③ 《少年中国》第 3 卷第 1 期，1921 年 8 月 1 日。

嘘吸关系，同时亦不遗落个人对于社会之活动及适应"①。吴雷川深深感受到当时中国社会舆论压力和"非宗教"与"非基督教"思潮的直接关联，故此提出应对宗教加以客观审视，希望"反对宗教和拥护宗教的人"应避免"许多无谓的争执，平情酌理地公开讨论"，他特意在《基督教与中国文化》中表明要"采取各派的见解，并提出我个人的看法，先推测宗教的将来，而后说明基督教与中国民族复兴有联属的可能"②。

其实，在吴雷川之后，上述讨论仍在延续。同时代的基督教思想家王治心于1940年在其《中国宗教思想史大纲》一书指出，"宗教"在中国多被理解为"有形式的组织"、即"有制度有组织的物质方面"，从而消解了西文 religion 中本有的"无形式的精神"和人心中的"崇敬"之意；这种"形式"化、"制度"化、"组织"化和"物质"化使 religion 原本具有的意义"缩小了"，淡化了其本质意义。这里，中国学者实质上已触及"宗教社会结构"或"宗教体制"与"宗教性"的关系问题。一部分人是以"宗教性"来理解、界说"宗教"，故而内涵小、外延大，强调的是"灵性"、"精神"、"观念"层面，如清末民初的历史学家夏曾佑在其《中国古代史》中就将中国古代的各种有神论观念、原始信仰、民间崇拜等都归入"中国古代的宗教"。而从这一方面来否定宗教者则认为只应保持"信念"而不必持有"信仰"，因为"信念"乃一种平等的理念，而"信仰"则因其"仰"视产生"盲"信。其实，"高山仰止"、"仰望星空"恰恰反映出人以"信"来追求超越自我、现实、此在之维，此乃宗教之"真精神"，甚至中国传统中的"举头三尺有神明"、"敬天法祖"就涵括了"信"中之"仰"，曲折反映出这种超越之维。若从这一层面来体悟中国人的宗教需求和精神心理，则可能会对中国有无"宗教"之问作另一番解说。吴雷川认为，"所谓'宗教的原素'它的存在，并不靠赖人有什么维护的方法。它自然含蓄在人的灵性中，又在人的生活底各方面，借着各项的事功，各种不同的方式，将它的功用自由地表显出来"③。还有一部分人

---

① 谢扶雅：《宗教哲学》，上海，青年协会书局1950年版，第250页。
② 《基督教与中国文化》自序，上海古籍出版社新版，第167页。
③ 同上书，第175页。

乃是从"宗教"组织、制度、结构上来界定宗教，体现为内涵大、外延小的社会学解读，故此会将许多中国"传统宗教"、"民间信仰"排斥在宗教范畴之外。但这种认知迄今仍为中国社会理解宗教的主流意识。在吴雷川看来，宗教的这种社会建构则会随时代发展而出现演变，因而难以脱离社会政治的影响。"有组织仪式和信条的宗教……无论它是受外来压力的打击……或是希望它自身觉悟，自求解放，……总之它的一切的形式终久必得蜕变"①。由此，宗教与政治的关系问题遂得以凸显。基督教在西方社会发展中，政教关系极为复杂，经历了"政"亦"教"、"政"非"教"的嬗变，形成"政教合一"、"政教协约"、"政教分离"等模式。而在中国社会文化传统中，"教"之内涵不清，故难确认。若从"教化"、"礼教"层面来看，实则也有"政"即"教"、"教"即"政"的现象。至于从"宗教"之教来分析，则有人提出中国特有的"政教主从"或"政主教从"关系，很难用"政教合一"或"政教分离"原则来判断。但随着基督教的传入，政教密切之关系被人注目。从适应、改革中国社会的意义而言，吴雷川故而特别关注和强调宗教与政治的联系，并将之视为当前基督教与中国文化发生关系的关键所在。

在吴雷川看来，"宗教是人类社会进化的一种动力"，为此，"它的本身也必与时代一同进化"②。宗教的这种与时俱进并不仅仅为了自身的生存发展、洁身自好，而乃"以改造社会为究竟目的"，"宗教的功用在于领导个人以改造社会"；"因此，信仰宗教的人必要直接或间接参加政治上的活动"③。这里，他从人为"政治的动物，人要改造社会"这一角度论及了宗教与政治的必然关联，以及他视为正确的政教关系。"倘使宗教只是使人洁身自好，甚至离俗出家，图谋自身的利益，置社会的现象于不顾。这样的宗教，何能有补于社会的改进？所以从宗教一方面说，凡人既信仰宗教，就当奉持他所信的教义，统治他整个的人生，无论从事何种职业，都要在做事上表现宗教的精神。这就是宗教有益于政治。而在政治立场上

---

① 《基督教与中国文化》自序，上海古籍出版社新版，第175页。
② 同上书，第2页。
③ 同上书，第4—5页。

说，所有宗教中一切遗传的迷信，凡是足以妨害社会进化的都应当禁止，凡是宗教团体所办的事业都要有益于政治上的进行。凡在传教机关内做事的人，无论其为和尚道士或牧师，也都要遵照政府所定的禁令，时常想到国民对于国家的责任，努力改善他们的工作。从前基督教会有政教分离的谬说——那本是因古代教会无理的干政而产生的——现在却是宗教必与政治合作，才能完成改造社会的功用了"①。考虑到宗教的政治意义及社会功能，吴雷川遂更为强调基督教的"社会福音"作用。他指出，"以基督教而论，从前人讲基督教，偏重个人得救，基督教曾被称为个人福音。近代人多讲社会改造，因此基督教又被称为社会福音。其实这二者本是不可偏废的。……但所谓得救，绝不是从前所谓死后永生，乃是生前脱离自私的罪恶，然后能献身于社会。所以个人得救与社会改造本是一件事，正如孔子所说：'修己安人'，道原一贯"②。在这两种福音中他更突出"社会福音"，认为"基督教不只是个人的福音而是社会的福音，只有它的福音可以领导应付世界潮流的转变，在我们面前只有这一条大路，我们只有走上这条路才不至于落伍"③。反思以往对基督教的理解，吴雷川觉得过去对基督教教义的解释过于片面，只是偏重彼岸来世和灵魂拯救，却不太关注今生今世及其社会改革。实际上，更为重要的应是认识到基督教改造社会的使命和义务。"基督教的根本教义，正是专重在人群社会，以改造社会为惟一的主旨"④；"基督教唯一的目的是改造社会，而改造社会也就是寻常所谓革命"。于此，若"要彻底的改造社会，既不是爱与和平所能成功，而真理又不能因此就湮没不彰，于是革命流血的事终究是难于避免"⑤。显然，吴雷川在此由"社会福音神学"的观点进而赞同、主张采取"革命流血"等激进手段，发展为一种"革命神学"的构思和进路。

既然主张社会改造，将基督教所追求的"上帝之国"理解为实现一个能够满足人类需要、有着公正平等和正义的理想社会，那么吴雷川就在一

---

① 《基督教与中国文化》自序，上海古籍出版社新版，第5页。
② 同上书，第4页。
③ 徐宝谦编：《宗教经验谈》，上海青年协会书局1934年版，第19页。
④ 《基督教与中国文化》自序，上海古籍出版社新版，第176页。
⑤ 同上书，第178页。

定程度上认同了社会主义、马克思主义及其唯物论。在他看来，基督教与马克思主义并没有唯心、唯物的截然对立，"基督教从社会改造的目的方面来讲，完全是唯物的，而从个人修养的工夫方面看，又可说是倾向于唯心的"①。所谓"唯心"即一种"心态"、一种"理想"，并不完全排斥或对立于物质，"基督教之心物一体即是……'唯物与理想的综合'"②。既然基督教并不排斥唯物论，那么亦可以按其观念来从事经济改革、社会改革。吴雷川认为社会上的一切组织都与其经济构造密切关联，为此亦承认经济制度乃一切社会制度的基础。所以，"建立天国以改革经济制度为中心。在人类社会间，使人感觉得最不平、最痛苦的事，就是因经济制度的不善以致人的贫富不均，贫富既是不均，而贫者又居多数，世界上有多数人得不着相当的需要，世界不能希望和平，人类也就得不着幸福。所以要改造社会，必要从根本上着手，改善经济的制度，这是无可疑的"③。显而易见，吴雷川希望通过社会改造而要建立的"理想社会"乃是"一个社会主义的社会"，这种思路说明他认同马克思主义所追求的社会主义、共产主义理想乃经过了深思熟虑，而且体现出他在当时寻求基督教与马克思主义对话的一种创意。但不可否认，这也是当时中国严峻的社会政治环境使然。吴利明对此曾评价说，"当他决定接纳共产主义的时候，他已不是血气方刚的青年，一个长时间在政府机构工作的举人，到了七十岁的高龄，竟然决定共产主义是唯一可以拯救中国的途径。这对当时的环境来说是要比任何言论还要强烈的指控"④。

在关注社会改造问题上，吴雷川显然有着"中国情结"。其将基督教的"普世"真理与中国国情相结合，是以"有益于中国"为旨归。他指出，"基督教以自由、平等、博爱三者为人类社会最高的境界，这自然是人人所想望的。但耶稣教人要服从真理，而真理又必因时代的需要而变动不居，决不可以执着。……并且所谓人类社会最高的境界，现时还在理想之中，需要我们经过长时期的努力，然后才能实现。我们现时只可对准这

---

① 《基督教与中国文化》自序，上海古籍出版社新版，第176页。
② 同上书，第177页。
③ 同上书，第42页。
④ 吴利明：《基督教与中国社会变迁》，第264页。

最高的境界努力进行，而不可先企图自己当下就享受这种幸福。所以，如果说集体主义或独裁政治是合乎时代性的真理，我们的自由平等观念就当为真理而暂时放弃。这也是基督教的精神"①。在当时的情形中，基督教在中国首当其冲的使命就是要推动其"爱国"、"救国"的任务。"基督教固然以全人类得救为博爱的目的，但社会进化有一定的程序，不能躐等而已。在这国家种族的界限还没有消灭的世界，尤其是中国正在要求国家独立，民族解放的阶段中，惟有提倡耶稣在当时爱国家民族的精神，使人知所效法。……自立自强，实为基督教的要训，在国家民族的立场上，基督教决不有'宽柔以教，不报天道'的主张，这是可以断言的"②。与基督教在近代中国历史发展相关联，吴雷川认为基督教本身在华的命运就直接取决于其能否对中国社会改造、民族复兴积极参与。"基督教在中国的前途——就是中国民族复兴的前途——不但是有它的地位，更将要发生密切的关系，有它特殊的效用。并且当此国难严重的期间，基督教应该'当仁不让'，为国家，为民族，准备着自己所当负的责任"③。要想消除基督教在历史上的一切污点，"说明基督教并不是帝国主义者的先锋队，也不是资本主义者的附属品，……决不是导人迷信使人麻醉"，不能靠"无谓的争辩和泛而不切的陈述"来解决，而是必须"能把握着问题的中心"④，以揭示出基督教对于中华民族复兴所能作出的贡献。

对于在全民族都要求复兴这一形势下基督教信仰之所以仍能存在的价值何在这一问题，吴雷川回答的关键之处，乃在于他提出以体悟、仿效耶稣人格来铸就中国社会的领袖人才。"基督教建立的根基，就是耶稣的人格，而中华民族复兴唯一的需要，乃是造成领导民众的人才"⑤。"耶稣人格之所以伟大，就个人修养方面说，他是个宗教家；但就社会改造方面说，他又是社会革命家。他所宣传的天国，就是他理想的新社会"⑥。诚

---

① 《基督教与中国文化》自序，上海古籍出版社新版，第 177 页。
② 同上。
③ 同上书，第 178—179 页。
④ 同上书，第 180 页。
⑤ 同上。
⑥ 徐宝谦：《宗教经验谈》，上海青年协会书局，第 18 页。

然，"耶稣最高的理想，是为全人类谋幸福"，但基督教的历史发展并不能失去其"时代性"，"耶稣运动的开始，确是要求犹太人民族的解放，对于本国民众先有热烈的同情"①。同理，中国社会改造、民族复兴也正需要体现耶稣这种人格特点的领袖人才。这是因为，若将耶稣与中国先哲相比较则会发现，孔孟等人"所怀抱的志愿……都归向于传统的政治思想，因而自身所垂示的模范，也都免不了是贵族式的。……较之耶稣要改革社会专和平民接近，专做于平民有益的工作，显然是不可同年而语。而现时要复兴中华民族，所需要的领袖人才，当然不能效法孔孟从容大雅的态度，而要效法耶稣的刻苦勤劳，奋身不顾"②。因此，吴雷川将耶稣的人格视为"造成领袖人才惟一的教范"，指明基督教当下能为中国作出的特殊贡献就是培养出能效法耶稣人格的基督徒。"假使基督徒不能效法耶稣以自成其为领袖，基督教在这时的中国，就不能有什么贡献，并且必要为这个时代所淘汰，为这个地域所摈弃"③。耶稣的人格魅力最集中、最典型地体现在为拯救人类而牺牲在十字架上，所以效法耶稣的基督徒也应是为正义而准备牺牲自己的人们。从这一意义上来讲，中国基督徒能否取得改造社会、复兴中华的成功，关键并不在于其信徒数量多少，而乃在于其信徒素质如何，能否承担起"领袖人才"的角色、完成其使命。这里，吴雷川特别寄希望于中国现代的青年学生，对他们有着热烈的期望。在他为《基督教与中国文化》所写的"自序"中，已经非常清楚地表明了这一目的："我个人之所以勉力写这本书，更是以青年学生为对象，很希望现代的青年学生——无论是基督徒或非基督徒——都能了解耶稣，了解基督教，因而负起复兴中国民族，为中国创造新文化的责任。……倘使一般青年为了觉悟自己所负的责任，就趁着在求学时代，除了求得知识与技能之外，更多方寻求于修养人格有益的途径，慎思、明辨，而后继以笃行，或者这本书也能有些微的贡献"④。

回顾 20 世纪中国思想文化走过的历程，反思基督教与中国文化的关

---

① 《基督教与中国文化》自序，上海古籍出版社新版，第180页。
② 同上书，第181页。
③ 同上书，第181—182页。
④ 同上书，第2页。

系，既有历史意义，更有现实关联。在全球化的当代，基督教与中国文化的对话已多层次、全方位地展开，其规模之广、切入之深亦前所未有。我们愿以 21 世纪的眼光对以往现实中的基督教和中国文化重加审视、衡量和评价，由此希望能够发现或重塑理想境界的基督教、期待会真正涌现出越来越多理想意义上的中国基督徒，并以其关注、参与社会之姿来促使中国当代思想文化弘扬海纳百川、多元通和的精神，达成其理想之境——这或许也是吴雷川这部文化比较及反省的名著今天应带给我们的启迪。

附一

卓新平学术简历

卓新平：男，土家族，1955 年 3 月 31 日生于湖南慈利，现任中国社会科学院世界宗教研究所所长，研究员，中国宗教学会会长。1972 年 5 月至 1974 年 7 月就读于湖南常德师专英语专科，1974 年 8 月至 1978 年 9 月任湖南常德师专英语科教师，其间曾于 1977 年 11 月至 1978 年 1 月在湖南大学英语培训班、湖南师范学院英语系进修；1978 年 10 月至 1981 年 9 月在中国社会科学院研究生院世界宗教研究系读基督教专业硕士研究生，1981 年获哲学硕士学位；1981 年 8 月至 1983 年 5 月任中国社会科学院世界宗教研究所助理研究员；1983 年 5 月至 1988 年 11 月留学德国慕尼黑大学，1987 年获哲学博士学位，1988 年 9 月当选为德国（欧洲）宗教史协会终身会员；1988 年 11 月至 1992 年 8 月任中国社会科学院世界宗教研究所副研究员，1989 年至 1993 年任中国社会科学院世界宗教研究所基督教研究室副主任，1991 年被人事部和国家教委评为"有突出贡献的留学回国人员"，1992 年 8 月被评为中国社会科学院研究员和享受国务院政府特殊津贴专家，1993 年 9 月至 1998 年 9 月任中国社会科学院世界宗教研究所副所长，基督教研究室主任，自 1994 年任中国社会科学院研究生院教授、硕士生导师，同年当选为中国国际文化交流中心理事和中国统一战线理论研究会理事，1995 年至 2001 年任中国宗教学会副会长，1996 年至 2003 年任中国社会科学院研究生院世界宗教研究系主任，1996 年任中国社会科学院研究生院学术委员会委员、博士生导师，任中国社会科学院基督教研究中心主任，被评为国家级有突出贡献的中青年专家和"新世纪百千万人才工程"国家级人选，当选为欧洲科学艺术研究院院士，自 1998 年 9 月任中国社会科学院世界宗教研究所所长，1999 年当选为中国统一战线理论研究会副秘书长、常务理事，2000 年至 2004 年任联合国教科文组织下属国际哲学与人文科学研究理事会副主席，2001 年当选为中国宗教学会会长，2002 年任清华大学伟伦特聘访问教授，美国伯克利联合神学研究院苏吉特·辛格学术讲座主讲，2003 年 8 月至 2004 年 7 月任英国伯明翰大学佩顿研究员（访问学者），自 2003 年任国家社科基金宗教学评审组组长，被评为优秀留学回国人员，任香港中文大学庞万伦基督教与中国文化讲座主讲，2003 年至 2009 年任美国亚洲基督教高等教育联合董事会董事，2004 年入选中宣部首批"四个一批"人才，连任中国统一战线理论研究会常务理事，2005 年任中国社会科学院学位委员会委员，2006 年 8 月当选为中国社会科学院学部委员，连任中国宗教学会会长；2007 年 12 月参加中共中央第十七届政治局第 2 次集体学习，与牟钟鉴教授共同就"当代世界宗教和加强我国宗教工作"问题进行了讲解；2008 年 3 月当选为第十一届全国人大常委、民族委员会委员、资格审查委员会委员，同年任国务院学位办哲学组成员。

附二

卓新平主要著述目录

一　个人专著（独著）

《全球化的宗教与当代中国》，社会科学文献出版社，2008 年 2 月。

《基督教与中国文化的相遇、求同与存异》，香港中文大学，2007 年 3 月。

《当代亚非拉美神学》，上海三联书店，2007 年 1 月。

《当代基督宗教教会发展》，上海三联书店，2007 年 1 月。

《神圣与世俗之间》（文集），黑龙江人民出版社，2004 年 1 月。

《基督宗教论》（文集），社会科学文献出版社，2000 年 9 月。

《基督教知识读本》，宗教文化出版社，2000 年 8 月。

《宗教理解》，社会科学文献出版社，1999 年 9 月。

《当代西方新教神学》，上海三联书店，1998 年 5 月（2006 年 2 月再版）。

《当代西方天主教神学》，上海三联书店，1998 年 5 月（2006 年 2 月再版）。

《基督教犹太教志》，上海人民出版社，1998 年 10 月。

《基督教文化百问》，今日中国出版社，1995 年 4 月。

《世界宗教与宗教学》，社会科学文献出版社，1992 年 6 月。

《尼布尔》，台湾东大图书公司，1992 年 9 月。

《圣经鉴赏》，中国社会科学出版社，1992 年 2 月，（宗教文化出版社 2000 年 11 月新版）。

《西方宗教学研究导引》，中国社会科学出版社，1990 年 7 月。

《宗教起源纵横谈》，湖南人民出版社，1988 年 12 月。

《宗教与文化》，人民出版社，1988 年 10 月。

《中西当代宗教理论比较研究》（德文），彼得·朗出版社 1988 年版。

(*Theorie über Religion im heutigen China und ihre Bezugnahme zu Religionstheorie des Westens*, Peter Lang Verlag, 1988)。

二 主编著作

《基督宗教研究》 （第十二辑），共同主编，宗教文化出版社，2009 年 11 月。

《论马克思主义宗教观》，共同主编，社会科学文献出版社，2009 年 10 月。

《20 世纪中国社会科学·宗教学卷》，广东教育出版社，2009 年 7 月。

《基督宗教社会学说及社会责任》，共同主编，宗教文化出版社，2009 年 5 月。

《基督宗教研究》 （第十一辑），共同主编，宗教文化出版社，2008 年 12 月。

《中国宗教学 30 年》，中国社会科学出版社，2008 年 10 月。

《基督教小辞典》（修订版），上海辞书出版社，2008 年 7 月。

《当代中国宗教研究精选丛书·基督教卷》，民族出版社，2008 年 1 月。

《基督宗教研究》（第十辑），共同主编，宗教文化出版社，2007 年 11 月。

《马克思主义研究论丛·宗教观研究》，共同执行主编，中央编译出版社，2007 年 9 月。

《基督宗教研究》（第九辑），共同主编，宗教文化出版社，2006 年 11 月。

《基督教文化 160 问》，东方出版社，2006 年 6 月。

《基督宗教研究》（第八辑），共同主编，宗教文化出版社，2005 年 11 月。

《宗教比较与对话》（第六辑），宗教文化出版社，2005 年 10 月。

《中国基督教基础知识》，宗教文化出版社（1999 年 1 月 1 版），2005 年 7 月。

《信仰之间的重要相遇》，共同主编，宗教文化出版社，2005 年 6 月。

《基督宗教研究》（第七辑），共同主编，宗教文化出版社，2004 年 12 月。

《宗教比较与对话》（第五辑），宗教文化出版社，2004 年 11 月。

《基督宗教研究》（第六辑），共同主编，宗教文化出版社，2003 年 12 月。

《相遇与对话》，宗教文化出版社，2003 年 9 月。

《基督宗教与当代社会》，共同主编，宗教文化出版社，2003 年 8 月。

《宗教比较与对话》（第四辑），宗教文化出版社，2003 年 8 月。

《基督宗教研究》（第五辑），共同主编，宗教文化出版社，2002 年 11 月。

《20 世纪中国学术大典·宗教学》，执行主编，福建教育出版社，2002 年
9 月。

《基督教小辞典》，上海辞书出版社，2001 年 12 月。

《宗教比较与对话》（第三辑），宗教文化出版社，2001 年 10 月。

《基督宗教研究》（第四辑），共同主编，宗教文化出版社，2001 年 10 月。

《基督宗教研究》（第三辑），共同主编，宗教文化出版社，2001 年 10 月。

《基督宗教研究》（第二辑），共同主编，社会科学文献出版社，2000 年
10 月。

《宗教比较与对话》（第二辑），社会科学文献出版社，2000 年 10 月。

《宗教比较与对话》（第一辑），社会科学文献出版社，2000 年 1 月。

《宗教：关切世界和平》，共同主编，宗教文化出版社，2000 年 8 月。

《基督宗教研究》（第一辑），共同主编，社会科学文献出版社，1999 年
12 月。

《本色之探：20 世纪中国基督教文化学术论集》，共同主编，中国广播电视
出版社，1999 年 4 月。

《基督教文化面面观》，齐鲁书社，1991 年 10 月。

三　参与合著

《当代基督新教》，于可主编，东方出版社，1993 年 7 月，第 24—90 页。

《基督教词典》，文庸等主编，商务印书馆，2005 年 2 月。

《当代世界民族宗教》，李德洙、叶小文主编，中共中央党校出版社，2003
年 12 月，第 117—126 页。

《现阶段我国民族与宗教问题研究》，中央党校课题组编，宗教文化出版
社，2002 年 9 月，第 34—65 页。

《当代新兴宗教》，戴康生主编，东方出版社，1999 年 12 月，第 279—
292 页。

《宗教大辞典》（分科主编），任继愈主编，上海辞书出版社，1998 年
8 月。

《简明华夏百科全书》（"宗教学"分科主编），华夏出版社，1998 年。

《简明中国大百科全书》，中国大百科全书出版社，1997 年。

四　论文

"全球化"的宗教与政教关系，高师宁，杨凤岗主编《从书斋到田野：宗教社会科学高峰论坛论文集》（上卷·书斋篇），中国社会科学出版社，2010 年，第 115—126 页。

从中国社会和谐发展看基督宗教与儒家精神，《世界宗教文化》2010 年第 1 期，第 1—6 页。

"全球化"与当代中国宗教，《当代中国史研究》2009 年 6 期，第 94—100 页。

"汉语神学"之我见，何光沪、杨熙楠编：《汉语神学读本》（上册），香港道风书社，2009 年，第 339—346 页。

庞迪我在中国的文化"适应"及"融入"之探，《明清时期的中国与西班牙国际学术研讨会论文集》，澳门理工学院出版，2009 年 10 月，第 9—15 页。

关于中国宗教现状及其发展的一些思考，《民族宗教研究动态》2009 年第 19 期，第 11—27 页。

中国基督教研究 30 年，《30 年回顾与评析》，社会科学文献出版社，2009 年 9 月，第 195—228 页。

Il pensiero filosofico occidentale e cinese nel Novecento（20 世纪中西方哲学思想），*Chiesa a Cina nel Novecento*，2009 eum edizioni universita di macerate，S. 49 –60。

马克思主义宗教观的方法论探究，《论马克思主义宗教观》，社会科学文献出版社，2009 年 10 月，第 3—9 页。

"本土化"：基督教在中国的发展之途，《中国民族报》2009 年 9 月 1 日，第 6 版。

基督教与当代中国社会的关联，《基督宗教社会学说及社会责任》，宗教文化社，2009 年 5 月，第 3—12 页。

"全球化"的宗教与当代中国，《中国宗教》2009 年第 4 期，第 22—26 页。

论"政教关系"——"全球化"的宗教与当代中国,《宗风》己丑,春之卷,宗教文化出版社,2009年3月,第32—55页。

宗教与哲学断想,《华侨大学学报》2009年第1期,第1—5页。

金融危机与宗教发展,《中国宗教报告(2009)》,社会科学文献出版社,2009年6月,第23—34页。

金融危机下的信仰重建,《绿叶》2009年第2期,第38—42页。

Religionen und interreligiöser Dialog in China(中国宗教与宗教之间的对话),Wolfram Weiβe(Hg.):*Theologie im Plural*,*eine akademische Herausforderung*,WAXMANN,Münster 2009,S. 21 – 32。

海外华人的文化认同与政治认同,《中国民族报》2008年12月30日,第7版。

公共生活中的神圣之维——当代中国的宗教理解,《宗教价值与公共领域:公共宗教的中西文化对话》,中国社会科学出版社,2008年12月,第304—316页。

中国基督教"爱的神学"及其社会关怀,《中国民族报》2008年12月5日,第14版。

中国宗教的当代走向,《学术月刊》2008年第10期,第5—9页。

"全球化"时代的中国政教关系,《民族宗教研究动态》第14、15期,2008年9月,第27—36页。

和谐之音,始于对话,陈声柏主编:《宗教对话与和谐社会》,中国社会科学出版社,2008年8月,第1—11页。

《基督教与中国文化》导读,吴雷川:《基督教与中国文化》,上海古籍出版社,2008年7月,第1—38页。

学术神学:中国当代基督教研究的一种新思路,金泽、邱永辉主编:《中国宗教报告(2008)》,社会科学文献出版社,2008年7月,第130—156页。

当代中国宗教研究:问题与思路,金泽、邱永辉主编:《中国宗教报告(2008)》,社会科学文献出版社,2008年7月,第1—15页。

基督教思想文化及其对中国的影响,《名家谈哲学》,人民出版社,2008年6月,第206—242页。

教堂建筑艺术漫谈,《中国宗教》2008 年第 3 期,第 45—47 页。

当代中国基督宗教神学发展趋势,卓新平主编:《当代中国宗教研究精选丛书·基督教卷》,民族出版社,2008 年 1 月,第 3—24 页。

宗教学的"人学"走向,王建新、刘昭瑞编:《地域社会与信仰习俗——立足田野的人类学研究》,中山大学出版社,2007 年 12 月,第 2—9 页。

Die Rolle der religiösen Ethik im spirituellen Leben der Chinesen(宗教伦理在中国人精神生活中的作用),*Ökumenische Rundschau*,Oktober 2007,56. Jahrgang. Heft 4,Verlag Otto Lembeck,Frankfurt am Main,S. 458 – 469。

Religious Studies and Cultural Exchanges in the Context of Globalization(全球化处境中的宗教研究与文化交流),余国良编著:《拆毁了中间隔断的墙:中美基督教交流十五年回顾与思考》,宗教文化出版社,2007 年 11 月,第 371—380 页。

全球化处境中的宗教研究与文化交流,余国良编著:《拆毁了中间隔断的墙:中美基督教交流十五年回顾与思考》,宗教文化出版社,2007 年 11 月,第 364—370 页。

当代中国社会变迁与宗教重构,《民族宗教研究动态》2007 年第 4 期,中国统战理论研究会民族宗教理论甘肃研究基地秘书处,2007 年 9 月,第 14—15 页。

沙勿略:天主教远东传教和与东方文化对话的奠基者,《文化与宗教的碰撞——纪念圣方济各·沙勿略诞辰 500 周年国际学术研讨会论文集》,澳门理工学院出版,2007 年 10 月,第 15—26 页。

马克思主义关于宗教社会作用的论述及其当代意义,《马克思主义研究论丛,宗教观研究》,中央编译出版社,2007 年 9 月,第 35—47 页。

马克思主义理论体系的"宗教"理解,《中国社会科学院马克思主义研究论丛》下册,社会科学文献出版社,2007 年 5 月,第 624—631 页。

基督教音乐在中国的传播,《中国宗教》,2007 年第 8 期,第 32—34 页。

宗教在当代中国的定位与发展,《当代中国民族宗教问题研究》第 2 集,甘肃民族出版社,2007 年 8 月,第 15—23 页。

基督教与中美关系，《宗教与美国社会》第四辑（下），时事出版社，2007
年 6 月，第 455—471 页。

《道德经》对宗教和谐的贡献——《道德经》与《圣经》比较初探，《和
谐世界 以道相通》（上），宗教文化出版社，2007 年 4 月，第 129—
134 页。

基督教信仰与中西文化，《天风》2007 年 2 期，第 34—37 页。

The Role of Christianity in the Construction of a Harmonious Society Today（基
督教在当今构建和谐社会中的作用）Michael Nai-Chiu Poon ed.：*Pilgrims and Citizens：Christian Social Engagement in East Asia Today*，ATF
Press，Adelaide 2006，pp. 197 – 199。

The Christian Contribution to China in History（基督教在历史上对中国的贡
献）Michael Nai-Chiu Poon（ed.），*Pilgrims and Citizens：Christian Social Engagement in East Asia Today*，ATF Press，Adelaide，Australia，
2006，pp. 157 – 167。

民族主义、爱国主义与宗教信仰在中国，《当代中国民族宗教问题研究》
（第一集），甘肃人民出版社，2006 年 9 月，第 1—10 页。

The Significance of Christianity for the Modernization of Chinese Society（基督
教对中国社会现代化的意义）Yang Huilin and Daniel H. N. Yeung
（ed.），*Sino-Christian Studies in China*，Cambridge Scholars Press，Newcastle，UK，2006，pp. 252 – 264。

Chinese Academic Community：On the Relationship Between Science and Religion（中国学术界论科学与宗教的关系），Chan，Tak-Kwong，Tsai，Yi-Jia and Frank Budenholzer（ed.），*Religion and Science in the Context of Chinese Culture*，ATF Press，Adelaide，Australia，2006，pp. 143 – 160。

Life Theology and Spiritual Theology in East-Asian Encounters（东亚相遇中的
生命神学与灵修神学）*Quest*，Vol. 4，No. 2，November 2005，
pp. 75 – 91。

基督宗教与中国现代化，《宗教比较与对话》（第六辑），社会科学文献出
版社，2005 年，第 49—55 页。

当代基督宗教各派对话，《宗教比较与对话》（第六辑），社会科学文献出

版社，2005 年，第 83—123 页。

"生"之精神：中国宗教中的生命意义及生存智慧，《宗教比较与对话》
（第六辑），社会科学文献出版社，2005 年，第 171—178 页。

当代中国人对宗教与文化的理解，《信仰之间的重要相遇》，宗教文化出版
社，2005 年，第 23—34 页。

Religion and Culture in the Understanding of Contemporary Chinese，《信仰之间
的重要相遇》，宗教文化出版社，2005 年，第 353—366 页。

复杂的历史，当前的警醒——读《台湾基督教史》，《世界宗教文化》2005
年 1 期，第 59—60 页。

现代社会中宗教对话的困境与希望，《世界宗教研究》2004 年增刊，第
54—62 页；《中国宗教》2005 年第 1 期，第 13—15 页。

当代宗教研究中对"人"的关注，《宗教比较与对话》（第五辑），社会科
学文献出版社，2004 年，第 235—243 页。

宗教学术研究对宗教理解的贡献，《宗教比较与对话》（第五辑），社会科
学文献出版社，2004 年，第 1—38 页。

融贯神学：一种结合基督教与中国文化的尝试，《中国宗教学》（II）2004
年，第 283—290 页。

世界宗教中的人文精神，《中国宗教学》（II）2004 年，第 4—29 页。

宗教研究是一门"谋心"和"谋事"之学，《中国民族报》2004 年 9 月 3
日，第 3 版。

基督教哲学与西方宗教精神，《基督教思想评论》第一辑，上海人民出版
社，2004 年，第 3—23 页。

道德意识与宗教精神，《基督教学术》第二辑，上海古籍出版社，2004 年，
第 16—22 页。

宗教对社会的作用，《部级领导干部历史文化讲座》，国家图书馆编，北京
图书馆出版社，2004 年 9 月，第 45—89 页。

Research on Religions in the People's Republic of China, *Social Compass*
Vol. 50，No. 4，Dec. 2003，Oxford，（中华人民共和国的宗教研究）
pp. 441 – 448。

中国教会与中国社会，《基督宗教与当代社会》，宗教文化出版社，2003 年

8 月，第 247—253 页。

讲透"社会主义的宗教论"需要新思想，《宗教工作的理论与实践》，宗教
文化出版社，2003 年 6 月，第 412—415 页。

宗教与人类社会，《宗教比较与对话》（第四辑），社会科学文献出版社，
2003 年，第 1—34 页。

基督宗教与欧洲浪漫主义（上），《国外社会科学》2003 年第 5 期，第 2—
6 页。

基督宗教与欧洲浪漫主义（下），《国外社会科学》2003 年第 6 期，第 6—
11 页。

廿世纪中国学者的基督宗教研究及其对未来的影响，《基督教与中国社会
文化》，香港中文大学出版社，2003 年，第 3—15 页。

Die Welt des Geistes und ein Leben im Geist（精神世界与精神生活），*Chris-
tentum*，*Chinesisch in Theorie und Praxis*，Nr. 9，EMW，Hamburg，
2003，S. 85 – 93。

问题似路，《博览群书》2003 年第 2 期，第 5—7 页。

全球化与宗教问题，《大学演讲录》第 2 辑，新世纪出版社，2003 年，第
33—46 页。

开创 21 世纪中国宗教学的新局面，《中国宗教学》（I）2003 年，第 1—
9 页。

全球化与当代宗教，《世界宗教研究》2002 年第 3 期，第 1—15 页。

中国宗教学研究的现状与未来——宗教学研究四人谈（合著），《中国人民
大学学报》2002 年第 4 期，第 9—21 页。

社会处境与神学建设，《中国宗教》2002 年第 4 期，第 42 页。

当代西方基督宗教思想研究，《国外社会科学》2002 年第 1 期，第 21—
28 页。

西方宗教学与中国当代学术发展，《江苏社会科学》2002 年第 3 期，第
85—87 页。

中国知识界对宗教与科学关系之论，泰德·彼得斯、江丕盛、格蒙·本纳
德编：《桥：科学与宗教》，中国社会科学出版社，2002 年 5 月，第
230—245 页。

精神世界与精神文明建设,《中国先进文化的理论探索与实践》,学习出版社,2002年,第216—223页。

全球化进程与世界宗教,《学习时报》2002年3月11日,第5版。

走向21世纪的基督教——机遇与挑战,《基督宗教研究》(第三辑),宗教文化出版社,2001年,第1—5页。

精神世界与精神生活,《宗教比较与对话》(第三辑),社会科学文献出版社,2001年,第1—12页。

马礼逊汉学研习对基督新教在华发展的影响,萧卓芬编:《中澳情牵400年》,澳门2001年,第105—129页。

基督教思想的普世性与处境化,罗秉祥、江丕盛主编:《基督教思想与21世纪》,中国社会科学出版社,2001年,第26—42页。

云南旅游业与民族宗教工作,《世界宗教研究》2001年第4期,第151—155页。

基督宗教四次来华的历史命运,《中国宗教》2001年第4期,第46—47页。

宗教在当代中国应有的自我意识和形象,《中国宗教》2001年第2期,第37—38页。

"中国当代基督宗教研究"学术研讨会综述,《中国宗教研究年鉴1999—2000》,宗教文化出版社,2001年,第413—417页。

Discussion on "Cultural Christians" in China(中国关于"文化基督徒"的讨论), *China and Christianity*, Stephen Uhalley Jr. and Xiaoxin Wu ed. M. E. Sharp Armonk, New York 2001, pp. 283 – 300。

基督教伦理与中国伦理的重建,许志伟、赵敦华主编:《冲突与互补:基督教哲学在中国》,社会科学文献出版社,2000年,第152—172页。

Kontext der Christlichen Entwicklung in China(中国基督教发展的处境), *Die Welt des Mysteriums*, Klaus Krämer und Ansgar Paus hg. Herder, Freiburg 2000, S. 465 – 470。

Das Religionsverständnis im heutigen China(今日中国宗教理解), *Christsein in China*, Monika Gänssbauer hg. Hamburg 2000, S. 82 – 97。

基督教神学与哲学研究百年之路,《中国宗教研究年鉴(1997—1998)》,

宗教文化出版社，2000 年，第 432—444 页。

中国基督宗教的现代意义，《世界宗教文化》2000 年第 1 期，第 49—51 页。

宗教对话的时代——世界宗教百年回眸，《中国宗教》2000 年第 4 期，第 32—33 页。

化解冲突——宗教领袖对人类和平的新贡献，《中国宗教》2000 年第 6 期，第 24—25 页。

中国基督宗教研究的现代处境，《基督宗教研究》（第二辑），社会科学文献出版社，2000 年，第 260—268 页。

对话以求理解，《宗教比较与对话》（第二辑），社会科学文献出版社，2000 年，第 1—6 页。

民族主义、爱国主义与宗教信仰在中国，《宗教比较与对话》（第二辑），社会科学文献出版社，2000 年（甘肃人民出版社，2006 年），第 90—99 页。

基督宗教在中国的文化处境，《宗教比较与对话》（第二辑），社会科学出版社，2000 年，第 100—116 页。

对话作为共在之智慧，《宗教比较与对话》（第一辑），社会科学文献出版社，2000 年，第 1—10 页。

中国基督宗教与中国现代社会，《宗教比较与对话》（第一辑），社会科学文献出版社，2000 年，第 84—95 页。

中国传统伦理与世界伦理的关系，《宗教比较与对话》（第一辑），社会科学文献出版社，2000 年，第 169—179 页。

中西天人关系与人之关切，《基督教文化学刊》1999 年第 1 辑，东方出版社，1999 年 4 月，第 35—53 页。

20 世纪中国宗教研究的历史回顾，《欧美同学会会刊》1999 年第 1 期，第 45—47 页。

揭露愚昧迷信，保护宗教信仰，《世界宗教研究》1999 年第 3 期，第 1—4 页。

中国神学建设的沉思——读《丁光训文集》，《中国宗教》1999 年第 1 期，第 60 页。

中国宗教研究百年历程,《中国宗教》1999 年第 2 期,第 50—51 页。

中国基督教与中国现代社会,《世界宗教文化》1999 年第 3 期,第 28—31 页。

当代中国基督宗教研究,《基督宗教研究》(第一辑),社会科学文献出版社,1999 年,第 1—14 页。

论基督宗教的谦卑精神,《基督宗教研究》(第一辑),社会科学文献出版社,1999 年,第 145—160 页。

赵紫宸:《基督宗教研究》(第一辑),社会科学文献出版社,1999 年,第 196—230 页。

Religion and Morality in Contemporary China(当代中国宗教与道德),*China Study Journal* Vol. 14,No. 3,December 1999,London,pp. 5 – 9。

索隐派与中西文化认同,《道风汉语神学学刊》第八期,香港,1998 年春,第 145—171 页。

赵紫宸与中西神学之结合,《世界宗教研究》1998 年第 1 期,第 128—132 页。

当代中国知识分子对基督教的理解,《维真学刊》1998 年第 1 期,第 26—38 页。

基督教研究概说,《中国宗教研究年鉴(1996)》,中国社会科学出版社,1998 年,第 279—283 页。

Dialog als Weisheit der Koexistenz(对话作为共在的智慧),*An-Denken Festgabe für Eugen Biser*,Erwin Möde,Felix Unger,Karl Matthäus Woschitz hg.,Verlag Styria,1998,S. 231 – 237。

Die Bedeutung des Christentums für Chinas Modernisierung(基督教对中国现代化的意义),*Christentum im Reich der Mitte*,Monika Gänssbauer hg.,EMW,Hamburg,1998,S. 78 – 86。

The Significance of Christianity for the Modernization of Chinese Society(基督教对于中国社会现代化的意义),*CRUX*,March 1997,Vol. XXXIII,No. I,pp. 31 – 39。

当代宗教问题之思,《当代宗教研究》1997 年第 2 期,第 10—17 页。

后现代思潮与神学回应,《中国社会科学院研究生院学报》1997 年第 3 期,第 38—45 页。

中国知识分子与基督教,《建道学刊》1997 年第 7 期, 香港, 第 179—189 页。

基督教与中国文化的双向契合,《世界宗教文化》1997 年夏季号 (总第 10 期), 第 8—12 页。

欧洲基督教新动向,《世界宗教文化》1997 年冬季号 (总第 12 期), 第 36—37 页。

新福音派神学刍议,《世界宗教研究》1997 年第 4 期, 第 19—27 页。

基督教文化概览,《中国宗教》1996 年秋 (第三期), 第 29—32 页。

回应"社会变迁与香港、澳门天主教会的社会服务事业", 张家兴主编:《社会变迁与教会回应交流会论文集》, 香港公教教研中心有限公司, 1996 年 10 月, 第 230—231 页。

教会的社会服务事业: 机会与局限,《社会变迁与教会回应交流会论文集》, 1996 年 10 月, 第 271—278 页。

Die Entwicklung des Religionsverständnisses in China seit Beginn der achtziger Jahre (八十年代以来中国宗教理解的发展), *China Heute*, XV 1996, No. 4, S. 115 – 120。

Das Christentum und die Chinesische Kultur (基督教与中国文化), *Wege der Theologie an der Schwelle zum dritten Jahrtausend*, *Festschrift für Hans Waldenfels zur Vollzendung des 65. Lebensjahres*, Günter Risse, Heino Sonnemans, Burkhard Thess hg. , Bonifatius, Paderborn, 1996, S. 751 – 759。

The Concept of Original Sin in the Cultural Encounter Between East and West (东西方文化相遇中的原罪观念), *Christianity and Modernization*, Philip L. Wickeri, Lois Cole, ed. , DAGA Press, Hong Kong, 1995, pp. 91 – 100。

The renewal of religion in the modernization of Chinese society (中国社会现代化中的宗教复兴), *Religion and Modernization in China*, *Proceedings of the Regional Conference of the International Association for the History of Religions held in Beijing*, *China*, April 1992, Dai Kangsheng, Zhang Xinying, Michael Pye ed. , Published for the International Association for the

History of Religions, Roots and Brabches, Cambridge, England, 1995, pp. 45 – 51。

宗教与文化关系刍议,《世界宗教文化》1995 年春（总第 1 期）, 第 10—12 页。

中西文化交流中的基督教原罪观,《世界宗教研究》1995 年第 2 期, 第 74—78 页。

当代西方宗教,《中国宗教》1995 年秋（第 2 期）, 第 49—50 页。

十字架的象征意义,《中国宗教》1995 年冬（第 3 期）, 第 49 页。

基督教与中国社会现代化的意义,《维真学刊》1995 年第 3 期, 第 32—40 页。

Religion und Kultur aus chinesischer Sicht （从中国的视野看宗教与文化）, *Dialog der Religionen*, 1994, Nr. 2, Michael von Brück hg. , Kaiser Verlag, 1994, S. 193 – 202。

Original Sin in the East-West Dialogue—A Chinese View （东西方对话中的原罪观———一种中国观点）, *China Study Journal*, Vol. 9, No. 3, December 1994, pp. 11—15。

中国宗教更新与社会现代化,《维真学刊》1994 年第 1 期, 第 2—7 页。

改革开放与精神文明建设,《北京青年论坛》1994 年第 1 期, 第 7—9 页。

展开多层次的宗教探究,《世界宗教资料》1994 年第 2 期, 第 47—49 页。

宗教文化与精神文明建设,《中国社会科学》1994 年第 3 期, 第 21—23 页。

三教圣地——耶路撒冷,《世界宗教资料》1994 年第 4 期, 第 37—43 页。

Der kulturelle Wert der Religion im Verständnis der Chinesen in der Gegenwart （当代中国人对宗教文化价值的理解）, *Grundwerte menschlichen Verhaltens in den Religionen*, Horst Bürkle hg. , Peter Lang Verlag, Frankfurt am Main, 1993, S. 179 – 186。

Reflections on the Question of Religion Today （今日中国宗教问题之思）, *China Study Journal*, Vol. 8, No. 2, August 1993, London, pp. 4 – 15。

überlegungen zur Frage der Religion heute （关于今日宗教问题的思考）, *China Heute*, Jahrgang XII, 1993, Nr. 6 (70), S. 172 – 180。

欧洲宗教哲学纵览（一），《世界宗教资料》1993 年第 2 期，第 30—37 页。

欧洲宗教哲学纵览（二），《世界宗教资料》1993 年第 3 期，第 40—47 页。

西方的"新时代"运动与宗教复兴，《世界宗教资料》1992 年第 1 期，第
　　1—7 页。

社会科学与现代化，《群言》1992 年第 10 期，第 13—15 页。

基督教：欧洲发展的一面镜子，《世界知识》1992 年第 24 期（总 1117
　　期），第 10—11 页。

西方宗教社会学研究概况，《世界宗教资料》1991 年第 1 期，第 1—7、
　　36 页。

范·得·列欧传略，《世界宗教资料》1991 年第 2 期，第 46—47、54 页。

莱因霍尔德·尼布尔，《永恒与现实之间》，傅伟勋主编，台湾正中书局，
　　1991 年 3 月，第 216—239 页。

西方宗教学的历史与现状，《世界宗教研究》1990 年第 3 期，第 139—
　　145 页。

西方传教士与中国古代文化，《世界宗教资料》1990 年第 3 期，第 1—
　　7 页。

论利特的生命哲学和教育哲学，《德国哲学》1990 年第 8 期，北京大学出
　　版社，第 140—150、283—284 页。

Religion im heutigen China——Ein Interview mit Dr. Xinping Zhuo（与卓新平
　　博士谈今日中国宗教），*Der geteilte Mantel*，Nr. 1，1989，S. 16–18。

笛卡儿与近现代西方哲学的反思——兼论西方宗教观的发展，《中国社会
　　科学院研究生院学报》1989 年第 3 期，第 37—44 页。

Theorien über Religion im heutigen China（关于今日中国宗教的理论），*Chi-
　　na Heute*，Nr. 5，1988，S. 72–80。

论朋谔斐尔的"非宗教性解释"，《世界宗教研究》1988 年第 1 期，第
　　60—69 页。

论西方宗教学研究的主体、方法与目的，《中国社会科学院研究生院学报》
　　1988 年第 4 期，第 50—55 页。

宗教现象学的历史发展，《世界宗教资料》1988 年第 3 期，第 11—18 页。

略论西方思想界对宗教的理解，《世界宗教研究》1988 年第 4 期，第 51—

57 页。

西方宗教学的起源与形成,《世界宗教资料》1987 年第 4 期,第 1—6 页。

"世俗神学"思想家——迪特里希·朋谔斐尔,《世界宗教资料》1984 年
第 1 期,第 58—61 页。

基督复临派,《世界宗教资料》1983 年第 1 期,第 52—54 页。

近现代欧洲基督教思想的发展,《世界宗教资料》1983 年第 2 期,第 53—
58 页。

《圣经》是怎样一部书,《环球》1982 年第 10 期,第 24—26 页。

"危机神学"的著名代表——卡尔·巴特,《世界宗教资料》1982 年第 2
期,第 48—51 页。

现代美国新教神学的派别,《世界宗教资料》1982 年第 2 期,第 6—12 页。

五　其他文章

开创乌托邦传奇,《竞争力》2010 年第 1 期,第 91 页。

马基雅维里:奠立政治哲学,《竞争力》2009 年第 12 期,第 75 页。

伊拉斯谟:人文主义兴起,《竞争力》2009 年第 11 期,第 75 页。

网民:徜徉在孤寂与公共空间,香港《时代论坛》第 1140 期,第 13 版,
2009 年 7 月 5 日。

这个社会不要都是"快",香港《时代论坛》第 1133 期,第 13 版,2009
年 5 月 17 日。

宗教回归社会关爱,香港《时代论坛》第 1125 期,第 12 版,2009 年 3 月
22 日。

哥白尼:颠覆"地球中心论",《竞争力》2009 年第 10 期,第 75 页。

库萨的尼古拉:有学识的无知,《竞争力》2009 年第 9 期,第 75 页。

奥卡姆:经院哲学的"剃刀",《竞争力》2009 年第 8 期,第 75 页。

邓斯·司各脱:形而上学的沉思,《竞争力》2009 年第 7 期,第 75 页。

但丁:对神学的"诗化",《竞争力》2009 年第 6 期,第 75 页。

爱克哈特:找寻神秘之光,《竞争力》2009 年第 5 期,第 75 页。

托马斯·阿奎那:攀援经院哲学的顶峰,《竞争力》2009 年第 4 期,第
75 页。

波拿文都拉：心向神圣之旅，《竞争力》2009 年第 3 期，第 75 页。

亨利·根特：集成与求新，《竞争力》2009 年第 2 期，第 75 页。

哈勒斯的亚历山大：修行与治学，《竞争力》2009 年第 1 期，第 75 页。

纪念中国宗教学体系的开创者任继愈先生，《中国宗教》2009 年第 8 期，
　　第 26—27 页。

以马克思主义的基本立场看待当代中国的宗教问题，《中国社会科学报》
　　2009 年 8 月 11 日，第 5 版。

改革开放三十年来的宗教学研究，《中国宗教》2008 年第 10 期，第 39—
　　40 页。

抓住机遇，推动宗教研究的创新发展，《中国宗教》2008 年第 1 期，第
　　32 页。

全面贯彻党的宗教工作基本方针，《中国社会科学院院报》2008 年 1 月 17
　　日，第 1 版。

大阿尔伯特：德国哲学之始，《竞争力》2008 年第 12 期，第 75 页。

罗吉尔·培根：奇异博士，《竞争力》2008 年第 11 期，第 75 页。

格罗斯特：光之形而上学，《竞争力》2008 年第 10 期，第 71 页。

雨格：科学分类的尝试，《竞争力》2008 年第 9 期，第 69 页。

索尔兹伯里的约翰，《竞争力》2008 年第 8 期，第 75 页。

明谷的伯尔纳：爱与治疗，《竞争力》2008 年第 7 期，第 69 页。

阿伯拉尔：精神与情感，《竞争力》2008 年第 6 期，第 67 页。

安瑟伦：信仰与理性，《竞争力》2008 年第 5 期，第 69 页。

埃里金纳：机敏与神秘，《竞争力》2008 年第 4 期，第 66 页。

鲍埃蒂：苦难与慰藉，《竞争力》2008 年第 3 期，第 69 页。

奥古斯丁：悔过与创新，《竞争力》2008 年第 2 期，第 71 页。

奥利金：会通两希文明，《竞争力》2008 年第 1 期，第 67 页。

德尔图良：荒谬与信仰，《竞争力》2007 年第 12 期，第 67 页。

普罗提诺：充盈与流溢，《竞争力》2007 年第 11 期，第 67 页。

塞涅卡：回返心中的"天国"，《竞争力》2007 年第 10 期，第 67 页。

西塞罗：关注神圣，《竞争力》2007 年第 9 期，第 67 页。

亚里士多德：超然之探与形而上学，《竞争力》2007 年第 8 期，第 69 页。

柏拉图：对话与学园，《竞争力》2007 年第 7 期，第 69 页。

数与哲学，《竞争力》2007 年第 6 期，第 67 页。

爱智精神，《竞争力》2007 年第 5 期，第 71 页。

"契约"精神及其律法构建，《竞争力》2007 年第 3—4 期，第 153 页。

"神秘"精神及其超凡体验，《竞争力》2007 年第 3—4 期，第 152 页。

"禁欲"精神，《竞争力》2007 年第 2 期，第 78 页。

"拯救"精神，《竞争力》2007 年第 1 期，第 73 页。

"先知"精神及其未来洞见，《竞争力》2006 年第 12 期，第 73 页。

"超越"精神及终极关怀，《竞争力》2006 年第 11 期，第 74 页。

"普世"精神及全球观念，《竞争力》2006 年第 10 期，第 72 页。

"谦卑"精神，《竞争力》2006 年第 9 期，第 67 页。

精神与社会："爱"之蕴涵，《竞争力》2006 年第 8 期，第 71—72 页。

精神上的温暖，《神州学人》2002 年第 5 期，第 11 页。

哲学家之路，《神州学人》1998 年第 10 期。

重访慕尼黑，《神州学人》1998 年第 6 期。

人文精神的弘扬，《神州学人》1997 年第 8 期。

香港印象，《神州学人》1997 年第 7 期。

中国智慧之断想，《神州学人》1997 年第 4 期。

呼唤社会沟通，《神州学人》1996 年第 10 期。

选择与定位，《神州学人》1996 年第 8 期。

处境与心境，《神州学人》1996 年第 6 期。

德国慕尼黑大学汉学院，《中国之友》1995 年第 5 期，第 55 页。

归国创业过三关，《神州学人》1994 年第 2 期，第 24—25 页。

精神之探的忧思与期盼，《群言》1994 年第 3 期，第 26—27 页。

成功不必得意，失败不必丧气，《追求奏鸣曲》，中国友谊出版公司，1992
　　年，第 57—60 页。

中青年学者谈改革开放，《群言》1992 年第 9 期，第 10 页。

现实人生觅真情，《神州学人》1992 年第 2 期，第 33—34 页。

在学海中遨游，《群言》1991 年第 3 期，第 35 页。

认识历史、认识国情、认识现实，《神州学人》1990 年第 3 期，第 9 页。

图书馆里的乐趣，《人民日报》（海外版），1988 年 6 月 7 日，第 4 版。

六　主编丛书

"剑桥圣经注疏集"（译丛）：华东师范大学出版社

（1）《出埃及记》释义，米耶斯著，田海华译，2009 年 1 月。

"世界宗教研究丛书"：社会科学文献出版社

（1）宗教之和　和之宗教——中国宗教之和谐刍议，韩秉芳等著，2009
　　 年 11 月。

（2）徐梵澄传，孙波著，2009 年 10 月。

"世界宗教研究译丛"：中国社会科学出版社

（1）多元主义中的教会，卫弥夏著，瞿旭彤译，2010 年 1 月。

（2）宗教的科学研究，上下册，英格著，金泽等译，2009 年 6 月。

（3）奥古斯丁《上帝之城》中的社会生活神学，罗明嘉著，张晓梅译，
　　 2008 年 11 月。

（4）道德自我性的基础：阿奎那论神圣的善及诸美德之间的联系，德洛
　　 里奥著，刘玮译，2008 年 11 月。

"基督宗教与公共价值丛书"（共同）：中国社会科学出版社

（1）科学与宗教对话在中国，江丕盛等编，2008 年 12 月。

（2）宗教价值与公共领域：公共宗教的中西文化对话，江丕盛等编，
　　 2008 年 12 月。

"当代基督宗教研究丛书"：上海三联书店

（1）当代基督宗教教会发展，卓新平著，2007 年 1 月。

（2）当代亚非拉美神学，卓新平著，2007 年 1 月。

（3）当代西方新教神学，卓新平著，2006 年 12 月。

（4）当代西方天主教神学，卓新平著，2006 年 12 月。

（5）当代东正教神学思想，张百春著，2006 年 12 月。

（6）当代基督宗教社会关怀，王美秀著，2006 年 12 月。

"当代基督宗教译丛"：上海三联书店

（1）基督教导论，拉辛格著，静也译，雷立柏校，2002 年 6 月。

（2）日本神学史，古屋安雄等著，陆水若、刘国鹏译，卓新平校，2002

年 6 月。

（3）基督宗教伦理学（第一、二卷），白舍客著，静也、常宏等著，雷
立柏校，2002 年 6 月。

"宗教研究辞典丛书"：宗教文化出版社

（1）拉－英－德－汉　法律格言辞典，雷立柏编，2008 年 8 月。

（2）古希腊罗马及教父时期名著名言辞典，雷立柏编，2007 年 10 月。

（3）基督教圣经与神学词典，卢龙光主编，2007 年 5 月。

（4）汉语神学术语辞典，雷立柏编，2007 年 2 月。

（5）拉丁成语辞典，雷立柏编，2006 年 4 月。

（6）基督宗教知识辞典，雷立柏编，2003 年 11 月。

"宗教与思想丛书"：社会科学文献出版社

（1）"全球化"的宗教与当代中国，卓新平著，2008 年 12 月。

（2）诗人的神学，李枫著，2008 年 12 月。

（3）早期基督教的演变及多元传统，章雪富、石敏敏著，2003 年 10 月。

（4）古希腊罗马与基督宗教，雷立柏著，2002 年 7 月。

（5）超越东西方，吴经熊著，周伟驰译，2002 年 7 月。

（6）记忆与光照——奥古斯丁神哲学研究，周伟驰著，2001 年 4 月。

（7）论基督之大与小，雷立柏著，2000 年 11 月。

（8）张衡，科学与宗教，雷立柏著，2000 年 11 月。

（9）基督教在中古欧洲的贡献，杨昌栋著，2000 年 10 月。

（10）基督宗教论，卓新平著，2000 年 9 月。

"基督教文化丛书"：宗教文化出版社

（1）汉语学术神学，黄保罗著，2008 年 8 月。

（2）公共神学与全球化：斯塔克豪思的基督教伦理研究，谢志斌著，
2008 年 4 月。

（3）谢扶雅的宗教思想，唐晓峰著，2007 年 10 月。

（4）从《神圣》到《努秘》，朱东华著，2007 年 9 月。

（5）赵紫宸神学思想研究，唐晓峰著，2006 年 11 月。

（6）耶儒对话与融合，姚兴富著，2005 年 5 月。

（7）耶稣会简史，哈特曼著，谷裕译，2003 年 3 月。

（8）基督教文学，梁工主编，2001 年 1 月。

（9）基督教音乐，杨周怀著，2001 年 1 月。

（10）基督教的礼仪节日，康志杰著，2000 年 12 月。

（11）圣经与欧美作家作品，梁工主编，2000 年 11 月。

（12）圣经鉴赏，卓新平著，2000 年 11 月。

（13）圣经的语言和思想，雷立柏著，2000 年 10 月。